UN MILLIARDAIRE EN TOURMENT

UN ROMANCE DE MILLIARDAIRE

REBECCA ARMEL

TABLE DES MATIÈRES

Publishe en France par:
Rebecca Armel et Camile Deneuve

ISBN: 978-1-64808-978-7

❀ Réalisé avec Vellum

RÉSUMÉ

Sarah Bailey, la jeune propriétaire du café Varsity, fini par résoudre la mystérieuse disparition de son mari deux ans auparavant et elle est en train de se créer une nouvelle vie en célibataire. Elle ne pensait pas rencontrer Isaac Quinn, un milliardaire très attirant, qui s'est mis en tête de séduire la belle Sarah. Incapable de résister à l'incroyable connexion qui s'établit entre eux, ils entament rapidement une liaison passionnée et sensuelle, qui fait bientôt la une des journaux à scandale.

Leur bonheur est entaché lorsque Sarah se fait harceler par un homme jaloux qui lui envoie des menaces et lorsqu'Isaac commence à s'interroger sur sa célébrité et son statut, par rapport à cette femme dont il est tombé amoureux et qui se trouve en grand danger...

PREMIÈRE PARTIE: DEPUIS HIER

Si elle n'avait pas réfléchi davantage à cette lettre, Sarah Bailey n'aurait pas réagi si violemment en entendant Molly crier son nom dans le café. Sarah sentit son équilibre faillir. Elle tomba lourdement sur les fesses et se mit à rire, un peu gênée. Elle sentit des mains se glisser sous ses bras et quelqu'un la remit sur ses pieds. Elle se retourna vers son sauveur et son estomac se crispa. Il était grand, baraqué, ses cheveux noirs courts encadraient son visage. Il portait un jean et un t-shirt et avait l'air décontracté mais Sarah aurait juré que ses vêtements étaient spécialement choisis pour leur look vintage. Chers, de marque. Sarah ne pouvait détourner le regard de ses yeux vert foncé, où se formaient de légères pattes d'oie lorsqu'il souriait, d'un sourire qui adoucissait totalement son visage anguleux. Son sourire s'élargit encore lorsqu'il la remit debout et alors qu'elle chancelait encore, il posa ses grandes mains sur ses épaules pour la stabiliser. Il était si grand qu'elle dut reculer un peu la tête pour le regarder dans les yeux et elle se sentit d'un coup vulnérable et minuscule en sa présence.

« Tout va bien, ma belle ? »

Oh mon dieu, cette voix. Chocolatée et sexy. *Mon dieu.* Elle adorait le contact de ses mains. *Reprends le contrôle,* se dit Sarah et elle lui sourit.

« Merci. »

Son sourire s'élargit davantage. « C'est un plaisir, jolie demoiselle. »

Sarah rougit du compliment et bredouilla un nouveau remerciement avant de ramasser son sac tombé au sol. Molly la retrouva au comptoir.

« Désolée, chérie. » Molly sourit, et la regarda avec un air amusé dans ses yeux verts.

Sarah prit son amie dans ses bras. « Ce n'est pas de ta faute. Je suis juste maladroite. »

« Tout va bien ? »

Sarah lui attrapa la main gauche et les yeux de Molly s'agrandirent.

« Tu as retiré ton alliance ? »

« J'ai décidé qu'aujourd'hui serait le jour où j'allais tout recommencer. Dan est soit mort, soit il m'a quitté. Dans tous les cas, je sais qu'il ne reviendra pas. » Sarah prit une profonde inspiration et sourit. « Nouveau jour, nouvelle vie. Ca fera deux ans samedi. Le moment est venu, c'est tout. »

Molly la prit dans ses bras. « J'en suis heureuse. » Elle partit servir un client et Sarah retourna dans l'arrière salle. Elle sortit l'enveloppe de son sac. *Sarah Bailey.* C'était la même écriture que sur les autres et elle devina qu'elle contenait le même genre de message agressif et malveillant que les enveloppes précédentes. Son estomac se tordit de peur et elle commença à transpirer. Elle voulait montrer cette lettre à Molly, demander conseil à sa meilleure amie. Elle ferma les yeux et déglutit en pensant aux violentes menaces et paroles des lettres précédentes. Celle-ci ne serait pas différente. Tout son corps commença à trembler. *Non. Pas maintenant, par pitié.* Elle remit la lettre dans la poche de son jean et retourna travailler.

A 28 ans, Sarah Bailey connaissait la plupart des habitants de cette île où elle vivait depuis son enfance et elle habitait une petite maison en bas de Dogwood Street. Lorsque la famille Jewell avait emménagé à côté de chez elle avec leurs deux enfants, Molly et Finn, ils l'avaient adoptée comme leur sœur. Ils s'étaient attachés à cette petite asiatique timide, avec ses longs cheveux noirs tombant jusqu'au milieu du dos, ses yeux en amande si foncés et si grands, avec leurs longs cils épais. Sa beauté était dissimulée sous une allure de garçon manqué- elle ne quittait jamais ses jeans larges et ses baskets, et ses genoux et ses coudes étaient toujours écorchés à force de courir et de grimper partout. Elle avait passé son enfance à grimper aux arbres, à nager, à camper dans les parcs de la région.

Incapable de quitter l'île après le collège et son mariage avec Daniel Bailey, Sarah avait retapé la salle de cinéma abandonnée pour en faire le café Varsity, avec seulement l'aide d'un manuel et de Dan, Molly et Finn. Les habitants l'admiraient- la gamine du coin était devenue une fille bien - et lorsque le café ouvrit enfin, il devint le centre névralgique de Main Street. Des vieux pêcheurs s'asseyaient au comptoir et buvaient rapidement un café fort, des touristes passaient siroter un thé dans une délicate porcelaine de Chine. Lorsque Dan disparut, de façon si choquante et si inattendue, tous vinrent la soutenir, aucun ne la laissa être triste, ne la laissa tomber dans une culpabilité désespérée qui la consumerait si elle se retrouvait seule. Elle pensa déménager mais cet endroit, ce petit bout de paradis sur cette île située à une heure de Seattle, était le seul endroit où elle se sentait vraiment chez elle.

Cette journée était suffocante d'humidité. Depuis la fenêtre du café, elle voyait les navires entrer dans le petit port. Le Varsity était bondé, on entendait le murmure des conversations, des couteaux et des fourchettes et Sarah n'eut pas l'occasion de parler de la lettre à Molly.

Le calme revint en fin d'après-midi. Sarah ouvrit la caisse pour prendre un peu de monnaie. Molly était au comptoir en train de flirter gentiment avec un de leurs clients. Sarah repoussa le tiroir caisse. Elle entendit une voix douce et grave dans le restaurant et son ventre se serra. Elle leva les yeux. Son sauveur de la matinée discutait avec un des habitués, un peu penché sur sa chaise, décontracté, ses longues jambes étendues devant lui.

« George prépare une tarte au chocolat absolument incroyable, j'en baverais presque. »

« N'est-ce-pas ? » Sarah regarda Molly un peu confuse et son amie sourit.

« Je discute, c'est tout. » Elle hocha la tête en direction de l'homme qui s'avançait maintenant vers elles. « Tu étais en train de contempler ce demi-dieu il y a quelques instants. »

Le demi-dieu s'avança vers le comptoir. Sarah rougit et jeta un regard noir à Molly.

« Je ne le contemplais pas, et ferme-la. Va donc faire la vaisselle ou quelque chose dans le genre. » siffla-t-elle entre ses dents puis elle leva son visage cramoisi vers l'homme. « Bonjour. »

« Bonjour, beauté. »

Elle rougit encore. Mon dieu, elle était *divine*... Isaac Quinn regarda le rouge de ses joues et ses adorables yeux foncés. Il avait vu son prénom sur son badge... *Sarah*. Ca lui allait bien, c'était doux et féminin.

« Que puis-je faire pour vous ? » Sa voix était rauque et son ventre se durcit en l'entendant.

« Voyons cela. » Il prit la carte et commença à la lire. Il déplaça lentement et délibérément sa main pour la poser juste à côté de la sienne, en la touchant presque. Il sentit la chaleur de sa peau, son parfum d'air frais et de linge propre.

« Bien, vous êtes prête ? »

« Je suis prête. » Elle prit son carnet et sourit.

« Vous êtes sûre ? »

« Parfaitement sûre. »

Isaac sourit. « Chère pourvoyeuse de boissons en tout genre... j'aimerais goûter ce délicieux cocktail appelé "Thé fleuri". »

Sarah rit et il vit ses yeux scintiller, appréciant visiblement la plaisanterie.

« D'accord, je suis à votre service. Autre chose ? »

« D'accord. C'est bien un tiers de vodka, un tiers de brandy à l'abricot, un sixième... »

Sarah commença à gigoter. Isaac la regarda d'un air renfrogné.

« Je n'ai pas terminé. Un sixième de vermouth et attendez... un sixième de Tiffin. »

« Tiffin ? »

« Tiffin. »

Sarh écrivit sur son bloc-notes.

« Juste une question.... Qu'est-ce que le Tiffin ? »

« Comment puis-je le savoir ? Je pensais que vous alliez me le dire. »

Sarah leva les sourcils et ouvrit grand ses yeux amusés. « Et bien, vous m'avez piégée. Je suis désolée de vous décevoir. »

Il lui sourit. « Et bien, vous devrez me préparer ce cocktail... d'une façon ou d'une autre. »

Elle rougit à nouveau - l'air entre eux était électrique. Elle s'éclaircit la gorge et fit un geste de la main pour balayer l'air.

« Bien, donc ce cocktail... un café noir, c'est bien ça ? »

Il soupira et haussa les épaules d'un air amusé. « Vous me connaissez déjà très bien. Je m'appelle Isaac. »

Elle lui serra la main. « Sarah. Sarah Bailey. »

Il lâcha sa main. « Et bien, Sarah Bailey - il lui sourit- je suis ravi de faire votre connaissance. »

SARAH LEVA les yeux de son travail juste après sept heures. Le café était presque vide, deux adolescents traînaient encore et riaient l'oreille collé à leur téléphone. L'homme qui l'avait aidée un peu plus tôt se tenait près de l'étagère des livres au fond de la pièce et regardait dans l'étagère à journaux. Il leva les yeux et lui sourit et c'était si bon que Sarah ne put s'empêcher de lui sourire en retour.

« Un titre à me conseiller ? » Il lui parlait et sa voix la fit chavirer. Sa voix était profonde et mélodieuse. Il était si grand, elle avait l'air d'une naine à côté.

« Quel genre de livre cherchez-vous ? » Sa question était innocente mais lorsqu'elle leva les yeux vers lui, il sourit simplement et ses yeux se posèrent sur les siens d'une telle façon qu'elle sentit son sang dans ses veines devenir terriblement chaud. Il leva un doigt et caressa doucement sa joue, un bref instant, avant de reposer le livre sur l'étagère. La peau de Sarah devint brûlante là où il l'avait touchée.

« Quelque chose de nouveau... », murmura-t-il en souriant. « Je viens d'arriver sur cette île en fait, j'aimerais acheter une maison du côté de la pointe nord. »

« Vraiment ? C'est là que j'habite aussi...juste en face de l'école pour garçons. »

Il se rapprocha d'elle de manière presque imperceptible. Sa respiration se bloqua dans sa gorge quand elle leva les yeux vers lui. *Touche-moi...* Ses sens étaient hyperactifs, chaque nerf était en feu en présence de cet homme. Il lui sourit. Sarah se rendit compte d'un coup que le café était vide et qu'ils étaient seuls.

« Nous serons voisins dans ce cas, Sarah Bailey. », dit-il doucement. Il prit sa joue dans sa main et passa son grand pouce sur sa peau. « Voulez-vous dîner avec moi ce soir, Sarah Bailey ? »

La façon qu'il avait de dire son nom la rendait toute faible et elle acquiesça. « Venez chez moi. Je cuisinerai. » Elle ne savait même pas pourquoi elle disait cela - tout ce qu'elle savait c'est qu'elle avait envie d'être seule avec cet homme. Seule, nue, ivre de désir... tout ce qu'elle ressentait, elle le voyait reflété dans ses yeux. Il sourit d'un air satisfait.

« Ecrivez-moi votre adresse... ou sinon, je peux vous ramener chez vous... »

Elle était venue au travail en voiture ce matin, mais peu importe... « Je termine dans une heure. »

Etait-elle en train de perdre l'esprit ? Elle était à moitié folle de désir, elle n'avait pas l'ombre d'un doute sur ce qu'ils feraient une fois chez elle, ils se retrouveraient nus et haletants en train de baiser...

Elle dut se mordiller la joue pour retenir un gémissement lorsqu'il glissa un doigt sous son t-shirt pour lui effleurer le ventre. Elle ferma les yeux et sentit ses lèvres contre sa tempe.

Le charme se rompit lorsqu'ils entendirent Molly crier dans la cuisine. Elle passa la tête dans la porte, l'air presque coupable, et elle recula d'un pas, la peau toujours brûlante de son contact. « A dans une heure, alors... »

Leurs regards se croisèrent et il hocha la tête. « Une heure », dit-il en baissant la voix, « une heure ma belle Sarah et je te déshabillerai très lentement et j'embrasserai chaque parcelle de ton merveilleux corps. Puis je te baiserai toute la nuit... »

Elle gémit à cet instant, doucement, et sa tête se mit à tourner. Il caressa ses lèvres des siennes.

« Je veux tellement t'embrasser, Sarah, mais j'ai peur de perdre tout le contrôle que je m'efforce de garder si je le fais. »

Elle hocha la tête et recula d'un pas.

« Une heure. »

Il toucha sa joue. « Une heure... Je reviendrai te chercher pour t'emmener chez toi. »

MOLLY PASSA la tête dans la porte de la cuisine et vit sa chef seule, debout, comme gelée sur place. « Hé... ça va ? »

Sarah se tourna vers elle, le visage rouge et excité, les yeux grand ouverts et semblant sous l'effet de la surprise. « Oui, je vais bien... plus que bien. »

Molly regarda par la fenêtre et vit le dos de l'homme qui avait passé du temps au café. Celui qui avait flirté avec Sarah. Molly se mit à sourire.

« Oh je vois... tu as un rencard ? »

Sarah rit et poussa un petit soupir. « Tu n'as même pas idée... »

Isaac revint quarante minutes plus tard. « Je suis désolé, je suis en avance... je ne pouvais pas attendre plus longtemps. »

« Molly ? » Sarah appela immédiatement son amie. « Je pars plus tôt, c'est bon pour toi ? »

Elle et Isaac se sourirent, puis en voyant la façon dont il la déshabilla du regard, elle se sentie désirée, désirable, nue.

Molly passa la tête dans la porte de la cuisine. « Pas de problème. » Elle vit Isaac et son sourire s'élargit. « Absolument aucun problème. Vas-y... *sauve-toi*... »

Ils riaient encore lorsqu'ils montèrent dan sa voiture, Isaac lui tenant la porte avant de monter. En chemin, elle le guida jusqu'à chez elle et tout en conduisant, il se pencha et lui prit la main. Elle rit doucement.

« J'ai l'impression de rêver. » confessa-t-elle et Isaac lui sourit.

« Je comprends... mais c'est *vraiment* en train de se produire Sarah. » Sa main passa sous sa robe, la caressa doucement, ce qui la fit haleter et lorsqu'il accéléra la caresse, elle sentit sa chaude humidité envahir ses doigts alors qu'elle devenait de plus en plus excitée.

« Je ne suis pas en train de faire ça... *mon dieu...* je veux dire, ça n'est pas vraiment en train de se produire... *Mon dieu* Isaac, c'est si bon... »

Isaac poussa un petit grognement. « Tu n'as aucune idée de ce que je vais te faire ce soir, ma belle. »

Elle bascula son bassin pour mieux sentir sa main. « Accélère, pour qu'on soit chez moi plus vite. » dit-elle dans un souffle.

ELLE EUT à peine le temps d'ouvrir la porte qu'ils s'arrachaient mutuellement leurs vêtements. Elle baissa son pantalon et sentit son sexe chaud et immense dans la paume de sa main, tout tendu et tremblant.

« Je veux être en toi... » Il la coucha au sol, lui enleva son pantalon et enroula ses cuisses autour de ses hanches. Sarah gémit lorsqu'il l'excita avec le bout de sa queue, la faisant glisser le long de son sexe et elle cria lorsqu'il la pénétra d'un coup, sans prévenir ; elle haleta et posa ses mains de chaque côté de sa tête.

« Regarde-moi... »

Elle croisa son regard, vit l'intensité qui brillait au fond de ses yeux verts, totalement concentrés sur elle pendant qu'il la baisait. Isaac poussait fort, en écartant toujours plus ses jambes pour entrer plus profondément en elle.

« Mon dieu, Sarah... je te veux, *je te veux...* »

Elle sentit ses lèvres se liquéfier sous l'assaut de ses sens, son clitoris pulsait, son sexe se serrait autour su sien, lui demandant d'aller de plus en plus profond.

Elle jouit, tout son corps se mit à vibrer, elle hurla son nom, se perdit dans la torpeur de son orgasme, elle le sentit éjaculer en elle, aussi profondément que son désir.

« Mon dieu, Sarah, Sarah, Sarah... »

Ils tremblèrent et frissonnèrent avant de retrouver leur calme, de reprendre leur respiration ; il était toujours en elle, ils se regardaient et commencèrent à rire de plaisir. Il repoussa une mèche de ses cheveux collée à son visage et posa ses lèvres sur les siennes.

« C'est une bonne façon de souhaiter la bienvenue dans le voisinage. »

Sarah rigola, le souffle toujours court. « C'était... incroyable. »

Isaac lui sourit. « Et tu sais quoi ? Nous allons faire ça toute la nuit... montre-moi ta chambre, ma Sarah. »

Son ventre se serra de plaisir. *Ma Sarah.* Ils se séparèrent, et laissant leurs vêtements là où ils étaient tombés, Sarah le mena à l'étage.

~

Il avait vu la voiture arriver devant sa maison, le grand étranger prendre Sarah par la main et l'accompagner chez elle. Avant qu'ils n'aient eu le temps de refermer la porte, il les avait vus s'embrasser et s'enlacer.

Sale *pute.* Qui était donc ce type ? Venait-elle juste de le rencontrer ? Elle était à lui, à lui seul. Il l'avait surveillée ces deux dernières années, il l'avait gardée en sécurité et maintenant... la fureur due à sa trahison l'envahit et il voulait entrer dans la maison, en sortir ce type et le battre à mort. Pour lui montrer. Pour lui montrer à quel point il l'aimait.

Puis, quand elle aurait compris, il sortirait son couteau et lui montrerait encore et encore à quel point il l'aimait...

~

Sarah se réveilla tôt, et elle se sentait heureuse comme elle ne l'avait pas été depuis longtemps. A côté d'elle, Isaac dormait sur le ventre, le visage adouci par le sommeil, son bras en travers de son corps. Ils avaient fait l'amour toute la nuit et s'étaient finalement endormis lorsque le soleil commençait à se lever au-dessus de Washington. Elle se tourna sur le côté, posa sa tête sur son bras et le regarda. Il y avait quelque chose de familier en lui, quelque chose qu'elle ne savait pas comment définir. Son bras, tellement musclé, s'enroulait de manière protectrice autour d'elle, elle reposa sa tête et l'embrassa doucement et sa barbe de trois jours lui piqua les lèvres. Isaac murmura et sourit dans son sommeil.

Sarah se glissa doucement hors du lit et passa son jean et son t-shirt. Elle alla dans la cuisine, sortit le pot de café et ouvrit la porte arrière. La journée était déjà chaude et elle s'assit sur les marches du porche pour réfléchir. Sa tête tournait des événements des dernières vingt-quatre heures - et de l'homme couché dans son lit.

Il était incroyablement beau mais en plus de ça, elle l'avait découvert drôle, gentil et c'était un merveilleux amant. La façon dont il l'avait baisée dans le hall d'entrée la nuit d'avant, de façon si magistrale, si experte... Mon dieu, elle n'avait jamais ressenti cela auparavant. Ni avec Dan ni avec qui que ce soit. Elle ignorait que le sexe pouvait être comme cela : animal, féroce, presque violent. La façon dont son énorme sexe l'avait envoyée dans un autre monde, sa bouche sur son clitoris - elle en avait encore des frissons. Elle en était même encore toute humide, juste en y pensant, malgré le fait que ses cuisses étaient encore douloureuses de la nuit passée. Elle ne connaissait même pas cet homme, elle avait juste suivi son instinct. *J'imagine que je me suis laissée porter*, se sourit-elle à elle-même. C'était étrange - elle avait essayé depuis deux ans de comprendre ce qui était arrivé à Dan, mais finalement, elle éprouvait un peu de rancœur envers lui. Sa relation avec son mari avait toujours connu des hauts et des bas mais avant qu'il ne parte, elle avait eu l'impression que c'était un étranger. Comme si elle ne connaissait pas la personne qu'il était devenu. Il était différent. Elle avait au départ pensé qu'il avait une maîtresse mais lorsqu'elle avait décidé de lui poser la question, il avait quitté la maison le jour même. Elle l'avait cherché autour de chez eux, pour voir s'il s'était perdu, ou s'il était parti en promenade avec leur chien Wilson. Elle l'avait appelé, elle avait appelé leur labrador bien-aimé mais elle n'avait vu personne. Quand elle était montée jusqu'au phare abandonné qui jouxtait leur propriété, elle avait trouvé les clés, le téléphone, le portefeuille et les chaussures de Dan, bien alignés au bord de la falaise. Wilson était attaché et il pleurnicha en le voyant.

C'est pour ça qu'elle avait paniqué...

Sarah repoussa ses souvenirs au loin. *Non. En aucun cas.* Rien ne saurait altérer sa bonne humeur de la journée. Peu importe ce qui allait maintenant se passer entre elle et Isaac, la dernière nuit était la plus torride de sa vie. Rien ne changerait cela...même si tout s'arrêtait là. Sarah se dépêcha d'oublier la tristesse engendrée par cette idée.

Elle se leva et sentit quelque chose dans la poche de son jean, elle sortit la lettre qu'elle avait reçue la veille. La dernière lettre, d'après elle. La présence d'Isaac la faisait se sentir bizarrement plus en sécurité et elle se décida à l'ouvrir.

Je te surveille toujours, je te vois Sarah, ne me laisse pas tomber...

Elle la chiffonna et la jeta. C'était la troisième lettre étrange qu'elle recevait et elle pensait que c'était l'œuvre de quelque idiot qui cherchait à lui faire peur. Elle pensait même savoir qui c'était - cette si charmante Caroline. *Cette femme détestable.*

DÉSIREUSE D'OUBLIER le goût amer que cette lettre lui avait laissé au fond de la gorge, elle se leva et rentra préparer du café. Elle le monta à l'étage et vit Isaac en train de s'étirer, assis au bord du lit. Il sourit en le voyant.

« Bonjour, ma belle. »

Elle posa les tasses sur la table de nuit et se pencha pour l'embrasser. « Bonjour à toi, bel homme. »

Il lui caressa les cheveux tout en l'embrassant. « Mon dieu, tu sens si bon. »

Elle passa ses lèvres contre les siennes. « Même avec mon haleine du matin ? »

« Tout particulièrement. Je n'ai qu'une plainte à formuler. Tu portes trop de vêtements. »

Sarah sourit et se leva, retira doucement son t-shirt puis son jean. Les yeux d'Isaac se déplacèrent tout le long de son corps. Elle s'assit à côté de lui et se pencha pour embrasser son large torse.

Isaac passa un doigt le long de son dos et elle frissonna de plaisir. Elle se leva et se dirigea vers la salle de bain, l'invitant à la suivre.

« Tu veux me rejoindre sous la douche ? »

Isaac sourit. « Je sais que tu en as envie. »

Alors qu'ils se tenaient sous le jet d'eau fraîche, Sarah le prit dans sa bouche, creusant ses joues lorsque sa bouche chaude et mouillée enveloppait son sexe, le suçant, l'excitant avec le bout de sa langue. Isaac poussa un profond soupir de plaisir et ses doigts s'emmêlèrent dans ses cheveux noirs. Elle l'amena au bord de l'orgasme mais il la souleva facilement et plongea en elle, appuya son dos contre le mur froid et l'embrassa avidement.

« Mon dieu... Sarah... je pourrais te baiser toute la journée... »

Elle rit, tout en haletant pendant qu'il poussait fort en elle, sa queue gardant un rythme effréné jusqu'à ce qu'elle atteigne l'orgasme. « Baise-moi plus fort Isaac... » Elle haleta en le sentant obéir, et elle lui sourit quand il ramena ses hanches contre les siennes jusqu'à ce qu'elle sente son corps fondre et trembler.

Puis ils s'habillèrent et Sarah prépara un petit déjeuner avec des œufs brouillés, du bacon à la pomme, des fruits frais et du jus de fruit. Ils le prirent sur le porche, en regardant la petite crique au bout du jardin.

« C'est beau ici. », dit Isaac d'un air pensif en mâchonnant une tranche de bacon croustillant. « L'île, le fjord... les propriétaires du café. » Il lui sourit en la voyant rouler des yeux et rigoler.

« Pourquoi veux-tu emménager ici ? »

Isaac avala une gorgée de café. « Je voulais un endroit hors de la ville. J'adore Seattle mais parfois, je deviens un peu claustrophobe. »

Sarah mangea une pleine fourchetée d'œufs. « Dans quoi travailles-tu ? »

Ses yeux eurent un regard amusé pendant quelques secondes. « Je dirige une entreprise de technologie. »

« Cool. » Puis elle s'arrêta. « Attends... »

« Ouais. »

« Tu es Isaac *Quinn* ? »

« Ouais. »

Elle sourit d'un air piteux. « Je suis désolée, tu dois me prendre pour une débile. C'est juste que la technologie ne m'intéresse pas trop. Je peux travailler sur mon i Pad, mais ça s'arrête là. »

Isaac sourit. « Pas de problème - au moins, tu ne m'embêteras pas parce que tu as perdu tes mots de passe... même si je t'autorise *totalement* à m'embêter parce que tu as perdu tes mots de passe. »

Sarah rit. « Maintenant que tu en parles... »

Isaac se pencha pour lui caresser le visage et passa le dos de sa main sur sa joue. « Sarah ? »

« Oui ? »

« Veux-tu passer le reste de la journée avec moi ? »

SARAH PASSA de la réserve à la cuisine, en entendant un peu de bruit dans le café, dont la porte était ouverte. Sarah prit une profonde inspiration et expira lentement, afin de ressentir au mieux ce nouveau bonheur dans tout son corps.

Elle entra dans le café et sourit à Molly, essayant de cacher un peu sa joie. Mais Molly était loin d'être folle.

« Que se passe-t-il ? Tu as l'air bizarre. »

Elle avait toujours eu la langue bien pendue. Sarah sourit contre son gré.

« Bizarre, c'est le mot. Il y a un nouvel homme dans ma vie. »

Molly leva les yeux. « Mon frère a finalement pris la bonne décision et il a quitté sa sorcière ? »

Sarah roula des yeux. « Veux-tu arrêter d'essayer de me caser avec Finn ? »

« Jamais. », dit Molly en la regardant avec un sourire sarcastique. « Oh, je sais... »

Sarah attendit.

« Est-ce le type d'hier ? Le gars des ordinateurs ? »

Sarah hocha la tête. « Suis-je la seule à ne pas l'avoir reconnu ? »

Molly soupira d'un air navré. « Il faut dire que tu t'y intéresses tellement. Honte à toi. Donc... »

Sarah lui fit un sourire. « Oh regarde, des clients. »

Sarah partit servir les nouveaux clients et Molly sourit. Sarah leva les yeux vers la fenêtre. Elle vit Finn, habillé de son uniforme de policier, sortir par la porte de devant, Caroline sur ses talons. Caroline souriait. C'était plus un rictus qu'un sourire se dit Sarah. Elle vit Molly les regarder aussi. Elle grimaça.

« Ignore-la, ce troll hideux. »

« Qu'est-ce qu'il *lui* trouve ? Sarah referma le registre un peu trop brusquement. Une pile de muffins tomba du comptoir. Elle se baissa pour les ramasser. Molly se pencha pour la regarder.

« Et bien, que s'est-il passé avec M. Robot ? »

Sarah se leva, les mains pleines de gâteaux en miettes et les jeta dans la poubelle. Malgré elle, elle aimait bien embêter cette curieuse de Molly.

« Nous nous sommes, heu, *trouvés.* »

La bouche de Molly s'ouvrit en grand. « Vous avez couché ensemble ? »

Sarah se pencha sur le comptoir. « Des tas de fois. Des tas et des tas de fois. » Elle sourit en voyant le visage abasourdi de son amie et elle devina ses pensées. Sarah n'avait eu aucune aventure ni amourette depuis longtemps. Pas jusqu'à aujourd'hui.

Molly se mit à sourire. « Waouh! Alléluia. C'était bien ? »

« Ouais. »

« Waouh. Waouh. »

Sarah hocha la tête. « Molly, honnêtement, je ne pensais pas... enfin, disons que je n'ai jamais ressenti tout ça avec Dan. Je ne veux pas dire que ce n'était pas bien, » ajouta-t-elle rapidement, « mais avec Isaac... et bien... »

Molly se pencha par-dessus le comptoir et la prit dans ses bras. « Je suis si contente. Je suis si, si contente pour toi, Sarah. Tu mérites d'être heureuse. »

« Merci. »

« Tu lui as parlé de Dan ? »

Sarah sentit son cœur se serrer. « Pas encore. Je ne sais pas ce que cette histoire va donner et je ne suis pas prête à voir ce regard dans ses yeux, celui que je vois dans les yeux de chaque personne à qui je dis que Dan a disparu. »

Molly caressa affectueusement le bras de son amie. « Je comprends. »

Sarah resta silencieuse. Molly la laissa un instant pour aller nettoyer quelques tables. Sarah regarda par la fenêtre, en direction de la maison de Finn. Caroline hurlait maintenant que Finn s'en allait, son visage était crispé lorsqu'il entra dans le café. « Salut. »

Sarah roula des yeux en le regardant avec sympathie. « Salut mon pote. »

« Salut ma belle. » Ses yeux s'adoucirent en prononçant ses paroles. Molly voulait que Finn et Sarah soient en couple mais tous deux savaient que ça ne ce ferait jamais. Ils étaient de trop bons amis pour franchir cette ligne.

« Salut frérot. » Molly lui donna une tape dans le dos. « Pourquoi le dragon était-elle en train de te hurler dessus aujourd'hui ? »

Finn haussa les épaules. « On s'en fiche, non ? »

« Mais pourquoi es-tu toujours avec elle ? » Molly venait de dire tout haut ce que Sarah pensait tout bas.

« J'en sais rien. Je commence mon service dans une heure mais je devais sortir de là. »

Sarah attrapa une des ses boucles blondes. « Reste ici et détends-toi avec nous. Nous allons te donner de bons aliments de base - sucre, café, beurre. »

Finn sourit à son amie. « Tout prend sens avec toi, et ce n'est pas toujours une bonne chose. »

Molly s'éclaircit la gorge et hocha la tête vers sa chef.

« En parlant de ça... Sarah a passé les dernières vingt-quatre heures de façon très intéressantes. »

Sarah rougit et Finn leva les yeux en la regardant. Sarah lui fit un petit sourire, et trouva un peu bizarre de dire à son plus vieil ami qu'il y avait un nouvel homme dans sa vie.

« Je vois quelqu'un. En quelque sorte. »

« Elle veut dire qu'elle a été séduite. Vraiment séduite. » Le sourire de Molly était large et malicieux.

Finn s'étrangla en avalant son café alors que Sarah éclatait de rire en entendant la phrase de Molly.

UNE DEMI-HEURE PLUS TARD, le café se vida un peu et tous trois s'assirent à une table. La chaleur de dehors devenait oppressante, orageuse.

« Alors. » Finn desserra sa cravate.

« Ouais. »

Finn but une gorgée de café. « Je pense que je devrais le rencontrer. Tu sais, par sécurité. Pour m'assurer que ce n'est pas un escroc. »

Molly sourit en buvant son café. Sarah leva les sourcils vers lui.

« Et comment pourras-tu en être sûr Colombo ? »

« Je pourrais lui demander... Es-tu un escroc ? Et d'après sa réponse, je déduirais mon propre jugement. »

« Tu veux dire que s'il te dit que oui, alors... »

« Exactement. » Finn essayait de ne pas rigoler. Sarah commença à sourire.

« Voilà où partent nos impôts. » Elle se leva en lui serrant l'épaule. « Merci, cela étant, tu es gentil de t'inquiéter pour moi. » Elle se dirigea vers la cuisine. Elle se pencha par-dessus son épaule. « Quoi qu'il en soit, tu le verras ce soir si tu es encore là à 8 heures. Il passe me chercher, nous allons dîner chez George. »

Il hocha la tête et se leva. « J'essaierai de revenir pour le rencontrer... comment s'appelle-t-il déjà ? »

« Isaac. Isaac Quinn. »

« D'accord. »

Sarah lui sourit.

« On se voit tout à l'heure alors ? »

« Sans aucun doute. »

. . .

« CETTE FEMME EST TRÈS DÉSAGRÉABLE. » Isaac tourna le dos à Caroline. Sarah regarda Finn - il avait l'air si malheureux qu'elle souffrait pour lui. Elle sentait le regard d'Isaac sur elle et elle se retourna vers lui avec un sourire.

« Désolée. »

Ils étaient assis à l'opposé de Finn et de sa femme dans le restaurant. Le restaurant George était bondé et les bruits de conversation bourdonnaient dans la salle. On entendait par-dessus la voix nasillarde de Caroline, qui se disputait avec un Finn morose. Caroline lançait des piques à Sarah, qui répondait par de petits sourires moqueurs, ce qui faisait doucement rire Isaac.

« Vous n'êtes pas amies, hein ? » lui demanda-t-il après un coup d'œil particulièrement noir.

Sarah grimaça. « Non. »

Caroline se leva d'un coup, en faisant violemment reculer sa chaise sur le sol.

« Je t'emmerde Finn ! » Elle était plutôt furieuse. Finn cacha sa tête dans ses mains. Les mains de Sarah se crispèrent sur sa serviette de table. Isaac regarda la femme traverser la rue et claquer la porte de sa maison. Sarah soupira.

« Tu as raison, Isaac, cette femme est désagréable. Et Finn est un de mes meilleurs amis, il mérite mieux. »

Isaac posa sa main sur la sienne. « Changeons de sujet. Tu es ravissante. »

Sarah sourit, un peu gênée. « C'est la robe, pas moi. Comment se passe ton installation à l'hôtel ? »

« Très bien. Je voyage plutôt léger donc je n'ai pas apporté grand-chose. »

« Un nomade. »

« Oui. Quelque chose comme ça. »

Elle s'éclaircit doucement la gorge. « Tu sais, tu n'es pas obligé de rester à l'hôtel. »

Isaac sourit. « Peux-tu croire que ça fait un moment qu'assis ici, j'attendais de t'entendre prononcer cette phrase ? » Il se pencha pour l'embrasser, caressa ses lèvres avec les siennes, ce qui la fit chavirer.

Pour essayer de se calmer - et d'empêcher le tremblement frénétique de ses jambes - elle étudia le menu. « Je ne sais jamais quoi prendre ici. »

Il rit. « Tu as sûrement eu le temps de parcourir la totalité du menu maintenant. Pour notre prochain rendez-vous, je t'emmènerai en ville, dans mon appartement. »

Elle sourit. « Notre prochain rendez-vous ? »

« Et les nombreux qui suivront. »

« Très bien, super. » George chanta sa chanson de bienvenue et Sarah s'amusa du visage étonné d'Isaac. Elle se leva et prit le nouveau venu dans ses bras.

« Bonjour George. Isaac, voici George, mon ami de toutes les situations. George, voici Isaac Quinn. »

« Comment allez-vous Isaac ? » George tendit la main à Isaac. « Que pensez-vous de notre petite île ? »

« J'espère pourvoir en découvrir davantage, si Sarah est assez aimable pour me la faire visiter. »

Elle sourit et hocha la tête. « George, veux-tu te joindre à nous ? » Elle leva les yeux vers Isaac qui hocha la tête de manière enthousiaste.

« Ha, non merci ma belle, je suis juste passé faire un coucou. Ravi de vous avoir rencontré Isaac. Je suis persuadé de vous revoir bientôt. » George tapota l'épaule de Sarah et s'éloigna. Isaac sourit à Sarah.

« C'est ton père ? »

Sarah hocha la tête. « En quelque sorte. C'est une très longue histoire, je t'en parlerai une autre fois. Il est ma seule famille... à part Molly et Finn. Qui sont mes frères et sœurs d'adoption. »

Isaac regarda Finn, toujours assis au bar. « Tu sais, on peut demander à Finn de se joindre à nous. Il a plutôt l'air sympa. »

Sarah fut touchée de cette attention. « C'est si gentil de ta part mais je connais Finn, il se sentirait gêné. »

Comme s'il attendait ce signal, Finn glissa de son tabouret de bar, se dirigea vers la porte et disparut dans la nuit sans leur jeter un seul regard. Isaac se tourna vers Sarah.

« Est-ce que je peux te demander ? Pourquoi Finn et toi... heu... je m'avance peut-être, évidemment... n'avez jamais eu de relation tous les deux, ça ne vous a pas traversé l'esprit ? »

Sarah secoua la tête. « Non, jamais, vraiment. Je veux dire, j'adore Finn bien sûr, mais une relation ? Je trouverais ça...bizarre. »

Isaac sourit. « Donc je n'ai pas à m'inquiéter d'une éventuelle compétition alors ? » Son ton était léger mais il y avait un sentiment en-dessous qu'elle avait du mal à définir.

« Absolument pas. »

« Parfait. »

Elle sourit. « Tu es prêt à y aller ? J'ai dit à Molly qu'on s'arrêterait au café. »

« Salut les gars. » Sarah, suivie d'Isaac, tapota l'épaule de Finn en se rendant vers le café. Elle passa derrière le comptoir et attrapa la cafetière. Elle emplit trois tasses et leur en passa une à chacun. Elle prit la bouteille de soda dans le réfrigérateur et se servit. Isaac s'assit au comptoir.

« Finn Jewell, je suis Isaac Quinn. »

Finn le regarda et lui tendit la main et Isaac la serra sans hésitation.

« Salut chef, ravi de te rencontrer. »

« Pareil pour moi. »

Sarah fit un grand sourire.

« Je reviens. »

Elle leur sourit à tous les deux et disparut. Molly vint nettoyer les tables et fermer la porte.

Isaac sourit à Finn. « Sarah m'a dit qu'elle te considère comme son grand-frère. Est-ce que tu vas me faire un discours ? »

Finn rit. « Disons seulement qu'il est implicite et que nous pouvons passer à autre chose. Tu la rends visiblement plus lumineuse, c'est certain, et c'est suffisant pour moi. »

Isaac lui sourit largement. « Elle anime mon petit monde... même si je viens juste de la rencontrer. »

« Elle en vaut la peine. » dit Finn en souriant à sa sœur qui s'était rapprochée du comptoir, « Je ne l'ai pas vu comme ça depuis la disparition de Dan. »

Molly s'arrêta net et jeta un regard noir à son frère. Isaac ne le remarqua pas.

« Dan ? »

Sarah choisit cet instant pour revenir auprès d'eux. Elle s'arrêta net en voyant leurs visages - Molly et Finn un peu gênés, Isaac confus. Elle leur sourit.

« Que se passe-t-il ? Etes-vous en train de redevenir asociaux tous les deux ? Ce sont des jumeaux, tu sais. », ajouta-t-elle à l'attention d'Isaac. Il sourit et prit une profonde inspiration.

« Je crois qu'ils s'inquiètent parce qu'ils viennent de mentionner le prénom de quelqu'un qui s'appelle Dan. C'est un secret ou je peux savoir de quoi il s'agit ? »

FINN SE PENCHA quand Caroline lui jeta un verre. Il ignorait totalement ce qu'il avait fait pour mériter ça. Il avait juste passé la porte et elle lui était tombée dessus.

« Hé ! » Il s'avança et lui attrapa le bras avant qu'elle ne puisse attraper une autre arme. « Mais qu'est-ce que tu fous, bordel ? »

Caroline dégagea violemment son bras. « Tu es un connard, Finn. Je t'ai vu tout à l'heure. Je t'ai vu dans ce sale café. Avec elle. »

Les épaules de Finn s'affaissèrent. Encore la même rengaine. « J'étais aussi avec ma sœur mais je pense qu'il est préférable pour ta petite histoire qu'il n'y ait que moi et Sarah. »

« Ne prononce pas son sale prénom. » Caroline lui cracha au visage. *« Sarah-Sarah-Sarah-Sarah-Sarah-Bailey de merde.* C'est tout ce que j'entends. »

Elle s'assit dans un fauteuil et alluma une cigarette. Elle appuya sa tête contre le dossier et le regarda. « Est-ce que tu la baises ? Dis-le-moi. »

Finn soupira. « Encore cette question. Combien de fois devrais-je te le répéter, nous sommes juste amis, nous avons *toujours* été juste amis. Tu es ma femme. »

« Mais tu l'aimes. »

« Que veux-tu que je te dise, Caroline ? »

Elle rit. « Tu n'es même pas capable de le nier, n'est-ce pas ? »

« Est-ce nécessaire d'en parler chaque semaine ? Parce que si c'est le cas, je le note dans mon agenda. La même dispute, les mêmes questions et tu n'auras jamais d'autres réponses que celles que je t'ai toujours données. Sarah est ma *sœur*. » Il regarda l'endroit où le verre avait atterri. « Ce verre était neuf, il était joli, un peu spécial. » Finn savait qu'il la provoquait maintenant mais il s'en fichait. « Si tu es tellement convaincue que je suis amoureux de Sarah - Caroline siffla et il sourit - pourquoi ne me quittes-tu pas ? »

Caroline sourit d'un air suffisant. « Pourquoi ne *me* quittes-*tu* pas ? »

Finn se tourna vers elle d'un air vaincu. « Va te coucher, Caroline. Je pense que tu as terminé.

Elle sourit, posa sa cigarette et se leva. « Tu viens ? »

« Non. » Finn s'éloigna d'elle.

Elle eut un petit rire et s'éloigna. « Comme tu veux. »

Il entendit la porte de la chambre se refermer et soupira. Il ramassa le verre sur le sol, et essaya de marcher sur les débris de verre pieds nus pour ressentir autre chose que le désespoir amer qu'il ressentait ce soir. Mais pourquoi avait-il donc épousé Caroline ? *Parce qu'elle avait fait semblant d'être enceinte, abruti.* Il se laissa tomber dans le fauteuil et ferma les yeux. Ce cauchemar était son quotidien - et il ignorait comment en sortir.

Ils étaient rentrés à la maison et étaient assis sur le porche. Sarah ne pouvait pas croire tout ce qui lui était arrivé ces derniers jours. Elle avait passé un fantastique week-end avec Isaac, ils avaient fait l'amour… *comme des bêtes*, elle souriait encore en y repensant, mais maintenant, il était temps de revenir à la réalité. Il devait en savoir plus sur elle.

Elle prit deux bières dans le réfrigérateur et ils s'assirent dans les confortables fauteuils à l'arrière de la maison, tout en regardant Wilson jouer avec une balle dans le jardin. Le labrador et Isaac étaient vite devenus de bons amis.

Isaac ne l'avait pas pressée de questions après l'incident au café, lorsqu'elle lui avait demandé d'attendre qu'ils soient seuls pour qu'elle puisse s'expliquer. Elle aimait ça en lui.

Maintenant, elle était prête. Elle s'étonnait sans cesse du fait qu'à chaque fois qu'elle le regardait, elle voyait quelque chose de nouveau et de fabuleux sur son joli visage. Même après une si courte période, elle avait l'impression qu'il faisait partie de sa vie - et elle de la sienne.

« Dan était mon mari. Il a disparu il y a deux ans. C'était un vendredi, un jour de travail normal. J'étais au café et Dan à son travail. Rien ne s'était mal passé, nous n'avions pas eu de dispute, il ne montrait aucun signe de dépression. Deux jours avant malgré tout, je lui avais très calmement demandé s'il avait une relation extraconjugale. Il avait nié et je l'avais laissé tranquille. L'école où il travaillait m'a appelé pour me dire qu'il ne s'était pas présenté depuis le matin. Je suis rentrée à la maison - mais il était parti. Parti, c'est tout. Il avait emmené le chien avec lui, je me suis donc dit qu'ils étaient partis en balade mais je trouvais ça étrange qu'il n'ai prévenu personne. Je ne l'ai plus jamais revu. J'ai trouvé Wilson attaché près du phare abandonné au bout de notre propriété. Il y avait aussi le portefeuille de Dan, son téléphone et ses clés, bien rangés sur le bord de la falaise. »

« Il a sauté ? »

Sarah frissonna. « Je pense plutôt que c'est l'impression qu'il a voulu donner. »

Isaac la regarda attentivement. « Tu sembles plus en colère que triste. »

Sarah hésita. « J'ai été en colère pendant un moment mais plus j'y réfléchis... Dan n'était pas le genre de gars à se suicider. Je pense qu'il me trompait mais qu'il n'a pas osé me le dire en face. »

« Tu es *toujours* en colère. »

Elle hocha la tête. « Nous avons été heureux au moment de notre mariage, mais après, les choses ont changé. Il a changé. Il est devenu... je ne sais pas. Ce n'est pas comme si nous nous disputions tout le temps ou s'il était abusif, il voulait juste avoir le contrôle. Il s'énervait facilement. » Elle soupira. « Je ne sais pas, j'imagine qu'il est mort. »

Elle étudia l'expression d'Isaac mais il semblait intéressé, elle ne décela aucune trace de sympathie. « C'est violent. »

Elle hocha la tête. « Quoi qu'il en soit, le divorce a été prononcé en raison de son absence. Ils n'ont trouvé aucun corps et nous avons embauché des détectives pour partir à sa recherche. Rien. J'ai fini par ne plus être en colère - et même si j'ai honte de l'avouer- je ressens un certain soulagement. »

« Qu'est-ce qu'il enseignait ? »

Sarah fut surprise. « De la musique. Il était prof de musique. Plus jeune, il a gagné beaucoup de prix, très souvent, en jouant du piano. »

Isaac regarda derrière lui. « Tu as un piano chez toi ? »

Elle hocha la tête. « Dans le salon. »

« Tu en joues ? »

Elle hocha la tête. « Mais plus maintenant. »

« Je comprends. »

Un silence gêné s'installa et Sarah se sentit mal à l'aise. « Je te l'aurais dit, tu sais. J'ai juste... pensé que c'était trop tôt et je ne voulais pas faire de plans sur la comète, je ne voulais pas rompre la bulle dans laquelle on s'est installés depuis notre rencontre. »

Isaac se pencha et la prit sur ses genoux. « Je comprends. Tout est si nouveau. Mais Sarah, écoute. Je suis engagé dans cette relation. Je veux un "nous". Je n'ai jamais ressenti cette connexion avec qui que ce soit auparavant. Si tu me laisses faire, je veux te donner tout ce que je possède. Tu mérites tout l'amour du monde. »

Ses yeux s'emplirent de larmes en entendant ces mots et elle posa ses lèvres contre les siennes. « Je suis engagée dans cette relation aussi. » murmura-t-elle contre sa bouche, et elle sentit la sienne s'élargir en un sourire.

« Parfait. » Il se leva, la souleva dans ses bras et la porta dans la maison. « Devine où je t'emmène maintenant ? »

A L'ÉTAGE, il la déposa doucement sur le lit et commença à déboutonner sa robe, repoussant doucement le tissu doux pour exposer sa peau nue et appuyer ses lèvres sur sa peau soyeuse. Il dégrafa l'attache de son soutien-gorge et prit ses seins entiers dans ses mains, les massa, prit chaque téton dans sa bouche, les excita de sa langue, les mordilla avec ses dents jusqu'à ce qu'il les sente se durcir. Il l'embrassa en bas du ventre, titilla le creux de son nombril avec sa langue et sentit son ventre trembler et se contracter à son contact.

Ses doigts se glissèrent sous sa culotte et il la baissa doucement, tout en embrassant le petit mont formé par son sexe doux, puis sa bouche trouva son clitoris, et sa langue commença à passer et repasser dessus. Il sentit le corps de Sarah se tendre et sa respiration s'accélérer. Mon dieu, elle avait un goût si divin lorsqu'il plongeait sa langue en elle, tout en écoutant ses gémissements de plaisir. Son sexe appuyait fort sur son ventre et il se retrouva bientôt sur elle, débordant d'envie de la pénétrer. Les jambes de Sarah s'enroulèrent autour des hanches d'Isaac dont le sexe rigide, lourd et long s'approcha de l'entrée de son vagin puis s'y glissa en entier, jusqu'au fond, d'un seul coup. Ses hanches pivotèrent pour pouvoir entrer le plus loin possible en elle, sa bouche couvrit la sienne et leurs langues se mélangèrent. Sarah gémit et un son délicieusement doux sortit d'elle, ce qui fit sourire Isaac.

« J'adore te baiser, belle Sarah... »

En guise de réponse, elle bascula encore ses hanches pour l'emmener plus profondément, ses doigts s'emmêlèrent dans ses boucles brunes, son sexe se contracta avidement autour de sa queue. Leurs regards se verrouillèrent et Isaac commença à accélérer ses va-et-vient, plus durs, plus forts, sortant et entrant sans arrêt en elle, excité par ses cris et ses gémissements.

Il jouit d'un coup, tout son corps explosa en elle et son sperme gicla avec force jusqu'au fond des entrailles de Sarah. Son esprit tourbillonnait, entièrement consumé par cette femme, par sa peau si douce, son odeur entêtante, sa beauté. Il murmura son nom encore et encore pendant qu'elle jouissait, ses doigts frottant son clitoris tout en laissant son sexe dur en elle. Elle trembla et hurla au moment de l'orgasme et il s'effondra contre elle le temps de reprendre son souffle.

« Sarah... belle, magnifique Sarah... »

Il vit des larmes rouler sur ses joues et il les essuya. « Que se passe-t-il mon amour ? Tout va bien ? »

Elle hocha la tête, souriant à travers ses larmes. « Tout est parfait Isaac, c'est juste... je ne savais pas que je pouvais ressentir tout ça, je ne pensais pas pouvoir être autant heureuse... »

Isaac passa ses lèvres sur les siennes. « Je sais, bébé, je sais. Je suis en train de tomber amoureux de toi, Sarah Bailey, tellement amoureux... »

Il s'assit dans sa voiture, regarda Sarah à travers la baie vitrée devant le café. Elle avait l'air heureuse, ses cheveux foncés étaient emmêlés, ses joues roses lorsqu'elle se déplaçait pour discuter avec ses clients. Son sourire si désirable lui crispa le ventre. Elle portait une jolie blouse blanche qui se soulevait à chaque fois qu'elle prenait quelque chose sur les étagères en hauteur du café. Il imagina le coton délicat s'imprégner de son sang, sa peau si douce se déchirer autour de la lame de son couteau.

Elle baisait avec ce riche connard depuis des semaines maintenant et elle semblait si heureuse, si radieuse que ça en était douloureux pour lui. Il la voulait dans son lit, il voulait la baiser de force avant de terminer tout cela comme cela devait inévitablement se terminer...

En la tuant.

« Salut la geek. »

Sarah était plongée dans ses comptes et extrêmement concentrée, mais elle leva les yeux et vit Finn entrer dans le café. Il avait visiblement quitté son travail pour passer lui dire bonjour et elle était ravie de cette interruption. Elle releva les lunettes qu'elle avait sur le nez et le regarda. Son uniforme de policier était tout froissé, comme s'il avait passé la nuit dedans.

« Salut tordu. » Elle lui prépara automatiquement un grand Américano, et le lui apporta. Il lui sourit en guise de remerciement et en avala une longue gorgée.

« Comment va ton petit ami ? Au fait, je l'aime bien. »

Sarah lui sourit. « J'en suis ravi. »

« C'est une avancée remarquable. »

Sarah le regarda par-dessus les verres et essaya d'avoir l'air malheureux. « Finn... »

Finn haussa les épaules d'un air innocent. « Désolé mais c'est la vérité. Il s'occupe bien de toi, non ? »

Elle hocha la tête, un peu mal à l'aise. Depuis la disparition de Dan, Finn avait souvent fait allusion au fait qu'il n'avait jamais apprécié son mari, qu'il ne l'avait jamais trouvé vraiment digne d'elle. Quelque chose lui revint en mémoire ; Isaac lui demandant pourquoi et Finn ne lui répondant jamais. Elle poussa plus loin sa pensée. Ce n'était pas pour ça que Finn n'appréciait pas Dan... si ?

Elle se rendit compte qu'elle n'avait plus pu le regarder dans les yeux dès ce moment. « Oui, il s'occupe bien de moi. En fait, nous allons aller passer quelques nuits chez lui en ville. »

« Cool. »

« Ouais. »

« Hé, tu as une idée de la fortune de ce type ? »

Elle fronça les sourcils. « Ca ne me regarde pas - ni toi d'ailleurs, Finn Jewell. »

Il sourit. « Hé, c'est donné sur internet. De plus, en tant que policier et ami, je dois vérifier son identité. Ne t'inquiète pas... », ajouta-t-il rapidement quand elle ouvrit la bouche pour se plaindre. « Il est parfaitement net. Cela étant, ce type pèse plus de sept-cent milliards. »

« Finn ! Je ne veux pas savoir tout ça. » Sarah claqua ses mains sur ses oreilles. Elle ne voulait vraiment pas savoir ; ça lui était déjà assez difficile de savoir qu'elle ne pouvait pas être sur un pied d'égalité financière avec Isaac, elle ne voulait pas connaître exactement le montant de sa fortune.

Finn haussa les épaules. « Ca va, je plaisante. C'est plutôt la moitié de ce montant. »

Sarah se pencha, attrapa un muffin et le jeta à son ami. « Ferme-la. »

Finn attrapa le gâteau et mordit dedans. « Merci. Sérieusement, ma belle, je suis content pour toi. »

Elle le prit dans ses bras. « Si seulement tu pouvais être aussi heureux. »

Finn roula des yeux. « C'est totalement indépendant de ma volonté, tu sais. Mais c'est à moi d'essayer d'arranger ça. »

Sarah se mordit la lèvre, se demandant si elle devait lui parler des lettres. Caroline était la seule personne qui la détestait suffisamment pour lui envoyer des lettres, la seule personne qu'elle savait assez malveillante pour ça. Elle et Caroline se détestaient depuis qu'elles étaient enfants ; Caroline était très brusque déjà et lorsque Sarah la forte tête avait refusé de s'incliner devant la reine du bac à sable, Caroline en avait fait sa ciblé préférée.

Mais elle ne voulait pas inquiéter Finn davantage. Sarah lui sourit. « Je sais que tu seras heureux un jour. J'en suis sûre. »

Finn termina son café et lui dit au revoir. « De ta bouche aux oreilles de Dieu, mon cœur. Je dois y aller, de sombres travaux de policier m'attendent. »

Sarah regarda Finn traverser la rue en direction du commissariat. Caroline s'avança dans sa direction et lui cria quelque chose mais il l'ignora. Caroline s'arrêta au milieu de la rue et tourna la tête vers le café. Elle lui jeta un regard noir quand leurs yeux se croisèrent. *« Pute »,* murmura-t-elle. Sarah lui fit un large sourire, lui montra son majeur avec grâce et se mit à rire quand Caroline fonça chez elle.

ISAAC LEVA les yeux quand son frère et associé Saul frappa à la porte de son bureau. Saul, à quarante-deux ans, avait trois ans de plus qu'Isaac mais il était bien plus petit que lui. Depuis la mort de leurs parents, Isaac et Saul avaient développé l'affaire familiale à l'échelle internationale grâce au talent d'Isaac et aux solides connaissances commerciales de Saul.

Durant tout ce temps, Saul avait réussi à se marier et à avoir deux enfants. Maika, sa femme, était professeur de chimie à l'université et Saul était passé au second plan dans la gestion de la société Quinn ces dernières années.

Il avait été ravi d'apprendre la relation entre Isaac et Sarah. « Mon dieu, enfin ! Je commençais à me demander si nous n'allions pas devoir aménager les combles pour toi d'ici quelques années. »

Isaac sourit. « Très drôle. Ecoute, elle vient vivre chez moi la semaine prochaine, tu penses que Maika et toi seriez libres à dîner un soir ? »

« Absolument. Dis-moi quelle date t'arrange. »

Une fois son frère parti, Isaac essaya de répondre à plusieurs mail en retard mais en vérité, son esprit se trouvait encore de l'autre côté de la mer, sur l'île, concentré sur l'image de Sarah. Il pourrait l'appeler... mais il changea d'avis. *Tu dois y aller doucement, mec.* Mais il ne voulait pas s'embarrasser d'enfantillages. A trente-neuf ans, il se pensait relativement aguerri et il avait toujours été en règle avec lui-même. Le jour où il était entré dans ce café avait tout bousculé.

Isaac se leva et s'avança jusqu'à la fenêtre qui donnait sur la ville et sur Elliott Bay. Il ne pouvait s'empêcher de penser à cette histoire que Sarah lui avait racontée sur la disparition de son ex-mari. Pourquoi est-ce que quelqu'un voudrait avoir envie de s'éloigner d'elle ? Il était d'accord avec Sarah - même s'il n'avait pas connu Dan, il y avait quelque chose de louche dans la façon dont Dan avait disparu. Pourquoi emmener le chien avec lui, à moins de vouloir que quelqu'un le retrouve et pourquoi avoir si bien rangé toutes ses affaires ? Tout cela semblait trop planifié.

Sois honnête, se dit-il, *tu veux être certain qu'il ne reviendra jamais la chercher.* Il admira Sarah d'avoir divorcé de Dan et de ne pas s'être comportée en victime. Il y avait sûrement d'autres choses qu'elle n'avait pas dites, il en était sûr, mais elle le ferait quand elle voudrait, il ne voulait pas la brusquer. Mais il ne voyait pas le mal à se renseigner un peu sur Daniel Bailey...

Isaac prit son téléphone et passa un appel. « Jake ? Ouais, c'est Isaac. Ecoute, est-ce que tu pourrais vérifier une petite chose pour moi ? »

MOLLY REJOIGNIT SARAH dans l'après-midi et Sarah rentra chez elle, pressée de faire ses lessives et de préparer ses bagages pour sa semaine en ville. Elle ne pouvait attendre davantage de revoir Isaac, il passerait la chercher, malgré le fait qu'elle lui ait dit qu'elle pouvait y aller seule.

« J'essaie de frimer un peu, lui avait-il dit en riant, j'ai mon propre hélicoptère. »

Sarah avait gigoté comme une adolescente. « Un gros ? »

« Un énorme, juste pour toi. »

Ils s'étaient brusquement arrêtés de parler, ils s'étaient embrassés tout en riant de leur bêtise.

Maintenant, elle était en train de rassembler ses affaires dans toute la maison, en les ramassant aux endroits où Isaac les avait laissées en la déshabillant. Elle chargea la machine à laver puis nettoya rapidement la maison. Elle se rappela de la période où Dan était là, quand la maison était toujours nickel, Dan détestait le désordre. Ces deux dernières années, la maison était devenue plus chaleureuse, avec des piles de livres un peu partout, des disques et des CD posés ça et là dans le salon. *Plus détendue, plus comme moi,* se disait Sarah.

Elle recula dans le hall d'entrée et vit une lettre posée sur le parquet. Elle n'était pas là quand elle était revenue à la maison. Elle la ramassa et ouvrit la porte de devant, fit quelques pas sur le porche pour voir s'il y avait quelqu'un. Elle ne put entendre que la brise dans les arbres et les cris lointains des enfants à l'école, tout au bout de leur propriété.

Elle jeta un œil à l'enveloppe et son ventre se noua. Encore une. Elle se prépara et la déchira pour l'ouvrir.

Tu feras un très joli cadavre... tôt ou tard.

De la colère s'empara d'elle. « Je t'emmerde, sale lâche ! » cria-t-elle en regardant autour de la maison. Seule la brise lui répondit.

Elle était en colère maintenant et elle claqua la porte. Wilson arriva vers elle en trottinant, sentant son désarroi, et il posa sa truffe dans sa main. Sarah prit quelques inspirations profondes et essaya de sourire à son chien.

« Tout va bien, mon beau. » Elle regarda sa montre. Il ne restait que quelques heures avant qu'Isaac arrive et elle devait maintenant se dépêcher.

Après l'orage de la veille, l'air était plus frais mais encore chaud et une fois les vêtements sortis de la machine et étendus, elle passa en maillot de bain, jeta son jean et son t-shirt et se dirigea vers l'arrière de la maison. Même si Wilson détestait ça, elle l'attacha dans la grange, en utilisant ce qu'elle appelait la laisse événementielle - une corde attachée à son collier qui lui permettait de se promener dans la grange et un peu dans le jardin. Il commença à aboyer et à se plaindre, à chanter sa petite chanson de pitié et de manipulation psychologique, comme à chaque fois qu'il était envoyé dans la grange. Heureusement, son aboiement portait vers la plage plutôt que vers l'école, abritée par la maison et la forêt qui l'entourait. Sarah lui donna une petite tape sur la tête puis se dirigea vers le petit sentier sablonneux qui conduisait à la minuscule plage.

Une fois au bord de l'eau, elle se déshabilla pour mettre son maillot de bain, courut légèrement le long de la jetée et plongea dans l'eau froide.

La sensation de l'eau coulant le long de ses hanches était divine. Elle était froide et cela lui donnait l'impression que sa peau était fraîche et propre, les muscles de ses épaules et de son dos et son corps ne pesaient plus rien. Sarah plongea et nagea sous l'eau quelques instants, puis, une fois de retour à la surface, elle passa ses mains sur son visage pour retirer l'eau de ses yeux et lissa ses cheveux vers l'arrière.

Une poussée d'adrénaline et de colère la fit replonger encore et nager jusqu'à ce qu'elle soit épuisée. Elle s'arrêta pour reprendre son souffle et son regard s'arrêta d'un coup. Sa tête se mit à tourner et ses yeux passèrent et repassèrent devant la ligne des arbres. La peau de son cou commença à la picoter. Rien. Rien... attends. Du mouvement. Il y avait quelqu'un.

Quelqu'un était en train de l'observer.

A QUATRE HEURES, Isaac se dit qu'il ne pouvait attendre plus longtemps. Il dit au revoir à son frère, se dirigea vers le petit hélicoptère posé sur le toit du bâtiment et y monta. Les leçons de pilotage que lui et Saul avaient pris l'avaient rendu de plus en plus à l'aise - mais il l'était un peu moins aujourd'hui, nota t-il. Dans un quart d'heure, il serait avec elle. Il se demanda s'il devait l'appeler mais il décida de lui faire la surprise.

ELLE SORTIT DE L'EAU, remonta sur la jetée sans quitter la forêt des yeux, là où elle avait aperçu les mouvements. Elle regarda chaque arbre, chercha, examina tout à la recherche d'une silhouette. Rien. Elle prit une profonde inspiration. *Paranoïa ?*

Elle remit son jean sur son maillot de bain mouillé, ignorant la façon dont son t-shirt collait à sa peau humide et se dirigea vers sa maison.

Elle n'avait pas fait dix mètres qu'elle l'entendit. Un cri inhumain de douleur absolue, un cri qui s'éteignit en une longue plainte ressemblant au hurlement d'un loup.

Wilson.

Finn rentra chez lui et vit que Caroline était absente. Il se détendit, prit une longue douche puis attrapa une bouteille de Jack Daniels et se posa devant la télé. Il se dit que Caroline avait peut-être une liaison extraconjugale. *Mon dieu, je l'espère.* Finn se sourit à lui-même. *Mon gars, tu te poses trop de questions.*

Mais il s'en fichait complètement.

SA RESPIRATION DEVINT INCONTRÔLÉE, elle haletait de panique.

Sarah courut à travers les arbres qui séparaient la plage de la maison, les petites branches s'accrochant tandis qu'elle regardait sans cesse à droite et à gauche pour voir si quelqu'un la suivait. Au moment où les arbres devinrent moins denses, elle trébucha dans son jardin. Il n'y avait aucun bruit. Wilson devait être devenu fou maintenant. Elle ouvrit en grand la porte de la grange et appela Wilson. A sa grande horreur, elle entendit un minuscule gémissement, suivi d'un grognement qui ressemblait à un vomissement. Elle parcouru la grange des yeux désespérément et elle vit le bout d'une patte dépasser derrière les boxes de la grange. Elle se rua vers l'endroit où Wilson était allongé et gémissait de désespoir. Le chien était couché sur le flanc, son corps était parcouru de spasmes et couvert de sang, de la bave et du vomi recouvraient ses pattes.

Wilson était en train d'agonir et Sarah le prit dans ses bras et courut vers son camion.

Isaac posa délicatement le petit hélicoptère sur le terrain de Sarah et sortit. Il fronça les sourcils. Son camion n'était pas là et la porte d'entrée de la maison était grande ouverte. Il s'avança vers la maison et y entra.

« Sarah ? »

Il vérifia les pièces les unes après les autres, toutes étaient vides. Il retourna dans le hall d'entrée et vit une boule de papier chiffonnée et jetée au sol, qu'il déplia.

Sa respiration se glaça dans sa gorge.

Tu feras un magnifique cadavre...

Isaac se maudit. Il ressortit, appela Sarah, la chercha dans les bois et sur la plage. Enfin, il retourna vers l'hélicoptère, se maudissant encore de ne pas avoir pris sa voiture et s'envola vers la ville.

Sarah, le regard vide et épuisé, était assise dans le café, enroulée dans une couverture pendant que Molly et Finn se lançaient des regards inquiets. Un quart d'heure avant, elle était entrée dans le Varsity, les joues baignées de larmes.

Molly l'avait immédiatement prise dans ses bras pour calmer ses sanglots. « Sarah, que se passe-t-il ? Je croyais que tu passais la soirée avec Isaac... »

Sarah l'interrompit. « J'étais en train de nager. Dans la crique, je nageais et j'ai vu ... quelqu'un qui m'observait. Et puis il y a eu ce cri et... »

« Quelqu'un était en train de t'observer ? » Molly n'en croyait pas ses oreilles. « Mais qu'est-ce que tu racontes ? »

« C'était Wilson, il hurlait et ... oh mon dieu... »

Molly secoua la tête, elle ne comprenait pas.

« Il n'y avait pas... j'ai couru Molly, j'ai couru... à travers les arbres, mais cette personne était partie mais Wilson... » Sarah commença à pleurer. Finn entra et s'arrêta net, le visage totalement confus. Molly lui fit signe d'approcher, tout en continuant à réconforter son amie.

« Qu'est-ce qu'il y a ? Que s'est-il passé ? » Finn posa une main dans le dos de Sarah et quand elle se retourna, il la prit dans ses bras, les yeux plein d'inquiétude. Sarah sanglotait et essaya de dire quelque chose mais il secoua la tête.

« Sarah... je ne comprends pas, raconte-moi, ma belle. »

« Wilson... il était allongé dans la grange, il était blessé, il y avait du sang et du vomi... »

« Oh mon dieu », dit Finn, en appuyant son poing sur son front, en réalisant ce qu'elle était en train de dire.

« Ca n'arrêtait pas, les spasmes, donc je l'ai pris et j'ai couru vers le camion. Puis le véto a dit... J'ai dû lui dire adieu... » Sarah recommença à sangloter, « Adieu, mais je n'ai pas pu... j'étais tellement triste, Finn... »

Il la serra dans ses bras et elle sanglota sur son épaule. Il la berça doucement pour essayer de calmer ses pleurs.

« Il a été empoisonné. Le véto n'avait aucun doute là-dessus. Quelqu'un a empoisonné mon chien. Pourquoi ? »

Il y eut un vacarme dehors et tous trois se retournèrent vers la rue pour voir un petit hélicoptère se poser au milieu de la route. Les yeux de Sarah s'élargirent. « Mon dieu...Isaac... que s'est-il imaginé ? »

Molly lui tapota sur l'épaule. « Je vais le chercher et le faire entrer. » Elle sortit dans la rue et Sarah la vit parler à Isaac. Les bras de Finn toujours autour d'elle, elle vit Isaac rentrer, vit ses yeux scintiller en regardant cette scène. Finn la relâcha et se dirigea vers Isaac, et elle les entendit parler à voix basse. Les épaules d'Isaac s'étaient affaissées quand il s'approcha d'elle.

« Je suis vraiment navré, Sarah. » Il la prit dans ses bras et posa ses lèvres sur son front. Sarah s'effondra dans ses bras et sentit toute son énergie l'abandonner. Au bout d'un moment, Isaac la recula d'une longueur de bras et la regarda fixement. « Nous devons parler. »

Elle hocha la tête en silence et s'assit à la table la plus proche. Isaac se tourna vers Molly et Finn, qui étaient en train de s'éloigner discrètement, et il leur fit signe. « Je pense que cela va concerner tout le monde - et, chef ? » Il hocha la tête vers Finn. « Nous allons probablement avoir besoin de tes talents de policier. »

Tous quatre s'assirent à table. Isaac prit les mains de Sarah dans les siennes. « Ma chérie... je suis allée chez toi, comme tu t'en doutes. Sarah... j'ai trouvé le papier. »

Il le posa sur la table et le lissa pour que Molly et Finn puissent le lire. Finn jura violemment et se leva, la main dans les cheveux. Molly couvrit sa bouche devant tant d'horreur. Isaac passa doucement son pouce sur le dos de la main de Sarah.

« Il y en a eu d'autres, n'est-ce pas ? J'ai raison ? »

Sarah hocha la tête résignée. « Oui. »

« Combien ? »

Il y eut un long silence. «Vingt-sept. »

Molly haleta et Finn abattit son poing sur la table. « Mais bordel, Sarah, es-tu folle ? Pourquoi ne nous en as-tu pas parlé ? »

Sarah regarda Isaac, blanc comme un linge. « C'est juste un taré. Un tordu qui essaie de me faire peur. »

Finn jura encore et Isaac secoua lentement la tête. « Non mon cœur. C'est une menace de mort. Et je suis sûr que les autres sont du même type, non ? »

Elle hocha la tête. « Oui. »

« Depuis combien de temps ça dure ? »

Elle baissa les yeux. « Six mois. »

« Et aujourd'hui, quelqu'un a tué ton chien. » Finn était presque ivre de rage. Elle le regarda.

« Calme-toi, Finn. Tu veux savoir pourquoi je ne t'en ai pas parlé ? Parce que je pensais que ces lettres venaient de quelqu'un déséquilibré - et nous savons tous ici qui sont assez mauvaise pour faire ce genre de chose... »

« ...Caroline. » Finn siffla entre ses dents. « Et bien, nous le saurons bientôt. » Il sortit en trombe du café. Sarah soupira et posa sa tête sur la table.

Isaac lui caressa le visage. « Ecoute...pourquoi ne pas récupérer tes affaires et venir quelques jours chez moi ? Nous ne pouvons rien faire ce soir. Tu dois te reposer. »

Elle lui sourit chaleureusement et Molly se leva. « J'ai ma voiture, laisse-moi te reconduire chez toi et récupérer tes affaires. Isaac, tu pourrais rester un peu ici et discuter avec Finn ? » Elle le regarda droit dans les yeux et il hocha la tête. Il embrassa Sarah et posa ses lèvres sur les siennes.

« Reviens vite. »

« Je le ferai. »

Molly et Sarah laissèrent Isaac dans le café, qui retourna attendre Finn. Il n'attendit pas longtemps. L'officier de police revint, l'ai dégoûté.

« Elle nie tout, bien évidemment. Et je ne pense pas qu'elle puisse aller aussi loin et empoisonner Wilson. Elle n'est pas capable de penser à une telle chose. »

Isaac regarda le jeune homme. « Je peux te demander quelque chose ? »

Finn essaya de sourire. « Pourquoi je suis marié à une telle garce ? Je n'ai pas de réponse à ça, mon pote, vraiment pas. »

Isaac hocha la tête et soupira. « Ecoute, je prends ces menaces au sérieux. Sarah est une très belle femme et n'importe quel taré pourrait faire une fixette sur elle. Je veux juste qu'elle soit en sécurité. »

Finn hocha la tête. « Tu prêches un convaincu Isaac. Ces deux dernières années ont été assez... étranges. »

« Tu n'apprécies pas trop Daniel Bailey, n'est-ce pas ? »

Finn se sentit mal à l'aise et Isaac lui prit la main. « Ca restera entre toi et moi. »

Finn soupira. « Je pense qu'il était trop amoureux... de lui-même. Il pouvait être très charmant, très amical et je suis persuadé qu'il aimait vraiment Sarah, mais sous certaines conditions. Il détestait toute personne la regardant et si elle parlait à un autre homme trop longtemps, il boudait. Comme un enfant de deux ans. Je pense qu'il manquait énormément de confiance en lui et qu'il était totalement narcissique. Tout ne devait tourner qu'autour de *lui.* »

Isaac Hocha la tête, et intégra ce discours. « Je peux te demander autre chose ? »

« Vas-y. »

« Es-tu amoureux de Sarah ? »

Finn eut un petit rire puis se pencha en avant, en tapant sur l'épaule d'Isaac. « Tu as discuté avec ma femme ? Non, Isaac, Sarah et moi sommes de la même famille, il n'y a pas ce genre de sentiment entre nous, je te le promets. »

« Très bien, j'avais juste besoin de te l'entendre dire. »

« Ca se comprend. Ecoute, nous devons essayer de travailler ensemble - essaye de parler des autres lettres avec Sarah et demande-lui si quelque chose d'anormal s'est passé. Je vais enquêter ici, aller voir sa maison, vérifier que tout est sûr. »

Isaac tendit la main à Finn. « Parfait. Désolé de t'avoir demandé... tu sais. »

« Oui. Ecoute, tu vas devoir prendre soin d'elle. Elle doit avoir quelqu'un pour veiller sur elle - mais surtout, ne lui dis pas que je t'ai dit ça, elle me tuerait. »

Finn sourit et Isaac rigola. « Je vais garder ça pour moi, promis. »

. . .

Il ouvrit la porte de son appartement et se décala pour la laisser entrer. Elle s'était changée et portait une robe d'été bleu clair, elle s'était coiffée et elle était magnifique. Elle lui sourit.

« J'ai presque peur de regarder - vais-je trouver des lingots d'or et des draps avec des imprimés animaliers ? »

Isaac fit semblant d'être blasé. « Bien évidemment - et des tentures au plafond. »

« J'adorerais. »

Il fut heureux de la voir comme avant. « Entre alors, ton palais t'attend. »

Il était plus nerveux que ce qu'il pensait. Il voulait qu'elle aime sa maison, qu'elle approuve ses goûts. Ca faisait très peu de temps qu'ils se connaissaient, mais elle était devenue bien plus importante pour lui qu'une simple fille avec qui la communication passait très bien et avec qui il adorait coucher. Elle était devenue son amie, sa confidente, sa copine. C'était une sensation nouvelle pour lui, de laisser quelqu'un l'approcher de si près.

Sarah s'avança dans le salon. « Heu... Je m'attendais à une espèce de décor minimaliste cauchemardesque mais en fait... ça ressemble à chez moi.»

Isaac sourit. C'était *en effet* comme chez elle, un endroit où on pouvait s'amuser, un endroit confortable, avec des étagères remplies de livres et d'objets, et une gigantesque chaîne hi-fi haut de gamme à plusieurs étages. Sarah se retourna pour lui sourire, en montrant l'immense écran plat.

« Les garçons ont leurs jouets, évidemment. »

« Evidemment. Dis-moi, que penses-tu de commander une pizza et de rester tranquilles à la maison ce soir ? »

Elle soupira. « Ca me semble parfait. Est-ce que tu as une immense baignoire ? »

Isaac sourit. « Oh oui, avec assez de place pour deux. Dans une grande pièce qu'on peut éclabousser. »

Sarah sourit. « Tu sais quoi ? » Elle prit la fine bretelle de sa robe entre ses doigts et tira dessus pour la faire doucement glisser de son épaule, puis fit pareil avec la deuxième.

Isaac sourit. « Attends... » Il s'assit sur un des canapés et se mit à l'aise. Sarah rit en le voyant faire de grands signes. « Continue. »

Elle s'avança devant lui et se déshabilla lentement, sous le regard admiratif d'Isaac. « Tu aimes ce que tu vois ? »

« Mon dieu, oui. Dégrafe ton soutien-gorge, ma belle, montre-moi tes seins magnifiques. »

Sarah lui sourit. « Si j'avais su que tu me parlerais comme ça... » Elle retira sa robe, la laissa tomber au sol et dégrafa son soutien-gorge pour libérer ses seins. Isaac soupira d'aise.

« Mon dieu, sais-tu à quel point tu es belle ? »

Sarah sourit et rougit légèrement. « C'est ton point de vue. » Elle ne portait plus que sa culotte, et elle avança vers lui, se pencha pour l'embrasser. Isaac attrapa sa taille de ses grandes mains puis prit ses seins dans ses mains. Il leva les yeux en souriant.

« Ce soir, je vais te baiser jusqu'à t'épuiser, miss Bailey. »

« Quel programme. »

Il prit un téton dans s abouche pendant qu'elle dégrafait son pantalon, attrapait et libérait son sexe. Elle passa sa main sur toute sa longueur, tout d'abord doucement puis, quand elle le sentit déglutir et se durcir à son contact, elle commença à tirer doucement, pour le faire se durcir davantage jusqu'à ce qu'il atteigne une érection maximale. Elle lui retira son t-shirt pour exhiber sa poitrine douce et ses pectoraux musclés. Dans un mouvement fluide, Isaac la retourna et la posa au sol et elle lui sourit en le voyant retirer le reste de ses vêtements, ainsi que sa culotte à elle. Il l'embrassa sur la bouche et glissa vers le bas de son corps ; il embrassa le creux de sa gorge, la vallée de ses seins pendant que ses doigts trouvaient son clitoris puis glissaient en elle, la massant énergiquement, ce qui la rendit humide et glissante. Sarah colla ses hanches contre sa main et lui ses lèvres à sa peau.

« Dis-moi ce que tu veux faire, Isaac. », murmura-t-elle à son oreille pendant que ses longs doigts caressaient doucement ses lèvres et que la crête de son sexe s'aventurait à l'entrée de son vagin. Isaac gémit.

« Je veux remplir ta petite chatte avec ma queue, te faire crier, au point que tu ne veuilles plus jamais quitter mon lit. » D'une profonde poussée, il entra tout au fond d'elle et elle gémit de façon si adorable qu'il se sentit presque jouir sur le moment. Ils se déplacèrent ensemble, leurs bouches avides et leurs mains s'grippant, leurs doigts entrelacés et profondément enfoncés dans la chair de l'autre, comme des griffes. Ils baisèrent longtemps et violemment, jusqu'à atteindre tous deux une frénésie incontrôlée. Isaac poussa un long gémissement en jouissant, son sexe palpita lorsqu'il éjacula en elle et envoya sa semence tout au fond d'elle. Sarah resserra ses jambes autour de lui, ses bras autour de son cou et chuchota encore et encore son nom.

A bout de souffle, il plongea dans ses yeux foncés. « Sarah... ma Sarah... »

Elle lui sourit et le regarda tendrement. « J'adore quand tu dis mon nom comme ça... »

Isaac passa le bout de son doigt sur sa lèvre inférieure. « Je t'aime, Sarah Bailey. »

Elle sourit de satisfaction. « Je t'aime aussi, Isaac Quinn et juste pour que tu sois au courant, je ne quitterai *jamais* ton lit. »

« Je suis ravi de l'entendre. » Il la cala au creux de son bras, entre-croisa ses jambes et les siennes et s'enroula autour d'elle. « Restons comme ça un moment. »

« Ca me va. »

Ils restèrent silencieux quelques minutes, peau contre peau, à écouter la respiration de l'autre. Sarah lui donna un petit coup de tête. « Merci. Pour rendre ce jour si merveilleux. Tout est toujours merveilleux avec toi. »

Isaac fut touché. « C'est gentil. Sarah, je veux juste que tu sois heureuse et en sécurité. Qui que ce soit qui t'envoie ces lettres, nous devons trouver de qui il s'agit. Pour l'instant... est-ce que je peux te demander d'habiter chez moi le temps que Finn vérifie certains points ? »

Sarah soupira mais hocha la tête. « Je déteste ne pas pouvoir rentrer chez moi. »

« Je sais. Et tu as parfaitement raison, il se peut que ce soit trop de précautions et qu'il ne s'agisse que d'une personne jalouse qui cherche à t'effrayer, mais il vaut mieux vérifier, tu ne crois pas ? »

Sarah hocha la tête mais resta silencieuse. Il étudia son expression. « Tu penses vraiment que c'est la femme de Finn ? »

Sarah se passa une main sur les yeux. « Je ne sais pas. Nous ne sous sommes jamais entendues, depuis que nous sommes enfants. »

« Malgré tout, pourquoi ferait-elle quelque chose de si méchant ? »

« Parce que c'est ce que Caroline est. On peut parler d'autre chose maintenant ? »

Il l'embrassa sur le front. « Ca marche, ma belle. »

PLUS TARD, au lit, une fois Sarah endormie dans ses bras, Isaac resta éveillé, son esprit réfléchissant sans cesse. Ce n'était pas les lettres ni l'empoisonnement du chien de Sarah qui l'inquiétait. C'était ce que son détective privé avait trouvé. Ou plutôt ce qu'il n'avait pas trouvé.

« J'ai trouvé des enregistrements de mariage, il y a cinq ans avec Sarah Hannah Li, mais avant, rien du tout. Absolument rien. Aucune trace d'emploi, aucun examen médical, pas de certificat de naissance - rien de légal. Rien. Ce type est un fantôme. »

Isaac avait été déstabilisé par le ton incrédule du détective. Il lui avait dit qu'il était *possible* de disparaître dans l'immensité des E-U, mais d'habitude, il restait toujours des traces, des empreintes. Peu importe qui il était ou avait été, Daniel Bailey n'avait pas dit à sa femme qui il était en réalité.

Sarah s'étira dans ses bras. Il sourit quand elle murmura quelque chose d'inaudible et s'enfouit plus profondément encore dans ses bras. Il n'avait aucun regret, aucun doute sur le fait qu'il l'aimait. C'était la vérité pure ; il le savait depuis des semaines, il le savait depuis le début. Il aimait sa décontraction, son sens de l'humour aiguisé, son intelligence et sa chaleur. Il aimait la façon dont elle posait ses lunettes sur le bout de son nez quand elle lisait, et quand elle riait à ses blagues stupides - plus elles étaient bêtes, plus elle riait. Il aimait qu'elle apprécie sa nourriture et qu'elle ne se contente pas d'une salade verte comme la plupart de ses anciennes petites amies. Il aimait quand ses fesses gigotaient quand elle se lavait les cheveux sous la douche et le fait qu'elle s'en fiche.

Sarah ouvrit les yeux comme si elle prenait conscience du fait qu'il la scrutait et elle lui sourit, l'air heureux. « Salut toi. »

En guise de réponse, il déplaça son corps sur elle, son érection était déjà en train de grandir et elle enroula ses jambes autour de sa taille.

« J'aime le sexe quand je suis encore endormie. », dit-elle et il sourit, tout en glissant et en se déplaçant doucement en elle. Sa bouche trouva la sienne et leurs langues se caressèrent pendant qu'ils firent l'amour tendrement, en prenant leur temps, en savourant leur connexion. Elle était encoure toute collante de sa semence, et cette pensée le ravit. Il voulait qu'elle ait toujours une partie de lui avec elle.

Après leur orgasme, il passa un long moment à la caresser, à passer ses mains sur ses courbes, sur ses seins rebondis et leurs tétons rouge foncé, sur son ventre légèrement bombé et plus doux que le sien, très musclé. Sa peau était comme de la soie.

Sarah passa son doigt sur son visage. « Isaac ? »

« Promets-moi quelque chose. »

« Tout ce que tu veux. »

« Promets-moi de ne jamais arrêter de me toucher comme tu le fais. »

Isaac sourit et les traits durs de son visage s'adoucirent. « Je te le promets sans condition. »

Il la ramena plus près de lui et continuèrent à faire l'amour toute la nuit.

MOLLY ROULA sur le ventre et leva les yeux vers la pendule. Quatre heures dix du matin. Elle gémit doucement et enfonça son visage dans l'oreiller. En levant les yeux, elle vit son mari Mike profondément endormi, ronflant de temps à autres. Molly sourit et l'embrassa doucement, se demandant si elle allait le réveiller. Elle décida de le laisser dormir, repoussa la couverture et passa ses jambes de l'autre côté du lit. Elle regretta son geste en sentant le froid mordant du petit matin l'envahir. Elle enroula son peignoir autour d'elle et se dirigea vers la petite cuisine. Elle se versa une pleine cuillérée de chocolat en poudre dans une tasse et fit chauffer de l'eau dans la bouilloire. Elle pouvait voir par la fenêtre la pluie tomber à seaux dans Main Street. Quand la bouilloire siffla elle versa l'eau chaude dans la tasse et partit la boire au salon. Son petit chat Pigeon ouvrit un œil et la regarda s'asseoir à côté d'elle dans le fauteuil près de la fenêtre. Elle lui gratouilla le haut de la tête et sourit à son miaulement de contentement. Il ferma les yeux et se rendormit immédiatement.

Molly sentait poindre un mal de crâne et appuya son front chaud contre la fenêtre froide. Le premier ferry en direction de la ville partait à quatre heures et elle voyait clignoter faiblement les phares dans le port situé un peu plus bas. Une lumière remontait la rue où se trouvait la maison de Finn. Elle vit son frère se diriger vers sa voiture, y monter et dépasser le Varsity, en direction de la route de la côte ouest. Elle fronça les sourcils. Bizarre. Etait-il en train de travailler ? Molly se frotta les tempes en essayant d'éloigner l'idée qui germait dans sa tête. Il se rendait dans la maison de Sarah. Mais pourquoi au beau milieu de la nuit ? Molly se mit à paniquer d'un coup puis se souvint que Sarah était en ville avec Isaac. La fraîcheur de la ville soulageait un peu son mal de crâne et elle trembla presque de froid. Alors qu'elle était sur le point de se lever, un mouvement en face d'elle capta son attention. Quelqu'un se tenait devant le Varsity, dans l'ombre du café fermé. Molly regarda plus précisément lorsque l'homme - elle était sûre que c'était un homme d'après sa silhouette - resta quelques instants supplémentaires sans bouger mais quand il se retourna, le réverbère éclaira brièvement son visage et Molly s'arrêta de respirer.

Son visage n'était que colère, haine, pur vitriol et Molly s'éloigna de la vitre en voyant son visage tordu et dur. Mais ce n'étaient pas les traits diaboliques de cet homme qui l'avaient choquée. C'était parce qu'elle connaissait son visage. Elle connaissait cet homme.

C'était Daniel Bailey.

. . .

SARAH SOUPIRA quand l'eau chaude de la baignoire entra en contact avec ses hanches douloureuses. Malgré toutes ses sensibilités féminines, elle devait admettre qu'elle pourrait s'habituer à cela. La baignoire faisait trois fois la taille de la sienne - quand elle y réfléchissait, son seul appartement était bien plus grand que sa maison. Elle pensa à sa maison et se sentit coupable. Elle admit que le fait de ne pas y avoir mis les pieds depuis quelques jours ne lui manquait pas. Molly lui avait assuré qu'ils allaient s'en sortir, que le café continuait à bien tourner, mais cependant, Sarah savait que dans un jour ou deux elle devrait sortir de sa bulle et y retourner.

« Tu n'es pas obligée. » lui avait dit Isaac pendant le dîner. « Tu peux avoir tout ce que tu veux ici, reste là, reste vivre avec moi. Recommence tout si tu le souhaites. »

Sarah sourit. « C'est gentil mais non. Je t'aime énormément, mais je ne veux pas être une femme en cage. »

Isaac frissonna et sourit gentiment. « Je savais que tu dirais ça, mais l'offre est ici. *J'aimerais* qu'on parle un peu de la direction que nous devons prendre. Je sais que c'est rapide. »

Sarah réfléchit. « C'est *en effet* un peu rapide mais nous ne sommes plus des adolescents, nous connaissons les risques et les avantages d'une telle relation. Mais nous pouvons en discuter. »

« Tu veux que nous emménagions ensemble ? »

Elle hocha la tête. « En parler est la première étape. Mais pas ce soir, ce soir, je veux juste que nous nous amusions. Il y a un super groupe qui fait des reprises et qui joue au Paramount tous les jeudis soirs, je me demandais si nous pouvions... »

« Allons-y. » Isaac sourit mais elle vit que quelque chose le dérangeait malgré tout.

« Que se passe-t-il mon amour ? Qu'est-ce qui te dérange ? »

Isaac bougea dans son fauteuil et évita son regard. « J'ai fait quelque chose et j'ai besoin de t'en parler. »

Son cœur se serra immédiatement dans sa poitrine... *il m'a trompée... il veut mettre fin à notre relation...* mais elle s'efforça de ne rien montrer sur son visage. « Oui ? »

Isaac prit une profonde inspiration. « Avant cette journée, le jour où Wilson est mort et où j'ai trouvé les lettres, ce que tu m'avais raconté à propos de Dan me trottait dans la tête. Sa disparition. J'ai donc demandé à un détective privé de faire quelques recherches. Je sais que j'aurais dû t'en parler, mais ce qu'il a trouvé me perturbe énormément. »

Sarah se sentit moins tendue. « Tout va bien Isaac. J'aurais été aussi curieuse que toi si les rôles avaient été inversés mais comme je te l'ai dit, nous n'avons rien trouvé. »

Il hocha la tête. « Pareil. Rien. C'est bien là le problème. Quand on fait des recherches sur Daniel Bailey, il n'existe pas avant votre mariage. »

Un froid intense sembla l'envahir d'un coup. « De quoi parles-tu ? »

« Il n'y a pas de Daniel Bailey né là où il dit être né, ni même à cette date. As-tu déjà rencontré un membre de sa famille ? »

Sarah secoua la tête. « Ses parents sont morts et il était fils unique. »

« Il n'avait pas de cousins, de tantes ni d'oncles ? »

Elle secoua lentement la tête. « C'était une des choses que nous avions en commun, aucune famille. » Sa voix était sourde et peu sûre d'elle. « C'est fou, pourquoi aurait-il dit... pourquoi... ? » Ses yeux s'emplirent de larmes et elle s'effondra dans sa chaise. « Quelle importance maintenant ? Il a disparu. »

Isaac la laissa réfléchir à cette conversation pendant le repas. Une fois les entrées avalées, elle leva les yeux vers lui et il fut triste de voir qu'elle semblait blessée.

« Pourquoi suis-je surprise ? » Elle se leva, puis se rassit. « Isaac, il y a beaucoup de choses sur moi, sur mon mariage que je n'ai pas... en fait, nous n'avons pas eu beaucoup de temps pour apprendre à se connaître, ce n'est donc pas étonnant que je ne t'en ai pas encore parlé. »

Il lui prit la main. « Raconte-moi. »

Sarah enroula ses épaules pour essayer d'évacuer un peu la tension qu'elle ressentait. « J'ai rencontré Dan au lycée - il enseignait déjà la musique. Nous nous sommes rencontrés à la cafétéria - il a commencé à me parler et nous sommes devenus amis. Un soir, alors qu'il me raccompagnait à la maison après le cinéma, il m'a embrassée et voilà. Nous nous sommes mariés après l'obtention de mon diplôme puis nous sommes revenus ouvrir le café et Dan a commencé à enseigner à l'école. Notre vie commune n'était pas...par moments, nous passions beaucoup de temps l'un sans l'autre, et pour être honnête, ça nous convenait à tous les deux. Notre amitié était comme... évanouie. J'étais devenue sa femme d'un seul coup et par conséquent je lui appartenais. Il m'en voulait même quand je passais du temps avec George et les jumeaux, il a essayé de m'empêcher de les voir. C'est comme ça que nous avons commencé à nous comporter, jusqu'à ce que j'atteigne mes limites. Il contrôlait tout à un point que ça en devenait ridicule mais il s'en sortait toujours en me disant qu'il était hyper sensible, jusqu'à ce que j'en sois convaincue. »

Elle vit les muscles du visage d'Isaac se tendre sous l'effet de la colère mais il essaya de sourire. « Je lui ai demandé d'aller voir un conseiller, il a été d'accord et la situation a semblé s'améliorer d'un coup. Puis j'ai découvert qu'il me surveillait quand j'étais au travail. Tout le temps. Il avait installé des caméras de sécurité dans le café et il rédigeait des notes à chaque fois que je parlais à un homme - particulièrement Finn - et il m'interrogeait sur ce qu'on avait dit et sur le temps qu'on avait passé à discuter. Pour autant que je me souvienne, c'est à ce moment que j'en ai eu assez. Je lui ai dit que je voulais passer un peu de temps seule. Il me supplia de rester avec lui. Au bout de quelques mois, j'étais convaincue qu'il avait une autre relation. Donc je lui ai posé la question, de but en blanc. Aucun reproche, aucun cri. Je lui ai juste demandé de me dire s'il voulait me quitter. Il a dit que non, la seule façon dont il me quitterait, c'est si moi je décidais de partir. Et deux jours après, il avait disparu. »

Isaac poussa un long et lent soupir. « Je suis désolée Sarah, quel connard manipulateur... »

« En effet. Après avoir un peu digéré le choc de sa disparition, j'ai pensé qu'il était mort, j'ai pensé qu'il s'était suicidé et que tout était de ma faute... c'est pour ça que j'étais en colère. Je suis toujours en colère. »

« Parfait. Reste comme ça. »

« Il est vivant quelque part, et il se comporte de la même façon avec une autre femme. Probablement sous un autre nom. » Elle sourit enfin. « Quelle machinerie. Je suis vraiment contente qu'il soit parti. »

Isaac éclata de rire en voyant l'expression sur son visage. « Tu ne prends plus de précautions, maintenant. »

« Non. Et je t'en remercie, de m'avoir montré ce qu'une vraie relation *saine* devrait être. »

Il leva sa coupe de champagne mais tout en buvant, un sentiment de mal-être l'envahit. Où pouvait être Dan ?

Etait-il ... en train de l'observer en ce moment ?

« Ce n'était pas Dan. »

Molly regarda méchamment son frère. Il en était certain... et terriblement ennuyé. « Tu n'en sais rien, tu n'étais pas là. »

« Molly, tu fais des projections. Dan est parti, et pour être honnête, tant mieux. C'est juste parce que Wilson est mort et à cause des lettres que tu crois l'avoir vu. Et quoi qu'il en soit, Dan n'a jamais montré aucune tendance à la violence. Ouais, c'était un crétin mais il aimait vraiment Sarah, il ne lui aurait jamais fait de mal et n'aurait jamais tué son chien. »

Molly frissonna. « Tu n'as pas vu son visage. »

Finn roula des yeux. « Qui que ce soit, tu n'as pas à t'inquiéter. »

Molly se leva et commença à s'occuper en lavant la vaisselle du petit-déjeuner. Ses enfants et Mike étaient partis juste parce que Finn était venu passer un peu de temps avec elle plutôt qu'avec Caroline avant de partir travailler. Molly ne pouvait s'empêcher de penser que Finn était trop blasé pour être d'accord avec ce qu'elle pensait. Elle connaissait le visage de Daniel Bailey. C'était *lui.*

« D'accord, penses-y seulement. » Puis elle se détourna de son frère qui mangeait un toast froid qui était resté dans une des assiettes des enfants. « Que se passerait-il s'il revenait, qu'il passait la voir et la découvrait avec Isaac ? Ca le dérangerait très probablement. »

« Sarah n'est pas avec Isaac depuis six mois. Et de plus, Wilson était aussi le chien de Dan. »

Molly marmonna entre ses dents et Finn sourit. Il se leva et posa ses mains sur les épaules de sa sœur. « Ecoute, ne créons pas de problèmes là où il n'y en a pas. Wilson peut avoir mangé quelque chose qui l'a tué, comme un raton laveur mort ou autre chose dans le même genre. »

« Et les lettres ? »

Finn haussa les épaules. « Sarah est convaincue que c'est une mauvaise blague. Je ne sais pas, j'aimerais bien y croire, j'aimerais *même* croire que c'est Caroline. Nous ne pouvons rien faire pour l'instant, il faut attendre que... »

« Sarah soit blessée ? »

Finn sembla mal à l'aise. « Ca n'arrivera pas. Bien... je dois retourner travailler. »

Molly le rappela au moment où il ouvrait la porte pour sortir. Elle le fixa de ses grands yeux. « Finn... elle fait partie de notre famille, elle est comme notre sœur. »

Il hocha la tête. « Je sais. »

Une fois parti, Molly termina de nettoyer la cuisine et se prépara pour le travail. Son téléphone portable bipa. Un message de Sarah.

Coucou ma belle, on se voit au travail cet après-midi. Tu me manques. Bises.

Molly sourit. Finn avait raison - Sarah était enfin heureuse et rien ne pourrait se mettre en travers de sa route.

« Je pense que je vais t'empêcher de sortir de ce lit. » Isaac couvrit le corps nu de Sarah avec le sien, utilisant son poids pour la bloquer sur le matelas et pour sentir ses seins moelleux contre son torse musclé, et son ventre doux contre le sien. Sarah lui sourit et emmêla ses doigts aux siens.

« Tu peux me garder prisonnière quand tu veux... mais mon café aura du mal à tourner sans moi. »

Il lui mordilla le lobe de l'oreille. « Peut-être que je devrais démissionner et venir travailler avec toi. »

Sarah gigota, appréciant ses baisers. « J'imagine qu'au point où tu en es, tu peux faire ce que tu veux. »

Isaac lui fit un large sourire. « Tout à fait. Maintenant ma belle Sarah, tu vas enrouler tes superbes jambes autour de moi ou je vais devoir le faire à ta place. Parce que mon sexe à besoin d'être en toi immédiatement. »

Sarah soupira de contentement en enroulant ses jambes autour de sa taille et gémit quand Isaac plongea son sexe en érection en elle. C'était le matin où elle avait prévu de rentrer chez elle mais elle ne voulait pas y penser. Isaac lui sourit.

« Tu es si belle, bébé, je ne me lasserai jamais de te regarder, spécialement en ces instants. »

Elle avança sa bouche vers la sienne, attrapa sa lèvre inférieure entre ses dents pour jouer un peu, puis colla ses lèvres aux siennes, tout en explorant sa bouche avec sa langue. « Isaac Quinn... je t'aime tellement. »

« Je t'aime aussi, petite tête, et de plus... » Il poussa plus fort en elle et elle haleta de plaisir lorsque ses sens explosèrent. Elle serra les muscles de son vagin pour mieux sentir son sexe, pour se faire aussi étroite que possible pour lui, désireuse d'être certaine de lui donner autant de plaisir qu'il lui en donnait. Elle sut qu'elle y parvenait quand elle entendit son gémissement et qu'elle vit ses yeux se fermer.

« Qu'aimes-tu Isaac... dis-le-moi... Je te ferai tout ce que tu veux... demande-moi... », lui murmura-t-elle à l'oreille, en sentant ses dents sur le bas de son cou et en gémissant de plaisir.

« Toi... je veux pouvoir te baiser à jamais, comme je le voudrai... Sarah...Je veux pouvoir te prendre contre un mur, sous un orage, sentir ta bouche mouiller la mienne, *mon dieu* Sarah, je pourrai tout te faire si tu me laisses te le faire... »

Ses mots la firent palpiter jusqu'à ce qu'un violent afflux sanguin parcoure ses veines et elle s'accrocha à lui, le chevauchant plus fort encore. « Fais-le, fais ce que tu veux... »

Isaac jouit immédiatement puis le retourna sur le ventre. « Je vais t'enculer maintenant, Sarah, mais si tu veux que j'arrête, dis-le moi immédiatement et j'arrêterai... »

Elle hocha la tête, incapable de parler sous l'excitation et quand il entre doucement en elle, ses doigts caressant doucement son clitoris, elle poussa un long et grave gémissement. Elle n'avait jamais fait cela auparavant, pas avec Dan, ni avec qui que ce soit et le plaisir était si intense que sa tête commença à tourner et ses hanches à se liquéfier. Elle jouit encore et encore, entendit Isaac lui dire et lui répéter à quel point il l'aimait.

Un peu plus tard, sous la douche, ils continuèrent à chahuter, à jouer et à s'amuser avec le savon.

« Mes jambes tremblent encore, c'était incroyable. » lui dit-elle.

Isaac sourit. « Nous pouvons faire bien d'autres choses encore... tout ce que tu veux. »

Sarah appuya sa poitrine contre la sienne. « Tout ce que tu voudras... »

Isaac sourit en caressant ses cheveux avec ses longues mains. « Sarah... j'aimerais que tu rencontres mon frère, sa famille. Je suis sûr que tu vas les adorer. »

« J'adorerais... tu en sais plus sur moi que moi sur toi, actuellement. Il est temps de redresser la balance. »

« Parfait. Je vais les inviter à dîner - ça ne t'effraie pas au moins ? »

« Pas du tout. » Elle était détendue- elle sentait son sexe en érection contre son ventre et elle le massa doucement en lui souriant. « Tu sais quoi ?

« Quoi ? » Il semblait apprécier son contact, il sourit, détendu et calme.

« Je n'ai jamais apprécié le sexe avant toi. Je ne détestais pas, mais c'était toujours un peu une contrainte, je me disais toujours "Allons-y, comme ça je serai débarrassée." En fait, je crois que je n'y connaissais rien. »

Isaac pencha la tête pour l'embrasser. « C'est parce que nous sommes faits l'un pour l'autre, nous nous appartenons mutuellement. »

« Tu parles... maintenant... remets cet incroyable sexe en moi... »

. . .

Isaac lui prit la main pendant qu'il la raccompagnait en hélicoptère sur l'île. « J'ai quelques réunions aujourd'hui mais je peux être de retour ici à 22 heures. Si tu n'es pas lassée de moi. »

« Ha, ça n'arrivera jamais. C'est si beau ici aujourd'hui. »

Une belle journée chaude débutait à Washington et le soleil faisait étinceler la mer dans le fjord lorsqu'ils survolèrent la baie. Sarah serra la main d'Isaac.

« Ecoute, je me disais qu'on pouvait organiser un barbecue ce week-end - toi, moi, Molly et Mike, Finn et quelques amis. Tu pourrais inviter ton frère et sa famille, tes amis. Ce serait peut-être moins stressant pour tout le monde de se rencontrer comme ça. »

Isaac hocha la tête. « Ca me semble une bonne idée... même si cela signifie que je doive te partager pendant toute une journée. »

Elle sourit. « Juste une après-midi et un début de soirée. Ensuite, je ferai exploser ton cerveau de désir dans chaque pièce de la maison si tu le souhaites. »

Isaac sourit en entendant ces mots. « Je te prends au mot. Et continue à me parler comme ça, sexy girl, et je pose cet hélico immédiatement. »

Sarah regarda par la fenêtre. « Nous coulerions. »

« Mais de quelle façon ! »

Quelques minutes plus tard ils survolèrent l'île et Isaac posa rapidement et en douceur le petit hélicoptère sur la propriété de Sarah. Sarah se pencha pour l'embrasser. « Hé capitaine, tu es sûr que tu dois partir maintenant ? »

Isaac passa ses mains sur ses joues. « Je suis le boss, je suis libre de mon emploi du temps et je peux rester avec toi si tu en as besoin. »

Sarah sourit, et sa bouche devint un joli sourire contre la sienne. « Parfait, parce que je crois que j'ai encore besoin que tu me fasses l'amour. »

Isaac rit et défit sa ceinture de sécurité. « Je t'ai rendu accro au sexe. »

« Oui, en effet. »

Isaac sortit de l'hélicoptère et s'avança vers sa porte, la prit dans ses bras pendant qu'elle riait et posait ses lèvres contre sa gorge. Il la porta facilement jusque sous le porche et la posa au sol pour qu'elle puisse sortir ses clés. Il posa ses lèvres sur son épaule pendant qu'elle ouvrait la porte, et tira un peu sur sa jupe. Elle se retourna dans ses bras et attrapa son sexe à travers son pantalon. « Mon dieu, tu es gros... »

Il sourit et ses yeux s'étrécirent un peu. « Je le suis toujours pour toi. » Il glissa ses doigts sous sa culotte et la caressa. Elle frissonna de désir et soupira. Isaac sourit. « Je vais te baiser ici même, juste contre cette porte. » Il glissa deux doigts en elle et elle haleta lorsque son pouce commença à faire des allers-retours contre son clitoris. « Dis-moi ce que tu veux faire, ma belle... »

Elle l'embrassa goulûment, collant ses hanches contre sa main. « Je veux sucer cette grosse queue jusqu'à ce que tu jouisse dans ma bouche, mon chéri... »

Il lui retira sa culotte en gémissant pendant qu'elle sortait son sexe, déjà si engorgé qu'il gouttait dans sa main. Il la porta et l'empala sur son sexe, et son vagin doux et humide l'enveloppa. « Baise-moi fort Isaac... »

Il fit ce qu'elle demandait, faisant basculer ses hanches contre les siennes et scellant leurs deux bouches. Ils bougèrent en parfait accord, avidement, animalement, s'agrippant l'un à l'autre jusqu'à ce que leurs mouvements ouvrent la porte et les fassent rouler au sol, toujours emboîtés l'un dans l'autre.

Sarah sut que quelque chose n'allait pas au moment où la porte s'ouvrit. Elle sentit un courant d'air froid venir de la cuisine, à l'opposé de l'entrée.

« Sarah ? Tout va bien ? »

« Je ne sais pas. »

Elle se dégagea de lui, baissa sa robe et se dirigea vers la cuisine, Isaac sur ses talons. Elle vit immédiatement que la porte de derrière était ouverte. Elle prit une profonde inspiration. Elle avait été forcée avec quelque chose, comme une barre de fer ou une barre à mine. Puis elle le vit. Se refléter dans la vitre. Cela n'avait aucun sens.

Quelque chose peint sur le mur derrière elle. Elle se retourna et couvrit sa bouche de ses mains, horrifiée. Isaac vit son visage et se retourna aussi.

SALOPE

PEINTURE ROUGE, dégoulinante. Sarah déglutit, humiliée, tremblante.

« Oh mon dieu. » Isaac était sous le choc. Il la prit dans ses bras et la porta sur une chaise. Elle était incapable de parler. Isaac s'accroupit à côté d'elle.

« Je vais appeler Finn. Lui demander de venir ici. » Il se leva pour décrocher le téléphone mais elle lui attrapa la main.

« Non. » Elle chuchotait. « Non. Je ne veux pas qu'il vienne ici, je ne veux pas qu'il voie ça. »

« Mais je pense - »

« Non. » Sa voix était forte et déterminée. « S'il-te-plait Isaac. Je ne le supporterais pas. S'il-te-plait. »

Il n'était pas sûr de lui mais hocha la tête. « D'accord, mais à une condition : tu me laisses m'en occuper. Va dans une autre pièce. Je vais te préparer un verre et nettoyer tout ça. Tu as des produits de nettoyage quelque part ? »

Elle hocha la tête et montra le placard sous l'évier.

IL ENROULA son bras autour d'elle et l'accompagna dans le salon. Elle se laissa faire quand il la déposa dans un fauteuil. Elle mit sa tête dans ses mains. Quelques instants plus tard, elle l'entendit revenir dans la pièce.

« Tiens. »

Isaac lui tendait un verre. Elle le prit et l'avala en plissant le nez. Whisky. Isaac passa une main dans ses cheveux.

« Ca va t'aider. Assis-toi et détends-toi. Je suis dans la cuisine. »

Elle voulut protester, lui demander de rester avec elle mais elle ne pouvait pas parler. Blessée, choquée, humiliée, en colère, tous ces sentiments l'envahissaient. *Salope.* Quel que soit la personne qui la tourmentait, le jeu venait de monter d'un cran. Elle ne pensait pas qu'il était si facile de rentrer chez elle, de l'avoir. Etait-elle vraiment en danger ? Qui la mettait en danger d'ailleurs ? Elle secoua la tête et se leva, la colère prenant maintenant le pas sur le choc. Elle entra dans la cuisine et vit Isaac, torse nu, son t-shirt et sa veste hors de prix posés sur une chaise, un seau d'eau savonneuse à ses pieds. Il leva les yeux vers elle quand elle entra.

« Ca va ? »

Elle hocha la tête. « Ouais, désolée de t'avoir fait flipper. Ecoute... prenons quelques photos, juste pour avoir une preuve. »

Isaac s'arrêta net, sa main entourant l'éponge. « Tu es sûre que tu ne veux pas que j'appelle Finn ? Il y a peut-être des empreintes. »

Elle hésita puis ses épaules s'affaissèrent. « D'accord. »

Finn soupira. Il reconnut immédiatement l'écriture et jura à voix haute. « Mais quelle salope cette femme... »

Sarah le regardait, plus calme maintenant, le bras d'Isaac enroulé autour d'elle. « Finn... je serais très soulagée s'il s'agissait vraiment de cette sal... désolée, je veux dire de *Caroline.* »

Finn sourit et elle entendit le petit rire d'Isaac. Finn regarda Sarah. « Tu veux porter plainte ? »

Elle secoua la tête. « Je ne veux pas m'embêter avec tout ça - assure-toi juste qu'elle me rembourse la porte si tu le peux. »

« Je te la rembourserai.»

Sarah fronça les sourcils en regardant son vieil ami. « Pas toi. » Elle savait que la famille de Caroline était riche - ce qui n'avait pas facilité la vie de Finn - mais il était trop fier pour lui demander un peu de son argent. « Caroline peut payer - à moins qu'elle ne veuille que sa maman et son papa soient au courant de tout ça. »

Finn passa ses mains dans ses boucles blondes. Isaac s'éclaircit la gorge.

« Tu as une idée de pourquoi elle a fait cela ? »

Finn secoua la tête. « Absolument pas mais je vais en parler avec elle. Ecoutez les gars, je suis désolé, et si c'est elle, le fait que je sois en couple avec elle ne va pas aider. »

« Ce n'est pas de ta faute. »

Sarah sourit gentiment à Isaac, qui tapotait l'épaule de son ami. Finn hocha la tête et leur dit au revoir. Sarah soupira et se pencha contre Isaac.

« Ecoute. Je vais finir de nettoyer tout ça et aller au café. Tu devrais y aller, cette histoire invraisemblable ne devrait pas interférer avec ta journée. »

Isaac passa ses bras autour d'elle. « Oublie ça, je reste. »

« Non, vraiment. Je vais juste me contenter d'avancer comme si rien ne s'était passé. »

Isaac ne parut pas convaincu. « A condition que je revienne ce soir. Je ne veux pas te laisser seule ici. »

« Elle est de retour ! »Molly se jeta théâtralement en travers du comptoir lorsque Sarah entra dans le café et feignit de s'évanouir. « Bravo à tous, nous sommes sauvés ! »

Sarah étreignit son amie en riant. « Tu es une folle. »

« Et toi - laisse-moi te regarder- tu as été bien chouchoutée tous ces derniers jours. » dit Molly en tenant son amie à bout de bras et en la regardant attentivement. « J'en suis persuadée. »

Sarah roula des yeux en rougissant un peu mais elle était d'accord avec son amie. Ca lui avait fait du bien de prendre une pause. « Tu as raison, Miss Jewell. On s'est très très bien occupée de moi, tout le temps depuis mercredi. En fait, j'ai besoin de m'asseoir et de te regarder faire tout le travail. »

Molly rigola. « Quoi de neuf sinon ? Je plaisantais... » Elle prit son amie dans ses bras. « Ca fait du bien de te revoir. »

« Ravie que tu le penses... ce n'est pas le cas de tout le monde. »

Elle raconta rapidement à Molly le vandalisme de sa maison. Molly l'écouta, de plus en plus en colère.

« Quelle pute. » siffla-t-elle dans ses dents quand Sarah eut terminé.

« Ouais. Juste quand tu pensais qu'elle ne pouvait pas descendre plus bas. »

Molly rumina tout cela un instant pendant que Sarah mettait son tablier « Heu Sarah… tu es vraiment sûre que c'était elle ? »

Sarah frissonna. « Finn a reconnu son écriture. Et de plus, je ne pense pas avoir énervé qui que ce soit d'autre. »

« D'accord. »

« Pourquoi ? »

« Comme ça. »

Sarah hocha la tête et se dirigea vers la cuisine. Molly se retint de dire ce qu'on lui avait raconté - et ce qu'elle-même voulait garder secret. Finn l'avait finalement convaincue qu'elle s'était trompée cette nuit-là en croyant voir Daniel Bailey mais cette pensée ne l'avait pas quittée malgré tout. Et il y avait les lettres qui étaient arrivées au Varsity en l'absence de Sarah. Molly les avait gardées dans son tablier pendant trois jours - elle ne voulait pas les donner à son amie, en aucun cas.

« Hé, au fait… » Sarah passa la tête par la porte de la cuisine. « J'organise un barbecue chez moi samedi - le frère d'Isaac et sa famille sont invités. Vous voulez venir ? Toi, Mike et les enfants, c'est un rassemblement familial. »

Molly sourit. « Ouais, ça me semble sympa. Tu veux que je t'aide à organiser ? »

Sarah sourit. « Mon dieu… avec grand plaisir. »

« Est-ce que vous êtes là pour m'aider ou vous contentez-vous juste de regarder mes lumières clignotantes ? » Sarah sourit en les regardant depuis l'entrée. Finn et Molly admiraient les centaines et centaines de minuscules lumières blanches qu'elle avait accrochés autour de la grange, près de sa maison.

« On dirait que la fée Clochette est passée par ici. » Finn fit un mouvement de la tête comme pour éviter un objet qu'elle lui aurait lancé. Il sourit et commença à descendre de l'échelle pour la rejoindre. Sarah attrapa le haut de l'échelle et fit mine de la faire tomber.

« Laisse-tomber, petite. » Il la suivit vers la maison. « Salut. » Elle lui sourit et lui tendit une agrafeuse.

Une heure plus tard, ils revinrent dans la maison et Sarah prépara des sandwichs et de la limonade pour le repas de midi. La cuisine sentait bon le pain fraîchement cuit et les cookies, et tous les plans de travail étaient recouverts de nourriture pour la fête. Finn regarda tout cela d'un air étonné.

« Mais quand prends-tu le temps de, je ne sais pas, dormir ? »

« Ce n'est pas grand-chose, c'est George qui apporte la majeure partie de la nourriture. » Elle lui passa ainsi qu'à Molly une assiette de cookies et ils se laissèrent tomber sur des chaises. « Je n'en peux plus, en fait. Hé, ça ne vous dérange pas que je m'absente dix minutes ? Je dois aller à la pharmacie acheter de l'aspirine. »

« Mal à la tête ? »

« Ouais j'ai eu une longue soirée de... comment dire ça... »

Finn détruit son sandwich en seulement deux bouchées. « Baise ? »

Molly cracha son café et Sarah éclata de rire. « Ouais, mais je dois malgré tout être en forme. »

« Quand est-ce que ton amour arrive ? »

« D'ici une heure environ. Son frère et sa famille arriveront avec lui. Et quelques-uns de ses amis aussi. Bon, je dois aller à la pharmacie. »

« Vas-y, vas-y. » dit Molly en la poussant presque dehors.

La pharmacie à l'opposé de l'île était presque vide. Malgré le fait d'y être allée pour acheter de l'aspirine et d'en avoir pris deux avec un peu d'eau, elle sentait venir le début d'une migraine, sa vision devenait floue et elle commençait à avoir la nausée. Sarah prit un panier et entra dans l'épicerie. Elle s'arrêta, ferma les yeux et essaya d'éloigner cette sensation de tournis. Elle déglutit, sentit un goût de bile au fond de sa gorge. Elle mit un moment à réaliser que quelqu'un était en train de lui parler. Todd, le boulanger, lui souhaitait la bienvenue.

« Salut Sarah, on ne te voit pas souvent par ici. Hé... ça va ? » '

Elle sourit faiblement au jeune homme, qui semblait vraiment inquiet. Ses cheveux soigneusement gominés étaient coiffés en crête. Il avait été l'un des étudiants préférés de Dan.

« Ca va, Todd. Tu continues toujours à jouer du piano j'espère ? »

Todd sourit, un peu penaud. « Heu, je joue de la guitare maintenant. Zane et moi avons monté un groupe. Peut-être que nous pourrions jouer au café un de ces quatre ? »

Sarah hocha la tête. « Absolument. Passe me voir pour qu'on en parle d'accord ? »

Elle lit dit au revoir de la main et parcourut le reste du magasin, en essayant toujours d'oublier sa nausée.

Elle tourna dans l'aile des céréales pour petit déjeuner et se retrouva nez à nez avec Caroline. Elle laissa échapper un grognement qu'elle ne put contenir.

Caroline sourit. « Salut pétasse. Tu n'es pas en train de baiser ton millionnaire ? »

Sarah se demanda si elle pouvait frapper Caroline avec un rouleau de pâte à cookie congelée et s'enfuir juste après. « Casse-toi, connasse. »

Les yeux de Caroline brillèrent et elle lui sourit, d'un sourire étrange, presque triomphant.

« Oh, toi d'abord Sarah. Toi d'abord. »

Sarah la dépassa et sentit la colère lui tordre le ventre. Elle posa son panier trop fort sur le tapis de la caisse, mais sourit pour s'en excuser à la caissière qui venait de sursauter. Quelques mètres plus loin elle voyait Caroline en train de parler à deux autres femmes. Elle lui jetait des coups d'œil et rigolaient. Sarah serra les dents.

Puis elle le vit.

Le choc la gela sur place, incapable de bouger. Sarah ne pouvait détourner le regard. Elle parvenait à peine à respirer. C'était la couverture du Bugler. Un enfant, couvert de sang, transporté dans une brouette par un policier. Aveuglé et choqué par les flashs des photographes. Des larmes. Ses larmes. Sarah sentit ses genoux céder sous elle et elle dut se retenir au bord de la caisse pour ne pas tomber. Encore d'autres photos - le corps d'une femme à la gorge tranchée. Et une autre photo de Sarah, adulte, prise il y a quelques jours. Elle avait l'air fatiguée, au bout du rouleau. Elle pouvait à peine respirer.

« Hé... tout va bien ? »

Quelque part dans la confusion de son esprit, elle entendit la question que quelqu'un était en train de lui poser, mais il était trop tard. Elle ne pouvait quitter des yeux la photo de sa mère, les yeux exorbités, la bouche hurlant en silence. Sarah se décala vers l'avant du comptoir, abandonna son panier et se dirigea vers la porte. Derrière elle, elle entendit les cris et le rire hystérique de Caroline et de ses amies.

Elle réussit à atteindre l'extérieur du magasin avant de vomir.

DANS LA MAISON DE SARAH, le visage de George fit reculer Molly quand elle vit le vieil homme sortir en trombe de sa voiture, un journal à la main.

« Hé, que se passe-t-il ? » Molly se leva pour l'accueillir. Il respirait fort et elle le conduisit sur une chaise. Il reprit son souffle mais sans un mot, lui tendit le journal. Molly le prit. Sa main se porta à sa bouche.

« Oh mon dieu... » chuchota-t-elle. Elle regarda George.

« Où est Sarah ? »

Un crissement de pneus lui répondit. Ils levèrent les yeux et virent le camion de Sarah arriver de la mauvaise direction, zigzagant à travers la route qui menait chez elle.

« Mais qu'est-ce qui se passe ? » Molly se rua vers la porte et vit le camion s'encastrer dans le réverbère au bout de la rue. L'impact écrasa le capot du camion, le métal crissa contre le béton.

« Sarah ! » George et Molly coururent en direction du camion et aperçurent Finn du coin de l'œil, débouler de la grange après avoir entendu le bruit de l'accident. Molly, haletant sous l'effet de la panique, ouvrit la porte côté conducteur et vit Sarah écroulée sur le volant. Finn arriva en trombe et ouvrit la porte côté passager puis se glissa à côté de son amie.

« Oh mon dieu... ma chérie ? » Molly toucha l'épaule de son amie et la sentit bouger. Elle soupira de soulagement et Sarah s'assit, visiblement choquée mais pas blessée.

« Tu devrais peut-être éviter de bouger ma belle. » Le visage de Finn était très concentré quand il posa deux doigts sur son cou, pour vérifier son pouls. Il regarda Molly d'un air inquiet. Sarah secoua lentement la tête, son visage était fixe et en colère.

« Vous avez vu les journaux ? » Sa voix était éteinte, morte. Elle ne les regarda pas, elle fixait un point imaginaire devant elle.

George et Molly échangèrent un regard. Finn s'éclaircit la gorge.

« Sarah, tu devrais peut-être rentrer t'allonger un peu. »

« Non. » Elle regarda George, plus concentrée maintenant. « Est-ce que vous l'avez vu ? »

« Oui. » lui répondit enfin George. Molly était partie dans la maison et revenait avec le journal, pour le montrer à Finn.

« Ce sont des photos de scène de crime. Qu'est-ce que c'est que ce bordel ? » siffla-t-il entre ses dents.

« Comment ont-ils pu les obtenir ? » La voix de George tremblait de colère et de pitié pour Sarah. Il lui toucha le bras mais elle le retira.

« Je sais exactement qui a donné ces photos au journal. » dit-elle, regardant d'un coup dans son rétroviseur. Tous se retournèrent pour voir qui elle regardait, et avant qu'ils n'aient pu l'arrêter, elle sortit de sa voiture et se mit à courir.

Caroline Jewell - malheureusement invitée à la fête en tant que femme de Finn - s'avançait en voiture vers la maison et sortit de son véhicule. Elle se retourna juste au moment où Sarah se jetait sur elle, criant de surprise quand les deux femmes roulèrent au sol. Elle essaya d'attraper les mains de Sarah alors que cette dernière la chevauchait, en jurant et en hurlant.

«Espèce de salope ! Je savais que c'était toi, sale petite merde. »

George et Finn attrapèrent Sarah et lui bloquèrent les bras dans le dos. Caroline se releva et sourit d'un air mauvais, malgré son nez qui saignait. Sarah se débattit dans les bras des deux hommes.

« Sarah ! » La voix forte et aigue de George mit un terme à cette folie et Sarah se calma aussi, en s'efforçant de ne pas regarder Caroline.

« George, je sais que c'est elle qui leur a donné tout ça... » dit-elle alors que Caroline recommençait à rire.

« Prouve-le, psycho. » dit-elle en essuyant son nez du revers de la main. « Ce n'est rien d'autre que ce que les gens savent déjà de toute façon. »

Finn hocha la tête vers George, qui enroula ses bras autour de Sarah, puis Finn avança vers Caroline. Il prit son sac et le lui montra.

« Est-ce que c'est vrai ? »

Caroline renifla dédaigneusement et brossa la poussière de son pantalon. « Je n'en sais rien. Je ne sais pas d'où ils tiennent leurs histoires mais pas de moi. Comme je l'ai dit, tout le monde connaît ces trucs-là. Et en ce qui me concerne, le Bugler a juste dit que ça restait dans la famille. »

« Ca suffit. » dit Finn et Caroline se tut devant son ton cassant. « Ces photos appartiennent à la police. Si je découvre qu'elles ont été volées... »

Caroline reprit ses minauderies. « Comme je viens de le dire, prouve-le. »

« Mais que se passe-t-il ici ? »

Ils se figèrent tous et se retournèrent. Isaac se tenait derrière George, Sarah et Finn. Un homme, qui devait être le frère d'Isaac et une grande et élégante asiatique se tenaient à ses côtés, les yeux grands ouverts et l'air inquiets. Deux enfants les regardaient dans la voiture garée un peu en arrière. Sarah commença à trembler. Isaac lui tendit les bras et Sarah se jeta droit dedans. Il la blottit contre lui et regarda Finn.

« Que se passe-t-il ? »

Caroline sourit d'un air coquin. « Je ne crois pas que nous nous sommes rencontrés. Je suis... »

« Je n'en ai rien à foutre de qui vous êtes. J'ai demandé ce qui se passait. » Sa voix était comme de la glace et Caroline regimba. Elle prit un air renfrogné.

« Je vous préviens. *Sarah, Sarah, Sarah Bailey, qui a été toute brisée par la perte de sa petite maman.* » chanta-t-elle en gloussant. Sarah perdit patience une nouvelle fois et tous essayèrent de la retenir. Caroline se tourna vers sa maison. « Enfermez cette folle. Et au fait, je compte bien porter plainte. » dit-elle en s'adressant directement à Finn. « Pour coups et blessures. »

Molly poussa un cri suraigu inquiétant mais Finn la regarda d'un air sévère. « Pour quoi ? » dit-il très calmement en regardant Caroline. Caroline montra Sarah du doigt.

« Elle m'a attaqué enfin. Seigneur, comment ai-je pu choisir quelqu'un d'aussi stupide comme mari ? »

Finn la regarda droit dans les yeux. « Elle t'a attaqué ? Je n'ai rien vu de tel. » Il se retourna vers les autres. « Et vous ? »

Tous secouèrent la tête et murmurèrent en réponse à cette question.

Finn regarda sa femme. « Rentre à la maison, Caroline, personne ne souhaite te voir ici. »

Caroline souffla d'irritation et remonta dans sa voiture. George soupira et se tourna vers Sarah, toujours dans les bras d'Isaac.

« Ca va ma belle ? »

Elle hocha la tête, une expression étrange dans le regard. « Ca va mon beau. » Elle se dégagea de l'étreinte d'Isaac. « Merci bébé. » George vit Isaac lui sourire.

« Pas de problème. Maintenant, quelqu'un va pouvoir me dire ce qui s'est passé ? »

SARAH REGARDA les gens sur sa pelouse, devant sa grange. Elle voyait Saul, le frère d'Isaac en train de discuter avec Finn, ses enfants, Christopher et Rosie, en train de courir sur l'herbe avec Becky et Mike Jr, les enfants de Molly. Molly et Maika discutaient et riaient à table, George faisait le service.

« Ils font le travail à ma place. » remarqua-t-elle mais Isaac l'attira dans ses bras.

« Tout se passe bien, bébé. Maintenant, tu peux me raconter ce qui s'est passé ? »

Elle le regarda, un sourire triste aux lèvres. « Je viens d'un milieu très différent du tien, Isaac. Il n'y avait aucune propriété de famille, aucune famille heureuse. J'ai grandi dans un lotissement pour mobil homes au sud de la ville. Ma mère était une prostituée. Elle était immigrante de Shanghai, et sans papiers. Elle parlait à peine anglais et elle n'avait pas envie d'apprendre. J'ai parlé mandarin jusqu'à l'âge de cinq ans. Je n'ai jamais connu mon père, ça peut air n'importe lequel de ses clients »

« Qu'est-il arrivé à ta mère ? »

Sarah soupira. « Vers six ans, je suis rentrée de l'école et je l'ai trouvée toute heureuse. Crois-moi, c'était plutôt inhabituel. Elle remarquait à peine ma présence. Mais ce jour-là, elle semblait presque frivole. Elle avait préparé à dîner - juste des sandwichs et du jus de fruit. Nous avons pris ce repas ensemble. J'ai commencé à me sentir bizarre. Elle me regardait, me souriait tout le temps. Je n'arrivais pas à garder les yeux ouverts. Juste avant de m'endormir, je l'ai sentie qui m'attrapait par les bras. J'ai senti une douleur que je ne connaissais pas puis plus rien. Quand je me suis réveillée, elle était allongée à côté de moi. Morte. Elle s'était tailladé les veines. Et les miennes. Mais elle n'avait pas réalisé qu'en me donnant un sédatif, elle avait réduit la fréquence de mon pouls et que les entailles sur mes poignets n'étaient pas assez profondes. J'ai rampé à travers son sang et je suis allée chercher de l'aide. »

Isaac ne dit rien et se contenta de la regarder. Elle regardait au loin, au-delà de la cour de l'école.

« C'est George qui m'a trouvé- il était le chef de la police à cette époque. En raison de son âge, de son statut marital et de sa profession, ils ne l'ont pas laissé m'adopter de façon officielle. Je suis donc partie vivre dans un orphelinat. Personne ne voulait adopter une fille métisse et blessée. Et avec tout ce passé. L'orphelinat était correct, la nourriture et les locaux aussi. Mais j'étais seule - George venait me voir chaque jour et m'aurait emmenée avec lui s'il avait pu. » Sarah était pragmatique.

« Puis, quand j'ai eu 13 ans, une famille est venue habiter à côté de l'orphelinat. » Elle sourit à Finn. « Je pense que tu sais de qui il s'agit. »

« Molly et Finn ? »

Elle hocha la tête. « C'était la famille que je n'avais pas eu. Ils étaient drôles, bruyants et vivants. Mais l'amour, Isaac, je ne savais pas ce que c'était avant que la famille Jewell entre dans ma vie. Ils m'ont redonné confiance en moi. Ils ont essayé en tout cas. Tout est ressorti quand je suis entrée au lycée, j'ai traversé une période plutôt sombre. »

Isaac prit une profonde inspiration, serra ses bras autour d'elle et lui embrassa les cheveux. « Mon dieu, Sarah... je suis tellement désolé. Quelle mauvaise façon de débuter dans la vie. Ca explique une chose, cela étant... »

« Comment j'ai fini par croire Dan ? Parce qu'il avait trouvé les mots qu'il fallait ? »

Isaac la regarda et la vit lui sourire, il lui rendit gentiment son sourire. « Ouais. »

Une ombre passa sur son visage. « Ca me change rien ?... Pour nous deux, je veux dire ? »

Il la regarda d'un air surpris puis presque agacé. « Mais non, pourquoi cela ? »

Elle lui sourit mais se recula un peu. « Nous ne pouvons pas être naïfs. Tu es quelqu'un de la haute société...quand tout cela se saura, la presse se jettera sur nous. Le milliardaire et sa copine à moitié folle. »

Isaac fronça les sourcils. « Tu n'es pas folle, ni psychotique ni quoi que ce soit et je n'aurai jamais honte de toi. Je t'aime. *Je t'aime*, Sarah... un amour pour le meilleur et pour le pire, un amour pour lequel je mourrais s'il le fallait. »

Sarah se gela. « Quoi ? »

Il y eut une pause. « Tu m'as entendu. »

« Tu viens de me demander... ? »

Isaac soupira. « Non. Pas encore. Et pas de cette façon. Mais je te le demanderai un jour. Un jour où nous serons heureux et sans tout ce stress. Un jour où tu penseras être en manque d'amour mais pas en manque de soutien. »

Elle sourit tranquillement. « Tu me connais déjà si bien. »

Isaac se pencha vers elle. « Nous sommes faits pour être ensemble, tu le sais. »

Elle leva la tête pour l'embrasser. « Je le sais aussi... et plus tard dans la journée, je vais te montrer à quel point. »

Il sourit. « Tu parles que tu vas le faire, toi et ton joli petit cul. Maintenant, avant que mon pantalon ne se déforme comme une toile de tente, allons retrouver ma famille. »

Molly se glissa aux côtés d'Isaac lorsqu'il s'assit pour se détendre un peu sous le porche. La fête se terminait, le soleil commençait à se coucher. Son frère et sa famille étaient partis depuis dix minutes, après avoir pris leurs nouveaux amis dans leurs bras. Saul était parti un peu à l'écart avec Isaac. « Sarah est adorable, frangin. Je suis vraiment content pour toi. »

Isaac en fut reconnaissant à son frère de ne pas avoir parlé du drame du début de la journée, mais il savait qu'il devrait lui expliquer lundi matin au bureau ce qui s'était passé. Il sourit à Molly quand elle prit place dans la chaise à côté de lui. « Donc... »

Elle sourit. « Je pense que je suis follement amoureux de ta sœur adoptive. »

Isaac rigola. « Parfait, mais ne dis pas à Sarah que tu triches avec elle. »

Molly fit mine de se fermer la bouche puis son sourire s'évanouit. « Elle va bien ? »

Elle hocha la tête en direction de Sarah - qui était encerclée de Becky et Mike Jr, occupés à lui grimper dessus.

Isaac hocha la tête. « Je pense que oui. »

« Elle t'a raconté pour sa mère ? C'est dingue, non ? »

Isaac hocha la tête en grimaçant. « Je n'aurais pas pu imaginer ça. »

Elle le regarda. « Tu as eu une enfance heureuse ? »

Isaac haussa les épaules. « Pas toujours, mais cent fois plus heureuse que celle de Sarah. Nos parents se détestaient mais ils nous aimaient tous le deux. Je ne peux pas croire qu'un parent puisse faire ça à son enfant. »

« Tous les parents n'aiment pas leurs enfants, mais j'ai du mal à l'imaginer aussi. Ca me paraît hallucinant quand je vois d'où elle vient. »

« D'où elle vient qui ? » Une Sarah à bout de souffle arriva sous le porche, portant un enfant sous chaque bras. Ils s'écroulèrent tous devant le porche.

« Hillary Clinton. » dit Molly doucement. Elle se leva et récupéra ses enfants dans les bras de Sarah. « Venez ici les monstres, allez vous laver les mains et trouvez votre père. George ? » Elle appela le vieil homme occupé à débarrasser la table. « Tu veux qu'on te dépose en ville ? »

George hésita mais Sarah lui fit un signe de la main. « Laisse-ça, je nettoierai. »

UNE HEURE PLUS TARD, Sarah et Isaac étaient seuls à la maison et paraissaient dans un bain. Sarah s'appuya contre son torse musclé et ferma les yeux en sentant le bout des doigts d'Isaac descendre lentement le long de son ventre.

« Tu as passé une bonne journée ? » La voix profonde, grave et sexy d'Isaac lui donna des papillons dans le ventre, tout comme ses lèvres contre son oreille. Sarah hocha doucement la tête.

« Malgré le début, oui. J'aime beaucoup Saul et Maika, et leurs enfants sont adorables. »

« Ils pensent la même chose de toi. Nous allons bientôt les revoir. »

« Parfait. »

Ils restèrent silencieux un moment avant que Sarah ne se lève et se retourne dans la baignoire, essayant de lui faire face. Isaac passa ses mains sous sa taille et lui sourit. « Salut ma belle. »

Elle chercha ses yeux une seconde. « Isaac, je veux que tu sois honnête avec moi. Si tout ce qui est en train de se passer entre nous dépasse ce que tu voulais au départ, je peux le comprendre. »

Il fronça les sourcils. « Tu plaisantes ? Honnêtement, tu as vraiment une si mauvaise opinion de moi ? »

Elle secoua la tête. « Non, je n'ai pas dit ça. *Pas du tout.* Tu es la meilleure chose qui ne me soit jamais arrivée. Je ne veux juste pas que tu sois obligé de gérer tout mon sale passé. »

Il l'embrassa férocement. « Je suis avec toi, Sarah, quoi qu'il advienne. »

Elle se détendit. « Merci. » Elle glissa ses mains le long de ses jambes et attrapa son sexe mais Isaac attrapa ses mains et la força à le regarder.

« Est-ce que quelque chose te fait peur ? A propos de cette histoire, à propos des lettres ? Parce que tu peux me le dire, quoi que ce soit. »

Sarah réfléchit. « En fait, je m'inquiète de l'impact que cela a sur toi. Maintenant que je sais que c'est Caroline qui a vendu l'histoire, je suis convaincue que c'est aussi elle qui a envoyé les lettres. Alors oui, ça me dérange, mais ça ne me fait pas peur. »

Il relâcha ses mains et l'attira à lui, ses doigts glissèrent dans ses cheveux vers la base de son cou et il l'embrassa tout doucement, profondément, savourant son goût. Sarah soupira sous ce baiser. Isaac embrassa son cou, puis remonta ses lèvres vers son oreille et murmura « Sortons de cette baignoire, mon cœur... parce que je t'ai promis toute une nuit d'amour intense... »

Sarah gémit en entendant sa voix mielleuse et en une seconde, ils étaient sortis de la baignoire, éclaboussant tout autour d'eux le sol en bois de la salle de bain.

Isaac déplaça son corps pour écarter doucement ses jambes et enfouit son visage dans son sexe, sa langue balaya son clitoris, écarta ses lèvres douces et les avala goulûment en même temps qu'elles se gonflaient. Ses dents mordillaient son clitoris, tout doucement, et il souriait quand elle frémissait sous la morsure et sentait ses doigts serrer fort ses cheveux. Il suça, goûta, excita jusqu'à ce qu'elle n'en puisse plus et le supplie de la pénétrer. Son sexe était douloureusement gonflé, si lourd qu'il croulait sous son propre poids lorsqu'il la chevaucha et il dut soulever ses testicules d'une main quand elle enroula ses jambes autour de lui. Il glissa sa queue en elle, sentit son doux vagin et, ravi, Isaac regarda ses yeux rouler en arrière sous l'effet du plaisir qu'il lui procurait.

« Je vais te baiser si fort, bébé... » Ses cris d'excitation développèrent plus d'énergie en lui et il fit tant de va-et-vient en elle qu'ils crièrent et rirent tous deux de concert...

SARAH SE LEVA le lendemain matin en se sentant si malade qu'elle dut courir vers la salle de bain pour vomir. Puis elle se brossa les dents et se rinça le visage. En se regardant dans le miroir elle vit des cernes noirs sous ses yeux, sa peau était jaunâtre et son teint maladif, et une profonde ride de stress apparaissait entre ses sourcils. Ses yeux, habituellement si expressifs, étaient éteints et plats.

« Salut toi. Est-ce que ça va ? » Isaac, en caleçon, se tenait devant la porte l'air inquiet et quand il vit sa tête, il s'avança vers elle et lui posa une main sur le front. « Mon dieu, tu es brûlante. »

Il la força à se recoucher en dépit de ses protestations et lui apporta une tasse de thé et de l'aspirine. Malgré elle, Sarah se rendormit une demi-heure. A son réveil, elle entendit Isaac au téléphone.

« Non, je suis certain que quelqu'un d'autre peut s'en occuper. Je dois rester à la maison aujourd'hui ... Saul... oui, oui, d'accord. » Elle l'entendit raccrocher. « Mon dieu. »

« Tout va bien ? » Elle essaya de s'asseoir mais Isaac la repoussa doucement pour qu'elle reste couchée.

« Tu dois te reposer ma belle. Ecoute, je dois aller en ville pour une réunion, j'ai essayé d'annuler mais Saul n'a rien voulu savoir. »

« C'est bon, vas-y. Je vais m'en sortir. De toute façon, je ne travaille pas aujourd'hui. »

Isaac hésita puis hocha la tête. « D'accord, écoute, je serai de retour dans quelques heures. Si tu as besoin de quoi que ce soit, appelle-moi ou appelle Molly, promis ? »

Une fois Isaac parti, Sarah se rendormit, sa tête lui faisant trop mal. Elle dormait si profondément qu'elle n'entendit pas la porte de devant s'ouvrir ni le craquement des escaliers qui menaient à sa chambre.

IL LA REGARDA, si tranquille, si belle. Sa peau semblait moite, comme si une chaleur envahissait ses joues. De la fièvre. Il sourit. Une réaction évidente à provoquer si on connaissait les bons médicaments à verser dans ses suppléments en vitamines. Maintenant cependant, il devait s'assurer qu'elle allait rester inconsciente. Il sortit la seringue de sa poche, retira le plastique de protection et enfonça l'aiguille dans une veine de son cou. Elle sursauta sous la douleur rapide puis se tint à nouveau tranquille. Il attendit cinq minutes avant de remettre la couverture en place. Ca lui avait pris moins d'une minute pour prendre son magnifique corps en photo, si vulnérable. Il se sourit à lui-même. Faisons-leur savoir qu'ils sont incapables de m'arrêter, que j'obtiendrai d'une manière ou d'une autre ce que je voulais. Il vérifia que tout était en place et quitta la chambre à coucher. La tâche suivante serait un peu plus longue.

SARAH SE RÉVEILLA un peu après trois heures, en entendant l'hélicoptère d'Isaac se poser à l'extérieur. Elle l'entendit monter les escaliers en avalant les marches puis il apparut devant elle. Elle lui sourit. Isaac s'assit à côté d'elle.

« Comment te sens-tu ? »

Elle s'assit dans son lit. « Beaucoup mieux... quoi qu'un peu poisseuse et sale. »

« Tu as faim ? » Isaac était en train de retirer sa cravate. « Je peux te préparer des œufs si tu veux ? »

Elle se sentit soudain affamée. « Oui, s'il-te-plait. Je vais prendre une douche et changer les draps. »

Il se pencha pour l'embrasser. « Je te retrouve en bas. »

Après une douche éclair, elle retira les draps du lit et les rassembla en boule pour les emmener en bas. Elle entendit quelque chose tomber du tas de linge et se pencha pour voir ce que c'était. Elle fronça les sourcils en ramassant un petit bout de plastique. Une protection de seringue ? Elle fouilla dans sa mémoire - elle était certaine de ne jamais avoir utilisé de seringue de sa vie.

« Hé ma belle, ton repas t'attend. »

Elle sourit en entendant Isaac l'appeler puis en haussant les épaules, elle jeta le bout de plastique dans la poubelle et descendit.

FINN AVAIT PRIS l'habitude de dormir au bureau et plus à la maison, de n'y passer que quand Caroline dormait, et d'y prendre ses repas en un éclair avant de se changer pour retourner au travail. Caroline n'y voyait pas d'objection, tous deux s'évitaient et évitaient également toute querelle. Il l'entendit regarder une série débile dans le salon.

Il s'habilla pour aller travailler et se dirigea vers la cuisine. Caroline était en train de se préparer à manger.

« Tu en veux un ? » Elle montra un des sandwichs. Il secoua la tête.

« Non merci. » Il attrapa ses clés.

« Finn ? »

Il se retourna. Caroline lui fit un petit sourire. « Passe une bonne journée. »

Il cligna des yeux. Cette Caroline, il ne l'avait pas vue depuis des années. Agréable. Sympathique.

« Merci. » Il lui rendit son sourire. « Toi aussi. »

Elle hocha la tête et se concentra sur son sandwich.

Finn voulut faire à pied le tour du pâté de maison pour se rendre au commissariat mais il changea d'avis au dernier moment et se dirigea vers le café, In the Varsity, où Molly travaillait seule. » Elle leva les yeux, sourit et lui fit un petit signe.

« Coucou sœurette. » Il la prit dans ses bras puis se dirigea immédiatement vers la cafetière. Elle roula des yeux et poussa le plateau de muffins vers lui.

« Une invitation. Mike et moi voudrions vous inviter, toi et la *Gorgone*, oh pardon, Caroline, à boire un verre ce soir. Rien de pompeux, juste à la bonne franquette. Je sais que Caroline ne boit pas, peut-être qu'on pourra lui préparer un Virgin Mary ! Elle pourra enfin avoir du sang de vierge en elle, en toute légalité. »

Finn sourit. « Tu es sûre ? »

Molly fit mine de réfléchir une seconde puis hocha la tête. « Je pense. Alors ? »

Finn prit un muffin. « Ouais, d'accord. Pour autant que je sache, Caroline est libre, mais je dois lui demander. C'est quoi la contrepartie ? »

« Tu veux dire à part passer un peu de temps avec moi, ta merveilleuse sœur ? Et le fait que nous ayons enfin une baby-sitter à qui nous faisons confiance pour ne pas emmener nos enfants sur la voie de la paresse et du monde merveilleux de Taylor Swift ? »

Finn roula des yeux en regardant sa sœur. « Tu es dérangée, tu sais ça ? »

Molly sourit mais reprit vite son sérieux. « Ecoute, je pense... si nous essayons d'être agréables avec Caroline, peut-être qu'elle laissera Sarah tranquille. »

Finn haussa les épaules. « Ca vaut le coup d'essayer. »

Molly grimaça. « C'est une idée de Mike. Le bienfaiteur. » Mais elle sourit. Finn se leva et secoua la tête, amusé par la remarque.

« Donc vous venez ? » lui cria-t-elle avant qu'il sorte.

« Ouais, ouais, vers quelle heure ? »

« Huit heures. A tout à l'heure. »

MOLLY REGARDA son frère traverser la rue en direction du commissariat. C'était la première fois qu'elle le voyait sourire depuis un bon moment. Son visage était froncé, pâle, fermé. Il semblait bien plus vieux que quelques mois plus tôt, réalisa-t-elle d'un coup. Peut-être qu'il se détendrait ce soir, qu'il s'amuserait un peu. Elle sentait une pointe de culpabilité dans la poitrine. Elle savait pourquoi Mike avait choisi cette soirée, cette réunion de famille - pour essayer de faire la paix. Elle s'était heureusement accommodée de cette situation mais maintenant, elle s'interrogeait. Finn était sa famille et Caroline le rendait malheureux. Cela étant... si ça pouvait aider... Molly frissonna, haussa les épaules et se remit au travail.

Le soleil du soir se ternissait et se préparait à disparaître derrière l'horizon. Après un dîner léger, ils s'assirent dehors et écoutèrent le calme du soir, le léger clapotis de l'eau venant de la plage en bas du jardin. Sarah regardait Isaac, occupé à lui masser les pieds. Lorsqu'il travaillait et portait ses costumes impeccables, il avait tout du puissant homme d'affaires milliardaire qu'il était, mais là, assis sur la balançoire du porche, avec son t-shirt artistiquement délavé et ses très longues jambes moulées dans un jean, il semblait plus accessible. Elle le lui dit et il sourit.

« Je me sens chez moi, bébé. Où que ce soit, si tu es avec moi, je me sentirai chez moi. »

Elle rougit de plaisir et passa un doigt sur sa joue. « Peut-être devrions-nous penser... à notre avenir ? » dit-elle, se sentant tout d'un coup nerveuse, mais Isaac se pencha pour l'embrasser.

« Sarah, est-ce que tu as envie d'habiter avec moi ? » Il le dit avec un accent très british qui la fit rire.

« J'en serais enchantée, monsieur. », répondit-elle en levant la main et le petit doigt.

« C'est le pire accent que j'ai jamais entendu. », la taquina-t-il. Elle lui tira la langue.

« Alors nous allons le faire ? »

Il la mit sur ses genoux. « Et que oui, nous allons le faire. Je ne peux pas attendre davantage. Nous devons juste réfléchir à la logistique mais le plus tôt sera le mieux. Et je pense que nous devons fêter ça immédiatement. » Il la porta dans ses bras et se dirigea vers l'intérieur de la maison.

Il recula sous la ligne d'arbres en voyant Isaac emmener Sarah dans la maison. Il les observait depuis quelques minutes, ils discutaient, ils semblaient si à l'aise et décontractés lorsqu'ils étaient ensemble. Cela ne fit qu'amplifier la rage qu'il sentait monter en lui.

Maintenant, il faisait marche arrière dans la forêt pour retourner vers sa voiture et parcourir l'île dans l'autre sens. Il devait impérativement se rendre quelque part.

Le bar était bondé et bruyant et Molly pencha la tête pour approcher sa bouche de l'oreille de Mike.

« Je vais la tuer. Je vais la tuer en la faisant souffrir. Je vais la pendre par les entrailles à un arbre et habiller son cadavre comme une truie. Avec des vermicelles. »

Mike éclata de rire. « C'est original. » Il ne pouvait pas blâmer Molly, il regrettait d'avoir proposé cette invitation à boire un verre à Caroline Jewell.

La soirée promettait d'être compliquée. Finn et Molly formaient une équipe soudée, ils n'arrêtaient pas de trinquer et de faire rire Mike. Malheureusement, Caroline en avait rapidement eu assez de les voir attirer toute l'attention et elle s'était mise à bouder. Mike avait sentit Molly se tendre immédiatement à côté de lui et il avait vu les épaules de Finn s'affaisser. Caroline ne semblait pas s'en rendre compte et pire encore, elle flattait Finn et Mike. Mike se souvint d'un spectacle de reines dans une petite ville triste, elle était magnifique et tous les hommes la regardaient. Mais Caroline ne trompait plus personne aujourd'hui, ni lui, ni Molly, ni Finn ni qui que ce soit. Caroline était en train de leur parler de son projet d'avoir un bébé.

Mike vit Molly rouler des yeux vers lui et il lui sourit. Finn faillit tomber de sa chaise.

« Je nous vois parfaitement avec tout un tas d'enfants. » dit Caroline.

« Mi-humains, mi engeance de Belzébuth. » murmura Molly entre ses dents. Mike sourit. Finn regardait Caroline, une expression étrange sur le visage.

« Tout un tas ? »

Caroline sourit et lui tapota le genou. « Oui, bien évidemment. J'en voudrais au moins quatre. »

Finn faillit recracher sa boisson. « Tu n'as jamais parlé de *quatre* enfants. » Sa voix était fatiguée, vaincue. Le visage de Caroline parut s'affaisser un petit peu, mais un mauvais sourire commença à déformer sa bouche.

« Et bien je le fais. Je veux que nous soyons une famille. Tu sais que tu pourrais être un peu plus enthousiaste, je pensais que c'est ce que nous essayions de faire. »

Finn haussa les épaules mais cette fois, Molly ne parvint pas à se retenir. Elle lui sourit méchamment.

« Tu es *toujours* en train d'essayer, Caroline. »

Caroline sembla irritée, Finn sourit et Mike posa une main sur le genou de Molly en guise d'avertissement.

« Je ne m'attendais pas à ce que tu comprennes, mais je suis née pour être mère. » répondit Caroline en rétrécissant les yeux à l'attention de Molly.

« Un mot, deux syllabes manquent à la fin de ta phrase. » rétorqua Molly avec un sourire mielleux. Mike ne put s'empêcher d'éclater de rire et même Finn gloussa.

Le visage de Caroline se ferma de colère et elle se retourna vers Finn. « Quoi qu'il en soit, tel est mon avis, et tu devrais être heureux d'être avec une femme qui peut te donner un héritier. Un héritage. »

Molly roula à nouveau des yeux. « Ouais, parce que rien n'est plus précieux que ton ADN... »

« Molly. » L'avertissement de Finn était doux et rauque. Elle sourit puis haussa les épaules.

Caroline leva le nez en l'air. « Tout mon ADN est sans aucun doute bien meilleur que les gênes fétides que pourrait transmettre cette sale petite pute. »

« Ferme ta gueule. » Finn se leva d'un coup, renversant sa chaise. Il regarda sa femme, sans se préoccuper des regards inquiets que lui envoyaient sa sœur et son mari. « Je ne veux plus jamais t'entendre dire un seul mot sur Sarah, c'est compris ? »

Caroline ricana. « Ce n'est pas de ma faute si tu prends la mouche *à chaque fois* qu'on évoque cette traînée. »

Mike se leva en voyant Finn avancer vers sa femme. « Tu n'as pas besoin de parler d'elle comme ça. Jamais. Tu m'as bien compris ? Elle vaut un million de fois mieux que toi Caroline. Ne l'oublie pas. » Sa voix était blanche de colère, qu'il contenait. Caroline émit un bruit de dégoût, repoussa la vieille chaise sur laquelle elle était assise et se leva. Finn lutta pour parvenir à se contrôler. Molly se leva et essaya de poser sa main sur son bras mais il l'écarta. Au bout d'un moment, il mit ses mains dans ses poches, sortit quelques billets et les jeta sur la table.

« Je suis désolé. » Il sortit sans même les regarder. Mike expira longuement et prit Molly dans ses bras. Il la sentit trembler.

« Je suis désolée... c'est moi qui ai commencé. »murmura-t-elle dans son épaule. Il resserra son étreinte et regarda par la fenêtre, où il vit la voiture de Finn disparaître de son champ de vision.

Mettre le feu aux poudres pensa-t-il, avec une légère douleur au ventre. Il regarda Molly et l'embrassa doucement. « Tu veux sortir d'ici ? »

Il entra dans le petit hôtel qui faisait le coin avec le golf, et jeta ses clés, regarda autour de lui. Toutes ses possessions étaient dans cette chambre. Il sourit, il aimait cette façon de vivre légère. L'appartement sur l'île était parfait. Il s'imaginait déjà en train de surveiller tout ce qui se passait dans le café depuis la grande baie vitrée ; et même mieux, il y avait un réseau d'allées secondaires derrière les deux bâtiments qui pourrait s'avérer très pratique.

Il prit son ordinateur portable et l'alluma. Les images s'affichèrent rapidement sur les caméras. Sa cuisine. Son salon. Sa salle de bains. Sa chambre à coucher. La colère l'envahit quand il les vit nus, s'embrassant, se caressant, en train de baiser. Il regarda Sarah chevaucher le sexe d'Isaac, rejetant sa tête en arrière tout en jouissant, regarda les mains de Quinn sur ses tétons, les serrant, le vit descendre sur elle, regarda Sarah lui faire une fellation.

Salope

Mais les regarder le rendait beaucoup plus endurci. Plus tard, il les regarda dormir dans le lit, Quinn enroulé autour de son petit corps magnifique, ses cheveux noirs éparpillés autour de son visage. Mon dieu, ce *visage*. La façon dont ses cils noirs tombaient sur ses joues le hantait. Ses yeux parcoururent tout son corps, ses seins pleins et rebondis, son ventre doucement bombé, ses jambes plus longues que sa taille ne le suggéraient. La grosse main de Quinn était posée en travers de son ventre et cela déclencha une érection chez le voyeur. Comment se sentirait Quinn une fois qu'elle serait morte ? Une fois que son sang souillerait sa jolie peau, que ses yeux se fermeraient à jamais ?

Il se coucha sur le lit et réfléchit à sa prochaine action. Ce riche connard était incontestablement un problème mais il savait comment le gérer. Et pour cela, il avait de l'aide. Il se sourit à lui-même. Caroline. Sa vanité répugnante et sa haine absolue de Sarah la rendaient tellement malléable. Avec une seule petite marque d'affection de sa part à lui, elle se pliait à sa volonté et lui accordait toute sa confiance. Oui, elle lui avait été très utile l'année dernière mais... il retroussa ses lèvres de dégoût et s'assit. Quand ils s'étaient introduits dans la maison de Sarah, il avait été furieux de la voir peindre ce graffiti obscène dans la cuisine, mais à la réflexion, cela avait été une bonne chose - ils reconnaîtraient l'écriture de Caroline - mais Caroline seule, ils ne se doutaient pas qu'elle n'était que le pantin du maître. Ils avaient été agacés, mais pas effrayés. *Et pourtant.* Il était libre et au-dessus de tout soupçon pour l'instant.

Il commença à rassembler ses affaires ; sa valise et son matériel de photo. Il chargea sa voiture et prit le dernier de ses sacs. Il marqua un temps d'arrêt, l'ouvrit, en sortit l'épais rouleau de tissu et le déroula. Ses couteaux. Il prit celui qu'il prévoyait d'utiliser sur Sarah - le long et fin. Il l'imagina découper la chair fine, visualisa la terreur dans ses yeux, la douleur au moment où il la tuerait. Cela l'excita juste à l'idée d'y penser et il se dirigea sous la douche où il commença à se branler. Il était peut-être temps de leur donner un avant-goût de ce qu'il avait prévu pour elle et par la même occasion, embrouiller l'esprit de Quinn et détruire la tranquillité d'esprit de Sarah.

Et il savait ce qu'il allait faire.

UNE SEMAINE PLUS TARD, Sarah ne vit pas Isaac entrer dans le café, parce qu'elle avait la tête penchée sur ses livres de compte. Il sourit et attrapa une fleur dans un vase posé sur une des tables. Elle lui tournait le dos. Il lui caressa légèrement la nuque avec la fleur, le plus légèrement possible. Elle ne se retourna pas, se donna une claque sur la nuque d'un air distrait. Il sourit et repassa le bourgeon sur sa peau. Elle se retourna et fit un grand sourire en le voyant. Elle fit le tour du comptoir pour venir dans ses bras et l'embrasser.

« Salut toi, je ne m'attendais pas à te voir si tôt. Tu prends encore une pause ? »

« Ouais. Tu as une très mauvaise influence. » Il sourit et elle enfouit son nez dans la fleur. Un petit bouquet madame. » Il plaça la fleur dans ses cheveux. Elle rit.

« Tu veux du café ? »

« Comme toujours. » Il s'assit et la regarda attraper la cafetière. Il avait été absent ces deux derniers jours pour raison professionnelle et maintenant, il avait un réel besoin d'être avec elle. « Est-il possible que tu sois encore plus belle que la dernière fois où je t'ai vu ? »

Elle fit une petite moue qui le fit rire.

Il se pencha pour attraper sa main. « Tu m'as manqué, c'est un véritable problème que d'être obligé de travailler. » dit-il en lui souriant. « Tu as beaucoup à faire aujourd'hui ? »

« Je dois déposer quelques papiers chez George. Il refuse toujours de découvrir la technologie et de s'acheter un ordinateur, donc je dois imprimer un certain nombre de documents pour lui. Ensuite, je suis libre pour toi. » Elle sourit lascivement et il fit de même.

UNE HEURE PLUS TARD, Isaac remontait dans sa voiture et se dirigeait vers la ville. Il lui jeta un œil. « Bien, qu'as-tu envie de faire ensuite ? »

« Toi. »

« Mon dieu, si tu continues à parler comme ça, nous n'arriverons jamais chez George. Au fait, je ne veux pas ruiner cet instant mais aucune nouvelle lettre ni rien d'autre de bizarre ? »

Elle secoua la tête. « Rien. Peut-être que Caroline a enfin reçu le message. Finn a dû l'effrayer avec cette histoire d'arrestation pour vol de photos appartenant à une scène de crime et cela l'a calmée. Je pense que c'en est fini de cette idiote. »

Isaac soupira. « Elle a définitivement conforté la première impression que j'ai eue d'elle. » Il la regarda et sourit. « Tu t'en souviens ? Notre premier rendez-vous au restaurant George ? »

Ses yeux s'adoucirent. « Bien évidemment. Mon dieu, y a-t-il vraiment eu une période où je ne te connaissais pas et où je ne t'aimais pas ? »

Il prit sa main, l'attira à sa bouche et l'embrassa. « Je vois ce que tu veux dire, mon cœur. »

Ils conduisirent en silence et quelques minutes plus tard, Isaac arrêta la voiture le long du trottoir devant la maison de George. Sarah commença à ouvrir la portière mais il l'arrêta.

« Es-tu à moi pour toujours ? » Il chuchotait.

« Pour toujours. » Elle répondit simplement et quand elle le regarda, il put voir plein d'amour dans ses yeux. Il sourit.

« Je crois que je vais devoir être aimable avec mon futur beau-père. »

Elle rit en silence et sortit de la voiture. « Chaque chose en son temps, tu veux ? De plus, je dois d'abord être courtisée. » ajouta-t-elle avec un petit sourire.

Il éclata de rire. « Courtisée ? »

« Oui, évidemment. » Elle chercha la clé dans son sac et ouvrit la porte. Au moment même où elle entrait dans la maison, le téléphone d'Isaac sonna.

« J'arrive dans un instant mon chou. »

Les escaliers étaient plongés dans le noir et les rideaux tirés. Dans le hall, elle pensa sentir une odeur de cuisson ou de nourriture et se demanda si George leur avait préparé quelque chose à manger.

« Salut mon cœur. » appela-t-elle. Aucune réponse.

Elle se dirigea vers la cuisine et s'arrêta. Les volets étaient fermés et la pièce était dans une obscurité totale mais il y avait une odeur... quelque chose clochait... Elle sentit un réflexe nauséeux l'envahir. *Mon dieu...* Son cœur commença à battre de façon désagréable. Elle se dirigea vers la fenêtre et glissa presque sur quelque chose de mouillé au sol. Elle ouvrit les volets, laissa le soleil inonder la pièce et se retourna.

Tout son monde s'arrêta net. Tout son monde s'écroula.

Ses genoux se dérobèrent, tout son corps devint mou. Un son, un cri, un hurlement naquit au plus profond d'elle-même. Ses genoux frappèrent le sol, éclaboussant ses vêtements et son visage de sang encore chaud. Elle s'écroula, chancelante, sans plus aucune foi en rien. Sans réfléchir, elle rampa vers la porte à travers le sang et parvint à l'ouvrir d'une façon ou d'une autre. Toujours à quatre pattes, elle réussi à atteindre le milieu de la pelouse avant de s'évanouir. Le visage d'Isaac n'était qu'un masque d'horreur quand il la prit toute ensanglantée dans ses bras. Elle se recroquevilla en position fœtale, son esprit entièrement fermé. Catatonique.

« Mon dieu, Sarah... que... ? Que s'est-il passé ? » La voix d'Isaac, plutôt aigue, sonna lointaine à ses oreilles et un écho remplit le hall vide. Elle ne sentit même pas Isaac la prendre dans ses bras et la porter dans la voiture.

Finn sortit de la maison, son visage était livide, sous le choc. Il éloigna Isaac de l'ambulance, où il était en train de discuter avec les infirmiers. Sarah refusait d'être emmenée à l'hôpital et les infirmiers étaient en train de la persuader d'y aller.

« Isaac, laisse-les s'occuper d'elle. Tu dois voir ça. »

Il suivit Finn dans la maison où l'odeur de sang et de chair qui commençait à se décomposer l'assaillit. Il s'avança vers l'entrée de la cuisine et lorsqu'il fit un pas dans la pièce, il plaqua une main sur son nez. George était étendu sur la table de la cuisine, les yeux grand ouverts et le visage recouvert d'un masque d'agonie. Son torse était ouvert de la gorge à l'abdomen et ses organes, ses intestins étaient sortis, son sang recouvrait le sol, il avait commencé à durcir et une odeur de métal et de mort s'en dégageait. Il y avait des marques de coups de poignard sur son corps, son visage, son crâne.

Isaac soupira. *« Mon dieu. »*

Finn hocha la tête. « Je sais. Mais ce n'est pas ce que je voulais que tu voies. L'assassin a laissé un message pour Sarah. » Il hocha la tête en direction du mur. De là où il était, Isaac ne pouvait pas voir ce qui était écrit. Il s'avança un peu plus dans la pièce, glissa un peu sur le sang, regarda dans la direction que Finn lui indiquait et son cœur s'arrêta.

Des photos de Sarah. Des centaines, peut-être des milliers, accrochées les unes sur les autres. Sur la plupart d'entre elles, elle ne regardait pas l'appareil photo, elles étaient prises à distance, certaines sous des angles étranges. Elle souriait sur la plupart, ou elle parlait à quelqu'un d'autre. Des photos d'Isaac et de Sarah ensemble. Ils se tenaient la main, riaient à un de leurs stupides jeux de mots, portaient leurs tabliers, préparaient un barbecue comme de vrais chefs. Elles avaient été prises à la maison, sa maison. Il essaya de trouver l'angle de prise de vue. Ce n'était pas compliqué. Le photographe se tenait derrière la ligne d'arbres. Il vit des photos avec les membres de sa propre famille dans le jardin.

Puis il vit les photos au centre du collage et son cœur sembla exploser, une vague de nausée le submergea. Sarah Morte. Assassinée. Poignardée, tuée par balle, étranglée. C'étaient bien sur des montages de corps de femmes assassinées avec sa tête à elle, mais cela n'enlevait rien à l'horreur de l'imaginer comme ça. La menace était suffisamment claire, sans avoir à rajouter ces preuves évidentes.

Des mots étaient grossièrement écrits au mur avec le sang de Georges.

TU ES LA PROCHAINE...

DEUXIÈME PARTIE: ICI, AUJOURD'HUI, ENSUITE...

L'odeur le frappa et il recula. Son ventre se contracta sous l'horreur. Il savait ce que signifiait cette odeur. Il prit une profonde inspiration et entra. La caravane était dans le noir, l'odeur de mort était partout. Il entendit des mouches voler, alluma sa torche et attrapa son arme de service juste au cas où.

La femme était étendue sur une chaise, nue, à l'autre bout de la caravane. Il vit un long rasoir posé sur le sol à côté d'elle. Ses poignets et sa gorge avaient été tranchés. Son sang avait coulé sur la table devant elle, dans les toilettes, sur la vieille banquette. Il faisait toute une mare au sol.

« Tu vois quelque chose ? »

C'était le voisin bruyant qui l'appelait. Il l'ignora et déplaça doucement la lumière à travers la pièce. La femme était jolie, il se dit qu'elle était chinoise, ses longs cheveux noirs tachés de sang tombaient jusqu'au sol, ses yeux noirs étaient embrumés et lointains. Il secoua la tête. Perte de temps. Il regarda le bazar sur les plans de travail. La porte de la chambre à coucher derrière lui était entrouverte. Il y passa la tête, ne voulant rien déranger. Les policiers de la criminelle seraient bientôt sur place et il devrait expliquer chaque chose qu'il aurait touchée. Le faisceau de la torche frappa le lit, la table de nuit, des préservatifs et du lubrifiant. Le voisin avait donc raison. Cette femme morte était une professionnelle. Il soupira. Pour lui, ça ne faisait aucune différence.

Perte de temps.

Il s'avança dans la cuisine et éclaira de sa torche la table située de l'autre côté. Deux assiettes, des sandwichs à moitié mangés, un verre, une bouteille de vodka, des médicaments, un gobelet d'enfant.

Un gobelet d'enfant.

Son cœur tambourina dans sa poitrine et c'est à ce moment qu'il l'entendit. Un chuchotement...ou une chanson ?

I got the joy joy joy joy down in my heart...

Il comprenait à peine. Il passa le faisceau de la torche sous la table et vit un petit pied dépasser. Il tomba à genoux, sans se soucier de savoir s'il tombait dans du sang. Il éclaira le coin et c'est là qu'il la vit.

L'enfant. Pas plus de cinq ans. Elle cligna des yeux, de grands yeux noirs et effrayés.

« Salut. » Sa voix était douce. « Bonjour jeune fille... bonjour. N'aie pas peur. »

La petite fille ne portait qu'une veste et des sous-vêtements. Elle était recouverte de sang. Il lui tendit la main pour l'aider à se lever. Elle recula davantage pour aller se blottir tout au fond du coin. Il lui sourit gentiment.

« Tout va bien, ma puce. Je suis officier de police. Tu sais ce que ça veut dire ? »

Elle hocha doucement la tête tout en le regardant. Puis son cœur se serra en voyant ses poignets. Elle avait des entailles sur chacun de ses minuscules poignets. Toutes les émotions affluèrent : colère, rage, désespoir. Tendresse. Il lui sourit à nouveau.

« Ca te dit de m'accompagner dehors ma puce ? Que je puisse examiner tes mains, pour les soigner ? »

Il ne comprit pas pourquoi mais elle s'approcha de lui - elle rampa, très lentement, dans sa direction et elle ne protesta pas quand il la prit dans ses bras. C'était une enfant minuscule, aux cheveux noirs, à la peau plus claire que celle de la femme morte. Il aurait parié que le père avait disparu depuis longtemps et que la mère ignorait même qui il était. La fillette le regarda, sa peau légèrement brune brillait sous la lumière de la torche. Elle lui toucha le visage, comme pour vérifier qu'il était vraiment là.

« Comment t'appelles-tu petite ? »

Sa bouche articula un mot mais il ne parvint pas à l'entendre.

« Je suis désolé, je n'ai pas compris ce que tu as dit. Ca t'aiderait si je te donnais mon nom ? » Il n'était pas certain qu'elle le comprenait maintenant. Il sortit son badge d'identification de sa poche et le lui montra. Elle toucha la photo puis son visage et il hocha la tête en souriant.

« C'est ça, c'est moi. Je m'appelle George G-E-O-R-G-E. George. Mon nom de famille est Madrigal, comme dans la chanson. Tu connais ton nom petite ? »

Elle hocha lentement la tête, s'approcha de son oreille et chuchota. George lui sourit.

« Je suis ravi de te rencontrer. » Il écarta quelques mèches de cheveux de son front. « Très heureux, petite Sarah. »

Maintenant

Quand Sarah ouvrit les yeux, elle le voyait toujours. Elle sentait le sang. Elle voyait ses intestins, ses organes, ses poumons à l'extérieur de son corps, suintant et coulant sur le linoléum.

Maintenant recouvert d'un drap blanc, son visage "réparé" par les pompes-funèbres, elle regardait le visage du seul père qu'elle ait jamais connu. Elle s'était portée volontaire pour identifier formellement le corps de George pour que personne d'autre n'ait à le voir déchiré ainsi. Elle n'avait pas été autorisée à le toucher mais elle se pencha et murmura "Je suis désolée" à son oreille.

Elle sentit la grande main chaude d'Isaac dans son dos. « Mon cœur ? » Elle se retourna et il l'attira contre elle. Elle ne pouvait plus pleurer, ses yeux étaient rouges vifs, sa gorge trop sèche mais la sensation des bras d'Isaac autour d'elle lui apporta du réconfort. Elle sentit ses lèvres contre son front.

« Rentrons à la maison, bébé. »

Elle hocha la tête et ils arrivèrent rapidement à son appartement. Il lui fit couler un bain chaud puis ils se mirent au lit, il s'étendit à ses côtés, lui caressant le visage pour l'aider à s'endormir.

LES MARINERS ÉTAIENT en train de perdre. Finn bougea sur son siège, désireux de se concentrer sur le jeu. Il s'était retrouvé avec quelques collègues autour de bières et de hot dog, et le Safeco était plein à craquer.

Finn tira sa casquette sur ses yeux. Il ne pouvait s'empêcher de penser à Sarah. Elle avait été si blessée, si dévastée que cela lui bloquait la gorge rien que d'y penser. Il avait eu envie de la prendre dans ses bras, s'assurer que tout allait bien mais Isaac était arrivé et cela aurait semblé déplacé. C'était étrange comme tout cela fonctionnait. Sarah était sa sœur, sa famille et maintenant il y avait quelqu'un dans sa vie qui répondait à tous ses besoins et elle était heureuse. Finn haussa les épaules et poussa un profond soupir. Cela étant...il devait penser à sa propre famille.

Une fois de retour à la maison après de longues heures de travail, après le meurtre de George, Caroline lui avait sourit, presque frivole. Enceinte. Mon dieu, comment cela avait-il pu arriver ? Il n'avait couché que deux fois avec Caroline cette année. A chaque fois, il était saoul. *Mon dieu.* Finn jura dans un souffle. Il n'était pas prêt pour avoir un enfant, pas comme ça, pas avec elle. Enceinte. Est-ce qu'il pensait être le père du bébé ? Pas vraiment. Et il s'en fichait de savoir que Caroline était infidèle - il savait déjà qu'elle l'avait été plusieurs fois auparavant. Cependant, il ne pouvait pas partir en sachant que cet enfant pouvait être le sien, ce n'était pas le genre d'homme à abandonner sa famille.

Merde. Il se pencha pour essayer de réduire les battements et la douleur de son cœur. Une copie du *Seattle Times* traînait sur un siège devant lui. Une photo attira son attention. Il tira dessus d'un coup sec. Un titre. *Massacre brutal d'une étudiante à Seattle...* Finn lut rapidement le fait divers mais ses yeux retournaient sans cesse vers la photo. Yeux noirs, cheveux noirs. Elle ressemblait à Sarah. Finn sentit la nausée l'envahir. *Tu es en train de perdre, mec.* Mais il arracha la page du journal et la plia pour la mettre dans sa poche. La scène de cauchemar chez George, les traces de sang sur les murs. Tu es la prochaine. Quelqu'un visait Sarah et il ne se pardonnerait jamais si quelque chose lui arrivait.

« Tu dors mec ? » Hank, un des policiers de la ville, lui tapota l'épaule. « Tu deviens vieux mon pote. » Finn lui fit un petit sourire et prit la bière que son copain lui tendait.

TOUTE LA COMMUNAUTÉ se retrouva pour les funérailles de George une semaine plus tard.

Sarah présidait la veillée à la maison. Occupée à prendre soin et à parler avec les invités, elle ne réussit à prendre un moment pour elle qu'en fin de journée. Elle se faufila par la porte de derrière et tout en retirant ses chaussures, elle s'assit sur les marches du porche. Elle s'appuya contre la balustrade et ferma les yeux. Le poids du chagrin lui fit mal à la poitrine. Ces derniers jours avaient été horribles. La maison de George avait été scellée et des enquêteurs de la criminelle étaient partout autour. Le Varsity était bondé de clients avides de savoir ce qui se passait, tous bien intentionnés mais curieux. Elle s'était parfois isolée dans l'arrière-cuisine pendant que Molly s'occupait des plus émotifs d'entre eux.

A l'intérieur, elle entendit Isaac demander à Molly si elle avait vu Sarah et elle sourit.

« Je suis là, bébé. »

Il avait été son roc, son protecteur toute cette semaine, par rapport aux questions incessantes des détectives de la criminelle. *Savez-vous pourquoi quelqu'un voudrait assassiner George Madrigal ? Savez-vous si quelqu'un essaie de vous tuer ? Pourquoi n'avez-vous pas parlé des lettres ?*

Elle y repensait maintenant, elle regardait la ligne d'arbres au fond du terrain, l'abri à bateau sombre juste au bord de l'eau. Une telle perte. Elle essuya une larme.

Isaac s'assit à côté d'elle, dénoua sa cravate et le premier bouton de sa chemise. Il la regarda, se pencha et passa doucement sa main derrière son dos et sa nuque. Elle se pencha à son contact.

« Comment tu t'en sors ma chérie ? »

Elle hocha la tête. « Ca va. Et toi ? »

« Pareil. » Il lui fit un petit sourire triste. « Tu t'es bien débrouillée, excellent service, bonne veillée. »

« C'est le moins que je puisse faire. » Sa voix était enrouée.

Isaac fronça les sourcils et se pencha pour approcher son visage du sien. « Hé... » Elle le regarda. Il appuya sa tête au chambranle et sourit. « Ce n'est pas de ta faute. » Il lui caressa à nouveau la nuque. Ses yeux étaient plein de larmes. Elle les essuya en les sentant couler sur ses joues. Isaac posa ses lèvres contre sa tempe. « Je t'aime. »

Elle s'appuya sur lui un instant. « Je t'aime aussi. » Elle regarda Isaac, brossa son costume foncé et lui sourit.

« Tu es très beau dans ce costume. »

Il sourit d'un air présomptueux. « Oh, je sais... » Ils rirent doucement tous les deux et il posa ses lèvres sur les siennes. « Je suis tellement désolé Sarah. Je n'imagine même pas ce que tu as pu ressentir. J'aurais aimé mieux connaître George. »

Sarah sourit. « C'était l'homme le plus gentil, la personne la plus douce que j'ai rencontrée. Honnêtement, tu ne trouveras personne pour dire du mal de lui. Tu l'aurais adoré aussi Isaac. Il aimait aider quiconque en avait besoin et il essayait d'améliorer la vie de chacun. »

Son expression devint sombre.

« Je n'arrive même pas à imaginer à quel point il va me manquer. » Isaac posa une main sur son bras.

« Il me manque déjà. Chaque jour. » Elle se tourna vers lui, le regard sérieux. « J'aimerais... j'aimerais juste avoir parlé des lettres mais elles ne semblaient pas d'une grande importance. Je n'ai pas voulu en faire toute une histoire. »

Ses yeux s'emplirent de larmes à nouveau et elle secoua la tête. « Et je me déteste chaque jour pour ça. C'est... ce n'est pas juste, il devrait toujours être là. » Elle soupira longuement.

Isaac regarda son visage un long moment. « Tu penses que c'est toi qui aurais dû mourir à sa place. »

Elle hocha la tête. Isaac se mit en face d'elle et posa un bras sur ses épaules. « Il n'y a qu'une seule personne à blâmer et c'est le psychopathe qui a fait ça. »

Elle sourit faiblement. « Ce que je ne comprends pas c'est... pourquoi il ne m'a pas tuée moi ? Si c'est moi qu'il ou qu'elle cherche, il n'a qu'à me tuer *moi*. »

Isaac pâlit en entendant ces mots. « Je ne veux plus jamais t'entendre dire ça Sarah. Jamais. Mon dieu. »

Il s'écarta un peu d'elle et se leva. Elle le regarda marcher autour du porche puis il baissa les yeux sur elle. « Tu penses vraiment que je peux continuer comme ça ? Tu es mon amour Sarah, ma vie. Je ne laisserai rien t'arriver. »

Il prit une profonde inspiration et lui tendit les mains. Elle les prit et il la mit sur ses pieds. « Promets-moi que nous sommes tous deux engagés là-dedans. » lui dit Isaac doucement. « Nous nous battrons *ensemble*. »

Elle posa ses lèvres sur les siennes. « Je te le promets Isaac. Je t'aime. »

IL LA RAMENA chez lui en ville cette nuit-là. Sarah lui avait dit qu'elle ne voulait pas rester dans l'île pendant quelques jours et avec Molly, elles avaient décidé de fermer le Varsity pendant une semaine. Sarah avait insisté pour payer Molly plus du double pour ses heures supplémentaires mais Molly avait décliné d'un geste de la main.

« Sûrement pas ma belle. C'est du temps passé en famille. Nous en avons besoin. »

Pendant la montée en ascenseur jusqu'à l'appartement terrasse d'Isaac, ils s'embrassèrent doucement, tendrement puis en entrant dans le salon, Sarah commença à déboutonner sa chemise et à sentir son cœur battre plus fort. Isaac lui prit les mains pour la calmer et chercha intensément son regard.

« Tu en es sûre ? »

Sarah se hissa sur la pointe des pieds et colla ses lèvres aux siennes. « Fais-moi oublier, Isaac, rends cette nuit pleine d'amour et de joie, et... »

Elle ne réussit pas à terminer sa phrase. Avec un grognement, Isaac la prit dans ses bras, l'embrassa avidement tout en la déshabillant avant de la porter jusqu'à la chambre à coucher.

FINN LEVA les yeux et regarda par la fenêtre. Son humeur s'assombrit en voyant Caroline sortir et monter dans sa voiture. Elle allait probablement voir un de ses autres hommes. Il n'en avait vraiment, *vraiment* rien à faire.

« Casse-toi et laisse-moi tranquille. » se murmura-t-il à lui-même. « Je ne veux rien de toi. »

Il vit Caroline démarrer la voiture et partir de l'autre côté de l'île.

Il ferma les yeux. Il semblait avoir atteint ses limites ces deux dernières semaines, en s'inquiétant pour Sarah et en s'occupant su meurtre de George. Qui donc pouvait faire ça à un autre être humain ? Et pourquoi, pour l'amour de Dieu, quelqu'un voulait faire du mal à *Sarah* ? Sarah qui n'avait jamais eu de parole méchante envers qui que ce soit (excepté Caroline, Finn se sourit à lui-même, mais l'antagonisme constant de sa femme ne lui rendait pas service). Sarah qui avait enfin, *enfin*, trouvé quelqu'un digne de son amour et de son grand cœur. Finn aimait beaucoup Isaac Quinn. Après que Sarah eut trouvé George, lui et Isaac avaient travaillé de concert pour l'aider, la sortir de cette maison, la maintenir en sécurité. Et maintenant, quelqu'un voulait la tuer. Pourquoi ?

Il repoussa cette pensée. *C'est parce qu'elle est magnifique, espèce d'idiot. C'est une question de possession, d'obsession, de folie. Non. Non.* Une idée, un flash lui traversa l'esprit.

Il attrapa sa veste et en sortit l'article du journal qu'il avait arraché au bar. Il regarda la fille sur la photo. Une jeune et jolie Asiatique, poignardée à mort dans Seattle. Aucun motif avéré. Un meurtre sans préméditation, avait conclu la police, un meurtre sexuel. Finn savait qu'il cherchait une aiguille dans une botte de foin mais il alluma son ordinateur et commença à chercher. Il avait fait cela tant de fois depuis la disparition de Dan, il n'avait jamais rien trouvé sur lui mais il n'avait jamais perdu espoir. Un fil conducteur. Une idée de l'endroit où il pouvait être et de celui où il avait été. Est-ce que Molly avait raison ? Etait-il revenu ? *Tu t'approches, mon pote.* Finn serra les dents et se concentra sur son écran.

Il lança une recherche nationale. Agressions sexuelles, harcèlements. Finn réfléchit un instant et ajouta "meurtres". Il savait que c'était exagéré, mais son aversion pour Dan venait surtout de la façon dont il avait traité Sarah, mais il décida néanmoins de poursuivre sa recherche...

Profil des victimes : Femme, vingt à vingt-cinq ans, petite taille, longs cheveux noirs, yeux noirs. D'origine asiatique.

Il lança la recherche et se dirigea vers son téléphone. Il était temps de tout reprendre depuis le début. Dan était originaire de Louisiane - d'après ce qu'il avait dit à Sarah en tout cas. Il composa un numéro puis attendit.

« Police de la Nouvelle-Orléans, que puis-je faire pour vous ? »

ELLE SENTIT le bout de ses doigts caresser doucement son dos et elle sourit. Elle ouvrit les yeux et vit Isaac à côté d'elle, appuyé sur son coude, avec un grand sourire. Elle roula sur le côté, étira ses hanches douloureuses et se pencha pour l'embrasser.

« Ca va ? » Sa voix débordait d'amour et elle s'en délecta avant de lui répondre.

« Tant que tu es près de moi, ça ira toujours. »

Il dessina une ligne autour de ses lèvres avec son doigt. « Sarah... mon amour... on pourrait parler de l'avenir ? Sérieusement ? J'essaie de me retenir de te traîner à l'hôtel de ville à l'instant même pour t'épouser, mais je veux que nous allions de l'avant. » lui dit-elle en souriant, ce qui la fit rire aussi. « Je t'aime et j'aimerais que nous vivions ensemble. »

Sarah sourit et enfouit son nez au creux de son bras. « J'aimerais la même chose que toi. Même au bout de si peu de temps, ça me semble faisable, non ? »

Isaac sourit. « Oui, évidemment. Géographiquement... Je dois évidemment garder un pied à terre ici mais je serais ravi de vivre sur l'île, en fait, n'importe où sera parfait. »

Ils passèrent la plus grosse partie de la matinée à discuter sans rien décider de concret mais cela n'avait pas d'importance - entre l'euphorie de leur amour et de leur discussion, il était presque trois heures quand ils se décidèrent à s'habiller.

« Pourquoi ne pas aller en ville, acheter les journaux du jour, s'asseoir à une table dans un bar que je connais ? »

« Oui, ça me semble parfait. »

Isaac lui tapa dans la main. « Et ensuite, nous trouverons une ruelle tranquille et... »

« Tu es incorrigible. » gigota Sarah quand il l'attrapa par la taille et la retourna. « Allez Don Juan, allons boire un verre. »

L'APPEL à la police de la Nouvelle Orléans n'avait rien donné mais le type au téléphone lui avait promis de se renseigner. Finn se laissa tomber lourdement sur son bureau. *Merde.* L'économiseur d'écran de son ordinateur s'était mis en marche et il secoua la souris d'un geste énervé. Et il vit le résultat de sa recherche.

Un sentiment de crainte, de certitude l'assaillit lorsqu'il lut ce qu'il voyait sur l'écran. Sa respiration se glaça dans sa gorge. San Francisco. Auburn. Wilmington. Colorado Springs. Une dizaine d'endroits répartis à travers tout le pays. Toutes ressemblaient à la jeune fille assassinée en ville. Elles ressemblaient à Sarah. Finn sentit son cœur battre la chamade et le sang affluer à ses oreilles. Il n'y avait aucune preuve, aucune raison logique de penser que Dan pouvait avoir un quelconque rapport avec ces meurtres, parce qu'il n'avait jamais pris les traits d'un criminel. Mais Finn examina les photos des scènes de crime des filles mortes. Des yeux en amande, de longs cheveux noirs, une peau dorée et lumineuse. Mais ce n'étaient pas ces points communs qui étaient en train de secouer le corps de Finn. Il avait déjà vu tout cela, l'horreur, la façon sauvage dont ses femmes étaient mortes. Il l'avait vu dans la maison de son vieil ami George Madrigal.

Finn eut à peine le temps de se rendre aux toilettes avant de vomir.

MOLLY ÉTAIT ÉPUISÉE LORSQU'ELLE MIT les enfants au lit. Mike, son mari sur lequel elle pouvait toujours compter, l'avait aidée mais maintenant, il était affalé dans le fauteuil et regardait un jeu à la télé - enfin, il ronflait doucement devant. Molly sourit et ferma la porte du salon. Pour la première fois depuis quelques jours, elle avait un peu de temps pour elle, mais elle avait juste envie de dormir. Chaque os de son corps lui faisait mal. Elle se leva pour se préparer un chocolat chaud et jeta un œil par la fenêtre, en direction de l'autre côté de la rue et du Varsity.

« Mince. » dit-elle doucement. Une des fenêtres de l'arrière salle était restée ouverte - mais comment avaient-elles fait pour ne pas la voir ? Molly, se maudissant silencieusement, mit ses chaussures et se dirigea vers la porte.

Une fois au Varsity, elle ferma rapidement la fenêtre et se retourna pour rentrer chez elle quand elle l'entendit - ou plutôt quand elle le sentit. Un roulement, une vibration sous ses pieds. Molly fronça les sourcils. Un tremblement de terre ? Non, pensa-t-elle, et elle regarda à nouveau par la fenêtre. Elle ne pensait pas que quelque chose d'autre tremblait. Elle sentait sans l'ombre d'un doute le sol trembler juste sous ses pieds. Elle se dirigea vers la porte de la cuisine, l'ouvrit et entra dans la café plongé dans l'obscurité.

La machine à es presso vibrait et du liquide brun foncé coulait au sol. Molly alluma la lumière et se maudit. Elle tira sur le cordon d'alimentation branché au mur et attrapa un torchon pour absorber le liquide puis elle l'essora. Comment diable avaient-elles pu laisser allumée la machine à café ? Molly rinça le torchon et nettoya par terre.

A l'autre bout du café, le bruit d'une table qu'on faisait glisser sur le sol en pierre la fit se geler sur place.

Molly leva la tête et inspecta les ténèbres inquiétantes. Elle se dirigea le cœur tambourinant vers l'origine du bruit. En raison de la peur elle ne parvenait pas à dire si elle imaginait quelqu'un en train de respirer près d'elle ou s'il s'agissait juste de son souffle saccadé et nerveux. Puis elle l'entendit. Un rire grondant. La table bougea encore et elle se mit à courir puis claqua la porte derrière elle. Elle monta les escaliers quatre à quatre puis se maudit en réalisant que la porte s'était verrouillée derrière elle. Elle regarda vers le bas des escaliers. Il n'y avait pas de verrou entre la porte arrière et les escaliers. Elle redescendit doucement et déverrouilla la porte arrière. Tout en l'ouvrant, elle pensa entendre la porte de l'arrière salle s'ouvrir.

Elle ne regarda pas en arrière et couru, glissant à moitié dans la neige gelée. Elle descendit à toute allure la ruelle derrière le Varsity et s'arrêta net en voyant une ombre passer au bout de la ruelle. Sa respiration se transformait en sanglots maintenant et elle réfléchit à quoi faire. Retourner dans la ruelle signifiait que personne ne pourrait la voir depuis Main Street parce que la ruelle longeait l'arrière du café et de ses voisins. Mais dans ce cas, elle pouvait clairement voir le bout de la rue et elle n'y voyait personne. Molly, pieds nus et gelée, retourna dans la ruelle.

Elle était presque arrivée au bout quand il l'attrapa.

ILS CHOISIRENT d'aller dans un petit bar sur la 2ème Avenue. Le bar était plein mais ils réussirent à avoir un canapé près de la fenêtre. Il commençait à pleuvoir, un temps typique d'automne à Seattle. A l'intérieur, le bar bourdonnait des conversations des gens qui chuchotaient et riaient. Sarah avait mené Isaac directement vers le canapé et était allée au bar commander des boissons.

Après avoir remercié le barman, Sarah revint tranquillement vers Isaac en souriant.

« Que caches-tu derrière toi ma belle ? »

Elle lui fit un clin d'œil et lui tendit une bouteille. *Tiffin.* Il commença à rigoler.

« Je n'en crois pas un mot. » '

« Mon ami Josh ici présent va te préparer ton cocktail. » Elle fit un grand geste et remporta la bouteille au bar.

Isaac secoua la tête en riant. Il ne pouvait pas croire qu'elle se souvenait de cette blague qu'il lui avait faite le jour de leur rencontre. Il lui sourit en la voyant revenir.

« Comment te souviens-tu de ce que j'ai commandé ? »

Sarah se laissa tomber dans le canapé à côté de lui. « J'ai cherché. »

Isaac la regarda d'un air surpris. « Tu as cherché ? Pourquoi ? »

Elle rougit un peu et lui sourit. « Parce que... »

« Ah. Un truc bien romantique, quoi. »

« Ouais. »

Il l'attira sur ses genoux et l'embrassa. « On t'a déjà dit que tu es absolument adorable ? »

Josh, un grand gars dégingandé avec de longs cheveux blonds et un bouc, leur sourit en apportant deux verres qu'il posa devant Sarah et Isaac.

« Bonne chance en buvant ça. » dit-il en secouant la tête d'un air amusé. « Il y a beaucoup d'alcool dedans. »

Sarah et Isaac prirent leurs verres et se regardèrent d'un air suspicieux.

« Je ne sais pas, ça a l'air... »

« Bizarre ? »

« Ouais. A trois. Une, deux, trois. »

Ils burent tous les deux une gorgée - et firent tous les deux la même tête.

« Mon dieu. » Isaac avala et tira la langue. « C'est absolument dégueulasse. »

Sarah hocha la tête. « Ouais, où as-tu trouvé cette recette ? »

« Google. »

« Tu veux me faire plaisir ? La prochaine fois, contente-toi de regarder du porno. »

Josh leur apporta des bières, et sourit au-dessus des verres à cocktail à moitié pleins qu'il rapporta au bar. Sarah se blottit dans les bras d'Isaac au fond du canapé et ils regardèrent tomber la pluie. Elle ressentit une paix intérieure qu'elle n'avait pas ressenti depuis la mort de George..., non, plutôt depuis que Dan était parti. C'était lui, Isaac, sa présence dans sa vie était tranquillisante, réconfortante et bien plus important encore, elle lui faisait confiance. Elle posa sa main à plat sur son torse musclé et il se retourna pour la regarder.

« J'aimerais en savoir davantage sur toi. » lui dit-elle. « J'ai l'impression que tout ce drame que nous sommes en train de vivre a pris le pas sur ma découverte de toi. »

Il passa doucement la main dans ses cheveux, en souriant. « Qu'aimerais-tu savoir ? »

« Tout. Comment as-tu débuté ton entreprise ? Que voulais-tu faire quand tu étais enfant ? Je veux toute ton histoire. » Elle sourit à cette dernière phrase en voyant ses sourcils se lever.

« Oh, nous en sommes à ce stade de notre relation, c'est ça - les "Sexe files" ? »

« Comme Mulder et Scully mais en plus sale. Vas-y, donne-moi des détails, donne-moi, donne-moi. »

Isaac fronça le nez. « D'accord, mais donnant-donnant. Comment s'appelait ton premier petit ami ? »

Elle fit mine de réfléchir. « Jiminy Billy-Bob. »

« Non. »

« Non. »

« Petite futée. D'accord, pour avoir ta confiance, sache que ma première petite amie s'appelait Becky Mayberg. Nous sommes sortis ensemble au début de la fac et elle m'a quitté pour un athlète fort en maths. »

« Ouille. »

« Ouais. A toi. »

Sarah sourit. « Mon premier petit ami s'appelait Simon Le Bon. Non, vraiment. Pas celui qui est devenu célèbre, bien sûr. Celui-là avait sept ans. Nous sommes sortis ensemble toute une après-midi. »

« Un amour véritable. »

« En effet. Et ensuite - et tu peux te moquer - mon petit ami suivant fut Dan. »

Isaac la regarda d'un air surpris. « En aucun cas. Tu t'es regardée ? »

Sarah rit, amusée. « Ca ne m'intéressait pas d'avoir un petit copain. Je veux dire que j'ai eu quelques rancards avant Dan mais aucun n'a vraiment abouti. »

« Pourquoi Dan était-il différent ? »

Sarah resta silencieuse un instant. « Tu sais quoi ? Je ne sais pas vraiment, il l'était c'est tout. »

Il n'insista pas. « J'ai déjà été fiancé une fois. »

Elle leva les sourcils. « Vraiment ? Que s'est-il passé ? »

Isaac sourit. « Elle a épousé mon frère. » Sarah, qui était en train de boire sa bière, dut se couvrir la bouche pour ne pas tout recracher dans son verre.

« Quoi ? Tu as été fiancé à Maika ? »

Isaac rit et elle le regarda d'un air renfrogné. « Oh, tu te moques encore de moi. »

Isaac secoua la tête en continuant à sourire. « Non, vraiment. Je suis sorti avec Maika au lycée, nous nous sommes fiancés mais quand nous sommes revenus à la maison pendant les vacances, mes parents et Saul étaient là. Il était évident pour tout le monde qu'elle était faite pour lui. »

Sarah le regarda d'un air ahuri. « Et tu as juste... »

Isaac soupira. « Comment imaginer être marié à quelqu'un qui est amoureux d'une autre personne ? Qui semble lui être vraiment destinée ? J'aimais Maika, oui, mais avant de te rencontrer, je n'avais pas compris ce que signifiait *aimer*. C'est très différent. »

Sarah soupira. « Mon dieu. »

« Quoi ? »

« Tu *es* parfait. C'est tellement ennuyeux. »

Isaac éclata de rire. « Crois-moi, je ne le suis pas. Mais je pense que je suis parfait pour toi, je *veux* être parfait pour toi. »

Sarah posa ses lèvres contre les siennes et appuya fort, avidement et ses yeux s'emplirent de larmes. « Je t'aime. »

Il prit sa tête dans ses mains et l'embrassa profondément, sans se soucier le moins du monde des regards amusés des autres clients du bar.

Ses pieds se dérobèrent sous elle lorsqu'elle trébucha sur le sol froid. Molly se retourna et à l'aide de ses poignets et de ses pieds, elle frappa le corps de son agresseur lorsqu'il essaya de lui attraper les poignets. Elle vit du métal briller dans sa main et son ventre se tordit. Elle le mordit violemment, sentit ses dents pénétrer sa chair et il rejeta sa tête en arrière. Elle envoya la paume de sa main dans son nez et il trébucha sous l'impact. Elle se remit debout tant bien que mal et remonta l'allée, tout en entendant son grognement. Lorsqu'elle poussa la porte du Varsity, elle sentit une violente piqûre dans le dos et elle hurla de douleur. Elle se jeta contre la porte alors qu'il essayait de l'attraper par son pull. Elle poussa sur la porte de tout son poids alors qu'il essayait de la défoncer, en poussant son immense corps contre elle. Moly haleta sous l'effort mais au fond d'elle-même, elle savait que c'était sans espoir. Il était bien trop fort. Elle hurla de terreur lorsque le couteau transperça le bois de la porte, bien trop près de sa tête.

Puis elle entendit des coups de feu. Des cris. La pression sur la porte cessa. Molly recula, sans pour autant baisser sa garde, dans l'attente d'une nouvelle attaque.

Il y eut un bruit de coups et à son grand soulagement, elle reconnut une voix. Steve, un des officiers de police de l'île, un des amis de Finn.

« Molly ? Hé, Molly, c'est Steve. Tout va bien ? »

Elle ouvrit la porte en grand et la simple vue du visage avenant de cet homme la fit s'effondrer. Elle lui tomba dans les bras.

« Il allait me tuer... ». Ses mots étaient à peine audibles au milieu des sanglots. Steve lui caressa le dos puis s'exclama lorsque sa main sentit une substance chaude dans son dos.

« Tu saignes ! Ecoute, allons à l'intérieur, là où il fait chaud. Il est parti maintenant, je te le promets. »

. . .

« JE SUIS DÉSOLÉE. »

Finn n'était pas certain d'avoir bien entendu. Il s'assit, prostré sur le canapé, et regarda Caroline. Il ne l'avait même pas entendue revenir de là où elle était partie. Une fois sorti du travail, il était revenu directement à la maison, avec l'envie d'être un peu seul.

Elle se tenait dans l'encadrement de la porte, et la lumière derrière elle mettait sa silhouette dans l'ombre. Il la regarda le regard vide. Elle avança dans la pièce, s'assit dans un fauteuil en face de lui, le visage sérieux. Elle se pencha en avant et l'examina.

« J'insiste, je suis désolée. Tu as traversé une période difficile dernièrement et mon... aversion... pour Sarah n'a pas aidé. Je suis désolée d'avoir ruiné ta soirée avec ta sœur et Mike. »

Finn se recula. Caroline, le visage sans maquillage, ses cheveux roux attachés en une simple queue de cheval, avait l'air ingénue avec son air désolé mais Finn la connaissait par cœur. Ses yeux s'étrécirent.

« Merci. » dit-il en se méfiant. Elle vit sa réticence et lui sourit affectueusement.

« Je comprends Finn. Les choses entre nous ne vont plus très bien depuis un moment. » Elle se mit à rire en s'entendant dire une telle évidence. Finn rit légèrement.

« Caroline, c'est juste... je ne sais pas. Comment veux-tu que ça marche à nouveau ? Nous arrivons à peine à rester dans la même pièce. »

Caroline se leva et s'assit à côté de lui. « Il n'en a pas toujours été comme ça. Pas toujours. Au début, nous nous amusions tellement, nous adorions être l'un avec l'autre. »

« Tu veux plutôt dire que nous aimions baiser ensemble. »

Elle grimaça et il regretta aussitôt ses paroles. Caroline se secoua et prit une profonde inspiration.

« Ca en faisait partie, oui. Mais nous avions également des projets, Finn, nous avions prévu une famille, un avenir. Ce n'est que lorsqu'elle...lorsque Sarah est revenue vivre sur l'île avec Danny que nous avons commencé à nous éloigner. » Elle posa une main sur son bras. « Je comprends, elle était ta meilleure amie et je sais que tu as dit et répété sans cesse que vous n'avez et n'êtes toujours que des amis. La famille. Mais elle est si belle et, ça me fait mal de l'admettre, mais c'est une personne bonne et gentille. Et je pense que tu penses que je me suis mise avec toi pour la contrarier. »

Elle lui caressa le visage de la main. « Ce n'est pas le cas, ce n'est pas la bonne explication. » dit-elle doucement. « Je te voulais toi. »

Finn ne bougea pas lorsqu'elle l'embrassa doucement mais il ferma les yeux quand ses lèvres touchèrent les siennes. Il essaya de faire ce qu'il faisait à chaque fois qu'il partageait un moment intime avec sa femme - conjurer le fait qu'il imaginait que c'était Sarah qui l'embrassait - mais cette fois, ce fut différent. Les images n'apparurent pas. Il ouvrit les yeux. Caroline lui souriait.

« S'il-te-plait, Finn. Essayons de revenir à ce que nous partagions avant. S'il-te-plait, pour nous, pour notre enfant. » dit-elle en inspirant et en l'embrassant encore et cette fois-ci, il lui rendit son baiser. Elle lui prit la main et le fit se lever, puis le conduit vers la chambre à coucher. Finn réalisa le temps qui s'était écoulé depuis la dernière fois où il y avait dormi.

Caroline laissa glisser sa robe et glissa ses mains sous son t-shirt. Il ouvrit la bouche pour parler mais elle secoua la tête.

« Non. Ne dis rien. Pas ce soir. Ce soir, c'est juste toi et moi, Finn, juste toi et moi. »

Quelqu'un frappa à la porte au moment où Finn commençait à peine à se détendre.

« Laisse. » dit Caroline en voyant Finn remettre son t-shirt et sortir de la chambre.

« Je ne peux pas. »

Finn ouvrit la porte et vit son beau-frère, tout pâle et tremblant. Finn sentit son estomac se retourner. *Mon dieu, non.*

« Viens vite s'il-te-plait. » dit Mike, la voix cassée. « Viens. Finn, c'est Molly...c'est Molly. » Et il commença à sangloter.

FINN ARRIVA en trombe dans le commissariat et y trouva une Molly tremblante, pâle, frissonnant bien qu'elle soit enveloppée dans une couverture. Steve était en train de lui tendre une tasse de thé brûlant. Mike se tenait à côté d'elle, un bras autour de ses épaules. Molly sourit faiblement à son frère, dont le cœur battait à tout rompre dans sa poitrine. Steve lui expliqua qu'il l'avait entendue crier dans le silence de la nuit et qu'il était immédiatement venu voir ce qui se passait. Il avait passé le coin et avait vu son assaillant, le visage dissimulé par une capuche, en train d'essayer d'enfoncer la porte. Steve avait crié, tiré des coups de feu en guise d'avertissement mais l'homme avait disparu dans l'obscurité de la forêt derrière le Varsity. Steve avait hésité mais il avait décidé de rester auprès de Molly. Il ne pouvait pas prendre le risque de se perdre dans la forêt et de laisser éventuellement revenir l'homme, et lui laisser le temps de la tuer.

Finn se passa la main dans ses cheveux tout en regardant sa sœur. « Mon dieu... tu l'as reconnu Molly ? »

Molly secoua la tête. « Je ne pense pas...sauf que... »

« Quoi ? »

« Sa carrure, le son de sa voix... » Elle regarda son frère et il réalisa d'un coup à qui elle pensait.

« Dan Bailey. » Sa voix était éteinte, morte. Mike et Steve le regardèrent choqués.

« Mais qu'est-ce que tu dis ? De quoi parles-tu ? »

Molly resserra la couverture autour d'elle. « Il y a quelques semaines...j'ai cru avoir vu Dan Bailey dans la rue. Ca a duré moins d'une seconde mais je pourrais jurer que c'était lui. Et puis ce soir... ». Elle soupira et s'affaissa un peu plus sur sa chaise. « Je ne sais pas, peut-être que je lis trop de choses le concernant. Ca peut aussi être n'importe quel cambrioleur voulant piller le Varsity. »

Elle se passa une main sur les yeux. « J'aimerais vraiment rentrer à la maison. » Elle se leva et Mike lui prit la main. Il regarda Finn.

« Nous reparlerons de tout cela demain matin. » Ses yeux débordaient de colère et d'inquiétude et Finn hocha la tête.

« Bien sûr, écoute sœurette...» Il se pencha et la prit doucement dans ses bras. « Tu as raison, il ne s'agissait peut-être que d'un intrus. Laisse-moi les clés et j'irai vérifier la scène et empêcher les gens d'y aller. Tu pourras venir faire un tour demain quand tu seras reposée. »

. . .

UNE FOIS MIKE et Molly partis, Finn s'assit à son bureau et Steve s'y accouda.

« Ca va patron ? » A trente-deux ans, Steve Hannigan était l'adjoint de Finn depuis deux ans seulement, date à laquelle il avait été muté de la ville vers la petite île. Lui et Finn s'étaient bien entendus dès le premier jour et ils aimaient travailler ensemble. Steve avait un côté un peu ours, et leur amitié se cantonnait au domaine du travail. Cependant, il avait surveillé son chef du coin de l'œil, lorsqu'il avait commencé à déprimer. D'après Steve, c'était un homme brisé. Sur une île comme celle-ci, tout se savait sur tout le monde...avec l'assassinat de George et maintenant l'agression de Molly, leur île d'habitude tranquille était devenue la cible des ragots, un repère de journalistes à l'affût d'un scandale et les policiers de l'île - en fait, seulement Finn et ses deux adjoints - devenaient très tendus. Et il y avait Caroline, la femme de Finn. Il n'avait jamais apprécié cette rousse médisante. Il ne l'avait pas aimée dès la première fois où Finn lui avait présentée, ses prétentions de petite princesse, sa relation décalée avec lui, son envie évidente de toujours vouloir humilier Finn.

Finn hocha la tête. « Ecoute. Rentre chez toi. Je vais aller poser des scellés au Varsity jusqu'à demain. »

Steve hésita. « Tu penses qu'il peut s'agir de Dan Bailey ? »

Finn secoua la tête. « J'en doute. Je suis vanné, je vais rentrer chez moi. »

UNE FOIS STEVE PARTI, Finn prit son téléphone et tapa rapidement un message. Il le reposa sur la table et attendit.

APPELLE-MOI. Ne dis rien à Sarah. Finn.

Isaac jeta un œil à son téléphone, l'air dubitatif. Il leva les yeux et vit Sarah sortir de la salle de bain et venir vers lui. Il semblait vraiment saoul quand elle s'approcha, elle trébucha et s'écroula sur lui.

« Oups. » lui dit-elle en souriant. Il rit et l'embrassa.

« Je pense qu'il est temps que je te ramène à la maison, viens. »

Il pleuvait toujours dehors, de grosses gouttes s'écrasaient sur l'asphalte. Isaac dirigea Sarah sous un store et releva le col de sa veste. « Reste là, je vais chercher un taxi. » lui ordonna-t-il avec un sourire.

SARAH S'APPUYA contre le mur, laissant le doux sentiment de l'ivresse l'envahir. Ca lui faisait du bien de tout lâcher, de se détendre...*avec mon chou*...se dit-elle en souriant. Elle vit Isaac, trempé jusqu'aux os, en train d'essayer d'attraper un taxi, le téléphone collé à l'oreille. Une sensation de vertige l'envahit et elle ferma les yeux un long moment. Elle sentait les gens passer près d'elle, dans un mouvement lent, puis elle sentit quelqu'un trop près d'elle, bien trop près et un doigt s'enfonça doucement dans son ventre. Une odeur familière de savon parfumé au pin. Elle ouvrit les yeux et vit un homme, la capuche de son sweat-shirt rabattue sur sa tête. Son visage était dans l'ombre, à moitié de profil mais elle sentit son cœur la lâcher.

Dan.

Ils échangèrent un regard durant un millième de seconde et l'homme se retourna, il partit, il tourna au coin de la rue avant qu'elle ne puisse dire un mot, qu'elle ne puisse crier son nom. Puis Isaac lui prit la main et la fit monter dans la chaleur d'un taxi. Sarah cligna deux fois des yeux. Est-ce que ça venait vraiment d'arriver ? Elle se retourna dans le taxi lorsqu'il commença à avancer. Elle vit l'homme debout au coin de la rue, qui regardait le taxi. A cette distance, elle ne pouvait pas voir son visage mais elle sentit l'intensité avec laquelle il regardait la voiture. Isaac lui passa la main sur le visage d'un air inquiet.

« Hé... ça va ? »

Elle se retourna vers lui, son esprit sous l'emprise de tout un tas d'émotions, de la confusion, ...de la peur. Elle ne voulait pas que ça soit Dan. Elle ne le voulait vraiment pas. *Tu es juste saoule, ma petite, tu vois des fantômes.* Elle sourit à Isaac, un sourire faussement joyeux et elle savait qu'il le remarquerait.

« Ca va. Je suis juste un peu vaseuse. »

Isaac appuya son front sur le sien. Ses cheveux étaient mouillés à cause de la pluie et l'eau fraîche sur sa peau lui fit du bien. « Nous pouvons acheter un peu de nourriture en route, pour te faire dessaouler. Puis faire quelque chose pour accélérer un peu ton rythme cardiaque, afin de brûler l'alcool... je me demande ce que nous pourrions faire... »

Sarah lui sourit. « Je me le demande aussi. » Mais elle sentait un froid l'envahir. Le choc d'avoir vu son visage, sa démarche même, elle y repensait maintenant, l'odeur de son savon, de sa peau.

Non. Elle repoussa cette idée et s'enfouit dans la chaleur des bras d'Isaac. *Ce n'était pas la réalité*, juste une projection due à l'alcool. Elle n'avait pas besoin de réfléchir longtemps pour en trouver la raison ; depuis qu'elle était avec Isaac, elle savait que quelque chose allait mal se passer, allait venir lui gâcher son bonheur. Elle détestait ressentir cette impression. *Oublie ça, contente-toi de profiter de l'homme merveilleux qui te tient dans ses bras.* Tout en essayant de repousser ses autres pensées, elle se blottit davantage contre Isaac et ne pensa à rien d'autre qu'au retour dans sa maison.

PLUS TARD, une fois Sarah endormie, Isaac se leva doucement du lit et passa au salon, sortit son téléphone de sa veste qu'il avait jetée au sol un peu plus tôt dans la soirée, comme le reste de ses vêtements, lorsque Sarah et lui s'étaient dirigés en trébuchant et en s'embrassant vers la chambre à coucher. Il vérifia l'heure : un peu après minuit. Il envoya un texto.

Tu es toujours debout ?

Son portable bourdonna et il décrocha à l'appel. « Salut Finn, que se passe-t-il ? »

« Salut mec...écoute, je suis désolé de te déranger mais je me suis dit que tu voudrais connaître la nouvelle. Molly a été agressée au Varsity ce soir. »

Isaac fut sous le choc. « Oh merde... non. Elle va bien ? »

Finn soupira. « Ouais, ouais, elle dit que oui mais je pense que tu devais le savoir. »

« Et tu penses que Sarah ne devrait pas. »

« Elle a besoin de temps, c'est juste... écoute, je ne sais pas exactement ce qu'elle t'a raconté sur son passé... »

« Je sais pour sa mère. »

« D'accord, très bien. Tu sais, Sarah a eu quelques problèmes - des problèmes mentaux, probablement à cause de son enfance. Des passages de grave dépression. Avec le meurtre de George et maintenant ça... »

Isaac s'éclaircit la gorge, ravalant tout le chagrin qui était en train de l'assaillir. « Je comprends et je te remercie... j'apprécie que tu sois aussi honnête avec moi. Même si je ne sais pas comment nous pourrons l'empêcher d'être au courant... »

« Nous ne sommes que quatre à le savoir. Cinq avec toi. Je ne dis pas qu'il ne faudra jamais lui en parler, je dis juste qu'on devrait attendre. Attendre qu'elle soit plus forte. »

Isaac secoua la tête et soupira. « Elle ne va pas aimer ça. »

« Je sais mais... Isaac, il y a autre chose. Molly est certaine d'avoir vu Dan Bailey il y a quelques semaines sur l'île. Ca n'a duré qu'une fraction de seconde mais elle est sûre que c'était lui. Et l'homme de ce soir... je pense qu'elle est convaincue que c'était Dan. »

Isaac resta silencieux un long moment. « Alors n'en parlons pas à Sarah. »

« On est d'accord. Ecoute, mon pote, je suis désolé de t'embêter avec ça, mais essayons de démêler tout ça sans inquiéter Sarah plus que nécessaire. »

« Pourquoi Dan agresserait-il Molly ? »

Finn émit un rire sourd et grondant. « Pourquoi est-il parti sans donner aucune explication ? Pourquoi a-t-il quitté Sarah ? Qui sait comment ce fils de pute fonctionne ? »

Isaac remarqua que l'attitude de Finn envers Dan Bailey était de plus en plus haineuse. Sa poitrine se serra sous l'angoisse. Il avait peur pour la sécurité de Sarah.

. . .

UNE FOIS L'APPEL TERMINÉ, Isaac retourna dans la chambre, s'allongea à côté de la femme qu'il aimait et qui dormait si calmement. Il vit cependant une petite ride entre ses yeux, de l'inquiétude, même pendant qu'elle dormait. Il la lissa d'un doigt et elle murmura quelque chose dans ses bras puis appuya ses lèvres contre son cou.

« Salut toi. »

« Je suis désolé, je ne voulais pas te réveiller. »

Elle ouvrit les yeux et lui fit un si joli sourire, encore tout ensommeillé, que son ventre se serra sous la puissance de son amour pour elle. « Tu peux toujours me réveiller. Tu n'arrives pas à dormir ? »

« Non. »

Elle l'embrassa sur la bouche. « Je vais t'aider. » et elle descendit le long de son corps. Il prit une profonde inspiration en sentant ses lèvres se poser sur la crête de son sexe et sa bouche douce et humide l'envelopper. Elle lui caressa doucement le scrotum, excitant sa chair sensible en le léchant sur ses veines, en remontant avec sa langue le long de sa queue. Sa salive pulsa et il déglutit sous son contact et Isaac frissonna et trembla de plaisir, se perdit dans les sensations de son propre corps. Il essaya de la faire remonter dans le lit, il voulait plonger dans sa chatte si douce, si douce mais elle secoua la tête. « Jouis dans ma bouche, Isaac, je veux sentir ton goût. »

Son sexe trembla en entendant ces mots, il devint si dur qu'il en eut mal et il jouit violemment en elle, envoyant de grands jets de sperme dans sa bouche offerte. Puis elle l'enfourcha, passa sur le bout de son sexe encore dur et redescendit tout le long.

« Tu es si humide. » dit-il en admirant ses seins lorsqu'elle s'assit sur lui. Il les pétrit, soupesa le poids de chacun d'entre eux dans ses mains. « Quelqu'un t'a déjà dit que tes tétons sont parfaits ? »

Sarah sourit et glissa lentement le sexe d'Isaac en elle, tout en gémissant doucement. « C'est ton point de vue. »

Il caressa son ventre du bout des doigts. « J'adore aussi ton ventre, il est si doux, j'aimerais pourvoir te pénétrer par le nombril, très profondément. » Il enfonça son pouce dans son nombril et elle frissonna. « Tu amies ça ? »

Elle hocha la tête, essoufflée de le chevaucher, de faire pivoter ses hanches pour le prendre au plus profond d'elle-même. De sa main libre, il enroula son pouce autour de son clitoris, le sentit battre et se gonfler sous la caresse de son doigt. Tout en continuant à enfoncer son pouce dans son nombril, il regardait cette femme splendide au-dessus de lui et il sut que s'il mourrait à cet instant, tout irait bien tant que Sarah était à ses côtés...

Isaac ne savait pas s'il était en train de rêver ou s'ils faisaient effectivement l'amour mais Sarah était au-dessus de lui, le baisait, chevauchait son sexe et rejetait sa tête en arrière de plaisir. Il lui sourit et commença à la toucher, son pouce se remit à essayer de pénétrer le petit trou profond au centre de son ventre... puis elle haleta et le regarda, choquée. A sa plus grande horreur, ce n'était pas son pouce qui pénétrait son nombril mais un couteau - qu'il tenait fermement. Il était incapable de s'arrêter, et même s'il criait la poignardant encore et encore... Sarah, mourante, le regardait, et une larme coula en bas de son si joli visage. « Pourquoi ? » murmura-t-elle et puis, d'un seul coup, elle était morte et allongée, trempant dans son propre sang...

« Mon dieu. Bordel de merde. » Il se réveilla en jurant à voix haute puis aspira de l'air pour se calmer un peu. Sarah était allongée à ses côtés, parfaitement vivante et intacte. Isaac se frotta le visage pour essayer d'effacer les images qui lui torturaient le cerveau. *Qu'est-ce que c'est que ce bordel ?* Quel étrange rêve.

Il lui passa doucement la main dans le dos et elle murmura quelque chose. Il sourit, il voulait la réveiller de suite, il avait besoin de la voir saine et sauve et... son cœur se figea en l'entendant murmurer une nouvelle fois. Un mot, un nom.

Dan.

. . .

SARAH NE FUT PAS dans son assiette durant toute la matinée. A midi, ils mangèrent une soupe dans un des petits restaurants de fruits de mer le long du front de mer, mais Sarah ne parvint pas à se concentrer sur la conversation. Elle demanda au moins un million de fois à Isaac s'il allait bien et à la fin, il finit par lui râler dessus. Elle se sentit coupable mais elle ne pouvait s'empêcher de s'imaginer que Dan était en train de l'observer, en ce moment même. Elle continuait à penser à ce qui c'était passé à l'extérieur du bar la nuit précédente, au sentiment qu'elle avait eu quand Dan était passé près d'elle, avait joué avec elle. Et son rêve de la nuit n'arrangeait rien. Dan, debout dans sa cuisine. Lui disant qu'il l'aimait toujours mais qu'elle devait mourir pour qu'ils soient à nouveau ensemble. Elle continua à réfléchir au jour où elle avait trouvé George. Le regard sur son visage. De la terreur. Son estomac se retourna en y repensant. « Ca va ? » Sa voix la sortit de sa rêverie.

« Désolée, c'est juste que...j'ai fait un rêve cette nuit et il m'a mise mal à l'aise. » répondit-elle embarrassée.

« A propos de quoi ? »

Elle hésita et il la regarda attentivement. « Sarah ? » Un nerf tendait sa joue.

« Je ne m'en souviens pas très bien. »

« Essaie. »

L'atmosphère avait changé. Elle sentit une boule de tension dans la poitrine pendant qu'il la regardait, essayant de sonder son esprit. « Je ne m'en souviens vraiment pas. » Elle regarda ses mains, essayant de cacher son mensonge. Isaac était fou mais elle ne savait pas pourquoi.

« Ai-je fait quelque chose de mal ? » Elle lui posait la question et elle sentit les larmes arriver. Isaac secoua la tête mais resta silencieux. D'un coup, elle ne parvint plus à retenir la tension et repoussa sa chaise.

« Excuse-moi. » dit-elle en se levant et en trébuchant, et elle se dirigea vers les toilettes à moitié aveuglées par ses larmes. Elle s'enferma et sanglota doucement. C'était la première fois qu'elle voyait ce trait de caractère chez Isaac - un trouble, une colère. Quelqu'un frappa à la porte des toilettes. « Ca va, madame ? »

Sarah déglutit. « Ca va. » Sa voix s'étranglait dans sa gorge.

« D'accord. » La voix ne semblait pas convaincue. « Etes-vous Sarah ? Votre petit ami m'a demandé de passer voir si vous alliez bien. Il m'a dit de vous dire qu'il était désolé et qu'il vous aime. »

Sarah prit une profonde inspiration. « Merci. Dites-lui que j'arrive d'ici une minute. Merci encore. »

La voix était chaleureuse. « Je vous en prie, ma belle. »

Sarah se calma et déverrouilla la porte des toilettes. Elle se passa un peu d'eau sur le visage face au lavabo. Une femme blonde d'âge moyen se tenait debout devant la porte et lui sourit gentiment.

« Désolée, ma belle, je crois qu'il est parti. »

Sarah sentit une douleur lui vriller la poitrine et elle retourna dans la salle du restaurant. Elle se détendit immédiatement. Isaac était à table, il leva les yeux et lui sourit, l'inquiétude semblait avoir disparu de son visage. Elle se retourna vers la femme.

« Non, regardez, il est là. »

La femme regarda Isaac et secoua la tête. « Non mon cœur... ce n'est pas l'homme qui m'a transmis le message. L'homme à qui j'ai parlé était blond... »

« Environ 1m80, des cheveux blonds bouclés, des yeux bleus ? » La voix de Sarah était éteinte, morte. La femme hocha la tête, visiblement inquiète maintenant mais Sarah avança simplement et retourna vers Isaac.

« Je veux partir d'ici. Maintenant. »

Une fois dehors, elle marcha devant lui, pressée de sortir du restaurant. Il l'attrapa par le bras et l'arrêta. « Quoi ? Qu'est-ce qui ne va pas ? »

Elle se blottit dans ses bras. « Tu veux me parler maintenant ? Tu en as assez de me mettre face à tes silences ? »

Les épaules d'Isaac s'affaissèrent et elle put voir de la honte dans ses yeux. « Je suis désolé. J'étais... quelque chose me dérangeait. *Mon dieu...* Tu ne l'as dit que pendant ton sommeil, ça ne veut probablement rien dire, mais... »

« Qu'est-ce que j'ai dit ? » Sa voix était dure.

« Ca semble tellement ridicule quand j'y pense maintenant... mais tu as dit "Dan" dans ton sommeil. Ca m'a énervé, je sais, je sais que c'est stupide mais après tout ce qui s'est produit... quoi ? Que se passe-t-il ? »

Sarah commença soudain à rire mais il n'y avait aucune trace de bonne humeur dans son rire. « Crois-moi. Si j'ai prononcé le nom de Dan dans mon sommeil, c'est parce que j'ai fait un cauchemar. Et si je dois croire cette femme dans le restaurant, ce cauchemar est en train de devenir réalité. »

Isaac secoua la tête, confus. « Je ne te comprends pas. »

Elle lui parla du message transmis par la femme. Il la regarda fixement. « Elle a dû te prendre pour une autre Sarah. »

Le corps de Sarah se secoua. « Ouais, tu as probablement raison. » Mais lorsqu'elle leva les yeux, elle vit la même incertitude dans ses yeux que celle qu'elle ressentait au plus profond d'elle-même.

Aucun des deux ne parla sur le chemin du retour.

« D'ACCORD, je dois te poser la question. » dit Isaac après une longue soirée passée à regarder la télévision sans avoir vraiment réussi à être absorbés par ce qu'ils voyaient. Ils étaient allongés sur son lit, mais pour la première fois, il y avait de l'espace entre eux - physique et psychologique. Isaac le ressentit profondément. « Si Dan est de retour... qu'est-ce que ça signifie pour nous ? »

Sarah leva les yeux vers lui, le regarda fixement et adoucit son regard lorsqu'elle vit de la souffrance dans le sien. « Isaac ... tu es l'homme que j'aime, *le seul, l'irrévocable* amour de ma vie. Si Dan revient... et bien, cette partie de ma vie est derrière moi. En ce qui me concerne, tu es mon avenir. »

Isaac se détendit visiblement. « C'est tout ce que j'avais besoin d'entendre. Mon dieu. » dit-il en s'allongeant et en posant sa tête sur ses genoux. Elle lui sourit et caressa ses cheveux doux de la main. « Quelle étrange période nous traversons. »

Sarah sourit. « C'est parce que ta vie était très ennuyeuse avant moi. » Elle regarda attentivement l'appartement, les plafonds hauts, la décoration parfaite, les œuvres d'art hors de prix aux murs. Isaac sourit et se leva.

« Ce ne sont que des objets. » Il lui caressa la joue. « Voilà ce qui est vrai. Je ne dis pas que je ne suis pas chanceux dans mon travail, je le suis réellement. »

« Et bien, tu as travaillé dur pour cela et ton talent est celui d'un enfant passionné et acharné. Le royaume des geek est très lucratif. » dit Sarah avec un sourire. « Tout ce dans quoi j'excelle n'est pas inutile sauf si tu as de la chance. Mais je ne me plains pas. Tu as raison, ce ne sont que des objets. »

« Et maintenant, voilà, tu as ta propre entreprise, ce n'est pas rien. » Il lui sourit.

Sarah roula des yeux. « Ce que je veux dire, c'est que je ne serai jamais sur un pied d'égalité financière avec toi...mais ce genre de chose n'a pas d'importance pour moi si ça n'en a pas pour toi. Je ne veux pas de diamants ni de perles, ni de manteaux de fourrure - même si je les porterais quand même. Tout ce que je veux c'est un peu de ton temps. Je pense qu'on est d'accord sur ce point. »

Isaac hocha la tête l'air sérieux. « J'ai compris. Je peux te demander un service ? »

« Vas-y. »

Isaac gesticula dans la chambre. « Ecoute, je ne peux pas prétendre ne pas être très très riche, mais je déteste le montrer. Tu me connais maintenant, je ferais le même travail si j'étais payé une misère. Mais soyons réalistes : j'ai énormément d'argent et parfois, je dois te gâter...non, écoute... » dit-il rapidement, en voyant son expression suspicieuse. « Je ne parle pas de choses matérielles. Peut-être que je pourrais réserver dans un hôtel de luxe, peut-être que je pourrais te racheter un nouveau camion parce que le tien tombe en morceaux - ce serait un cadeau. Mais en fait, je pense... que nos enfants pourront aller à l'université sans se soucier de ce que ça coûte ; tu pourrais reprendre tes études si tu le voulais. Nous pourrions *construire* des écoles, ou aider la communauté de l'île. »

Sarah leva un doigt en l'air. « Est-ce que nous avons déjà discuté du fait que ta perfection est absolument insupportable ? » Mais elle sourit. « Construire des écoles - c'est le genre de dépense sur lequel nous pourrions être parfaitement d'accord. » Elle se pencha en avant et l'embrassa. « Et un donjon voué au sexe serait parfait également. »

Isaac éclata d'un rire sonore. « Ca, tu n'auras pas à me le proposer deux fois. »

« Tu apprécierais un peu de débauche ? »

Il haussa les épaules. « Qui n'apprécierait pas ? »

Elle rampa sur ses genoux. « Et bien, M. Quinn, j'essaierai une fois...et si j'aime bien, je recommencerai. »

Il passa sa main sur sa joue. « Je m'en souviendrai. »

« J'y compte bien. »

Le bar de Hank était bondé de la foule habituelle des supporters du dimanche soir. Finn et Mike s'assirent au coin du comptoir. Hank, un ex-flic de la ville, était propriétaire du bar et avait une moustache surdimensionnée qui le faisait ressembler à un phoque ; il offrit une bière à chacun et ils trinquèrent avant de se concentrer à nouveau sur le match. Les 49ers étaient en train de se faire mettre en pièces par les Seahawks et le bar résonnait des cris des supporters. Finn et Mike regardèrent l'écran d'un air absent pendant vingt minutes, jusqu'à la coupure publicitaire, qui leur permit de discuter un peu.

«Donc, où en es-tu avec Caroline ? » demanda Mike en prenant une gorgée de bière. Il s'éclaircit la gorge, un peu embarrassé.

Finn sourit en voyant l'expression de Mike. « Détends-toi mon pote. Je ne suis pas à la recherche de conseils. »

Mike sembla soulagé. « Quoi alors ? »

« Dan Bailey. Molly dit qu'elle l'a vu, je n'en suis pas sûr. »

« D'accord. Donc ? »

Finn bougea sur sa chaise. « J'ai fait des recherches sur lui. Et je n'ai rien trouvé. »

Mike attendit. Finn ouvrit les mains en grand.

« Tu ne trouves pas ça bizarre ? Aucune facture, aucune analyse médicale, rien du tout ? »

Mike haussa les épaules. « Ecoute...je ne sais pas. Peut-être a-t-il une bonne raison de vouloir disparaître. Si tu as une intuition, alors continue à creuser. D'où est-il originaire ? »

« Nouvelle Orléans. Comme il l'a dit. »

« Et bien, il y a sûrement quelqu'un qui le connaît là-bas. »

Finn haussa les épaules. Mike roula des yeux. « As-tu parlé à un policier de là-bas ? »

« Non. »

« C'est parce que tu as peur de ce que tu pourrais trouver - ou parce que tu as peur de ne rien trouver ? »

Finn soupira. « Je n'en sais absolument rien. »

Mike termina sa bière. « Ecoute, parles-en à quelqu'un. Classe ça dans ta tête, quel que soit le résultat, et poursuis ton chemin. A la fin de la journée, qu'est-ce que ça changera ? Dan Bailey est parti depuis longtemps. Allez mon frère, je déteste laisser Molly seule la nuit, et encore plus maintenant. »

Elle avait quitté l'île depuis plusieurs jours, mais aujourd'hui, elle était enfin de retour. Il la regarda sortir de la voiture de Quinn et entrer au Marsiaty, il vit Moly s'exclamer de bonheur et prendre son amie dans ses bras.

Sarah était magnifique, ses cheveux noirs étaient regroupés en un chignon flou sur la nuque, et son magnifique corps était moulé dans son habituel jean et t-shirt. Quinn avait garé la voiture de l'autre côté de la rue et il s'avançait vers le café. Il regarda cet homme puissant, l'homme qui baisait *sa* Sarah, qui avait sa peau dorée sous ses mains, ses lèvres sur son sexe. Il comprenait son attirance ; Isaac Quinn était un homme imposant, athlétique, intelligent et immensément riche. L'image de son corps sur le corps de Sarah fit bouillir son sang et il serra les poings, essayant de garder le contrôle.

Il se tenait toujours devant la fenêtre quand Caroline arriva. Elle suivit son regard et fit un bruit de dégoût.

« Mon dieu. Cet homme est incapable de rester loin de cette pute, n'est-ce pas ? »

Il se tourna vers elle et l'expression de son visage lui glaça le sang. Il s'éloigna de la fenêtre, alluma une cigarette et s'assit. Elle le suivit et essaya de sourire.

« Tu veux quelque chose Caroline ? »

Elle prit une attitude de séductrice. « Juste ce que j'ai toujours voulu de toi, bébé. »

Il tordit son nez et poussa un grognement. « Et tu traites Sarah de pute ? »

Caroline recula mais adoucit son expression et lui sourit. « Je veux juste te rendre heureux. Bébé, tu veux que je fasse quelque chose pour te détendre ? »

Il secoua la tête et elle s'assit sur le lit en face d'elle. Au bout d'un quart d'heure, il n'avait pas dit un mot et elle bougea, un peu mal à l'aise.

« Ecoute - »

Il se concentra sur elle pour la première fois. « Caroline, si tu pouvais avoir tout ce que tu voulais, qu'est-ce que ce serait ? »

Elle réfléchit un instant. « Toi. »

Il sourit. « A part moi. »

Elle réfléchit encore et son visage se mit à afficher un mauvais sourire. « Je veux qu'elle s'en aille. Pour de bon. Je ne veux pas juste qu'elle déménage, je veux qu'elle...

meure. »

Caroline hocha la tête. « De la façon la plus douloureuse que tu puisses imaginer. Pire que George. »

Elle se leva et se dirigea vers la fenêtre. « J'aimerais avoir le cran de le faire moi-même. J'aurais dû lui tirer une balle il y a des années déjà. »

Il sourit. « Caroline, je doute que tu sois même capable de savoir retirer le cran de sûreté. »

Elle se retourna pour le regarder. « Il y a d'autres moyens. Je pourrais l'avoir empoisonnée, avoir versé de l'acide dans ses stupides cupcakes. Me jeter sur elle à un moment où elle nageait et la noyer. »

Elle rit, pour elle-même. « Est-ce ce que tu voulais faire ce jour-là ? Le jour où tu l'as regardée nager et où tu as tué son chien ? »

Il sourit faiblement. « Non. Je voulais juste la regarder. »

Caroline le regarda d'un air dégoûté. « Tu la désires toujours ? »

Il se leva et s'avança vers elle. « Je la veux morte autant que toi Caroline. Mais je veux que sa vie devienne misérable avant, je veux la voir souffrir. Tu peux comprendre ça non? Sarah Bailey sera massacrée, éviscérée et elle ressentira une agonie inimaginable à chaque instant avant de succomber. »

Il se leva et se dirigea vers la chambre à coucher. En voyant qu'elle ne le suivait pas, il se retourna. Elle le regarda, inquiète et nerveuse. Il revint sur ses pas et passa ses bras autour d'elle.

« Tu as peur de moi Caroline ? »

Elle hocha la tête, des larmes plein les yeux.

« Tu n'as pas de raison d'avoir peur. » Il sourit et l'embrassa, et la sentit se détendre.

« Ca va mieux maintenant ? »

Elle hocha la tête et il l'embrassa à nouveau, tout en glissant une main contre son ventre. « Et puis il y a...notre enfant...Caroline... »

Elle l'attira sur le lit avec elle et l'embrassa profondément. C'était là tout ce qu'elle avait toujours voulu, un véritable amour, un homme dont l'esprit était en phase avec le sien. Elle l'avait aimé dès la première fois où elle l'avait vu... et oui, elle l'avait déçu tout au long de ces années, mais plus maintenant. Il tuerait cette salope de Sarah et il ne serait enfin plus obsédé par elle.

Isaac manquait déjà à Sarah. Il avait insisté pour la ramener lui-même sur l'île avant de retourner en ville pour travailler. Le café était bondé, tellement bondé qu'elle n'avait pas encore eu l'occasion de parler à Molly. Elle avait remarqué que son amie avait l'air sombre et, plus inquiétant, elle voyait la douleur et des traces de bleus un peu atténuées sur sa joue.

Elle trouva enfin un moment pour emmener Molly dans la cuisine lors d'une pause lorsque Nancy, la barista à mi-temps, arriva au travail un peu après quatre heures. Molly protesta mais Sarah, qui en avait déjà parlé à Nancy, lui jeta un regard de remerciement et emmena Molly de l'autre côté de la porte avant qu'elle ne puisse protester. Sarah la conduisit vers l'ancien théâtre, où il restait encore quelques bancs et chaises, principalement conservés pour les fumeurs. L'après-midi était frais, et elles ne virent qu'un seul homme dans cet espace, un habitué, qui lisait un livre en mâchant un stogie. Il leva son livre, les salua, les remercia et Sarah vit qu'il lisait *Catch-22*. Sarah et Molly discutèrent un court instant avec lui avant de s'asseoir à une table un peu plus loin.

Nancy leur apporta des hamburgers, des frites et deux Coca. Elles burent un peu de leur soda en silence avant que Sarah ne hoche la tête en direction de son amie.

« Bon, tu vas me dire ce qui t'est arrivé ou non ? Je sais qu'il s'est passé quelque chose. Je vois tes bleus Molly...raconte-moi. » *Pourvu que ça ne soit pas Mike*, pensa-t-elle tout bas, *s'il-vous-plait, pourvu que non.*

Molly soupira et se passa une main dans les cheveux. « Ce n'est rien du tout. Quelqu'un a cambriolé le Varsity pendant ton absence et ... »

« Qu'est-ce que c'est que ce bordel ? » Sarah leva la tête d'un coup et regarda fixement son amie. « Mais pourquoi ne m'as-tu pas appelée ? »

Molly soupira. « Finn et Isaac m'ont dit de ne pas le faire, que c'était juste après George et... »

« *Isaac* est au courant ? » L'étonnement perçait dans sa voix. De colère, elle prit son téléphone dans la poche de son jean et composa un numéro. Molly leva une main.

« Non, attends, stop - »

« Isaac ? Rappelle-moi. Nous devons parler. » Sarah ne cachait pas sa colère. Molly secoua la tête.

« Ce n'est vraiment pas de sa faute. Merde, j'aurais mieux fait de ne rien dire. C'est juste qu'avec cette histoire de Dan, ils pensent que j'en fais trop et - » bégaya-t-elle.

« Quelle histoire de Dan ? » la coupa Sarah, sentant le sang quitter son visage et son cœur battre la chamade de façon douloureuse entre ses côtes.

Molly sembla irritée. « Il y a quelques semaines, je pense l'avoir vu. Ca n'a duré qu'une seconde et il faisait noir mais...et puis l'autre soir au Varsity, je suis allée fermer une fenêtre que nous avions laissée ouverte - enfin, c'est ce que j'ai pensé. Il y avait quelqu'un à l'intérieur et il m'a attaquée. Je ne sais pas Sarah, il y a de fortes chances pour que ce soit une petite frappe qui tente sa chance et essaie de piquer la caisse. Mais à un moment, j'ai eu, je ne sais pas comment le dire, une impression. La carrure de ce gars, la façon dont il se déplaçait - son odeur - »

« Savon au pin. » dit Sarah d'une voix morne. Elle posa une main sur sa poitrine, prise de panique et sentant la nausée monter dans sa gorge. Dan était de retour. Un million de pensées affluèrent à son esprit ; pourquoi était-il revenu ? Que voulait-il ? Et pourquoi ne venait-il pas simplement la voir au lieu de jouer à tous ces petits jeux ?

« Ca va ? » La voix de Molly était faible et Sarah secoua la tête.

« Non. Je crois que je l'ai vu aussi. Mon dieu, pourquoi maintenant ? »

Molly regarda son amie avec sympathie. « Peut-être qu'il est au courant pour Isaac. Je ne sais pas. Que vas-tu faire ? »

« Pour l'instant, rentrer à la maison, appeler Isaac et parler avec lui pour savoir ce qu'il me dit et ce qu'il me cache. Puis rien d'autre. Si Dan revient, je serai prête à l'écouter s'il souhaite s'expliquer mais ça n'ira pas plus loin. Je ne veux plus de lui dans ma vie. »

Molly resta silencieuse un instant puis elle dit doucement : « Et si Dan voit les choses différemment ? S'il veut que tu reviennes ? »

Sarah regarda son amie d'un air déterminé. « Je suis amoureuse d'Isaac. Il est mon avenir, Dan est mon passé. Il a perdu le droit de me vouloir quand il a disparu sans explication. Molly, je ne vais te le dire qu'une seule fois. Dan Bailey n'est pas l'homme que j'ai épousé - et je ne suis pas sûre qu'il ne l'ait jamais été. »

. . .

Sa maison était à peine à un kilomètre, mais elle n'entendit le bruit de la pluie sur le haut des arbres, régulier et rapide, qu'une fois dehors. Sarah commença à regretter d'avoir décidé de rentrer à pied après avoir quitté le café. La pluie commençait à détremper ses vêtements, ses cheveux et elle coulait maintenant de façon désagréable le long de son dos. La mousse de la forêt rendait le sol glissant, celle sur les érables et les pins devenait lourde et dégoulinante.

Depuis sa conversation avec Molly, son esprit était assailli de tout un tas d'émotions. Tristesse, impatience...peur. De quoi avait-elle peur ? C'est ce qu'elle ne comprenait pas, pourquoi elle avait si peur du retour de Dan. Elle ne doutait pas d'elle-même, ni de son amour pour Isaac - c'était ce sentiment diffus que Dan lui voulait du mal. Aucun suspect n'avait été identifié pour le meurtre de George, et il n'y avait aucun motif. Sarah était la seule bénéficiaire du testament de George et en l'absence d'un suspect, elle avait passé des heures à être interrogée, malgré le fait qu'Isaac lui avait donné l'alibi dont elle avait besoin. Elle n'avait pas encore pris connaissance du testament et le notaire avait répondu favorablement à sa demande de différer la lecture du testament de George. Il n'avait pas d'autre famille et elle ne voulait pas que sa mort soit matériellement confirmée par l'acquisition d'argent, de terre ni que quoi que ce soit. Elle ne voulait pas de son argent, elle donnerait tout ce qu'elle possédait pour le voir à nouveau vivant.

Le sentier menait à un autre sentier qui traversait auparavant le parc mais Sarah resta sur la partie qu'elle connaissait bien. Le mobile home de sa mère était toujours sur le bas-côté, ce n'était qu'une coquille vide maintenant, brûlée, juste là pour satisfaire les yeux des curieux. Sarah le regarda comme elle l'avait toujours fait - du coin de l'œil. Elle se dit que c'était important. Elle n'y avait mis les pieds qu'une fois, à la demande de George. *Tu dois tourner la page.* Elle avait eu besoin d'un sac en papier. La panique qui l'avait assaillie avait même effrayé l'impassible George. Il ne lui avait jamais proposé d'y retourner. Depuis sa mort cependant, elle voulait essayer, elle voulait au moins *essayer*, pour lui.

Elle fit un pas en direction de la caravane en ruine puis accéléra, pressée d'être chez elle. Elle dépassa la caravane appartenant à Buddy Harte, le charpentier de l'île, un misanthrope au visage aigri qui détestait tout le monde - surtout les gens de couleur. Sarah ignorait le vieil homme et l'évitait mais ils s'étaient souvent disputés quand Sarah l'avait vu embêter des gens dans le square de la ville.

Elle continua à marcher puis s'arrêta, le cœur battant. Elle entendit une voix masculine, en train de chanter d'une voix basse et discordante. Ce n'est pas la façon de chanter qui lui vrilla l'estomac et lui bloqua la respiration. C'était la chanson. La chanson que sa mère lui avait chantée lorsqu'elle avait essayé de la tuer.

I got the joy joy joy joy down in my heart...

Sa respiration se bloqua, sa peau brûlante se hérissa sous ce sentiment d'horreur, et Sarah se retourna et regarda en direction de la fenêtre sombre de la caravane. Quelque chose tapait à la vitre et elle recula. Elle entendit un rire. C'était le même rire que celui qu'elle avait entendu quelques nuits avant à l'extérieur de sa maison.

« Cours, salope, pendant que tu le peux. Emmène tes jambes vers ton milliardaire, espèce de pute. »

L'horreur fut remplacée par une rage folle, le sang afflua vers ses oreilles. Elle s'approcha de la porte et tambourina dessus.

« Sors d'ici maintenant. Maintenant ! »

« I got the joy, joy, joy, joy, down in my heart... parce que je suis une putain comme ma chère vieille maman ! » Il chantait maintenant, gloussant pour lui-même.

Des taches rouges de rage devant les yeux, Sarah tapa dans la porte verrouillée, donna de grands coups de pieds dedans.

« Espèce de connard ! » Elle hurlait maintenant, frappait sans arrêt la porte et les murs de la caravane. « Viens ici et regarde-moi en face espèce de connard. » Quelque part au fond de son esprit, elle se dit qu'un déclic avait eu lieu en elle. Sarah s'arrêta, la respiration lourde, essayant de se calmer.

« Buddy Harte... sors d'ici et viens me voir, sale lâche. »

Un objet lourd s'écrasa à l'intérieur de la caravane, la faisant sursauter.

Puis il n'y eut plus que le silence, le calme. Tout ce que Sarah entendait était le bruit de sa propre respiration. Puis elle l'entendit rire doucement, pour lui-même.

« Cours, cours, jolie petite fille, avant que je ne plante mon couteau dans ton ventre. Avant que je ne t'égorge... *pars maintenant* ! »

En entendant ce grognement, Sarah se recula d'un coup et se mit à courir. Elle courut jusqu'à avoir l'impression que ses bronches explosaient, puis elle s'arrêta et se plia en deux, cherchant de l'air. Elle écouta le bruit d'un éventuel poursuivant. Silence. Rien que le silence.

Un bruissement, un craquement de pieds nus sur les fougères. Quelque chose bougeait dans les arbres. Sou le choc, Sarah se figea et ses yeux parcoururent la ligne des arbres à la recherche d'une silhouette. Elle sentait chaque nerf de son corps se tendre, ses genoux semblaient tous mous, sans force. Quelque soit ce qui avait bougé, il s'était arrêté maintenant, mais elle sentit un regard sur elle et elle crut entendre le bruit d'un souffle. Elle se retourna et recommença à marcher, les oreilles en alerte. Elle entendit à nouveau le même son et elle se retourna, vit du mouvement à la limite de son champ de vision. Un flash, quelque chose qui étincela au milieu des couleurs sombres de la forêt. Une silhouette en gris. Sarah commença à courir, essayant de reprendre son souffle tout en courant le plus vite possible vers sa maison. Elle s'attendait à chaque seconde que des mains l'attrapent, la jettent au sol, qu'un couteau transperce sa peau. Elle était presque arrivée chez elle, mais elle se prit le pied dans une racine d'arbre et elle tomba, sa tête cogna un rocher et sa peau se fendit. Elle sentit le sang couler le long de son cou lorsqu'elle essaya de se relever.

Elle sanglotait de soulagement en voyant enfin sa maison. Elle avança vers les marches du porche avant de se rendre compte que son sac avait disparu. Elle regarda autour d'elle d'un air paniqué, elle marcha d'un air hagard vers l'arrière de sa maison et passa ses mains vers le haut de la porte de derrière. La clé qu'elle y cachait avait disparu. Sarah envoya son épaule plusieurs fois dans la fenêtre, ignorant la douleur que cela déclenchait. Le verre céda enfin et, lorsqu'elle fut enfin entrée, elle sentit le sang couler le long de son bras.

Elle poussa la lourde table en chêne devant la fenêtre et ferma la porte, s'appuya contre elle et sortit son téléphone portable pour appeler Finn.

Finn arriva accompagné de Steve et d'une Molly visiblement inquiète. Elle les laissa entrer et leur proposa un café, elle était encore toute tremblante. Finn la fit s'asseoir et la regarda, ses yeux foncés remplis d'inquiétude. Molly s'occupait de Sarah, nettoyait son oreille et son épaule.

« Que t'est-il arrivé ma belle ? »

« Buddy... ». Elle pouvait à peine respirer.

« Buddy a fait ça ? » Molly et Finn échangèrent un regard inquiet.

« Non, je suis tombée. » dit Sarah. « Buddy... il m'a hurlé dessus, il était comme fou. Il chantait... » Sa voix s'éteint en croisant le regard de Finn. « Il chantait "Down in my Heart". » Elle leur raconta rapidement la fin de l'histoire.

« Il t'a menacé ? »

Elle hocha la tête. « Je sais qu'il ne m'aime pas ; c'était l'ami de Dan mais il ne m'a jamais aimée. Mais Steve, il ne s'est jamais montré agressif ou...je ne comprends pas ce qui vient de se passer. » Elle semblait perdue. Finn se tourna vers Steve, et lui parla à voix basse.

« Buddy est cinglé mais je ne crois pas qu'il savait ce qu'il disait. »

Les yeux de Steve s'étrécirent. « Cela étant, c'est techniquement une agression, aux yeux de l'Etat en tout cas... » Finn et lui suivirent Molly quand elle raccompagna Sarah au Varsity. Molly fit asseoir Sarah sur un des canapés.

« Reste tranquille. Je vais chercher de la glace pour ton oreille. »

Steve s'assit à côté de Sarah. « Sarah - est-ce que tu veux porter plainte ? »

Elle secoua la tête. « Non. Non, je pense... il était probablement saoul et je l'ai peut-être énervé. » Elle toussa, un peu gênée. « Je suis devenue plutôt folle de rage. » Elle regarda Finn, et se détendit en voyant son sourire rassurant.

« Je ne te blâme pas ma belle. Pourquoi ne laisses-tu pas Steve aller discuter avec lui, pour voir quel était le problème ? »

Sarah regarda Steve. « Tu ferais ça ? » Il lui sourit.

« Pas de problème. » Il hocha la tête vers Finn.

« Je vais rester avec Sarah. » les interrompit Molly, en revenant de l'arrière salle avec un pain de glace enveloppé dans un torchon. Elle le tendit à Sarah. « J'ai juste essayé de l'appeler. »

Finn tapota gentiment l'épaule de Sarah. « Remets-toi ma jolie. Et ne t'inquiète pas, on s'en occupe. »

ISAAC QUINN LEVA les yeux de son ordinateur portable en entendant quelqu'un frapper à la porte de son bureau. C'était Stan, son détective privé. Isaac lui fit signe de s'asseoir.

« Qu'est-ce que vous avez pour moi ? »

Le détective sortit une pile de photos d'un dossier.

« Des clichés de la vidéosurveillance du restaurant, comme vous l'aviez demandé. Ils ont été étonnement coopérants quand je leur ai dit à qui ils étaient destinés. »

Isaac regarda les photos. En quelques instants, il reconnut Sarah et lui à leur table ; Sarah avait l'air excédée et il la questionnait sur la façon dont il s'était comporté durant la journée. Sur la photo suivante, il était seul. C'était la photo qui suivait le moment où elle était partie. Un homme grand et blond parlait à la serveuse. La mâchoire d'Isaac se décrocha. La photo était mauvaise mais il pouvait identifier l'homme sans l'ombre d'un doute, il avait la tête d'un Daniel Bailey parfaitement vivant. *Espèce de fils de pute.*

Il regarda Stan. « Tu as autre chose sur ce type ? Est-ce qu'il suit Sarah ? »

Stan secoua la tête. « Pas que je sache en tout cas. Il baise une bonne femme. Elle vient en ville deux fois par semaine et ils partent dans un motel tous les deux. Que voulez-vous que je fasse ? »

« Essaie de savoir qui est cette femme. A part ça, tant qu'il ne menace pas Sarah, garde seulement un œil sur lui. »

Une fois Stan parti, Isaac ne parvint plus à se concentrer sur quoi que ce soit, il ne faisait que regarder la photo de Dan Bailey.

Que veux-tu? Voilà ce à quoi pensait Isaac mais il repoussa cette pensée parce qu'il se rendit compte qu'il connaissait déjà la réponse. Il connaissait la raison du retour de Dan Bailey à Seattle.

La femme que tu aimes...

« ALLEZ, LAISSE-MOI FAIRE. » Molly prit un tube de pommade antiseptique pour Sarah, et en étala un peu sur son oreille blessée. Son contact était frais et doux et Sarah commença à se détendre. Elle ferma les yeux et sentit sa tête lancinante sous la douleur.

« J'ai presque fini. Je vais te trouver des antalgiques. Où sont-ils ? »

« Dans la salle de bains à l'étage. » Les yeux toujours fermés, elle sentit le déplacement de l'air quand Molly passa devant elle pour monter à l'étage. Elle posa la tête sur la surface fraîche de ta table. *Mais qu'est-il en train de m'arriver ?* Elle se sentait complètement dépassée.

Molly revint, elle l'entendit prendre un verre et le remplir d'eau. « Tiens. » Sarah s'assit et prit le verre et les médicaments, les avala rapidement et but le verre d'un trait. Elle sourit ironiquement à son amie.

« Désolée, ma compagnie n'est pas très agréable, hein ? »

Molly sourit d'un air contrit. « Avec ce que tu viens de vivre, rien d'étonnant à cela. Détends-toi. »

La fatigue envahit d'un coup Sarah et elle posa à nouveau sa tête sur la table et ferma les yeux. Elle sentit la main de Molly lui caresser les cheveux, et ce mouvement doux apaisa son esprit tourmenté. Puis elle s'endormit sans même s'en rendre compte. Dans une douce torpeur.

Le bruit d'une portière de voiture se refermant la réveilla. Molly se leva et se dirigea vers la porte d'entrée. Elle essaya de retrouver ses esprits - à quoi avait-elle pu penser pour tomber de sommeil comme ça ? Elle entendit une conversation et quelques éclats de voix qu'elle ne comprit pas. Elle se dirigea vers l'évier et alluma le robinet puis se passa de l'eau sur le visage.

« Ma puce ? »

Elle se retourna et vit Steve, précédant Molly et Finn dans la cuisine. Son visage était tendu, dégoûté. Son regard glissa vers Finn qui avait l'air aussi choqué.

« Hé. », dit-elle en prenant Finn dans ses bras, qui lui rendit son étreinte. « Qu'est-il arrivé à Buddy ? »

Steve regarda Finn, qui s'éclaircit la gorge et se balança d'un pied sur l'autre.

« Sarah... Buddy est mort. »

Elle ne comprit pas pendant une seconde puis elle laissa échapper un soupir tremblant. « Je n'ai pas... » Elle regarda le visage soucieux de Steve. *Bien sûr*, pensa-t-elle, *bien sûr*. Elle se retourna vers Finn et sa voix partit un peu dans les aigus. « Il a eu un accident ? Il s'est suicidé ? »

Il y eut un silence puis Finn parla, la voix plus dure que jamais. « Non. »

Elle regarda ses trois amis l'un après l'autre. « Je ne comprends pas. »

« Il a été assassiné Sarah. Buddy a été poignardé à mort. »

Elle sentit ses genoux se dérober et tomba lourdement sur une chaise. « Oh mon dieu...mais...il ne s'est pas passé plus de vingt minutes... » Elle regarda Finn et une idée horrible commença à prendre forme dans son esprit. « Finn, tu ne penses pas que c'est moi qui l'ai fait, si ? Je te jure qu'il était vivant quand je me suis enfuie. Je te promets que je ferai tout ce dont tu as besoin, test ADN, détecteur de mensonge... » Sa voix, très aigue maintenant, tremblait de panique et Finn et Molly s'approchèrent d'elle. Finn s'assit à ses côtés, prit ses mains dans les siennes, Molly s'assit au bord de la table et posa une main sur sa nuque. Le visage de Steve s'adoucit.

Finn lui serra doucement la main. « Sarah, en tant que policiers, nous devons suspecter tout le monde, et j'apprécierais que tu passes répondre à certaines questions mais pour l'instant, tu n'as pas à t'en inquiéter. Nous essayons juste de reconstituer ce qui s'est passé. Le fait est... que ta rencontre avec Buddy cet après-midi... et bien..., nous avons un problème. » Il regarda Steve, soudain embarrassé.

Steve prit la main de Sarah. « Ma douce, nous pensons que tu te trompes sur ce qui est arrivé. »

Il y eut un silence pendant lequel Sarah digéra l'information. Elle sentit tout son visage rougir d'embarras mais elle secoua la tête.

« Non... non, il s'est passé ce que je vous ai dit. Je ne comprends pas... êtes-vous en train de penser que je mens ? »

« Tu ne mens pas ma puce, tu te trompes. » Finn lui parlait. Ses épaules s'affaissèrent. Elle recula sa chaise et se leva.

« Je ne me trompes pas. Je sais ce qui s'est passé, j'étais là. Pourquoi dis-tu cela ? »

Elle regarda Steve, Molly puis Finn, elle vit leur inquiétude et sentit leur pitié. L'humiliation la submergea. Steve regarda Finn qui hocha la tête. Steve s'éclaircit la gorge.

« Sarah, ça ne peut pas s'être passé comme tu l'as dit. Chérie... Buddy était mort depuis au moins trois jours. »

Isaac était sur le point de quitter son bureau quand Saul l'arrêta. Son frère avait l'air très sérieux lorsqu'il demanda à Isaac de se rasseoir.

« Isaac, nous devons parler. Ecoute, j'aime beaucoup Sarah et je suis vraiment ravi pour toi mais je commence à ne plus pouvoir me débattre avec la charge de travail, tu sais, tu as été un peu trop léger ces derniers temps. Je travaille toute la journée et la nuit pour rattraper le retard mais - »

« Mon dieu, Saul, je suis désolé. » Horrifié, Isaac réalisa qu'il avait eu l'esprit tellement accaparé par Sarah qu'il n'avait même pas remarqué que son frère était épuisé. Le poids de la culpabilité l'accabla.

« Je suis désolé, vraiment. Ecoute, tout va changer maintenant, je suis là, je suis avec toi. »

Ils discutèrent affaires pendant toute l'heure qui suivit puis Isaac dit à son frère de rentrer chez lui pour profiter de Maika et des enfants. Mon dieu, comment avait-il pu laisser une telle dérive s'installer ?

Il regarda la pile de documents que son assistante venait de lui donner. Des invitations à des événements spéciaux. Peut-être que ça changerait les idées de Sarah si elle se mêlait à la haute société de Seattle. Il se sourit à lui-même. Elle serait la plus belle femme de la soirée. Il s'autorisa à en être très fier ; la plus belle femme du monde, du moins à ses yeux, était amoureuse de lui.

Il se rendit compte que son téléphone portable était éteint et il l'alluma rapidement.

Dix-sept messages vocaux. Le premier lui donna un coup au cœur. La voix de Sarah, dure, en colère.

Isaac. Rappelle-moi.

Nous devons parler.

Sarah se sentait épuisée. Une fois Finn et Steve partis, Molly était restée un peu avec elle mais elle avait juste envie d'être seule. Elle avait besoin de temps, de temps pour traiter les informations qu'elle venait d'apprendre, les insinuations qu'elle avait senties dans leur voix.

Elle monta à l'étage et s'allongea sur son lit, ramassa ses genoux sur sa poitrine et cala l'oreiller sous sa tête pour plus de confort.

« D'accord, essayons de gérer ça. » dit-elle à haute voix. Dans sa tête, elle se repassa chaque moment de l'incident, la caravane, la chanson, les menaces, la façon dont il l'avait sifflée. Avait-elle rêvé tout ça ? Elle essaya de réfléchir et de prendre du recul sans se laisser submerger par ses émotions mais elle secoua la tête. *Je sais ce que j'ai vu et ce que j'ai entendu.* Si Buddy n'était pas la personne qui l'avait menacée, c'est que ça devait être quelqu'un d'autre. La personne qui l'avait suivie. *Tu sais qui c'est ...* Son estomac se retourna à cette pensée. Elle entendit au loin le son discordant des sirènes d'une voiture de police, et ce son lui assécha la bouche et accéléra le battement de son cœur. *Les cris de maman. Emmène tes jambes vers ton milliardaire, espèce de pute. I got the joy joy joy joy down in my heart...*

Sarah posa l'oreiller sur sa tête et commença à sangloter tellement fort qu'elle n'entendit même pas la sonnette de la porte d'entrée se déclencher. Quand elle s'en rendit enfin compte, elle descendit en trébuchant jusqu'au rez-de-chaussée et se rua vers la porte. C'était Finn, le visage blême.

« Ma puce...je dois t'emmener au commissariat. Nous devons te poser quelques questions... »

ISAAC GROGNA PRESQUE en voyant Caroline Jewell au moment même où il entrait dans le café. Elle attendait devant, fumait une cigarette et quand elle le vit, elle se décala du mur et s'avança vers lui. Isaac ne la salua pas et ne lui sourit pas, il n'avait pas de temps à perdre avec ce genre de personne. Elle lui fit un sourire désagréable, un peu moqueur en s'avançant vers lui. Il soupira et fit un écart pour la contourner.

« Je viens de voir ta petite amie. »

Les épaules d'Isaac se crispèrent. « Et alors ? »

« Sur le chemin du commissariat de police. Il me semble qu'elle était en état d'arrestation. »

Isaac la regarda d'un air incrédule. « Mon dieu, tu as tellement d'imagination. » Sa discussion avec Saul l'avait fait se sentir coupable et tendu, et maintenant, il n'avait aucune envie d'entendre les médisances de Caroline.

« C'est la vérité. Je peux même jurer qu'elle était menottée. Si tu ne me crois pas, va voir par toi-même. »

Isaac s'arrêta et la fixa. Caroline lui adressa un grand sourire en se rendant compte qu'elle avait retenu son attention.

« Je ne comprends même pas ce que tu trouves à cette pétasse. »

La lèvre d'Isaac se retroussa de dégoût. « C'est plutôt toi la sale pétasse, tu le sais ça ? »

Caroline se moqua en lui faisant une petite révérence. « Cela étant, quand tu en auras marre de sa petite chatte d'Asiatique, viens me voir. »

« Ouais, retiens ta respiration en attendant. » murmura Isaac en s'éloignant de cette rousse décérébrée. Il se dit qu'il devait absolument demander à Finn pourquoi il avait épousé cette femme si diabolique.

Il se dirigea vers le commissariat et y entra. L'accueil était bondé mais il réussit à voir que l'une des deux salles d'interrogatoire était occupée et il se glissa dans celle qui était vide pour regarder à travers le miroir sans tain. Sarah lui faisait face, assise à la table avec Finn et un autre policier qu'il ne reconnut pas. Elle semblait calme mais fatiguée et stressée ; son épaule était bandée et il vit que son oreille était enflée et saignait un peu. Il la vit essuyer une larme sur sa joue. Isaac sortit de la salle et frappa violemment à la porte de la salle d'interrogatoire.

« Jewell ! Viens ici ! »

Finn sortit immédiatement et referma la porte derrière lui. Isaac vit du coin de l'œil le visage choqué de Sarah, juste avant que la porte ne se referme. Finn entraîna Isaac dans l'autre salle.

« Calme-toi Isaac. »

« Qu'est-ce que c'est que ce bordel Finn ? Que fait Sarah ici ? »

Finn attendit qu'Isaac se soit un peu calmé avant de lui parler. « Buddy Harte a été assassiné. Elle est la dernière personne à avoir visiblement parlé à Buddy Harte. Et même si nous sommes persuadés que ce n'est pas Sarah qui l'a tué, nous devons l'interroger. Tu sais comment ça fonctionne, Isaac, je n'ai pas besoin de t'expliquer tout ça. »

Isaac se mordilla la lèvre et se pencha légèrement en arrière. « Elle va bien ? » demanda-t-il enfin, la voix plus calme. « Elle est blessée ? »

Finn hocha la tête. « Mais ce ne sont que des blessures superficielles dues à une chute et au fait qu'elle ait cassé un carreau de sa maison. Elle va bien. Elle nous aide, elle répond à toutes les questions qu'on lui pose. Nous attendons l'infirmière pour qu'elle effectue quelques prélèvements. »

Isaac rétrécit les yeux. « Vous l'avez menottée ? »

Finn posa la main sur l'épaule de son ami. « Non, Isaac. Elle n'est pas suspecte, elle est juste là pour nous aider. Elle est très coopérative, très ouverte. Crois-moi, tu n'as pas d'inquiétude à avoir. »

Isaac secoua la tête. « Honnêtement, tu ne peux pas imaginer qu'elle n'a aucun rapport avec tout ça ? Et qui est le gars avec qui elle parle ? »

Finn hésita un instant. « Je pense que tu devrais rentrer chez toi, Isaac. Je passerai te voir demain matin. »

Isaac se leva. « Je veux la voir. »

« Attends. Je vais voir ce que je peux faire, mais pendant ce temps, calme-toi. » Finn donna une tape à Isaac sur l'épaule. « Ecoute mec, elle va bien, tout va bien. Laisse tombé pour une fois, laisse-nous faire notre travail. »

Cabot Martin, un policier venu expressément de la ville, était en train de l'observer. « Sarah, nous avons de bonnes raisons de croire que Buddy a été assassiné par la même personne que celle qui a tué cette jeune femme en ville. La jeune femme asiatique. Je suis désolé d'avoir à vous dire cela mais la victime vous ressemblait étonnement. »

Elle intégra l'information, puis son horreur. « Oh mon dieu. » Elle se sentit nauséeuse.

Cabot hocha la tête. « Evidemment, nous ne sommes pas sûrs à 100 %, nous devons attendre les résultats de la brigade médico-légale mais si nous avons raison...nous devrons prélever des échantillons. »

Une impression d'effroi, d'inéluctabilité l'envahit. « Donc je *suis* suspecte. »

« Ce serait irresponsable de notre part d'innocenter qui que ce soit à ce stade, vous comprenez ? Même si nous sommes presque certains que le meurtrier est un homme, et bien plus grand que vous, nous sommes désolés mais nous ne devons négliger aucune piste. » Cabot lui sourit gentiment. « Sarah, vous voulez faire une pause ? Nous le pouvons, vous n'êtes pas en garde à vue, vous êtes libre de partir. Nous pouvons recommencer demain matin. »

Sarah se frotta les yeux et secoua la tête. « J'aimerais tout finir d'un seul coup. Puis-je avoir un peu d'eau ou de thé s'il-vous-plait ? »

« Bien sûr. » Cabot se leva et Finn ouvrit la porte.

« Sarah, Isaac est ici, tu veux le voir ? »

Elle hocha la tête et sourit en voyant Isaac entrer dans la petite salle. Il la prit dans ses bras et l'embrassa sur le front.

« Ils prennent suffisamment soin de toi ? »

« Bien sûr. Ca ne te dérange pas d'attendre un peu ? Je pense partir bientôt, je ne sais pas trop. »

Il resserra son étreinte autour d'elle et lui sourit. « J'attendrai toute la nuit. »

Il y avait quelque chose dans son visage qu'elle n'arrivait pas à déchiffrer mais le confort de ses bras était trop doux pour penser à autre chose.

Cabot revint avec une tasse de thé et Sarah vit l'infirmière du centre médical, qui lui sourit. Isaac lui fit un clin d'œil en quittant la pièce. Cabot attendit dehors pendant que l'infirmière effectuait ses prélèvements, puis il le vit sortir. Sarah but une gorgée de thé chaud et apprécia la chaleur qui se répandait dans tout son corps. Ses mains étaient glacées, sa poitrine lourde. Cabot revint et s'assit sur la table en face d'elle.

« M. Quinn a l'air d'être un chic type. Finn m'a dit que vous venez juste de vous rencontrer ? »

Sarah hocha la tête. « Il y a quelques mois. »

« Quand votre mari a-t-il disparu ? » Finn entra au moment où Cabot posait cette question. Elle lui répondit et ils échangèrent un regard avec Finn, qui hocha la tête. Cabot s'éclaircit la gorge.

« Sarah, j'aimerais que vous me donniez quelques dates sur votre couple ces dernières années et j'aimerais que vous me racontiez où vous étiez le soir de ces dates précises. Si vous ne vous en souvenez pas, ne vous inquiétez pas, ce n'est que la procédure normale pour l'enquête. »

« D'accord. » Elle fronça les sourcils, regardant alternativement un homme puis l'autre. Finn passa une feuille de papier à Cabot et fit un sourire rassurant à Sarah. Cabot lut la liste et hocha la tête.

« Allons-y alors. 13 décembre ? »

Elle se détendit immédiatement, ses épaules tombèrent de soulagement. « Oh, c'est facile. C'est mon anniversaire, j'étais ici, avec Molly, pour une soirée entre filles. Nous avons commencé au bar de Hank. Nancy et George étaient là aussi. » Sa poitrine se souleva d'un coup et elle poussa un profond soupir un peu tremblant. Finn lui sourit à nouveau.

« 3 juillet ? »

Ils virent son visage se couvrir d'un masque de douleur. « Je ne m'en souviens pas. » Elle évita le regard insistant de Finn.

« Sarah ? Que se passe-t-il ? »

Il y eut un long silence. « Le 3 juillet est la date d'anniversaire de la mort de ma mère. »

Cabot s'éclaircit la gorge. Finn se pencha sur la table et posa une main sur celle de Sarah. « Une dernière question et Isaac pourra te ramener à la maison. » Il regarda Cabot qui hocha la tête.

« D'accord Sarah, la dernière. 16 mai. »

Sarah secoua la tête et ses yeux s'emplirent de larmes. « Je ne comprends pas. Pourquoi ces dates ? »

Finn se pencha et lui prit la main. « Sarah, ma puce... il y a eu d'autres meurtres de femmes à travers le pays ces deux dernières années. Elles te ressemblaient toutes - pas simplement parce qu'elles étaient d'origine asiatique mais elles pourraient être tes sœurs jumelles. Elles ont toutes été égorgées. Je suis désolé. » dit-il en voyant Sarah flancher.

Cabot s'éclaircit la gorge. « Sarah ? Le 16 mai. S'il-vous-plait. »

De grosses larmes roulèrent sur ses joues. « Le 16 mai, il y a huit ans. Je portais une petite robe blanche et Dan portait un jean et une chemise bleue avec une veste. Le 16 mai, c'est la date de notre anniversaire de mariage. »

« ALORS, qu'a fait cette salope ? A-t-elle découpé Buddy en morceaux ? C'est souvent le cas dans sa famille après tout. Sarah Bailey la découpeuse. »

Finn en eut finalement assez et s'en alla ailleurs. Dès son retour à la maison, Caroline lui était tombée sur le dos et l'avait questionné sur ce qui s'était passé, sans se soucier un instant de dissimuler sa joie face au désarroi de Sarah. Il regardait maintenant la rousse devant lui.

« Tu sais quoi Caroline ? Va te faire foutre. Tu as vécu une vie de haine, de mépris et de malveillance et maintenant, toute cette horreur s'est gravée en toi et se voit sur ton visage. Tu sais pourquoi tes parents passent si rarement te voir ? C'est parce qu'ils te détestent. Tes propres parents. Je le sais parce que je les ai très souvent au téléphone, ou par mail. Tu leur as brisé le cœur il y a bien longtemps. Maintenant, je vais me coucher - sur le canapé. Puis j'ai bien l'intention de déménager dès que j'aurai trouvé un logement. Notre histoire est terminée. »

Puis il traversa la pièce, laissant une Caroline estomaquée le regarder partir.

ISAAC ACCUEILLI STAN quand il arriva dans le petit restaurant. Stan, grand Afro-Américain baraqué, lui sourit. « Bonjour M. Quinn, ravi de vous voir. »

Isaac lui serra la main. « Moi aussi Stan. Que voulez-vous boire ? »

« Juste un café. »

Pendant qu'Isaac enlevait sa veste, une serveuse punk se présenta. Son badge indiquait *"Yo"*. Isaac lui sourit.

« Sérieusement ? »

Elle lui sourit de toutes ses dents uniformément blanches - sauf une incisive qui était dorée. « Non. C'est juste comme ça que les gens m'appellent- ce surnom craint un peu d'ailleurs. Que puis-je pour vous, charmants jeunes hommes ? »

Une fois leur commande passée, Stan lui fit un sourire entendu et sortit un dossier de son attaché-case. « Vous vouliez que je me renseigne pour connaître la femme avec qui baise Dan Bailey. Et bien, j'ai trouvé, et c'est un peu étrange. Je vais laisser les photos parler d'elles-mêmes. »

Yo revint avec les cafés et ils discutèrent tranquillement avec elle un instant, alors que le dossier commençait à brûler les mains d'Isaac.

Quand ils furent enfin seuls, Isaac ouvrit le dossier. Il regarda les photos en silence puis leva les yeux vers un Stan plein d'attente.

« Est-il possible d'être à la fois estomaqué et assez peu surpris finalement ? »

Stan hocha la tête. « Ouais. »

La femme sur les photos, celle qui couchait avec Daniel Bailey, était Caroline Jewell.

La semaine de la découverte du corps de Buddy avait été un véritable cauchemar. Elle avait raconté encore, encore *et encore* son histoire à Finn et Isaac, à Cabot Martin, et tous avaient été très gentils avec elle. Pour autant qu'elle sache, elle était au-dessus de tout soupçon mais... il y avait les regards fixes, les murmures, les petits coups de coude de connivence. L'histoire s'était répandue dans toute l'île, et elle savait que les gens la regardaient et dans son esprit cartésien, elle savait que c'était sans importance, que cela n'était pas nouveau pour elle. Elle avait vécu ça toute sa vie. La petite fille dont la mère avait été assassinée - qui la blâmerait de paniquer un peu ?

Mais elle sentait sa tranquillité d'esprit vaciller, tout comme sa confiance en elle et sa stabilité. Tout ce pour quoi elle s'était battue, tout ce qu'elle s'était efforcée de changer. La paranoïa l'envahissait et elle ne savait pas comment la stopper. Les dates qui correspondaient aux meurtres des filles en ville. Cabot et Mike lui avaient assurés qu'elle n'était pas suspecte, ses prélèvements et ses empreintes étaient là pour en témoigner, mais un doute subsistait malgré tout.

Ils suggérèrent que le meurtrier était peut-être revenu sur les scènes de crime et qu'il l'avait agressée verbalement pour brouiller les pistes. Elle voulait le croire, elle le voulait tellement.

I got the joy, joy, joy, joy down in my heart...

Sa maman chantait dans un mauvais anglais. Si fatiguée, en voyant les larmes de sa mère, en sentant la douleur vive et aigue sur ses poignets, sa mère hurler... et puis le silence brusque et horrible.

Sarah s'arrêta, essayant de ne pas vomir. *Non,* pensa-t-elle, *je ne suis pas folle. J'ai entendu la chanson. Et la personne qui la chantait dans la caravane me connaissait.*

Elle attendit que la nausée disparaisse et força son esprit à se concentrer sur autre chose. Il y avait autre chose... Isaac avait travaillé tard au bureau et elle se demandait s'il ne commençait pas à être lassé de ses problèmes existentiels. Sarah ne se sentait pas digne de lui, elle ne pourrait pas lui en vouloir s'il décidait de la quitter.

Mon dieu. Elle s'arrêta, presque pliée en deux de douleur à l'idée de perdre Isaac. Quelle que soit l'issue, elle refusait qu'une telle chose se produise.

Mais sa paranoïa augmentait de jour en jour, l'impression que quelque chose de mauvais allait se produire, et qu'elle ne pourrait pas l'empêcher.

Même chez elle, elle ne se sentait plus en sécurité. La colère l'envahit d'un coup. Non. C'était sa maison, son île. Elle se souvint soudainement de quelque chose. Elle grimpa à l'étage, sortit l'échelle du grenier et monta dans cette pièce poussiéreuse.

Elle alluma l'ampoule du plafond, l'ampoule à nu se mit à danser, ce qui la désorienta un peu. Trop d'ombres. Elle ignora les coins sombres et se dirigea vers les immenses coffres contenant les affaires de Dan, que George avait soigneusement emballés après son départ. Elle ouvrit le premier. C'était les vieux livres de Dan, ses livres de fac et elle fouilla davantage dans le carton.

C'était étrange. Dan avait le livre de sa dernière année de fac - mais il n'y apparaissait pas. Sarah fronça les sourcils. Pourquoi garder un livre de fac dans ce cas ? Elle examina davantage le contenu du carton et en découvrit un peu plus. Tous les livres de fac dataient de la même année mais tous étaient de différentes écoles à travers le pays.

Elle vit une enveloppe tout en bas de la pile et son cœur se crispa quand elle lut l'adresse. « M. Raymond Petersen »... Suivait l'adresse de leur maison. Elle fronça les sourcils. Qui était donc Raymond Petersen ?

Elle sortit la lettre et la déplia. Le papier était épais, lourd, crémeux, de bonne qualité et l'en-tête fut gravée en écriture cursive très travaillée. *William Corcoran & Associates, Avocats en droit de la famille.* Nouvelle Orléans, lut-elle en bas de l'adresse.

Raymond,

J'ai essayé de vous contacter plusieurs fois depuis notre dernière rencontre. Si vous ne me rappelez pas d'ici vendredi, je serai forcé de venir vous voir à Seattle. Je devrai également hypothéquer la propriété de votre père jusqu'à nouvel ordre, ou jusqu'à ce que vous et votre frère me contactiez.

J'espère que ces mesures ne seront pas nécessaires.

William

Raymond Petersen ? Frère ? Sa respiration était bloquée dans ses poumons, ses jambes tremblaient et elle dut s'appuyer au mur pour se relever. Dan ne lui aurait sûrement pas menti sur qui il était, en plus de tout le reste... *non, non, s'il-vous-plait.*

Elle gémit puis se secoua. *Réfléchis. Un avocat. Un lien avec le passé de Danny.* Sarah fouilla encore dans le carton et trouva un crayon, elle écrivit le nom et le numéro de téléphone de l'avocat sur sa main. Elle l'appellerait pour tirer tout cela au clair.

Elle ouvrit un autre carton. D'autres livres de fac et quand elle en prit un, une pile de photos tombèrent sur ses genoux. Elle les regarda. Au premier abord, il lui sembla que c'était des photos de famille normales puis elle se rendit compte... que Dan n'était sur aucune d'entre elles. C'était toutes les siennes - et la plupart d'entre elles avaient visiblement été prises sans qu'elle soit au courant.

La peau de Sarah commença à la picoter. « Tu es un sale lâche, *Raymond.* » A cet instant précis, le peu d'amour qui lui restait pour Dan s'envola, elle ne ressentit plus que de la haine brûlante. Qui donc était l'homme avec lequel elle avait vécu, qu'elle avait aimé et avec qui elle avait couché pendant toutes ces années ?

La dernière photo était cachée dans un carnet. Les pages étaient blanches, à l'exception de deux mots. Sarah - quand ? Elle fronça les sourcils puis regarda attentivement la photo. Elle portait un vieux t-shirt, un jean, ses cheveux étaient lâchés et flottaient autour de son visage, elle riait en regardant quelque chose hors champ, son visage paraissait plus jeune, plus plein. Une photo inoffensive. Elle découvrit une autre photo mais ne reconnut pas l'endroit où elle avait été prise. Elle l'examina de plus près pour essayer de se souvenir où elle était ce jour-là. Elle n'était pas sur l'île, elle le voyait bien mais...elle secoua la tête. Elle examina l'arrière-plan...pourtant si familier...elle soupira de frustration et mit la photo dans sa poche. Elle ne savait pas depuis combien de temps elle était dans ce grenier - à regarder des moments de sa vie volés.

Puis elle entendit un coup au rez-de-chaussée. Elle se figea. Puis un autre coup. Son ventre se crispa. *Ca peut être une branche, une branche qui frappe un côté de la maison avec le vent.* Elle tenta de respirer pour rester calme. Elle s'approcha de la fenêtre, plissant les yeux devant l'obscurité naissante de cette fin de journée, s'attendant à voir les branches des arbres se balancer. Mais la soirée était calme. Rien. Une porte claqua et la maison trembla sous l'impact. La peur lui glaça le sang. Elle rampa vers le haut des escaliers et s'arrêta, tous les sens en alerte.

Il y avait quelqu'un dans sa maison.

Isaac regarda par la fenêtre du ferry. Le ciel était sombre et la mer agitée. Il aimait sa ville mais mon dieu - il avait aussi besoin de s'en échapper. Il se demandait s'il pourrait persuader Sarah de s'en aller avec lui - ce n'était pas comme si elle n'avait pas besoin d'une pause mais est-ce qu'elle abandonnerait à nouveau Molly, si rapidement après son agression ? Egoïstement, il souhaita qu'elle trouve quelqu'un pour gérer le café à sa place ; puis il ferait de même pour lui. *Qui es-tu, un homme préhistorique ?*

Il repensa au soir où Sarah l'avait appelé pour lui dire qu'ils devaient parler. Après l'avoir raccompagnée à la maison en sortant du commissariat, ils s'étaient assis à la table de la cuisine et avaient bu du whisky dans des tasses en porcelaine de Chine tout en discutant.

« Pourquoi m'as-tu caché ce qui est arrivé à Molly ? » Sa colère d'avant avait disparu et maintenant, elle était simplement curieuse. Isaac soupira, et se passa la main dans ses courtes boucles noires.

« C'était une façon étrange de te protéger. Finn m'a dit que tu avais fait une dépression après... heu...après ce qui t'es arrivé enfant. Lui et moi avons pensé qu'on pourrait te mettre au courant plus tard, spécialement avec ce qui est arrivé à George. »

Sarah regarda par la fenêtre un long moment. « Tu sais, ce n'était ni à toi ni à Finn de prendre cette décision. »

Isaac hocha la tête. « Je le sais et je suis désolé. »

« J'ai besoin d'avoir un certain contrôle sur ma vie, non, oublie ça, j'ai *vraiment* besoin de contrôler ma vie. J'ai passé des années à penser que j'étais incapable de prendre des décisions pour moi - Dan était en partie responsable de cela. Donc, non, je t'aime énormément, mais tu n'as pas à prendre ce genre de décision pour moi. »

Isaac leva la main. « Je suis parfaitement d'accord avec toi. »

Sarah se détendit puis se frotta les yeux. « Mon dieu, quelle journée. Trop de journées de ce type ces derniers temps. » Elle se leva et s'approcha de lui, s'assit sur ses genoux et enfouit son visage dans ses cheveux. Elle enroula ses bras autour de son cou. « Nous sommes bien, là, non ? »

Il huma ses cheveux, les enroula dans sa main et l'embrassa profondément. « Comme toujours. »

Elle murmura à son oreille. « Emmène-moi au lit, Isaac Quinn... »

IL LES OBSERVA ENLEVER LENTEMENT leurs vêtements. Même dans la faible lueur de la chambre, il pouvait voir de quelle façon elle regardait Quinn, comme si rien d'autre n'existait, ses yeux brillaient, fous de lui, presque ivres de désir. Quinn tomba à genoux et enfouit son visage dans son ventre, souleva ses jambes par-dessus ses épaules et continua à descendre jusqu'à trouver son sexe. Sarah inclina sa tête vers l'arrière et soupira d'aise quand sa langue rencontra son clitoris et passa et repassa dessus doucement.

Il vit Quinn, son large sexe tendu contre son ventre, la coucher dans le lit et lui écarter les jambes. Il la vit lui sourire, écarter davantage ses jambes pour lui, le supplier de la pénétrer. Quand Quinn entra enfin d'un seul coup en elle, elle hurla et ce son fit se tendre le voyeur, il se sentait trop tendu même, c'était inconfortable. Il commença à se masturber, en silence, en retenant ses grognements et sans jamais quitter des yeux cette magnifique femme sur le lit. Elle serait bientôt morte et il n'aurait plus jamais à voir ce spectacle.

Il jouit fort, parcouru de spasmes et tremblant et de chaudes larmes silencieuses de rage et de désir roulèrent le long de ses joues.

SARAH DESCENDIT de l'échelle qui menait au grenier, arriva dans le hall à l'étage et écouta sans bouger. Elle tenait à la main le démonte-pneu dont elle s'était servie pour ouvrir les malles. Sa main le serrait fermement, mais elle tremblait de peur. Elle se demanda pendant une seconde si elle avait rêvé mais elle entendit une chaise bouger et des pas dans le hall d'entrée en-dessous d'elle. Elle se pencha par-dessus la rampe. Elle vit une large silhouette en bas, toute vêtue de noir. Elle recula, et la terreur s'empara d'elle. Elle écouta et se rendit compte que l'homme se parlait à voix haute, elle se pencha à nouveau par-dessus la rambarde. Il portait une capuche qui lui cachait la moitié du visage. Tout fut silencieux pendant de longs instants puis tout d'un coup, l'homme poussa un grognement, un cri d'une telle férocité et d'une telle rage que la maison en vibra.

Sarah, terrifiée et choquée, en eut le souffle coupé. Il tourna la tête pour regarder les escaliers et Sarah recula, se retourna et commença à courir. Elle entendit ses pas derrière elle, il la poursuivait, il la chassait. Dans la panique, elle dérapa sur le sol en bois, en cherchant désespérément une cachette. Elle gémit de soulagement en arrivant dans la dernière pièce - la salle de bain des invités et elle s'y enferma à double tour. Elle parcourut la pièce des yeux, cherchant désespérément un endroit où se cacher alors que l'homme commençait à essayer d'enfoncer la porte. Elle regarda par la fenêtre mais elle était trop haute pour sauter dehors, elle se briserait une jambe si elle essayait de sauter. Elle laissa cependant la fenêtre ouverte, en se disant qu'il penserait peut-être qu'elle avait fui par là. Elle remercia pour une fois sa petite taille, grimpa dans le panier à linge tout en essayant de calmer sa respiration affolée et d'empêcher le tremblement de terreur qui agitait tout son corps. S'il avait l'idée de la chercher là, sans protection et coincée dans sa cachette, il pourrait la tuer, cacher son corps et s'en aller avant que quiconque ne s'en rende compte. *Et on ne la retrouverait peut-être jamais.* Elle sentait un besoin désespéré de hurler mais elle se plaqua les mains sur la bouche en entendant la porte de la salle de bain s'ouvrir.

Les secondes semblaient des années. Elle entendit sa respiration. Il se rapprochait.

Au bout d'une minute, elle en était presque totalement sûre, elle ne l'entendait plus. Elle entrouvrit le couvercle du panier à linge et jeta un œil dehors. La salle de bain était vide. En écoutant, elle l'entendit se déplacer dans le couloir. Il était dans la chambre à coucher. Elle sortit du panier et se dirigea tout doucement vers le couloir. Elle descendit au rez-de-chaussée et elle était sur le point d'ouvrir la porte d'entrée quand elle l'entendit sortir de la chambre comme un fou. « Espèce de salope ! »

Elle ouvrit la porte et s'enfuit à toutes jambes.

« Vampira arrive. » Molly fit un signe de tête en direction de Caroline. Finn hocha la tête. Caroline s'assit à une table à l'autre bout du café. Il était presque vide. Ca faisait une semaine qu'il était parti de chez lui et en le voyant à cet instant, il sut qu'il avait pris la bonne décision.

« D'accord, je vois. Puis-je avoir un café ? »

« Bien sûr frérot. Je vais apporter une tasse de sang frais au vampire. » Molly se cala la langue contre l'intérieur de la joue et lui sourit.

Il s'avança et s'assit à la table de Caroline. Elle lui sourit.

« Je vois que tu croules sous le travail, monsieur l'agent de police. »

La répartie ne tarda pas. Ils se chamaillaient depuis des semaines maintenant et aujourd'hui Finn avait atteint ses limites. Il ne voulait plus la voir. Pour de bon.

Il avait passé les dernières nuits sur le canapé de Molly, et ils avaient passé de longues heures à discuter jusque tard dans la nuit. Elle lui avait même apporté une tasse de café après minuit un soir où il était seul, occupé à travailler au poste de police pendant une nuit de garde.

Il avait levé les yeux en voyant sa sœur entre dans son bureau. Molly avait montré la tasse de café et son visage était mi-amusé, mi-irrité.

« A votre service monseigneur. Vous m'avez fait mander. » Elle haussa les épaules et lui fit un sourire. « Que veux-tu? Je dois sortir en douce pendant que Mike ronfle comme un phoque sur le canapé. C'est désespérant, ces ronflements. Parfois je lui jette des raisins, pour voir s'il les attrape. »

Finn sourit. « Est-ce que ça a déjà fonctionné ? »

« J'ai une fois atteint son œil, une autre fois sa bouche et il s'est presque étouffé. Il s'est un peu fâché mais bon, j'ai au moins marqué deux fois. »

« Ca ressemble à ta vie sexuelle au lycée. »

« Oh, ha ha ha ! Tu es le roi de la comédie et heu, mon pote, je suis ta sœur. » Elle regarda le bureau vide. « Que veux-tu sérieusement ? »

Finn hésita. « Je vais te le dire, sœurette, je pense divorcer. Non, sérieusement. » Ajouta-t-il en la voyant rouler des yeux.

« J'entends ça, voyons, tous les six mois environ ? Tu ne divorceras jamais. »

« Tu vas encore me ressortir le couplet du *"Ce n'est pas dans ta façon de penser"* ? » Finn avait l'air malheureux et elle lui sourit.

« Peu importe. » dit-il. « C'est différent cette fois-ci. »

Sa sœur leva les sourcils. « Oh vraiment ? Tu vas enfin te décider à faire quelques changements, divorcer, rencontre quelqu'un...d'humain ? »

Finn se mordilla la lèvre mais ne répondit pas. Molly n'était pas encore au courant pour le bébé. Si elle l'était...mon dieu, il préférait ne pas y penser. Il savait comment elle réagirait - l'horreur dans laquelle Caroline le piégerait.

Elle le regarda attentivement. « Alors ? » Il haussa les épaules et elle soupira. « Ouais, c'est bien ce que je pensais. Espèce de cot. »

« C'est quoi une cot ? »

« C'est le bruit que fait une poule mouillée. »

« Les poules font cot-cot. Pas juste cot. Et je ne suis pas une poule mouillée. Je suis respectueux de la tradition du mariage. »

Molly renifla. « Tout d'abord, ça ne compte pas si tu es marié à un fantôme de femme et ensuite - ça excite vraiment les filles de leur dire : "Oh Finn, respecte-moi, respecte-moi vraiment, respecte-moi vraiment bien ! " »

« Je n'aime pas vraiment entendre ces mots sortir de ta bouche. » Il rit puis soupira et s'adossa à sa chaise, en la faisant basculer contre le mur. « Je ne sais pas, sœurette... »

Molly grogna. « Pour l'amour de dieu, Finn, tout cela ne te rend pas fou ? Cette constante...je ne sais même pas quel mot employer. Tout, *tout* te dit que tu dois quitter Caroline. Elle te rend misérable. Tu n'arrives même plus à le cacher. Je veux que tu sois heureux, je veux que tu trouves une personne qui te redonnera la joie de vivre. Arrête de faire l'enfant. Agis. Je n'ai qu'une seule chose à te dire : tu ne la trouveras pas tant que tu restes marié, ou du moins tant que tu vis avec la comtesse Marie-couche-toi-là. Elle t'a changé, on voit son mépris et sa méchanceté gravés sur ton visage. Alors avant toute chose, tu dois décider quoi faire. Toi, et personne d'autre. Et tu dois te décider vite. »

Finn hocha la tête. « Ouais. Tu as raison. » Il fronça les sourcils. « Comtesse Marie-couche-toi-là ? »

Molly sourit d'un air moqueur et Finn rigola. Il termina son café puis regarda sa sœur d'un air suspicieux.

« Quand es-tu devenue si futée ? »

« A peu près au moment où je suis née. Il leur restait tout un tas de cerveau qu'ils n'avaient pas utilisé pour toi. »

« Très drôle. »

Molly sourit mais ses yeux restèrent sérieux. « Tu n'as rien à perdre, Finn. Rien du tout. »

Il était maintenant assis en face de sa détestable et horrible femme depuis cinq ans et il ne voyait rien en elle qu'il aimait encore. *Rien du tout.*

Finn la regarda d'un air dégoûté. « Que veux-tu Caroline ? »

« N'est-ce pas ce que toi tu veux, Finn ? »

Il soupira. « Oui. Essayons de ne pas faire traîner en longueur. Je veux divorcer. Tu ne peux pas en être surprise. »

« Non. » Mais elle souriait. Elle alluma une cigarette. Molly passa auprès d'elle et la lui prit pour l'éteindre.

« Interdiction de fumer, tu ne sais pas lire ? »

Caroline haussa les épaules et but son café. « Bien, une bonne chose si jamais on divorce c'est que je n'aurai plus jamais à faire à toi, espèce de pétasse. »

« Ce sentiment est amplement partagé. »

Caroline se leva et suivit Molly pour prendre un cupcake sur le bar. « Quand vas-tu enfin te décider à avoir une vie, Molly, au lieu de faire la servante en chef pour mon mari ? »

Molly grogna. « A un moment, cet esclavagisme latent va forcément finir par te fatiguer. » Elle poussa un peu Caroline, à peine trop fort mais Caroline garda le sourire. « Pourquoi es-tu si heureuse au fait ? Je veux dire, mis à part parce que tu rends la vie de mon frère impossible. »

« Molly. » Finn secoua la tête en direction de sa sœur.

Caroline ricana. « Je *suis* heureuse et tu sais quoi ? Est-ce que tu vends du champagne dans ce misérable petit café ? »

Molly la regarda d'un air confus. « Quoi ? »

« Ferme-la Caroline. » Finn siffla ces mots entre ses dents, et regarda sa femme d'un air mauvais.

Caroline regarda tour à tour les jumeaux et commença à rigoler. « Oh mon dieu, elle n'est pas au courant, n'est-ce pas ? »

Molly la regarda d'un air suspicieux. « Pas au courant ? Finn ? »

Finn enfouit sa tête dans ses mains et Caroline le regarda d'un air triomphant.

« Nous devons le fêter, mon mari et moi. Nous allons avoir un bébé. »

SARAH NE RÉFLÉCHISSAIT PLUS, elle piqua un sprint, slalomant entre les voitures jusqu'à son camion. Elle n'y arriverait pas. Il l'attrapa par le cou, écrasa sa tête contre la vitre du conducteur. Sonnée, Sarah tituba, essayant d'échapper à sa poigne mais il était trop fort. Il la jeta au sol et se jeta de tout son poids sur elle, enfonça son visage dans le sol boueux, en appuyant un de ses genoux en bas de son dos.

Voilà. C'est la fin. Sarah se débattit, l'adrénaline pulsait dans ses veines mais elle n'avait aucune chance contre cette force de la nature. Son assaillant rit et elle sentit ses doigts dans son cou. « Sarah, Sarah, Sarah. Tu es une fille intelligente, tu sais. Je veux que tu donnes un message de ma part à ton connard de milliardaire, ma belle. Dis-lui que je vais lui apprendre ce que signifie perdre. Dis-lui que je vais lui apprendre le sens de la douleur. » Sa voix était égale, grave et ses mains se serraient autour de sa gorge, le bout de ses doigts pénétrait sa chair et elle frissonna. Son sourire s'éteint, ses yeux devinrent blancs. « Je vais te tuer Sarah, tu le sais déjà, n'est-ce pas ? Et quand je le ferai, je le ferai tellement lentement que tu sentiras chaque centimètre de mon couteau entrer en toi, chaque goutte de sang couler hors de toi, chaque souffle quitter petit à petit tes poumons. » Elle sentit le bout d'une lame de couteau s'enfoncer un peu dans sa chair et il rit doucement. « Profite du temps qu'il te reste. La seule raison pour laquelle je ne te tue pas ce soir, maintenant, ici même, c'est parce que je veux être certain que ton connard d'amoureux sera là pour te voir mourir. Puis je le tuerai aussi. Lentement. Alors, profite un maximum du temps qu'il te reste, ma belle, il ne sera pas long. D'ici là... »

Puis il approcha la pointe de sa lame plus près de sa tête et tout devint noir.

Isaac Quinn enchaînait les réunions les unes après les autres - de sa propre volonté - afin de rattraper le travail que Saul avait géré seul durant ces trois derniers mois. En apparence, il semblait intéressé et sérieux, mais son cerveau travaillait sans arrêt. Daniel Bailey, supposé mort ou disparu, couchait avec Caroline Jewell. Caroline était-elle la raison de son retour à Seattle et celle pour laquelle il n'avait pas contacté Sarah ? Dans sa tête, Dan était une menace mais peut-être était-il juste un lâche. Peut-être ne voulait-il pas affronter les questions. Sarah lui avait dit qu'elle suspectait Dan d'avoir une maîtresse peu avant sa disparition. Caroline était évidemment suspecte et les recherches de Stan avaient prouvé qu'elle était en effet la maîtresse de Bailey. Il ne pouvait s'empêcher de ressentir un certain soulagement.

Mais dans ce cas, qui avait tué George ? Et Buddy Harte, le charpentier ? Si, comme la police le pensait, l'assassin était le même pour ces hommes et pour les jeunes Asiatiques, pourquoi n'avait-il pas simplement tué Sarah, au lieu de s'attaquer aux membres de son entourage ? Isaac ne trouvait pas les réponses.

Une fois de retour à son bureau un peu après huit heures, Maggie, sa secrétaire, lui appris à son grand soulagement que sa dernière réunion avait été annulée.

« Maggie, il est tard, rentrez chez vous. Vous en avez déjà fait beaucoup trop. Prenez votre journée demain. »

Maggie lui sourit et le remercia. Une fois seul, Isaac appela Sarah sur son portable. Il fut directement dirigé vers la boîte vocale mais il savait qu'elle avait prévu de travailler ce soir et qu'elle devait faire l'inventaire avec Molly.

Il ne savait absolument pas s'il devait parler à Finn de l'infidélité de Caroline. Ca sentirait vite le moisi, il en était certain.

Et il ne pouvait pas non plus en parler à Sarah. Elle était si impulsive, elle détestait Caroline autant qu'elle aimait Finn, et elle irait tout droit chez Finn pour le consoler - sauf si elle décidait de tuer Caroline avant.

Non, je suis désolé, ma chérie. Je dois garder ce secret pour moi. Jusqu'à ce que Dan Bailey le lui dise de vive voix - s'il le faisait un jour - et à ce moment-là, il pourrait y repenser. Isaac était satisfait et pensait avoir pris la bonne décision.

Il essaya d'appeler Sarah une nouvelle fois. Boîte vocale. Il sourit. « Salut ma belle, je viens juste de terminer, je serai à la maison dans une heure. Je t'aime tellement. A tout à l'heure. »

ELLE S'APPUYA contre le mur froid et replia ses jambes sur sa poitrine puis sanglota doucement.

Ils restèrent assis en silence puis on frappa doucement à la porte. Molly se leva et l'entrouvrit. Finn. Il sourit à sa sœur.

« Est-ce que je peux entrer ? » Il parlait d'une voix douce.

« Oui, ça va. » La voix de Molly était enrouée. Elle posa sa tête sur ses genoux et il s'assit en face d'elle. Il glissa sa main sous son menton et la força à lever la tête.

« Je suis désolé. » Il chuchotait.

« Tu n'as à t'excuser de rien. Je n'ai pas le droit de me mettre dans cet état-là. Non. » Elle soupira. Il y eut un long silence.

« Si, tu as le droit. » dit-il doucement. « Tu as parfaitement le droit. »

Elle posa sa tête sur ses genoux et il lui caressa les cheveux, ne sachant comment la réconforter.

« Il n'est peut-être même pas de moi. »

Molly leva les yeux puis des larmes roulèrent le long de ses joues et elle lui fit un sourire triste.

« Il peut. » Et il savait ce qu'elle pensait. Il ferma les yeux et se passa les mains sur le visage. Ils se regardèrent un long moment.

« Elle ne t'a jamais laissé une chance, n'est-ce pas ? A partir du jour où tu lui as mis la bague au doigt, elle t'a rendu malheureux. Et maintenant, elle continuera sans cesse. » Elle soupira et détourna le regard.

« Je ne suis pas obligé de rester avec elle. »

« Tu le dois, Finn. Je te connais- tu n'es pas comme papa, tu ne vas pas abandonner un enfant qui est peut-être le tien. Alors reste. Au moins jusqu'à ce que ton enfant soit en âge de comprendre pourquoi sa mère est une telle peste. »

Finn sourit gentiment et Molly essuya ses larmes. Finn remit sa sœur debout puis regarda autour de lui. « Tu n'étais pas censée vérifier le stock avec Sarah ce soir ? »

Molly jeta un œil à la pendule. « Mon dieu, j'ai complètement oublié. Où peut-elle bien être ? »

Elle essaya d'appeler Sarah mais n'obtenant pas de réponse, elle regarda Finn qui semblait aussi soucieux qu'elle. Elle appela rapidement Isaac.

« Salut Isaac... Sarah est avec toi ? »

Le regard de sa sœur fit immédiatement comprendre à Finn tout ce qu'il avait besoin de savoir. Il attrapa ses clés de voiture. « Allons-y. »

ISAAC SORTIT sa voiture du ferry et accéléra dans la nuit, bien au-delà des limitations de vitesse, pressé de se rendre dans la maison de Sarah. Quand Molly l'avait appelé et qu'il avait entendu l'inquiétude dans sa voix, chacun de ses nerfs s'était tendu et son corps avait paru s'embraser. Il n'avait même pas essayé de calmer sa crainte. Ne pas prendre de nouvelles de Sarah qu'il pensait être avec Molly était une chose mais...

« S'il-te-plait, s'il-te-plait, *s'il-te-plait*, pourvu que tu n'aies rien, pourvu que tu n'aies rien... » répétait-il entre ses dents.

A mi-chemin de la maison de Sarah, il vit les lumières des freins d'une voiture s'allumer devant lui. Il accéléra et reconnut la voiture de police de Finn juste devant.

Ils se rendaient aussi chez Sarah et tout le monde sortit en trombe de son véhicule.

« Où est-elle ? » Isaac s'entendit crier sur Finn et Molly, pâles et terrifiés mais il s'en fichait. Il s'avança sous le porche, vit la porte de devant ouverte et s'engouffra dans la maison.

« Sarah ! Sarah ! »

Tous trois se retrouvèrent vite à l'appeler à travers toute la maison, répéter son nom encore et encore mais seuls le silence et le vide leur répondirent.

Ils se retrouvèrent dans le hall d'entrée. Molly ne pouvait retenir ses sanglots maintenant. Finn posa une main sur l'épaule d'Isaac. Isaac, rendu presque fou de peur, le regarda les yeux vides.

« Isaac, respire. Allons la chercher dehors. Molly, tu sais si Sarah à des lampes torche quelque part ? »

Molly hocha la tête et se dirigea vers le placard sous l'escalier, en sortit deux lampes torches et les tendit aux deux hommes.

« Molly, reste ici et allume les lumières. Appelle le 911 si nous ne sommes pas de retour dans dix minutes. »

Les deux hommes s'enfoncèrent dans l'obscurité. Finn se dirigea immédiatement vers le hangar à bateaux et l'explora, tandis qu'Isaac se rendait vers le camion de Sarah. Il vit que la portière du conducteur était ouverte, puis, il vit le sang sur la vitre explosée. Sous le choc, il déplaça le faisceau de sa lampe vers le sol. Celui-ci était retourné, il y avait des traces de lutte, de bagarre - et son cœur s'emballa de façon incontrôlée en voyant des signes évidents qu'on avait traîné un corps au sol en direction de la forêt.

« Mon dieu non... »

Isaac suivit les traces en balayant la ligne serrée des arbres de sa lampe torche. Le chemin était faciles à trouver, les petites plantes étaient cassées ou arrachées. Le faisceau de la lampe tremblait dans ses mains et faisait de rapides allers-retours dans les arbres.

Il la vit moins d'une minute après. Elle était couchée sur le dos, le bras en travers du visage. Son si joli visage était couvert de boue et de sang et elle avait les yeux fermés. Isaac appela Finn et tomba à genoux à côté d'elle.

« Sarah ? Ma chérie ? » Il avait du mal à respirer, sa poitrine était trop lourde.

Elle poussa un faible gémissement qui résonna comme une douce musique à ses oreilles.

« Sarah, ma belle, ouvre les yeux, je suis là. »

Sarah ouvrit les yeux et regarda la cime des arbres sombre au-dessus d'elle. Elle ouvrit la bouche, un tout petit peu, mais aucun son n'en sortit. Lorsque Finn arriva dans le bois après lui, Isaac lui montra son visage, il voulait qu'elle se concentre sur lui.

« Oh mon dieu, Isaac... elle va bien ? »

« Bébé ? Oh mon dieu... s'il-te-plait Sarah, promets-moi, reste consciente, s'il-te-plait, s'il-te-plait. »

Elle le regarda et se concentra une seconde sur lui. Elle tendit la main et lui toucha le visage, lui fit un minuscule sourire puis ferma à nouveau les yeux et sa main retomba, toute molle. Isaac paniqua et appuya ses doigts contre son cou. Son pouls était là, faible, mais là. Il glissa ses mains sous elle et la souleva doucement, Finn à ses côtés, encore sous le choc. Il porta Sarah jusqu'à la maison, pendant que Finn appelait une ambulance tout en le suivant, en spécifiant qu'il s'agissait d'une urgence absolue. Une fois à l'intérieur, Isaac l'enveloppa dans une couverture et exerça une pression sur ses blessures, Molly à ses côtés tenant la main de son amie. Isaac vérifia qu'elle n'avait pas d'autres blessures. Il découvrit une large entaille qui saignait à l'arrière de sa tête, de multiples entailles et des traces de coup. Il prit son visage glacé entre ses mains.

« Sarah ? Ma chérie, peux-tu ouvrir les yeux ? »

Mais elle ne les ouvrit pas et son cœur flancha et se glaça. Il se demanda ce que ça apportait de frapper une femme comme ça.

« Quel espèce de sale fils de pute lâche. » siffla-t-il entre ses dents en cajolant l'amour de sa vie. Molly posa un bras sur son épaule, son visage était très pâle et ses yeux très rouges.

« Ca va aller, Isaac, elle va récupérer. »

Finn revint, il semblait aussi sonné qu'eux. « L'ambulance arrive. Mon dieu... comment va-t-elle ? »

Il y eut un silence, puis Isaac essaya de parler sans y parvenir, il secoua la tête sans quitter des yeux la femme qu'il aimait, couchée si tranquillement dans ses bras.

« Non. Non, Finn, elle ne va pas bien. Pas bien du tout. Oh mon dieu, Sarah, s'il-te-plait...reste avec moi... »

L'HÔPITAL ÉTAIT TROP CALME. Isaac et Molly patientaient dans la petite salle d'attente. Sarah était en chirurgie depuis sept heures. Quand ils étaient arrivés, le regard inquiet que leur avait lancé le médecin urgentiste leur avait fait peur. Le chirurgien leur avait dit qu'elle était gravement blessée, sa blessure à la tête était sérieuse mais ils feraient absolument tout leur possible pour l'aider. Ils s'étaient assis dans la petite salle et observaient tous les mouvements dans le couloir. Ils virent le médecin passer à un moment, les bras chargés de poches de sang et Isaac fut terrifié à l'idée qu'ils soient tous pour Sarah.

Il appuya son front contre la vitre froide et ferma les yeux. Il essaya de se dire qu'elle n'y arriverait pas, qu'elle allait mourir afin que si ça arrive, il soit préparé. Mais même l'idée de Sarah morte suffisait à lui donner envie de hurler encore et de ne jamais s'arrêter.

Il entendit quelqu'un frapper doucement à la porte et se retourna. Finn. Il était resté près de la maison pour aider les enquêteurs et Molly se leva en le voyant et se jeta dans ses bras.

« Salut sœurette. Ca va ? » Il regarda Isaac. Isaac hocha la tête, incertain d'être capable de parler.

« Elle est toujours en chirurgie. » dit Molly en lâchant Finn et en retournant s'asseoir. « Nous ne savons pas si... » Le visage de Molly se crispa et elle laissa échapper un sanglot. Finn posa une main sur son épaule.

« Ecoute, nous devons penser qu'elle va s'en sortir. » Il regarda Isaac. « Mon pote, je suis là pour toi. Nos enquêteurs sont en train de passer la maison de Sarah et les alentours au peigne fin. On va bientôt savoir. »

Isaac soupira et se leva. « Ecoute... je viens de le découvrir... Daniel Bailey est de retour à Seattle. Depuis quelque temps déjà. »

Molly faillit s'étrangler en entendant cette nouvelle. « Oh non... tu crois que c'est lui qui a fait ça ? »

« Je ne sais pas... mais c'est la seule personne qui aurait un motif. »

Le visage de Finn ressemblait à de la pierre et Isaac lui fit face. « Finn, j'ai aussi découvert qu'il couchait avec une femme ici. Une femme qui savait bien avant nous qu'il était de retour. »

Finn eut un rire mauvais. «Caroline ».

Isaac hocha la tête. Finn soupira. « Et bien je dois reconnaître que c'est presque un soulagement. Une autre raison qui ne me fera pas sentir coupable de la quitter. Seulement, j'aurais aimé que tu me le dises avant, Isaac. »

Isaac lui fit un petit sourire. « Une autre mauvaise décision de ma part. » Une ombre passa sur son visage. « C'est de ma faute. C'est à cause de moi qu'elle a été blessée. »

« Non, ce n'est pas de ta faute. » lui dit Molly en se levant. « C'est l'autre connard qui a fait ça. Qui que ce soit, Dan ou pas, on l'ignore. »

Ils levèrent tous les yeux quand le chirurgien frappa à la porte et entra. Il leur sourit et un soulagement fut immédiatement palpable dans la salle d'attente.

« Elle va s'en sortir. Elle a une grave commotion cérébrale et un peu de sang a coulé dans son cerveau mais nous avons retiré le caillot. Ca prendra un peu de temps avant qu'elle ne reprenne sa vie normale et nous allons la garder quelques jours en observation. Vous pourrez la voir dans un petit moment. »

FINN ET MOLLY entrèrent dans la chambre de Sarah. Elle était couchée sur le côté et leur tournait le dos. Isaac était assis devant elle et lui tenait la main, ses yeux ne quittaient pas son visage. Finn fit le tour du lit. Son visage, couvert de bleus, enflé et avec quelques points de suture semblait crispé d'inquiétude. Finn approcha une chaise du lit et s'assit, puis posa une main sur ses cheveux. Molly les observa un instant.

« Elle n'est pas encore bien réveillée ? »

Isaac secoua la tête. « Le médecin l'a mise sous sédatifs pour la chirurgie et ils vont encore agir quelques heures. Mais elle à un peu meilleure mine, tu ne trouves pas ? »

Molly ne pouvait pas voir mais elle hocha la tête pour rassurer Isaac. Le grand homme semblait abattu. C'était un problème que tout l'argent du monde ne pourrait pas résoudre.

Finn s'éclaircit la gorge. « La police veut te parler Isaac, ainsi qu'à Sarah quand elle sera en état de le faire. Je leur ai dit où trouver Dan et ils sont allés l'interroger. »

Isaac le regarda. « J'aurais préféré que tu ne fasses pas cela. »

« Pourquoi ? »

Le visage d'Isaac se durcit. « Parce que j'aurais aimé m'en occuper moi-même. »

Finn se figea. « Ecoute, je suis ton ami, Sarah est ton amie et je te comprends. Mais en tant que policier...j'aimerais ne plus jamais t'entendre dire ce genre de chose à voix haute. Je t'en prie. »

Isaac lui fit un petit sourire. « Désolé. »

Finn repartit dans le couloir et Molly le suivit. Il prit sa sœur dans ses bras et se sentit d'un coup vidé, épuisé.

Et il avait également autre chose en tête. Dont il ne pouvait parler à personne. Quelque chose dont il s'était rendu compte en découvrant le corps cassé et blessé de Sarah dans la forêt, après avoir vu les bleus sur son visage, après avoir été terrifié de la voir morte ou mourante. Quelque chose qu'il avait voulu ignorer toute sa vie.

Il était amoureux d'elle.

Sarah était plongée dans un monde de rêves peuplé d'images et de formes floues auxquelles elle ne pouvait accéder. Il y avait une douleur folle, elle s'en souvint quand elle commença à sortir de son profond coma, en entrant en sommeil dans la salle d'opération et elle commençait à sentir les conséquences de son agression.

Elle rêvait qu'elle avait été frappée encore et encore, rouée de coups, brisée jusqu'à ce qu'elle ne puisse plus le supporter puis tout d'un coup, il n'y eut que des souvenirs et cette sensation de rêve. Isaac, rasé de près et ne portant qu'un jean avançait vers elle avec un magnifique sourire, il passait ses bras autour d'elle et la serrait fort, lui murmurait qu'il l'aimait et l'aimerait toujours. Sa douleur était partie et ses lèvres se posaient partout sur son corps, sa bouche sur ses tétons, son ventre, son sexe, il embrassait chaque parcelle de son corps avant de la prendre, la pénétrer doucement, la faire agoniser de plaisir et pousser un long gémissement d'extase qui semblait sans fin...

ELLE OUVRIT LES YEUX. Isaac la regardait, épuisé, abattu. La façon dont ses yeux s'allumèrent lorsqu'il vit que Sarah était consciente lui fit mal mais elle ne put détourner le regard.

« Salut. » Sa voix était rauque. Il se pencha en avant et posa sa main froide sur son front. « Comment te sens-tu mon amour ? »

« Je t'aime. » croassa-t-elle, sentant d'un seul coup sa gorge désespérément sèche. Isaac sourit et elle vit des larmes au fond de ses yeux.

« Mon dieu, Sarah, j'ai cru t'avoir perdue. » Il l'aida à boire un peu d'eau puis posa ses lèvres sur les siennes. « Je t'aime tellement. Grâce à dieu tu es sauvée. » Sa main caressait ses cheveux maintenant et elle apprécia cette sensation relaxante.

« J'ai une bonne raison de rester en vie. » Elle lui sourit et il se pencha pour l'embrasser une nouvelle fois. Quand ils se séparèrent, elle soupira d'aise. « C'est encore mieux que la morphine. »

Il sourit. « Tu as apprécié ton traitement, hein ? »

Sarah hocha la tête et sentit sa tête vaciller un peu. Elle posa la main sur le bandage autour de son crâne. « Je suis chauve ? »

Isaac rit et dit doucement : « Non. Ils sont réussis à te raser les mèches du dessous pour opérer. Tu ne vas même pas avoir besoin de porter un de ces chapeaux pour t'empêcher de te gratter. »

Sarah sourit, visiblement amusée. « Mon dieu, je t'aime tant Isaac Quinn. »

Il se pencha une nouvelle fois et frotta son nez contre le sien. « Epouse-moi. » murmura-t-il et Sarah sourit.

« Oui, quand tu veux. »

« Tu es d'accord ? » Les yeux d'Isaac s'illuminèrent.

« Evidemment que je le veux, espèce d'idiot. Mais fais-moi une faveur. Repose-moi la question quand je serai sortie d'ici, et mieux réveillée. » Elle cria de bonheur à la fin de sa phrase. Isaac sourit.

« Nous avons un accord. Maintenant, je vais chercher le médecin pour lui dire que tu es réveillée. »

Elle se rendormit avant même qu'il ne passe la porte.

LE RÉCEPTIONNISTE LEVA les yeux vers lui. « Puis-je vous aider ? »

L'homme sourit. « Je cherche ma femme. On m'a dit qu'elle était arrivée ici il y a quelques jours avec une blessure à la tête. S'il-vous-plait, je suis très inquiet pour elle… j'étais à l'étranger pendant quelque temps… »

MOLLY ENTENDIT la voix de Finn, qui parlait à quelqu'un dans le café. Elle regarda le reflet dans le miroir de la salle de bain et vit son visage. Elle avait l'air épuisée et à bout de force. Plutôt surprise de ce qui était en train de se passer, elle se passa de l'eau fraîche sur le visage et partit au front. Finn était en train de discuter avec un habitué à l'autre bout du café.

« Salut sœurette. » Finn lui sourit en s'avançant vers le comptoir puis il la prit dans ses bras. Il semblait d'humeur étrange, plutôt ravi.

« Que se passe-t-il ? Tu as l'air bizarre. » Molly sourit malgré elle, heureuse de voir Finn content mais après l'avoir mieux observé, elle vit autre chose dans ses yeux. De la colère.

« Finn ? »

Finn se pencha par-dessus le comptoir et attrapa la cafetière. « Attends une minute, quelque chose va se passer ici et tu vas adorer ça. »

Comme fait exprès, Caroline entra dans le Varsity avec Serena, une de ses mégères, en peignoir.

« Oh mon dieu, voici le comte de Monte Christo. » Molly avait parlé fort. Les quelques clients du café se mirent à rigoler et Finn fit un large sourire.

Caroline leva le nez en l'air. « Je ne vois pas pourquoi vous riez. Vos petites vies parfaites sont sur le point de s'écrouler et vous ne le savez même pas. »

Finn soupira. « Tu penses que c'est le cas Caroline ? »

Caroline sourit d'un air suffisant. « Comment va ta pute asiatique ? Elle respire toujours ? C'est une honte mais au moins, tu peux penser à quelqu'un en te branlant sous la douche. »

A la grande surprise de Molly, elle vit Finn changer de couleur, ses yeux s'enflammer et des vagues de colère semblèrent l'envahir. Molly passa en une seconde de l'autre côté du comptoir et se posta au milieu d'eux.

« Ta jalousie envers Sarah est phénoménale, mais vraiment pathétique. » dit-elle en regardant Caroline droit dans les yeux.

« Et bien, elle est bien pour lui, espèce de looser. Tu penses être un homme ? » Elle cracha au visage de Finn. « Tu n'as même pas réussi à me mettre enceinte. Ce bébé n'est pas de toi, Finn. »

Finn s'essuya calmement le visage. « Honnêtement ma chérie, je ne l'ai jamais pensé. »

Caroline le regarda d'un air méfiant. « Tu t'en fiches même de ne pas savoir de qui il est ? »

Molly roula des yeux. « Heu, pourquoi faire ? Garder Finn dans ton misérable petit monde de merde ? Pour emmerder chacun de nous ? Laisse-moi réfléchir. »

« Ta gueule pétasse. »

Molly lui rit au visage.

Elle se tourna vers lui. « Tu es un salaud, Finn et elle n'est rien de plus qu'une petite pute chinoise facile. Tu es content maintenant ? »

Finn se figea. « Oui, Caroline, si cela peut t'aider à comprendre pourquoi je suis si heureux, car oui, je suis fou de joie depuis que je t'ai quittée. En fait, ce que tu n'as jamais compris, c'est que Sarah n'est pas un objet que l'on peut se passer d'une personne à l'autre. C'est une battante, une femme magnifique et merveilleuse et elle choisit bien ses amis, et j'en fasse partie, j'ai le meilleur de son *amitié*, ce qui fait de moi l'homme le plus chanceux au monde. Je suis triste pour toi parce que tu es tellement stupide, trop jalouse pour réaliser ce que tu as au moment où tu l'as. Nous avons été heureux autrefois, nous aurions pu continuer à l'être mais tu as décidé de choisir la jalousie et la haine au lieu de l'amour. Et tu as perdu, tu es le niveau le plus bas de l'espèce humaine. Tu as perdu. »

Molly le regarda d'un air surpris et admiratif. Finn regarda Caroline droit dans les yeux sans ciller. Caroline, sans voix, essayait de sauver la face.

« Je te voyais chaque jour tourner autour d'elle comme un chien autour de son maître. Je ne comprends pas. Qu'est-ce qui la rend si spéciale ? Son parfait petit visage ? »

Finn resta silencieux et il sembla à Molly que tous les clients du café retenaient leur souffle.

« Depuis combien de temps Caroline ? »

Caroline le regarda d'un air confus et Finn sourit.

« Depuis combien de temps baises-tu Daniel Bailey - le très très *vivant* Daniel Bailey ? »

A la grande surprise de Molly, Caroline sourit. « Pas mal de temps. »

« Tu savais donc qu'il était revenu ? Vous avez parlé de ses projets ? »

Elle le regardait d'un air suffisant maintenant. « Nous sommes honnêtes l'un envers l'autre. »

« Vous avez des projets ensemble ? »

Un autre sourire. « En quoi est-ce que ça te concerne encore ? »

Finn hocha calmement la tête. « Et bien, voici comment je vais te répondre. » Il attrapa Caroline et la plaqua sur la table, lui passa les menottes en lui tordant un bras vers l'arrière, sans se soucier de savoir s'il lui faisait mal ou pas.

« Caroline Jewell, je t'arrête pour suspicion de conspiration criminelle lors de l'agression et la tentative de meurtre à l'encontre de Sarah Bailey. Tu as le droit de garder le silence, tout ce que tu diras sera enregistré et pourra être retenu contre toi devant la cour. Tu as le droit de contacter un avocat. Si tu ne peux pas te payer d'avocat, un sera commis d'office. Est-ce que tu comprends les droits que je viens de t'énoncer, espèce de garce ? En ayant ces droits en tête, veux-tu me parler maintenant et me dire, par exemple, tout ce que Daniel Bailey t'a dit ? Non ? Je ne pense pas. » Il se moqua d'elle et elle commença à hurler, à vouloir le frapper mais il était trop fort.

« Tu es une putain de blague, Finn. Ta précieuse Sarah est amoureuse de ce connard de milliardaire. Elle ne veut pas de toi. »

Ses cris diminuèrent en même temps que Finn la traînait dans la rue en direction du commissariat. Une seconde plus tard, il était de retour au café. A peine entré, le visage de Finn trahissait sa colère. Il se retourna, ferma la porte et la verrouilla. Quand il s'approcha d'elle, Molly regarda son frère plein d'admiration.

« Wahou ! » fut le seul mot qui lui vint à l'esprit mais Finn hocha la tête pour la remercier.

« J'ignore si les charges retenues vont fonctionner mais ça va nous permettre de la garder en prison quelques heures. »

Molly soupira. Elle se tourna vers Serena, qui se leva à demi pétrifiée, avec l'air d'une petite fille perdue, qui avait perdu tous ses repères. Molly essaya de lui sourire et se sentit désolée pour elle. « Serena, rentre chez toi. Tu es libre, libre de faire ce que tu veux. Va dire à tes autres amies qu'elles sont libres aussi. » Elle dit cela avec un petit sourire et fut surprise de voir que Serena essayait de lui rendre son sourire.

« Oui. Oui. » dit-elle sans un certain soulagement. « Je leur dirai. Merci Molly... Finn. »

Une fois partie, Molly et Finn se regardèrent l'un l'autre un long moment puis éclatèrent de rire. En essuyant ses larmes, Molly envoya une bourrade à son frère dans l'épaule.

« Hé, tu es un vrai génie, elle ne se remettra jamais de cette humiliation. *Tant mieux.* » Elle regarda son frère. « Et maintenant ? »

Finn sourit tristement. « Je vais essayer de ne pas me focaliser sur la femme que j'ai toujours aimé. »

. . .

UN SON LA réveilla de son profond sommeil. Sarah ouvrit les yeux et essaya d'identifier d'où venait le bruit. Un léger bruit d'eau, quelqu'un qui fredonnait. La personne était dans la salle de bains. Il avait une voix d'homme. Isaac ? Tout en souriant, elle se glissa hors du lit, traversa sa chambre puis s'arrêta. Elle fut d'un seul coup certain que ce n'était pas la voix d'Isaac. Elle jeta un œil à la pendule. Onze heures du matin. Non, c'était impossible. Elle était à l'hôpital depuis une semaine et il lui avait promis de retourner au travail.

Elle continua à avancer en tremblant vers la voix, puis se pétrifia sur place.

L'homme dans la salle de bain se retourna et lui sourit. « Bonjour belle endormie, je me demandais quand tu allais te réveiller. »

Sarah sentit sa tête tourner, son estomac se crisper et des taches sombres apparurent aux coins de ses yeux, et juste avant qu'elle ne s'évanouisse, elle l'entendit dire : « Tu m'as tant manquée mon amour… »

C'ÉTAIT DAN.

MAGGIE APPORTA une tasse de café brûlante à Isaac, ainsi qu'une petite pile de messages. « La presse, ils ont découvert votre histoire avec Sarah. » dit-elle en roulant des yeux. « Ils veulent savoir - et je cite, donc ne tirez pas sur le messager - ils veulent savoir *"Qui a essayé de tuer la belle du milliardaire ?"* Je vous jure, *cinq* d'entre eux ont dit exactement la même chose. »

« Merde. » soupira Isaac en s'adossant à sa chaise. « De toutes façons, ce n'était qu'une question de temps. Ils n'obtiendront rien de moi, à part un message du genre *"Merci de votre sollicitude, ce sujet est privé."* »

Maggie avait l'air septique. « Ouais, ça va sûrement les calmer. »

Isaac sourit de son sarcasme. « Je ne vous ai pas déjà demandé de partir aujourd'hui ? »

Maggie rit. « Deux fois. Mais sérieusement, patron… »

Isaac se recula dans sa chaise et émit un sifflement contrarié. « Laissez-moi parler à Sarah. Pour l'instant, si vous le pouvez, dites-leur juste qu'il y aura une publication mais précisez qu'il s'agit de ma vie privée. »

« Compris. »

Une fois Maggie partie, Isaac se leva de sa chaise et s'approcha de la fenêtre. La ville était grise sous la pluie, elle tombait à seaux et on entendait de petits coups de tonnerre. Heureusement qu'il avait payé une chambre privée pour Sarah. Ils avaient plutôt bien réussi à garder la presse à l'écart. Il se demanda s'il devait augmenter la sécurité dans sa chambre - mais il éloigna cette idée. Elle avait été désolée de tout cela et de toute façon, avec un peu de chance, elle sortirait rapidement de l'hôpital.

Plus tard, en revenant vers son garage, il passa devant un bijoutier et regarda les alliances. Il savait que Sarah se moquait du prix de la bague mais il s'en fichait. Il voulait une bague spéciale, une bague aussi belle qu'elle. Il lui dirait de venir chez le bijoutier et ils la choisiraient ensemble. Bientôt se dit-il, très bientôt.

Finn était extrêmement irrité. Il voulait sortir de cette maison, de la vie de cette femme. Il voulait appeler Isaac, savoir comment allait Sarah. Caroline prenait son temps pour lire les papiers du divorce. Elle le regarda d'un air surpris.

« Tu reconnais l'adultère ? »

Il hocha la tête. « Caroline, je m'en fiche de savoir qui aura la faute, je veux juste en finir. Je m'en tape que tu aies baisé avec Daniel Bailey. » Caroline leva la tête. Elle se composa un visage et lui sourit.

« Je couchais déjà avec lui avant qu'il ne "disparaisse". » Elle avait dit cela à voix basse.

« Oh, je sais... » Finn lui fit un grand sourire. Il se pencha pour la regardait de près. « Je l'ai toujours su. Mais en vérité c'est que j'ai triché bien avant toi. Avant même que nous soyons mariés. Pas physiquement, non. Mais mentalement. Je réalise maintenant que j'ai été amoureux de Sarah dès le jour où je l'ai rencontrée et que je n'ai jamais cessé de l'être. Pas même une seconde. »

Caroline sourit d'un air suffisant. « Tu crois que je ne le sais pas ? Mais je n'arrive pas à comprendre que tu n'aies pas couché avec elle depuis toutes ces années. »

Le visage de Finn était impassible. « Crois ce que tu veux. J'étais trop aveugle pour m'en rendre compte, puis trop stupide pour faire quoi que ce soit d'autre. C'est comme ça que les adultes sont censés agir, Caroline. La fin n'est pas toujours celle que nous espérons - ou plutôt - notre fin ne sera pas celle que nous avons prévue. La mienne sera de te quitter et d'être enfin libéré de ta détestable présence. Signe ces papiers. »

Caroline se leva et pris une bière dans le réfrigérateur. Elle l'ouvrit et avala une gorgée. « Et si je ne signe pas ? »

« Tu vas signer. Parce que si tu refuses, je vais devoir t'arrêter pour conspiration criminelle. »

Caroline pâlit et Finn sourit.

« Quoi ? »

Il se déplaça de façon à pouvoir la regarder de haut. Il vit de la peur dans ses yeux et elle de la colère dans ses yeux à lui.

« J'ai dit, je passerai chaque heure de ma vie à essayer de prouver que tu as conspiré à l'agression de Sarah. Et que tu as volé des objets appartenant à la police lorsque tu as vendu cette histoire aux journaux. Jusqu'à mon dernier souffle, Caroline, je m'assurerai que tu paieras pour ce que tu lui as fait. » Finn réussit à contrôler sa rage mais sa voix était grave et furieuse.

Caroline avala une autre gorgée de bière et avança vers lui. Elle tremblait. Elle s'assit puis signa le document, là où Finn lui dit de le faire. Elle lui tendit les papiers. Finn hocha la tête.

« Merci. » Il se retourna pour partir.

Les yeux de Caroline étaient pleins de larmes. « M'as-tu seulement aimée ? » demanda-t-elle dans un souffle.

Finn n'hésita pas. « Non. »

Caroline le regarda pendant une longue minute.

« Finn ? Que va-t-il se passer maintenant ? »

Il ne la regarda pas. « Nous allons vendre la maison et partager les gains. Et tu vas foutre le camp de mon île. Je ne veux plus jamais te voir ni te parler. »

« Finn... » Sa voix se brisa. Il la regarda d'un air dégoûté, les yeux remplis de mépris.

« Au revoir Caroline. » Et il partit dans l'après-midi en homme libre.

SARAH RECULA en voyant son ex-mari, le souffle court dan sa gorge. Son sourire était amical mais ses yeux étaient vides et comme morts. Il avait l'air...changé. Plus dur. Son visage fin d'il y a quelques années était plus rond et ses cheveux davantage clairsemés.

Il s'avança vers elle, posa ses mains sur ses épaules et quand elle essaya de les enlever, il resserra son étreinte.

« Ne sois pas idiote Sarah, de quoi as-tu peur ? C'est moi. »

Sa voix, *mon dieu*, même sa voix lui faisait peur, elle était si douce, presque un tendre murmure. Elle sentit l'odeur du savon au pin.

« Dan... Que veux-tu ? » Plus encore que *"Où donc étais-tu passé ?"* Elle voulait seulement savoir cela. Que voulait-il ?

Dan se pencha et l'embrassa très doucement avant qu'elle ne recule. Il lui caressa doucement la joue.

« Ce n'est pas évident, ma petite chérie ? Je te veux toi Sarah, je veux que tu reviennes. »

Sarah le regarda d'un air horrifié et elle sentit son cœur battre contre ses côtes. « Non... non... »

Ses yeux étaient sombres, son sourire ne devint qu'une fine ligne. « Nous sommes mari et femme, Sarah. »

Elle se recula et appuya sur le bouton d'appel. « Nous sommes divorcés Dan. J'ai divorcé après que tu as simulé ta propre mort et que tu m'as abandonnée. Sors d'ici ou j'appelle la sécurité. »

Il fit un pas dans sa direction, la forçant à reculer contre le mur et la bloqua avec le poids de son corps ; elle pouvait sentir la chaleur de son corps, l'odeur de sa peau.

« Dan, s'il-te-plait... »

« Chuuut, petite fille, chut. Tu sais comment tout cela va finir ? Je te pardonnerai d'écarter les cuisses pour ton riche amant mais pour l'instant, soyons honnête... » Son sourire était terrifiant. La peur lui glaçait le sang.

« Tu es *à moi*, Sarah, à moi pour toujours...Je ne laisserai personne d'autre t'avoir, mon amour...jamais... »

Et il posa ses lèvres sur les siennes...

TROISIÈME PARTIE: PARTI, DEMAIN

Sarah recula en voyant son ex-mari, le souffle court dan sa gorge. Son sourire était amical mais ses yeux étaient vides et comme morts. Il avait l'air changé. Plus dur. Son visage fin d'il y a quelques années était plus rond et ses cheveux davantage clairsemés.

Il s'avança vers elle, posa ses mains sur ses épaules et quand elle essaya de les enlever, il resserra son étreinte.

« Ne sois pas idiote Sarah, de quoi as-tu peur ? C'est moi. »

Sa voix, mon dieu, même sa voix lui faisait peur, elle était si douce, presque un tendre murmure. Elle sentit l'odeur du savon au pin sur sa peau.

« Dan... Que veux-tu ? » Plus encore que *"Où donc étais-tu passé ?"* Elle voulait seulement savoir cela. Que lui voulait-il à cet instant précis ?

Dan se pencha et l'embrassa très doucement avant qu'elle ne recule. Il lui caressa doucement la joue.

« Ce n'est pas évident, ma petite chérie ? Je te veux toi Sarah, je veux que tu reviennes. »

Sarah le regarda d'un air horrifié et elle sentit son cœur battre contre ses côtes. « Non... non... »

Ses yeux étaient sombres, son sourire ne devint qu'une fine ligne. « Nous sommes mari et femme, Sarah. »

Elle se recula et appuya sur le bouton d'appel. « Nous sommes divorcés Dan. J'ai divorcé après que tu as simulé ta propre mort et que tu m'as abandonnée. Sors d'ici ou j'appelle la sécurité. »

Il fit un pas dans sa direction, la forçant à reculer contre le mur et la bloqua avec le poids de son corps ; elle pouvait sentir la chaleur de son corps, l'odeur de sa peau.

« Dan, s'il-te-plait... »

« Chuuut, petite fille, chut. Tu sais comment tout cela va finir ? Je te pardonnerai d'écarter les cuisses pour ton riche amant mais pour l'instant, soyons honnête... » Son sourire était terrifiant. La peur lui glaçait le sang.

« Tu es *à moi*, Sarah, à moi pour toujours...Je ne laisserai personne d'autre t'avoir, mon amour...jamais... »

Et il posa ses lèvres sur les siennes...

Elle le repoussa, la violence de son dégoût lui donnant toute la force nécessaire. « Ne pose plus jamais tes mains sur moi... *Raymond*. » Elle cracha son nom, ses yeux crépitaient de colère.

Dan se contenta de sourire. « Tu as donc fait quelques recherches, hein ? Bien... » Il s'assit sur le lit. « Je pense qu'il est temps de mettre les choses au clair, alors. »

Sarah eut un rire sans joie. « Tu sais quoi ? Je m'en fous. Je me fous de ton véritable nom et de tout ce que tu as fait ces deux dernières années. Ta vie entière n'est que mensonge et une erreur que je ne referai jamais. »

L'homme qu'elle avait épousé était un étranger et maintenant, cet étranger la regardait avec un sourire, son attitude agressive avait presque disparu. « Je constate que tu n'en peux plus, ma chérie. Je reviendrai donc quand tu seras calmée. »

« Ne prends pas cette peine. Mon fiancé sera bientôt là. »

« Ton *fiancé*. » s'exclama-t-il. « Tu te tapes un milliardaire, ouais, c'est *trop la classe*, Sarah. Fais attention à ce que la pomme ne soit pas véreuse. »

Crack ! Sa paume frappa la joue de Dan et sa tête partit de côté. Il lui attrapa le poignet, et la regarda avec des yeux de tueur. « Fais attention Sarah. Ma patience a des limites. »

« Sors. D'ici. » L'adrénaline coulait dans ses veines et dans tout son corps quand elle prononça ces mots d'une voix rauque. Dan sourit, lui lâcha le bras et se dirigea vers la porte. Puis il se retourna et ses yeux parcoururent son corps de bas en haut d'une façon qui la rendit malade.

« Très bien. Je m'en vais. Pour l'instant. Quand tu te sentiras mieux, nous parlerons à nouveau. Nous avons tant de choses à nous dire, ma belle. Tant de choses restent à dire. »

Une seconde après son départ, Sarah s'évanouit sur le lit, sa respiration s'accéléra, son esprit délira sous l'effet de la panique, de la peur et de la tristesse… mais elle réussit à appuyer à nouveau sur le bouton d'appel juste avant qu'une véritable crise de panique ne la submerge.

ISAAC ÉTAIT en train d'écouter un de ses collaborateurs quand Maggie frappa à la porte, le visage tendu et inquiet. Isaac s'excusa et partit dans le couloir avec elle. Sans un mot, elle lui tendit la copie d'un e-mail. Il le lut en entier, deux fois, avant de la regarder à nouveau.

« Merde. » dit-il dans un souffle. « C'est bien la dernière chose que j'ai envie d'apprendre en ce moment. »

« Je sais. Ecoutez, Isaac, il y a autre chose. L'hôpital a téléphoné il y a quelques instants, Sarah a eu un petit malaise. Mais pas de panique, elle a juste été perturbée par quelque chose mais elle n'a pas voulu dire ce qui s'est passé. Ils ignorent s'il s'est passé quelque chose ou si c'est une des conséquences de son traumatisme crânien. Ils ont dit qu'il n'y a aucune raison de s'inquiéter et qu'elle va bien, mais ils ont pensé que c'était préférable de vous en informer. »

Isaac sentit son estomac se retourner et il regarda ses collègues, qui l'attendaient patiemment. Il ne pouvait pas à nouveau annuler une réunion. Il soupira. « Ecoutez, je dois y retourner. Annulez la réunion avec les gars du marketing, elle peut attendre, et pour ça… » Il chiffonna le papier. « Je vais faire comme si j'ignorais tout. »

Il vit les lèvres de Maggie se pincer de désapprobation mais elle hocha la tête et retourna vers son bureau. Isaac retourna quant à lui dans la salle de réunion mais une fois à la porte, il s'arrêta un instant. *Merde, merde. Pas maintenant,* se dit-il, *pas tant que tout ce bordel est en cours.* Cet e-mail continuerait à le hanter, il le savait, mais tout irait bien tant qu'il n'aurait pas éclairci sans aucun doute son contenu.

Il se persuada que c'était la bonne solution, prit une profonde inspiration et retourna à sa réunion.

Malgré son attaque de panique, Sarah quitta l'hôpital la semaine suivante. Elle n'avait pas encore parlé à Isaac de la visite de Dan - elle voulait attendre d'être à la maison - elle avait peur qu'il se mette en colère et rende les choses plus compliquées. Tout ce qu'elle voulait pour l'instant, c'était se blottir dans ses bras, sentir sa peau sur la sienne et oublier le reste du monde.

Isaac l'emmena dans son appartement - "notre appartement" insista-t-il avec un sourire - et elle passa les deux semaines suivantes à se reposer, à lire, à discuter avec Finn et Molly quand ils passaient la voir. Isaac et Sarah prirent leur bain dans la grande baignoire, avec des bougies diffusant une douce lumière. Elle s'appuya contre sa large poitrine, la sentit monter et descendre au rythme de sa respiration et il posa ses lèvres fraîches sur ses tempes. Ses contusions guérissaient et son esprit devenait plus clair. Parfois ressurgissaient des images de son agression mais maintenant, avec les bras d'Isaac autour d'elle, elle se sentait de mieux en mieux.

Elle tourna la tête pour l'embrasser. « J'adore tellement sentir tes bras autour de moi, mais je pense que tes mains devraient être plus actives. »

Isaac poussa un petit grognement. « Tu crois ? Comme ça ? » Il traça doucement un petit cercle autour de son nombril et elle frissonna.

« Oui, comme ça et peut-être que l'autre main pourrait descendre un peu plus au sud ? »

« Heu... vers le Mexique ? » Il passa sur son os pubien et sourit en la sentant gigoter de plaisir. « Peut-être que tu pensais plutôt au

Pérou. » Sa main descendit entre ses jambes et elle gémit en la sentant sur son clitoris, ce qui lui fit écarter les jambes.

« Sarah, tu es sûre que tu es prête pour ça ? »

Elle retint sa respiration quand ses doigts entrèrent en elle. « Parfaitement sûre. » dit-elle dans un souffle et elle gémit doucement quand il commença des va-et-vient avec ses doigts. Elle sentit son sexe se durcir, appuyer fortement contre le bas de son dos. Il lui mordilla le lobe de l'oreille et le mâchonna avant de se mettre à rire.

« Tu as si bon goût...vraiment...j'aimerais te pénétrer, bébé, d'un seul coup, tu es d'accord ? » murmura-t-il.

Elle hocha la tête, toute chamboulée par ses paroles tout autant que par le mouvement incessant de ses doigts.

« Bien, retourne-toi alors. » dit-il. « Je veux avoir tes seins dans la bouche pendant que je suis en toi. »

Le cœur battant la chamade, les joues rosies de plaisir, Sarah obéit, se retourna et le regarda. Sa queue se dressait contre son ventre et elle la caressa avant de l'introduire doucement dans son vagin doux et humide. La crête douce et large de son sexe augmenta son excitation quand elle la sentit à l'entrée de son vagin. Sarah planta ses ongles dans ses pectoraux et il sourit en voyant son impatience puis il attrapa ses hanches et finit de l'empaler sur son sexe tendu. Il prit ses tétons dans sa bouche, les sentit bouger un peu, les lécha, les mordilla pour les sentir se durcir sous sa langue.

Sarah, un bras autour su cou d'Isaac, passa ses doigts dans ses cheveux et attrapa ses testicules de sa main libre pour les masser doucement. Alors que son excitation montait, elle commença à bouger plus rapidement, augmentant la vitesse des allers-retours sur son sexe, elle le voulait en elle en entier, elle voulait le sentir de toute sa grande taille la remplir, la pénétrer. Isaac se déplaça d'un seul coup, tout en restant vissé à elle, les fit basculer hors de la baignoire, appuya son corps dégoulinant et glissant contre le sol frais de la salle de bains, planta ses mains de chaque côté de sa tête et accéléra violemment ses poussées. Leurs yeux se verrouillèrent et en un instant, plus rien d'autre n'existait.

« Jouis sur moi. » murmura-t-elle puis son dos s'arqua sous lui, son ventre toucha le sien quand elle gémit et haleta sous l'orgasme. Isaac se sentit jouir et éjacula, envoyant des jets crémeux et blanchâtres sur sa peau, sur son ventre si doux et jusqu'en haut de ses seins. Il massa sa peau quand elle le lui demanda, juste avant qu'ils ne se collent à nouveau l'un à l'autre.

Ils restèrent allongés là, ne se souciant pas de savoir s'ils allaient avoir froid, la chaleur de leurs corps fiévreux leur suffisant.

Isaac lui caressa le visage. « Tu sais quoi ? J'allais suivre la voie traditionnelle et poser un genou à terre pour te demander de m'épouser mais je me suis dit que la seule façon dont j'avais envie de le faire était quand je me trouvais en toi. »

Sarah lui sourit. « S'il y avait un moyen pour que je garde ton sexe en moi toute la journée, j'en serai ravie. »

Isaac rigola. « Comment ferais-tu si tu le pouvais ? »

Elle réfléchit un instant. « Nous marcherions en crabe.

Et nous serions couverts d'un grand drap avec deux trous pour pouvoir passer la tête. » Ils imaginèrent tous deux la scène et éclatèrent de rire.

Sarah soupira, heureuse. Voilà tout ce qui comptait pour elle. Elle et lui. Lui et elle. Isaac et Sarah. C'était son histoire à partir d'aujourd'hui.

Plus tard, une fois Isaac endormi, Sarah regarda le plafond et se demanda si elle était capable de quitter son île. Tout abandonner derrière elle. Même le café. Ce n'était pas comme si elle ne pouvait pas repartir de zéro - elle avait enfin consenti à lire le testament de George. Elle héritait de tout : sa maison, ses affaires et la petite fortune qu'il avait amassée. Tout cela avait été un grand choc. Elle avait quitté le bureau du notaire en étant presque millionnaire. Une offre généreuse avait été faite pour le restaurant et elle l'avait acceptée, ce qui la libérait de cet engagement qu'il lui avait imposé.

Elle avait déjà discuté du fait de vendre le café à Molly - juste après que Dan ait disparu. Elle avait voulu fuir à ce moment-là, fuir les regards et les ragots. Maintenant cependant, elle se disait qu'avec l'argent de George, elle pouvait mettre en place d'autres plans, ceux qui avait germé dans son esprit quand elle était à l'hôpital. Isaac lui avait demandé d'emménager chez lui et elle avait accepté - à la condition qu'il la laisse payer la moitié des dépenses. Isaac avait roulé des yeux - et elle savait très bien ce qu'il pensait de cette demande - mais maintenant, après son agression, elle avait d'autres envies et elle voulait partir, recommencer. Elle pouvait *donner* le café à Molly - son amie méritait d'avoir pour elle toute la chance qui croisait sa route. Et quant à la maison - si Dan se souciait un tant soit peu de l'acte de divorce, elle lui dirait qu'il pouvait la récupérer. Elle ne voulait pas y retourner de toute façon. Si Dan ne la voulait pas, elle la vendrait. Finn pourrait habiter la maison de George s'il le voulait. Pour l'instant; il vivait dans le petit appartement au-dessus du café, là où elles stockaient les marchandises. Sarah se sourit- il serait enfin libéré de la *harpie* au moins.

« Après tant d'années. » chuchota-t-elle. Finn était venu la voir à l'hôpital et il avait déjà bien meilleure mine, il semblait en meilleure santé.

Sauf... qu'il y avait quelque chose de changé dans la façon dont il la regardait. Dans la façon dont il lui tenait la main. Ca l'avait rendue perplexe - presque mal à l'aise. Il la regardait comme s'il voulait lui dire quelque chose, quelque chose qui changerait leur relation pour toujours - et Sarah espéra que ce n'était pas ce à quoi elle pensait.

Elle ne doutait pas une seconde de son amour pour Isaac - elle lui jeta un rapide coup d'œil alors qu'il dormait et elle sourit - mais Finn... elle l'aimait bien sûr, mais pas de cet amour-là. Non.

Quand ils étaient tous deux adolescents, ils avaient un peu flirté par jeu, et ils avaient même essayé de s'embrasser, pour voir ce que ça faisait. (« Beurk ! » avaient-ils tous les deux pensé.) Ils avaient tous deux traversé des périodes où ils avaient plus ou moins été amoureux de l'autre en grandissant - l'effet dévastateur, perturbant et amusant des hormones.

Et quand ils étaient rentrés ensemble au lycée, ils avaient eu des relations avec d'autres personnes - Finn bien plus qu'elle. Leur amitié s'était renforcée et ils pouvaient se parler de leurs histoires de sexe sans aucune gêne et Sarah en était venue à faire confiance à Finn plus qu'à qui que ce soit d'autre...jusqu'à cette terrible nuit d'automne en dernière année de fac.

Elle se rappelait chaque détail de cette journée. Elle savait que Caroline tournait autour de Finn depuis le début du semestre. Pour une obscure raison, Caroline était en classe avec eux depuis le lycée et était devenue de plus en plus garce ces dernières années. En présence de Finn cela étant, elle était plutôt adorable et Sarah le fit remarquer à Finn. « Elle te veut. » Finn avait éclaté de rire en entendant ces mots. *Comme si j'allais sortir avec cette pétasse.* Et elle l'avait cru. Un jour où elle avait obtenu un A bien mérité pour un devoir sur lequel elle avait énormément travaillé, elle souriait pour la première fois depuis des jours en poussant la porte de la chambre de Finn. Ils ne frappaient jamais à la porte de l'un ni de l'autre. Et son sourire se figea sur son visage. Fin était nu, Caroline au-dessus de lui. Elle l'embrassait. Elle le baisait. Caroline tourna la tête en voyant Sarah debout dans la porte et Finn suivit son regard. Ils se regardèrent tous deux et Sarah, immobile, sentit chaque atome de son corps hurler à la traîtrise. Caroline sourit.

Sarah laissa la porte se refermer et tituba dans le couloir et se cacha toute la nuit dans les toilettes des filles. Elle entendit ses amies l'appeler, la chercher. Le lendemain matin, elle mit toutes ses affaires dans un sac et se rendit au bureau des admissions. Elle changea de fac, de numéro de portable, d'e-mail. Elle ne pouvait pas le supporter - son meilleur ami, son confident, Finn, en train de baiser avec sa pire ennemie. Caroline, qui l'avait traité de tous les noms dans la cour de l'école, Caroline avec laquelle elle s'était battue à de nombreuses reprises en grandissant. Caroline qui pensait que l'argent de son père pouvait tout acheter avait réussi à avoir Finn. Elle avait gagné.

Sarah et Finn avaient mis des années à se réconcilier et à être à nouveau d'excellents amis. Et maintenant...

Sarah repoussa cette pensée. Parmi tous ses problèmes, elle voulait - et devait - ignorer celui-là. Si Finn était à nouveau amoureux d'elle, ça lui passerait et pour le reste, et bien, elle voulait s'assurer de régler le problème de Dan une bonne fois pour toutes.

Elle se retourna et se blottit à nouveau dans la chaleur des bras d'Isaac. Il était si grand qu'elle se sentait toujours minuscule quand elle était dans ses bras. Isaac était amour. Son amour.

Personne ne pourrait jamais le lui prendre.

Il avait désespérément besoin de sentir son sang sur ses mains. De sentir *son* sang sur ses mains mais enfermée dans la tour d'ivoire de Quinn, elle était hors de sa portée. Pour l'instant.

En attendant, il choisit une autre femme qui lui ressemblait - jeune, d'origine asiatique, belle. Il la suivit chez elle et à son plus grand plaisir, découvrit qu'elle vivait sur l'île, dans un appartement qui se trouvait dans une rue parallèle à Main Street. Ce n'est qu'après sa mort qu'il se rendit compte - qu'il *la* connaissait. Ca la rendit encore plus intéressante.

Il l'avait tuée dans son appartement, dans sa chambre à coucher. Dès qu'elle était sortie de sa voiture, il s'était glissé derrière elle et avait utilisé une seringue de sédatif pour l'endormir. Elle était petite et il l'avait portée dans son lit sans aucune difficulté. Un rapide coup d'œil dans la chambre lui avait permis de voir qu'un homme vivait avec elle. Parfait. Quelqu'un la découvrirait. Il lui retira sa blouse, sa jupe et attendit.

Pendant qu'il attendait qu'elle reprenne connaissance, il se concentra sur son visage, essayant de croiser ses traits avec ceux de Sarah. Ce n'était pas difficile - il ne pensait qu'à Sarah, jour et nuit.

Sa Sarah de substitution s'éveilla et il sourit. Elle ouvrit les yeux et il lui montra son couteau. « Bonjour ma belle » dit-il simplement et il plongea le couteau dans son ventre.

Une brise fraîche faisait trembler les feuilles quand Sarah sortit en voiture du ferry pour retourner au travail le lendemain. Malgré elle, elle se sentait optimiste. Isaac lui avait laissé un mot sur la table de la cuisine. *A plus tard mon amour, je vais préparer tout un tas de choses parfaitement légales pour toi. Je t'embrasse Isaac.* Il l'avait réveillée en glissant son sexe en érection en elle et ils avaient fait l'amour de façon merveilleuse et Sarah en frissonnait encore, ainsi qu'à l'idée de penser à ce qu'ils feraient plus tard. Mon dieu, elle voulait tant faire faire demi-tour à sa voiture pour retourner en ville, foncer à son bureau et le supplier de la prendre, sur son bureau, de ployer sous son poids... *arrête ça*. Elle se cala sur son siège inconfortable, sentant un battement incontrôlable entre ses cuisses.

Elle conduisit jusqu'à Main Street et fut surprise de voir l'agitation qui y régnait. Des gens peuplaient les trottoirs, ils avaient l'air choqués, curieux, apeurés. Elle gara le camion et en sortit pour voir ce qui se passait. Elle se hissa sur la pointe des pieds pour voir au-dessus de la foule. Des policiers, beaucoup, beaucoup de policiers, elle ne connaissait pas la plupart d'entre eux, ils étaient rassemblés sur le côté droit de la rue, avaient tendu un cordon autour du bâtiment abritant de petits appartements dans Hammond Street. Elle vit Finn parler à un type en costume, debout près de l'ambulance. Sarah s'avança doucement vers le Varsity, rentrant dans des gens lorsqu'elle avançait.

« Que se passe-t-il ? » Sarah attrapa le t-shirt de Molly qui passait par là, les mains remplies de tasses de café pour les policiers.

« Lindsey Chung a été assassinée, tu peux croire ça ? » Molly lui répondit sans s'arrêter. Choquée, Sarah la laissa partir, la regarda slalomer entre la foule puis distribuer les cafés aux policiers et aux techniciens reconnaissants. Elle connaissait Lindsey depuis des années, elle l'aimait bien. Elles avaient le même âge quand elles s'étaient rencontrées - vingt-huit ans. La jeune avocate était mariée depuis trois ans - son mariage avait été le dernier événement public auquel Dan et elle avait été ensemble, avant qu'il ne disparaisse. Lindsey et Tom, son mari médecin, venaient souvent au café. C'était des gens bien. Tom était venu la voir à l'hôpital, ils avaient discuté un peu. Elle avait mal pour lui. Sarah avança comme un automate vers l'arrière boutique, et posa son sac sur le comptoir. La porte de derrière était ouverte et Nancy, leur barista, la prit dans ses bras quand elle entra, le visage grave. Elle la serra fort. « Terrible nouvelle, hein ? »

Sarah la suivit dans le café. « C'est arrivé comment ? »

Nancy fronça les sourcils. « Tu n'es pas au courant ? Elle est morte. Poignardée à mort dans son appartement. Tom l'a trouvée ce matin en revenant de l'hôpital. Je l'ai vu discuter avec Mike tout à l'heure, il est anéanti. »

Sarah ressenti de la douleur au plus profond d'elle-même. « Oh mon dieu. Pauvre Tom, je n'arrive pas à y croire. »

Nancy hocha la tête. « C'est affreux. Je n'ai jamais vu autant de policiers. Finn ne connaît pas la moitié d'entre eux, il est allé voir leur chef pour savoir comment se rendre utile. »

Elles allèrent toutes deux servir des clients puis, tout d'un coup, le café devint bondé. Toutes les conversations que Sarah entendait concernaient le meurtre et elle espérait par-dessus tout que la plupart des spéculations étaient exagérées. Cet espoir s'évanouit quand elle vit le visage de Finn au moment où il entrait dans le café. Molly prit son frère dans ses bras et lui sourit chaleureusement, mais le visage de Finn était tendu et fatigué. Sarah lui versa une grande tasse de café et lui prépara un sandwich. Finn lui fit un sourire de remerciement. Elles attendirent qu'il ait mangé et que le café se soit vidé un peu. Finn s'essuya la bouche avec une serviette et soupira.

« Je ne peux pas vous dire grand-chose mais c'est grave. Les policiers de la criminelle - Sarah, tu as rencontré Cabot - m'ont dit que les fédéraux allaient s'en occuper. La victime travaillait pour la justice d'état. De plus, ils prennent très au sérieux l'aspect racial. »

Nancy et Sarah échangèrent un regard. Sarah s'éclaircit la gorge. « Donc ils pensent... »

Finn hocha la tête. « Ouais. Faites-moi une faveur toutes les deux. Ne sortez pas seule la nuit. »

Sarah lui fit un petit sourire. « Comme si Isaac me laissait faire ça. Mon dieu, les féministes me tueraient pour avoir dit ça - désolée - mauvais choix de mots. » dit-elle en regardant les deux autres.

« Non, c'est bon. » dit Finn. « Ecoute, je dois quand même vous dire quelque chose. Sarah - à la mort de Buddy, tu te souviens que nous avons parlé d'autres meurtres à travers le pays, d'autres femmes d'origine asiatique ? »

Elle hocha la tête, mais les deux autres femmes se figèrent. « Mais qu'est-ce que tu racontes ? » Molly devint toute rouge. « Pourquoi est-ce que tu ne nous as rien dit ? »

« Parce que je n'avais aucune preuve sur l'identité éventuelle de l'assassin. Et je n'en ai toujours pas. »

Sarah resta silencieuse un moment puis elle hocha la tête en direction de Finn. « Dis-leur. »

Il prit une profonde inspiration. « Les meurtres en ville. Sur l'île. Celui de Lindsey. » Il posa un morceau de papier sur le comptoir. « Il y en a eu d'autres ces deux dernières années. A travers tout le pays. Dix-sept femmes d'origine asiatique. Assassinées. Ces deux dernières années, durant cette période où tout le monde ignorait où Dan était passé et ce qu'il faisait. Toutes ont été frappées de plusieurs coups de couteau au ventre, et certaines ont été éviscérées. Comme George. Comme Buddy. Toutes ces femmes ressemblaient à Sarah. Je pense qu'il veut la tuer. »

« Oh mon dieu... » Molly plaqua ses mains sur sa bouche. « Je n'arrive pas à y croire. Pourquoi ? »

Sarah secoua la tête. « Il n'est pas celui que nous pensions, Molly. Le Dan Bailey que j'ai épousé a fini par changer - énormément. J'en ai appris pas mal de toi... »

« Je sais qu'il peut être arrogant et vouloir tout contrôler mais pourquoi aurait-il disparu pendant deux ans, tué tout un tas de monde puis décidé de *revenir* parce que ce qu'il veut au fond c'est tuer sa femme ? Pourquoi ne pas juste tuer Sarah ? » Finn posa sa main sur son épaule pour atténuer ce qu'il avait à dire.

« Ecoute, écoute. » Molly secoua la tête. « Nous ne savons même pas si Dan veut même parler à Sarah, être seul avec elle pour la tuer. Pour autant que nous le sachions, tout ce qu'il fait, c'est brouiller les pistes de qui il était avant. » Elle regarda son frère d'un œil noir.

Sarah soupira. « Dan *est* de retour. Il est venu me voir à l'hôpital et il m'a clairement fait comprendre qu'il voulait que je revienne. Je ne lui ai pas laissé l'occasion de m'expliquer où il était passé et ce qu'il avait fait. Je voulais qu'il disparaisse de ma vue. Je déteste l'admettre mais il me fait peur. Il y a quelque chose... qui ne tourne pas rond chez lui. Et je ne dis pas cela pour que nous arrivions tous à la même conclusion. Dan n'a aucune bonne raison de vouloir me faire du mal - à moins qu'il ne soit complètement cinglé. »

Molly renifla. « Et bien, il a *couché* avec Caroline. »

« Merci beaucoup sœurette. » Finn roula des yeux et Sarah grimaça.

Finn la regarda attentivement. « Tu as dit tout ça à Isaac ? »

Sarah secoua la tête. « Non. J'allais le faire mais les choses se sont tellement améliorées en vivant avec lui. Je me sens plus en sécurité. Ce qui m'amène à un sujet dont je voulais parler avec vous. » Elle jeta un œil par la fenêtre et regarda tous les policiers dehors. « En fait, des choses plus importantes sont en train de se passer aujourd'hui, je peux attendre. »

Une autre raison la faisait se sentir plus en sécurité. Le minuscule calibre 22 qu'elle avait dans son sac. Isaac avait insisté pour qu'elle le prenne, il s'était chargé de tous les papiers et il l'avait emmenée au centre de tir pour qu'elle apprenne à s'en servir. Elle détestait se sentir mieux avec ce pistolet mais elle se rendit compte qu'il pourrait lui sauver la vie.

Elle avait vraiment voulu parler de Dan à Isaac mais le temps qu'ils avaient passé ensemble dans son appartement avait été comme un rêve et elle n'avait pas voulu rompre le charme.

Maintenant, debout derrière sa fenêtre à regarder ce chamboulement au-dehors, elle tremblait. Quand le moment serait venu, Dan serait-il vraiment capable de la tuer ? L'ancien Dan, celui qu'elle avait rencontré, dont elle était tombée amoureuse (ou du moins elle le pensait), n'en serait pas capable. *En aucun cas.* Il pouvait être arrogant mais il avait un bon fond. Le Dan qu'elle avait vu à l'hôpital, celui dont elle avait peur...pensait-elle que celui-là était *capable* de tuer quelqu'un ? Oui, mais serait-ce vraiment la fin de tout ce jeu ?

Elle secoua la tête et soupira. Elle partit dans la cuisine du Varsity préparer quelques muffins. Les policiers de la criminelle, ainsi que Finn et ses adjoints étaient tous partis. Elle versa deux tasses de farine dans un saladier et ajouta les œufs. Elle avait laissé la porte de la cuisine entrouverte afin de pouvoir entendre Molly si elle l'appelait. Tout en mélangeant la pâte, elle sentit un grand calme l'envahir. C'était son monde, son espace à elle, là où elle pouvait cuisiner et réfléchir. Elle entendit Molly approcher du comptoir et dire d'une voix glaciale :

« Tu es vraiment chiante, tu sais ça ? Etant donné que tu n'es plus la femme de mon frère - et que de plus, tu baises avec l'ex-mari de ma meilleure amie - je ne ressens absolument pas le besoin d'être polie avec toi, Caroline, même si tu es une cliente qui paie. Alors franchement, va te faire foutre. »

Sarah rigola et entendit Caroline, la voix haute perchée sous l'effet de la colère, qui essayait de sauver la face.

« Tu sais quoi Molly ? J'ai toujours trouvé que Finn et toi étiez *trop* proches...si tu vois ce que je veux dire. »

Sarah sortit en trombe de la cuisine. Elle s'interposa entre son amie et la rouquine. « Il est temps que tu partes, Caroline. »

Caroline renifla et la dévisagea de la tête aux pieds. « Bonjour Sarah, je peux voir tes seins à travers ton t-shirt. Tu pars à nouveau à la chasse ? J'imagine que tu vas lancer ton hameçon plus loin cette fois, hein ? »

Sarah sourit, habituée à entendre cette petite rengaine dans la bouche de Caroline. « Et la pétasse refait toujours surface chez toi Caroline, peu importe ce que tu portes. Qu'est-ce que cela ? » Elle fit mine d'être surprise, se tourna vers Molly, les mains écartées.

Molly fit mine de réfléchir. « Un article de A nous les allumeuses ? »

Sarah sourit. « Non, je suis certaine que ça vient d'un designer - Michael Pétasses ? »

Molly renifla. « Nous les harpies ? »

« Salopio Armani ? »

« Cool. Hoo-chi. »

Caroline les regarda l'une après l'autre. « Vous vous croyez drôles ? »

Sarah et Molly hochèrent la tête à l'unisson.

« Ouais, plutôt. »

« Et nous le sommes. »

Caroline hésita, haussa les épaules, tourna les talons et parti.

« Désolée pour ça ma belle, elle m'a énervée. »

Sarah éclata de rire. « Franchement, ne t'inquiète pas, cette pétasse a de la répartie. Cela étant, la pousser hors de ses retranchements est un excellent antistress. » dit-elle en s'étirant. « Très bénéfique pour l'esprit. »

Molly hocha la tête en signe d'assentiment. « Un vrai bonheur, en fait. »

Sarah lui sourit et repartit dans la cuisine. Elle termina ses muffins et glissa le plateau dans le four. Elle régla la minuterie, se lava les mains et retourna en salle.

« De quoi parlait-elle au fait ? »

Molly hésita et évita de croiser le regard de son amie. Sarah se pencha pour capter son attention.

« Quoi ? »

Un autre silence.

« Milly Molly Mandy ? »

« Ne m'appelle pas comme ça. » Mais elle souriait.

« Allez, raconte-moi. »

Molly se mordit la lèvre. « Elle était ... en train de se vanter d'être enceinte de Dan. »

Sarah s'effondra un peu. Un éclat d'obus dans la poitrine lui aurait fait moins mal.

« Grand bien lui fasse. »

Molly lui prit la main. « Ignore cette connasse. As-tu vraiment envie de porter l'enfant de Dan ? »

Sarah soupira, sa poitrine était toujours aussi lourde. « Non. Mais ça aurait été cool de porter les enfants d'Isaac un jour. »

Elle n'avait jamais oublié ce jour où sa gynécologue lui avait dit qu'elle ne pourrait jamais avoir d'enfant. A l'époque, ça l'avait énervée mais pas dévastée. Ce n'est qu'après la disparition de Dan qu'elle s'était écroulée et Molly était la seule autre personne au courant.

Sarah s'était résignée et l'avait à nouveau terriblement regretté au moment où elle avait rencontré Isaac.

« Vous en avez déjà parlé ? »

Sarah secoua la tête. « Pas vraiment. Peut-être que nous devrions - s'il veut avoir des enfants, alors... »

« Il ne veut qu'une chose et c'est toi. » dit Molly gentiment. « Ne t'inquiète pas, il ne veut que toi. »

ISAAC RÉPÉTA ce que Molly avait dit, presque mot pour mot. « Sarah, mon cœur, en ce qui me concerne, si nous décidons d'avoir des enfants - et honnêtement, c'est une question que je me pose sans avoir encore trouvé la réponse - nous avons plusieurs choix. Il y a des milliers d'enfants qui adoreraient t'avoir comme mère. »

Il était assis à une des tables du Varsity, fermé à l'heure qu'il était, et regardait Sarah marcher dans la salle, allumer les lampes Tiffany et éteindre les plafonniers. Elle adorait ce moment de la journée, la sensualité du crépuscule quand le café étincelait dans le soleil couchant, une fois que le coup de bourre était passé et qu'elle pouvait se reposer un peu. Elle retourna derrière le comptoir, glissa un disque dans le lecteur et une seconde plus tard, Billie Holiday remplit la salle de sa douce musique.

« Just when you are near, when I hold you fast, then my dreams will whisper, you're too lovely to last... »

Elle avait demandé à Finn et à Molly de se joindre à eux pour le dîner - où elle avait l'intention de parler de Dan à Isaac. Elle voulait Finn et Molly pour la soutenir - et pour gérer la colère d'Isaac quand il apprendrait la nouvelle.

Molly était partie quelque part, Finn allait arriver d'un instant à l'autre et Sarah avait profité de cette intimité pour parler à Isaac de son impossibilité à avoir un enfant. Il l'avait bien pris, avait exprimé sa sympathie mais autant que Sarah pouvait en juger, elle avait lu dans ses yeux que ça ne changeait rien aux sentiments qu'il éprouvait pour elle.

Il l'attira sur ses genoux et l'embrassa. « Toi et moi Sarah. C'est tout ce que je veux. »

Elle l'embrassa aussi, plongea dans son étreinte puis sourit en sentant son érection à travers son pantalon. « Ambitieux, soldat, alors que mes acolytes seront ici d'un instant à l'autre et que je ne pense pas qu'ils apprécieraient de nous voir nous rouler par terre. »

Isaac rigola. « Attends d'être à la maison, je te ferai payer pour mes couilles enflées. »

Elle gigota. « Ca n'arrive pas qu'après une longue période sans sexe ? Dans ce cas, je suis certaine que cela ne nous arrivera jamais. »

Il sourit. « Cela étant, elles sont pleines à se décharger pour toi. Gonflées comme des noix de coco. »

Sarah éclata de rire avec lui. « C'est tellement *dégueu*, Isaac Quinn. » Elle l'embrassa encore. « Ne t'inquiète pas, tu auras l'occasion...non, je ne vais pas poursuivre sur cet euphémisme, c'est totalement une erreur. »

Elle sauta de ses genoux - en essayant de raboter son sexe au passage - et il poussa un petit grognement. « Mon dieu, cette femme essaie de me tuer. »

Sarah se demandait s'ils avaient le temps d'une petite séance de sexe éclair dans l'arrière-cuisine quand elle vit Finn frapper à la porte tout sourire. Gênée par le rose sur ses joues, Sarah avança vers la porte du café fermée à clé et ouvrit à Finn. « Salut mon pote, entre. »

Finn lui caressa la joue au passage, puis salua Isaac qui l'accueillit avec un grand sourire. Sarah vit qu'il avait mis son pull sur ses genoux pour cacher son érection et elle échangea un regard amusé avec lui au moment où Molly revint de l'arrière-cuisine.

Toute trace de bonne humeur avait quitté le visage d'Isaac une demi-heure après quand elle lui dit que Dan était passé la voir à l'hôpital. Il se leva d'un coup, arpenta la salle, essayant visiblement de se calmer avant de parler. Tous trois le regardaient en silence ; puis il se rassit et prit les mains de Sarah.

« Ok, je vais laisser de côté le fait que tu ne m'en aies par parler avant. Je pense que je comprends pourquoi mais ça ne change rien. Que voulait-il ? »

Sarah prit une profonde inspiration. « Moi, apparemment. Il voulait que je revienne et qu'il soit à nouveau mon "mari". Je l'ai envoyé bouler. Je l'ai bien sûr fait sans aucune hésitation, je l'ai également giflé quand il a essayé de m'embrasser. »

Isaac poussa un grondement sourd et lui serra les mains plus fortes. « Je ne ressentais qu'un immense dégoût Isaac. Je ne connais pas cet homme, il est devenu un étranger pour moi. »

Il chercha son regard. « Penses-tu qu'il serait capable de te faire du mal ? »

Elle soupira. « Honnêtement, je n'en sais rien. Il a dit qu'il ne laisserait personne d'autre m'avoir - c'était à ton intention aussi. Est-ce une attitude de macho ou une menace ? »

Finn s'éclaircit la gorge, pour rappeler au couple qu'ils n'étaient pas seuls dans la pièce. « Ecoutez, du point de vue de la police... Dan s'est enfui, il a organisé sa disparition. Mais ce n'était pas pour toucher une rançon ni pour couvrir techniquement un crime, ou parce qu'il avait fait quelque chose de mal. Peut-être que c'était parce qu'il couchait avec ma femme. »

« Dans ce cas, pourquoi n'a-t-elle pas disparu aussi ? Pour notre bonheur à tous ? » intervint Molly en souriant. Sarah et Finn rirent en voyant son visage.

Isaac soupira. « Mais dans ce cas, qui a agressé Sarah ? Et pourquoi ? Si Dan n'a pas tué ces femmes, ni George ni Buddy, pourquoi l'assassin n'a-t-il pas juste... » Il ne put terminer sa phrase, il se contenta de regarder Sarah, son adorable visage, ses yeux brun profonds. « Qui pourrait avoir envie de te faire du mal ? » Sa voix se brisa en un chuchotement et des larmes montèrent dans les yeux de Sarah. Elle appuya son front sur le sien.

« Je suis là Isaac, je suis toujours là. Tout va bien. »

Molly essuya discrètement une larme. « Qu'allons-nous faire alors ? »

Sarah regarda Isaac. « Je dois avoir une dernière entrevue avec Dan. Ici, en public. Je lui dirai que ma vie ne fait plus partie de la sienne, je lui souhaiterai d'avoir le meilleur mais je veux qu'il reste loin de moi, de toi, de Molly et de Finn. S'il veut la maison, qu'il la prenne. » Elle se tourna vers Molly. « Mais pas le Varsity. Dès vendredi Molly, tu es la seule propriétaire du café. »

Molly s'étrangla. « Mais qu'est-ce que tu racontes ? »

Sarah sourit. « J'ai réfléchi à plusieurs nouvelles opportunités. Je veux retourner à l'école. J'ai mon diplôme de fac mais je veux faire quelque chose qui me passionne vraiment. Littérature, art, musique. Peut-être même commencer des études d'architecture. J'ai donc pris une décision. Tu en as tellement fait pour moi et tu mérites une belle récompense, ce sera donc mon cadeau pour toi Molly. Le Varsity t'appartient. »

Des larmes roulèrent sur les joues de Molly. « Sarah... non, s'il-te-plait, laisse-moi l'acheter. »

Sarah secoua la tête. « En aucun cas. Il est à toi, j'espère juste que tu ne penses pas que je m'en débarrasse avant de passer à autre chose. Je resterai avec toi jusqu'à ce que tu sois parfaitement prête. Autre chose encore... Je m'installe définitivement chez Isaac. »

Elle sourit à l'homme de sa vie, visiblement plus détendu maintenant, en l'entendant parler de leur avenir. « Au fait, puisque ce n'est pas encore officiel... »

« J'ai demandé à Sarah de m'épouser. » dit fièrement Isaac et il gigota sur sa chaise. « Deux fois, en fait. »

Sarah rit et Molly lui adressa un sourire. « La première fois, j'étais sous morphine, alors il a dû me redemander. »

Elle regarda Isaac et il sut qu'elle pensait à la même chose que lui. *quand j'étais en toi, en train de t'embrasser et de te faire l'amour...*

Finn fit un petit sourire. Ses joues étaient roses et ses yeux un peu tristes mais il les félicita chaleureusement. Sarah lui sourit en décidant d'ignorer ce sentiment dans ses yeux. De la douleur. Elle frissonna en sentant une vague de tristesse l'envahir. « Finn, j'ai quelque chose pour toi. » Elle attrapa son sac à main et en sortit une paire de clés, qu'elle lui tendit. « La maison de George. Maintenant que je sais tout ça...et bien, peut-être que tu ne voudras plus y vivre parce que...

tu sais, mais le terrain est magnifique. Tu pourrais enfin construire la maison de tes rêves. »

Finn secoua la tête. « Je ne peux pas l'accepter Sarah, c'est beaucoup trop. »

Sarah claqua ses mains sur ses oreilles. « Je ne t'entends pas lalalalala ! Ecoutez, je meurs de faim, je vais commander une pizza. Qui en veut ? »

Molly sourit. « J'adorerais mais Mike m'attend. Pour une fois, nous passons la soirée sans les enfants et nous allons bien en profiter. »

Sarah la serra fort. « Ok, éclate-toi bien alors. »

Molly sourit, Finn gémit et Isaac rigola. Elle leur fit signe de la main et sortit du café.

LES RÉVERBÈRES ÉTAIENT ALLUMÉS DEHORS, leur lueur blafarde jetait des ombres sur les maisons. Un petit groupe d'étudiants, grisés par la chaleur de l'été et l'idée d'une nouvelle semaine de vacances, dansait et chahutait et leurs rires résonnaient dans les allées sombres et les petites rues autour de Main Street. L'un d'entre eux dansait comme un bouffon, pliait ses bras dans tous les sens et faisait glousser les filles.

Sarah soupira, fatiguée mais soulagée. Après cette entrevue, tous les gens qui comptaient pour elle savaient ce qu'elle allait faire. Ca rendait les choses plus réelles. Elle sourit et se leva.

« Quelqu'un veut du café ? »

Ils prirent leurs tasses et avancèrent vers le bar. Isaac était au téléphone. Finn la suivit.

« Hé... » Elle se retourna et lui sourit.

« Salut toi. » Finn passa derrière le bar et la prit dans ses bras. « Tu as fait quelque chose d'incroyable pour Molly. Merci. »

Elle rougit, se dégagea doucement de son étreinte et lui posa la main sur la poitrine pour adoucir son geste. « Elle le mérite. Toi aussi. S'il-te-plait, prend la maison, le terrain Finn. C'est vraiment le moins que je puisse faire. »

Finn hésita puis jeta un œil en direction d'Isaac, plongé en pleine conversation téléphonique.

Finn regarda Sarah. « Ecoute, je dois te dire un truc. » commença-t-il. « Non, je suis désolé, j'ai juste besoin de te le dire...si tu as besoin de moi, je suis là. Pour toujours Sarah. Tu pourras toujours compter sur moi. »

Sarah, terrifiée à l'idée qu'il allait lui déclarer sa flamme, lui tapota à nouveau la poitrine, remettant une petite distance entre eux. « Finn, tu es mon...frère. Je veux que tu saches que tu comptes énormément pour moi et que tu compteras toujours. » lui dit-elle doucement.

Leurs regards se croisèrent et Finn comprit ce qu'elle sous-entendait. Sarah détestait voir cette douleur dans ses yeux mais il sourit. « Ecoute, je suis plutôt crevé. On la commande cette pizza ? »

Elle détestait savoir qu'elle l'avait blessé. « Carrément. »

Isaac donna une accolade à Finn quand il partit puis il referma la porte, Sarah la verrouilla derrière Finn, il raccrocha enfin et se leva. Sarah se retourna et s'appuya contre la porte et lui sourit. La façon dont il la regardait fit se contracter son ventre et palpiter son sexe entre ses jambes.

Isaac sourit et s'avança vers les grandes fenêtres, baissa les stores jusqu'à les cacher entièrement de la rue.

« Viens par là. » dit-il d'une voix basse, pleine de désir. Elle se décala de la porte et avança vers lui. Il passa ses mains sur son visage et la regarda comme s'il la voyait pour la première fois. « Te souviens-tu du jour où nous nous sommes rencontrés ? J'étais juste là. Je t'ai vu et j'ai été chamboulé. J'ai sur à cette même seconde que nous étions faits l'un pour l'autre. »

Sarah lui sourit. « Je t'aime. Je n'ai jamais aimé quelqu'un autant que toi. »

Isaac lui leva un peu le menton pour pouvoir poser ses lèvres sur les siennes. « Alors, il est temps que je fasse les choses correctement. »

Il se pencha, posa un genou au sol et Sarah commença à gigoter en le regardant. Isaac rit et l'attrapa par le poignet, et l'attira à lui. « Ah merde, je n'étais pas censé faire cette demande de façon traditionnelle. Donc, Sarah Bailey, pour la troisième et dernière fois, veux-tu être ma femme ? »

Elle l'embrassa tout en gigotant. « Oui, bordel ! »

Ils éclatèrent de rire, retirèrent leurs vêtements et très rapidement, Isaac enroulait ses jambes autour de sa poitrine et planta son sexe en elle aussi fort qu'il le put. Sarah gémit et trembla de plaisir sous lui, ses doigts s'emmêlèrent dans ses cheveux sa bouche dans la sienne.

Il était près de 3 h du matin quand ils retournèrent à son appartement en ville. Sarah s'endormit immédiatement mais Isaac, une fois certain qu'elle dormait profondément, se glissa hors du lit et partit dans le salon.

Il s'assit à son bureau et prit sa tête dans ses mains. Quelque chose d'autre le perturbait dans toute cette histoire avec Dan Bailey. Non, oublie ça, c'était plus important, il aurait dû s'en occuper il y a des mois. Bordel, *il s'en était occupé* - ou du moins il le pensait.

Il alluma son ordinateur portable et vit un autre e-mail. Il le lut rapidement puis jeta un œil à la pendule. Quatre heures moins le quart à Seattle - huit heures quinze à New-York.

Il prit son téléphone.

Sarah tambourina à la porte de Caroline, tremblante, sa peau la démangeait sous l'effet de la colère de devoir être là. Caroline ouvrit la porte et ses yeux s'agrandirent légèrement en voyant Sarah.

« Et bien, ma foi, si ce n'est pas la grande et formidable... » Caroline plaqua une main sur sa bouche comme une vilaine petite fille. « Excuse mes mauvaises manières, je t'en prie. »

Sarah ne réagit pas et la regarda froidement. « Tu peux transmettre un message à Dan ? »

Les yeux de Caroline étincelèrent de curiosité et de fierté. « Evidemment que je le peux. »

Sarah ressentait une envie pressante de frapper cette femme. « Parfait. Dis-lui que je veux qu'on se rencontre. A la maison. J'y serai toute la journée. S'il veut me voir, dis-lui d'aller là-bas. S'il ne veut pas, je pense...que cela signifie qu'il a changé d'avis à propos de "*vouloir que je revienne*". », dit-elle en souriant méchamment à Caroline. Elle en fut récompensée par l'expression du visage de Caroline, dont toute la fierté avait disparu.

« Je le lui dirai mais je n'y compterais pas trop à ta place. » Le ton de Caroline était devenu si cassant que cela amusa Sarah qui lui fit un grand sourire.

« Oh, je ne pense pas être la seule à ne pas trop devoir compter là-dessus. A plus tard. »

Sarah tourna les talons et partit, et entendit caroline jurer entre ses dents. Sans se retourner, elle leva son majeur dans sa direction tout en souriant.

Dan appela au Varsity moins d'une heure après.

« Sarah. » Sa voix était chaleureuse, amicale.

Sarah poussa un soupir. « Tu peux passer chez moi un peu plus tard ? Nous devons parler. »

« Bien sûr. Je ne peux pas te donner une heure précise, j'ai quelques affaires à régler en ville mais je te promets de passer aujourd'hui ma belle. »

ISAAC L'APPELA VERS MIDI. « Salut, comment ça va ? »

Sarah regarda le salon de sa maison avant de répondre. « Ca fait bizarre d'être revenue ici. Pas un bizarre agréable, autre chose. »

« Es-tu sûre de vouloir faire ça ? Je peux annuler mon voyage à San Francisco tu sais. »

« Non, ne change rien, ce n'est qu'une nuit et dès que j'en ai fini ici, je file chez Molly. Tu sais ce qui m'a paru étrange, ce que j'ai réalisé en revenant ici ? »

« Quoi donc ma belle ? »

Elle poussa un soupir triste. « Je n'appartiens plus à cet endroit. Je ne suis même pas certaine d'y avoir déjà appartenu. »

« Pourquoi n'emballes-tu pas toutes tes affaires ? Déménage. On peut mettre tes affaires en garde-meuble si tout ne rentre pas chez moi. »

Elle soupira. « Bonne idée. Honnêtement, en ce moment, j'ai juste envie de prendre mes vêtements, mes livres et mes disques et le reste peut être vendu avec la maison. Un nouveau départ. »

Isaac rit doucement. « Juste toi et moi bébé. » Elle perçut quelque chose dans sa voix qu'elle ne comprit pas - de la tristesse.

« Que se passe-t-il Isaac ? »

Il hésita. « Rien. Juste des trucs pas intéressants dont je dois m'occuper, rien d'inquiétant pour toi. »

Elle ne fut pas convaincue mais elle n'insista pas. « J'aimerais que Dan se dépêche d'arriver ici, plus vite tout cela sera terminé... »

« Je n'aime pas du tout que tu sois là-bas toute seule. »

« Ca va aller. Je veux régler cette histoire. De plus, j'ai changé les serrures. »

« Tu as ton pistolet avec toi ? »

« Oui. J'espère que je n'aurai pas à m'en servir- je préfère me dire ça. Peut-être sommes-nous juste un peu trop paranos à propos de tout cela. Je t'appellerai plus tard s'il se passe quelque chose. »

« Appelle-moi de toutes façons. J'y tiens - même si vous avez réglé le problème. Et dit à Finn de venir aussi. »

« Je le ferai. Je t'aime. »

« Moi aussi ma chérie. Toujours. »

ELLE MIT PLUS de temps qu'escompté à ranger la maison. Dans les pièces qu'elle utilisait rarement - surtout depuis que Dan était parti - une fine couche de poussière recouvrait les meubles. Elle passa dans chaque pièce, elle les dépoussiéra, les rangea et mit de côté tous les objets qu'elle voulait conserver. Ca ne représentait pas grand-chose, elle s'en rendit compte et le regretta un peu. Etait-ce ce à quoi sa vie se résumait ? Elle tria les boîtes dans la cuisine, remplit de livres et de CD celles qui étaient vides.

Elle regarda par la fenêtre en direction du porche où elle s'était assise tant de soirs avec Dan. Elle essaya de comparer l'homme avec lequel elle avait vécu et celui qu'elle avait revu...et ce qu'il était devenu. Y avait-il eu des signes ?

Elle essaya de chasser ce sentiment d'inconfort, elle termina d'emballer ses affaires à l'étage, mit ses vêtements dans deux valises, et ses affaires de toilette et de maquillage dans des trousses. Elle sourit en pensant à Molly et sa grande collection de vêtements - elle s'évanouirait probablement en voyant comment Sarah avait fourré les siens dans ses valises. Elle descendit en souriant les valises au rez-de-chaussée et les mit dans son camion. Elle se rendit compte que c'était la fin de l'après-midi et porta rapidement le reste des boîtes dans le camion.

Puis elle retourna dans sa maison attendre Dan, tout en regardant la maison silencieuse. *Je ne dormirai plus jamais ici*, et elle fut parfaitement certaine de la véracité de cette pensée. Elle vérifia chaque pièce pour être certaine de ne rien avoir oublié. Elle arriva dans la salle de musique, s'assit devant le piano, joua quelques notes mais la tristesse lui emplit les poumons. Pendant une période avec Dan, ils avaient semblé avoir construit une vie heureuse ici. Cette vie lui paraissait si loin aujourd'hui.

Elle alla à la cuisine se préparer un café et vérifia son téléphone. *J'arrive dès que je peux. D. Bises.* Elle détestait qu'il ait son numéro de portable - elle le changerait dès que tout cela serait terminé.

ISAAC ARRIVA au restaurant un peu après midi. Il avait choisi un endroit tranquille à l'écart de la foule et avait troqué son costume contre un jean et un t-shirt et une casquette de base-ball pour cacher ses boucles brunes.

La serveuse l'accompagna à une table vide au fond de la salle et prit sa commande. Un scotch, sec. Il se cala dans sa chaise et prit son téléphone.

« Isaac ? »

Il leva les yeux et vit une femme blonde devant lui. Ses yeux étaient bleus, grands et innocents, elle avait de longs cils qui touchaient ses joues - probablement faux, se dit-il. Ses longs cheveux blonds étaient attachés en un chignon gracieux, ses vêtements étaient simples mais chers. Il devait le savoir étant donné qu'il les avait payés, se dit-il en souriant. Elle lui sourit chaleureusement. « C'est fantastique de te revoir à nouveau. »

Il se leva et lui posa un baiser sur la joue. « Clare. » Il dégagea une chaise pour elle.

« Toujours aussi bien élevé. » Elle s'assit en face de lui et posa ses mains sur les siennes. Il les retira doucement et se rassit.

« Clare, tu as l'air radieuse. »

Elle sourit coquettement. « Merci. Même si je ne fais pas le poids face à ta nouvelle petite amie. Elle est superbe. Très exotique, très différente de moi. »

Elle était donc au courant pour Sarah. Isaac soupira.

« Clare, que me veux-tu ? »

Clare sourit. « Je suis venue parce que...je veux que nous soyons amis, que nous fassions des choses ensemble. Nous avons laissé les choses...en plan. »

Isaac leva les sourcils. « Clare, pour moi, tout était bien terminé. »

Ses yeux bleu clair s'étrécirent. « Tu m'as envoyé les papiers du divorce alors que j'étais censée être à l'enterrement de ma mère ? »

« Le seul mot à retenir est *censée*. »dit-il d'une voix dure. « Penses-tu vraiment que je ne savais pas que tu voyais un autre homme ? C'est marrant comme *l'enterrement* de ta mère - et j'ai té ravi d'apprendre qu'elle va bien au fait - c'est marrant qu'il ait coïncidé avec le moment où Sébastien gaspard était à Cannes pour le festival du film, non ? »

Clare sourit mais elle ne dégageait aucune chaleur. « A quoi t'attendais-tu ? Tu étais absent Isaac, tout le temps. Tu travaillais pendant des heures et des heures. » Elle le regarda un long moment. « Tu lui accordes du temps à *elle*, Isaac ? »

Il la regarda sans ciller. « J'abandonnerais mon travail pour elle. C'est ce que tu veux entendre ? »

Clare flancha. « Est-elle au courant pour moi ? »

Isaac hésita à peine trop longtemps et Clare sourit. « Oh, vilain petit cachottier. » Elle gigota. « Et bien, je suppose que tu n'as pas envie qu'elle apprenne ton petit secret. »

La menace était implicite. La poitrine d'Isaac se souleva. « Je ne lui ai rien dit parce qu'il n'y a rien à dire. Notre mariage a duré moins de six mois, Clare. En ce qui me concerne, ça n'a même pas ressemblé à un mariage. Et n'oublie pas, je paie une somme assez conséquente pour rester en dehors de tout ça. »

Clare hocha la tête en signe d'accord. « Effectivement, je ne dis pas le contraire. Mais, Isaac, veux-tu vraiment recommencer une nouvelle vie avec un mensonge ? »

Isaac soupira, sortit son portefeuille et posa quelques billets sur la table. « Essaie quoi que ce soit et tu verras à quelle vitesse le luxe disparaîtra de ta vie Clare. Non, fais-nous une faveur à tous les deux. Repars à New York et apprécie le style de vie que mon argent te permet d'avoir. »

Il se leva. « Au revoir Clare. » Et il quitta le restaurant.

Merde, merde, merde. Isaac retourna à son bureau sans cesser de réfléchir. Bien, il trouverait le moyen de régler ça facilement. Il sortit son téléphone portable et appela Sarah.

« Salut bébé. »

Sa voix envahit tout corps d'une douce chaleur. « Salut mon cœur. Dan est arrivé ? »

Il entendit un soupir frustré. « Non. Ce connard essaie de jouer au plus fort. Il ne gagnera pas, je suis déterminée à l'attendre, quelle que soit l'heure à laquelle il se montrera. »

Isaac fronça les sourcils. « Sarah...j'insiste, je n'aime pas te savoir toute seule là-bas. »

« Ne t'inquiète pas mon cœur, la cavalerie arrive. Finn se planque dans les bois tel un ninja. Que dieu empêche *tout* crime de se produire sur l'île aujourd'hui. » Son ton était enjoué et Isaac se détendit un peu.

« Ecoute ma belle, nous devons parler de deux pou trois choses et je sais que le moment est mal choisi mais - n'oublie pas que cela ne change absolument rien pour nous - j'ai déjà été marié. »

C'était dit, rapidement, sans fioritures. Isaac s'attendit à l'entendre raccrocher, crier ou pleurer.

« D'accord. »

Il cligna des yeux. « D'accord ? »

Sarah rit doucement. « D'accord. Comme tu viens de te dire, ça ne change rien pour nous. Tu es divorcé, non ? »

« Depuis longtemps. J'ai eu tort de ne pas t'en parler dès le départ, ce mariage n'a duré que six mois. Elle m'a trompée peu de temps après sa célébration. »

Sarah fit un bruit de dégoût. « Quelle idiote, enfin, je veux dire, elle t'a regardé ? J'ai une autre question. Pourquoi me le dire maintenant ? »

Isaac soupira. « Parce qu'elle a repris contact avec moi. Je viens juste de la voir- en public - et je ne pense pas que ce soit dans un esprit sage qu'elle a repris contact avec moi aujourd'hui - elle est également au courant pour toi. Peut-être voulait-elle seulement me chercher des noises. »

« Tu sais quoi, Isaac ? J'en ai plus qu'assez des ex. » Le ton de sa voix était amusé et Isaac, sentant le soulagement l'envahir, se mit à rire.

« Moi aussi. Plus tôt nous serons mariés et mieux ce sera je pense. Pour montrer au monde que toi et moi, c'est pour toujours. »

« Je serai toujours à toi. Nous en reparlerons demain à ton retour. »

« Tu seras au café ? »

« Toute la journée. »

« Je t'aime. Protège-toi ma belle...et botte le cul de ton ex. »

Sarah rit. « Je le ferai. Amuse-toi bien à San Francisco. Tu vas me manquer. »

. . .

Dan lui souriait quand elle ouvrit la porte. Il avait une bouteille de champagne à la main. « Une offre de paix. Pour ma visite à l'hôpital. Je ne voulais pas te faire peur, vraiment. »

Sarah ne sut comment réagir. « Merci. » Elle jeta un œil à la pendule. Onze heures trente. Elle était à moitié endormie sur le canapé quand elle avait entendu la voiture de Dan arriver. Pendant une seconde, elle s'était dit qu'elle allait l'ignorer mais il avait frappé à la fenêtre et lui avait fait signe. Connard. Il avait attendu jusqu'à ce qu'ils abandonnent pour aujourd'hui. Elle avait renvoyé Finn chez lui. Idiote, idiote.

Dan lui sourit.

« Je peux entrer ? »

Elle étrécit ses yeux. « Dan...il est presque minuit. »

Il posa sa main sur son bras. « Sarah, s'il-te-plait. Laisse-moi entrer et m'excuser correctement. » La volonté de régler ce conflit l'emporta sur sa colère et elle recula pour le laisser entrer, puis le suivit dans la cuisine. Elle avait laissé la table appuyée contre la porte de derrière, n'étant pas sûre qu'elle soit assez solide depuis qu'elle l'avait enfoncée le jour de la mort de Buddy. Les cartons qu'elle avait préparés étaient en sécurité dans son camion ; tout ce qu'elle voulait était en finir avec cette histoire de Dan.

Dan repoussa immédiatement la table de devant la porte et la remit dans la position exacte où elle s'était trouvée quand il vivait ici, et son sourire devint presque un rictus. Il s'assit et la regarda d'un air interrogateur.

« Bizarre de mettre une table à cet endroit. Que s'est-il passé ? » Il sourit.

Sarah sentit son estomac se tordre de colère.

« J'ai perdu mes clés. J'ai dû l'enfoncer. Ecoute Dan, je suis fatiguée, réglons cela une bonne fois pour toutes. »

Il leva les mains. « Tu as raison, je suis désolé. »

Elle le regarda, ses manières décontractées contrastaient avec l'autosatisfaction qu'elle voyait dans ses yeux. « Dan, c'est fini. Je pense que tu le sais. Tout a été fini au moment où tu es parti. »

« Tu veux savoir pourquoi je suis parti ? »

Elle soupira. « Est-ce que je veux le savoir ? Tu me l'as dit. C'est quelque chose que j'ai fait ? »

Dan sourit. « Sarah, s'il-te-plait, assieds-toi. Je veux juste clarifier les choses entre nous. » Elle s'assit à contrecœur. « Sarah, je suis parti parce que... et bien, tu as visiblement trouvé la lettre de l'avocat de ma famille. C'est à cause de cela que je suis parti. Mon véritable nom est Ray Petersen. Je suis resté loin de ma famille pendant des années parce qu'ils ont abusé de moi lorsque j'étais enfant. Dès que j'ai eu la possibilité de partir, j'ai changé de nom et j'ai démarré une nouvelle vie. J'ai rencontré la plus belle fille au monde. » Il sourit, son visage était doux. « Je l'ai épousée, j'ai eu une vie agréable ici, dans ce merveilleux endroit. »

Sarah écouta en silence, essayant de décrypter ses yeux. Elle le croyait, sans trop savoir pourquoi. « Où es-tu parti ? » Sa voix était rauque et elle sentit un sentiment de tristesse bien connu l'envahir. « Pourquoi as-tu tellement changé, pourquoi tout vouloir contrôler ? »

Il la regarda d'un regard tranquille. « Parce que j'ai paniqué. Ils m'ont retrouvé. J'ai pensé que si tu parvenais à comprendre - »

« - Et tu as pensé que je ne pourrais pas ? Avec mon passé ? » Sarah n'en croyait pas ses oreilles. Dan posa une main sur les siennes.

« C'était *à cause* de ton passé- je ne pensais pas que tu aurais envie d'être mêlée à une autre situation tragique. J'ai cru que tu me quitterais pour ça. Et j'étais jaloux de ta relation avec Finn Jewell. »

Elle écarta les mains. « Mon dieu... Finn et moi sommes amis. Nous n'avons toujours été *que* des amis. »

« Toujours ? »

Elle hésita et il s'engouffra dans la brèche. « Tu vois ? C'est la raison pour laquelle je t'ai trompée avec la femme de Finn. Mon dieu, ça a té une erreur mais j'étais en colère, jaloux. »

Elle était fâchée maintenant. « Donc c'est de ma faute si tu es parti ? »

« Non, non, ce n'est pas ce que j'ai voulu dire. Mon dieu, je n'arrive pas à bien m'expliquer. En fait, j'étais terrifié à l'idée que tu me quittes. Ce qui m'a semblé évident c'est que ma famille ne m'aurait pas abandonné alors j'ai réfléchi - et j'en suis triste maintenant - j'aurais préféré que tu me plaignes plutôt que tu me haïsses. »

Les yeux de Dan étaient tristes maintenant et Sarah ressentit de la tristesse pour lui, de la sympathie. « Dan...Ray... peu importe ton nom, tout ça appartient au passé maintenant. J'ai avancé, tu dois faire de même. Si possible pas avec Caroline Jewell. » Elle lui fit un petit sourire et il le lui rendit.

« Sarah, fais-moi une faveur - pour toi, je serai toujours Dan. Ray fait partie d'un passé que je ferais mieux d'oublier. »

Sarah le regarda. « D'accord, Dan. Mais tu dois comprendre que nous ne pouvons pas nous remettre ensemble. Même si je n'étais pas avec Isaac, tu es quand même sur le point d'avoir un enfant avec une femme que je déteste. »

Il grimaça mais adoucit son expression quand elle le regarda en fronçant les sourcils. « Je sais, ce n'est pas la faute de cet enfant. »

« C'est de la tienne. »

« Ouais. »

Ils restèrent assis en silence un long moment puis Sarah prit une profonde inspiration. « Ecoute, Dan, je dois savoir - et ses questions vont peut-être te sembler, je ne sais pas, indiscrètes ou incroyables mais il y a trop de coïncidences, d'événements qui se sont produits depuis ton retour donc je dois savoir la vérité. »

Dan hocha la tête, son regard était sérieux. « Je comprends. Demande-moi ce que tu veux savoir ma belle Sarah. » lui dit-il avec un grand sourire.

Elle hésita. « Est-ce que tu as quelque chose à voir avec le meurtre de George ? De Buddy ? De Lindsey Chung ? Est-toi qui m'a agressé dans les bois ? Et Molly ? »

« Non. Mon dieu, non. J'adorais George, je suis terriblement désolé de ce qui lui est arrivé. Buddy était...un mai, si tant est que Buddy soit capable d'avoir un ami. Et Lindsey, mon dieu Sarah, elle était si jeune. C'est affreux. Et non Sarah, je ne pourrais jamais te blesser - pas physiquement. »

Leurs yeux se rencontrèrent et elle ne vit rien susceptible de contredire ce qu'il disait. « Je comprends que tu me soupçonnes. A cause de la façon dont je me suis comporté, à cause de la façon dont je suis parti...je pense que tu as fini par m'imaginer comme un... monstre. » dit-il doucement. « Je te jure Sarah, je suis peut-être un enfoiré de première classe mais je ne suis pas un assassin. »

Sarah réfléchit un long moment à ses paroles, tout en regardant la nuit par la fenêtre.

« Sarah ? »

Elle se retourna vers lui. « Est-ce que tu veux cette maison ? Je n'en veux pas, elle est à toi si tu la veux. C'est un bon endroit pour élever un enfant. » Elle détestait l'idée que Caroline Jewell puisse vivre ici mais maintenant, elle était certaine de vouloir partir.

Dan la regarda d'un air surpris. « Non, je ne peux pas. »

« Si, si tu peux. Elle se leva et attrapa son sac, puis ne sortit une enveloppe rembourrée. « En fait, tout est déjà signé. il ne te reste qu'à signer et la maison est à toi. »

Dan prit l'enveloppe et en examina le contenu. Il fit un petit sourire en lisant les notes en bas de page. « A la condition que je ne te contacte plus jamais ? »

Elle hocha la tête. « C'est la condition. Irrémédiable. »

Dan remit les documents dans l'enveloppe. « Je vais y réfléchir. »

Elle soupira mais lui fit un petit sourire. Elle essayait de rester calme. « Bien sûr. »

Elle s'avança vers la porte.

Il la regarda dans le couloir sombre. « Tu restes là ce soir ? » Elle secoua la tête.

« Non, je vais chez Molly. »

« Tu veux que je te dépose ? » A ce moment précis, il lui rappela tant le Dan qu'elle avait connu que son cœur flancha.

« Non, merci, j'ai le camion. »

Elle le regarda s'éloigner ; se félicitant que cette rencontre se soit bien déroulée, même si elle était confuse. Dan avait raison, elle l'avait imaginé comme un monstre mais c'était la seule personne dans sa vie capable de faire des actes aussi horribles. Elle ferma les yeux et s'appuya au chambranle de la porte. Dieu merci tout était fini. Elle était épuisée et réalisa combien son corps avait été tendu et crispé sous le poids de l'anxiété. Elle prit son sac et ses clés et ferma la maison derrière elle.

Elle monta dans son camion et s'éloigna de la maison qu'elle et Dan avaient partagée, sans même lui jeter un dernier regard.

« Tout cela ne t'a pas semblé un peu trop facile ? » Cela faisait trois jours, Sarah était allongée nue sur Isaac, leurs corps étaient trempés de sueur, dégoulinants d'amour. Isaac leva les sourcils en la regardant, attendant une réponse à sa question. « Non ? »

Elle lui fit un petit sourire. « Tu me demandes de te donner une réponse réfléchie et censée alors que tu viens de retourner mon cerveau ? Laisse-moi une minute. »

Il sourit. « J'adore quand tu dis ça. »

Elle gigota. « Tu adores encore plus ma bouche quand elle est tout autour de ta grosse queue. »

« Effectivement. » acquiesça-t-il.

Sarah soupira d'aise, posa son menton sur sa poitrine et le regarda. « Veux-tu que nous parlions de nos merveilleux ex ? »

« Je veux bien. »

« Oublie-les. Rien ne peut plus nous atteindre maintenant. »

Il repoussa une mèche de cheveux derrière son oreille. « Dans ce cas, quand pouvons-nous envisager de nous marier ? »

Sarah lui sourit et passa doucement ses lèvres sur les siennes. « Quand tu veux. »

Le visage d'Isaac s'éclaira. « Dans ce cas, mademoiselle Bailey, c'est pour bientôt. »

« Tu as une date en tête ? »

Isaac passa ses bras autour d'elle. « Que penses-tu de vendredi ? »

Elle le regarda d'un air surpris. « Tu es sérieux ? »

« Ouais. »

Sarah commença à rire. « Alors je dis banco, M. Quinn, oui... »

Cette journée de fin septembre était fraîche.

Sarah passa ses bras autour d'Isaac, qui se préparait à partir pour la journée.

« D'accord bébé. Fais juste attention. Appelle-moi dès que tu peux. »

Il hocha la tête et l'embrassa. « Je t'aime. »

Elle sourit, un peu inquiète. « Je t'aime aussi bébé. »

Elle le regarda partir, retourna dans la maison et se prépara une tasse de thé. Pendant que la bouilloire chauffait, elle se dirigea vers la porte de derrière pour respirer un peu d'air frais. Quand l'eau commença à bouillir, la bouilloire siffla et elle se retourna pour repartir vers la cuisine.

Et la douleur la frappa.

Son dos s'arqua pour contrecarrer la douleur violente qu'elle ressentit dans le rein gauche. Elle haleta et parvint à revenir dans la cuisine. Elle ne pouvait plus respirer. Elle était confuse, perplexe. Elle essaya de faire entrer de l'air dans ses poumons mais elle n'y parvint pas. Elle posa une main sur son dos à l'endroit même où elle sentait la douleur. C'était mouillé. Du sang. Elle ne comprit pas mais sentit ses jambes perdre toute leur force. Elle tomba au sol et ses doigts parcoururent les alentours de la blessure, où elle sentait le sang couler. Il y avait un petit trou dans son dos, par lequel le sang s'échappait. Une balle. On venait de lui tirer dessus. Incrédulité. Peur. Elle s'allongea sur le sol de la cuisine, essaya de respirer, sentit son sang couler hors d'elle.

« Isaac... » Sa voix n'était qu'un murmure. Sa tête tournait. Elle ferma les yeux et quand elle les rouvrit, son monde était devenu affreusement horrible. Dan était devant elle, un pistolet à silencieux à la main.

« Salut Sarah. » Il lui sourit et dirigea le pistolet vers elle.

Des larmes coulaient sur son visage, Sarah secoua la tête, leva les mains pour se protéger. Inutilement. « Non, s'il-te-plait, s'il-te-plait... »

Daniel Bailey soupira, victorieux et appuya sur la détente.

Sarah se réveilla en train de hurler et de griffer l'air. Isaac se redressa dans le lit, brusquement réveillé et vit qu'elle s'accrochait à lui, le visage terrifié.

« Désolée, mon dieu, désolée, c'était juste un cauchemar... » Elle essaya de reprendre son souffle alors qu'il s'approchait d'elle pour la prendre dans ses bras. Ses cheveux étaient collés de sueur sur son front et il les repoussa.

« Tout va bien, mon cœur. »

Elle s'appuya contre lui. Ce cauchemar avait été si viscéral, si réel. Elle pouvait presque sentir la douleur de la balle entrant en elle... *Mon dieu.* Etait-elle si fragile ? Même maintenant ?

Elle sentit les lèvres d'Isaac contre sa tempe. « Tu veux me le raconter ? »

« C'est tellement stupide que j'aurais l'air d'une idiote si j'en parlais à voix haute. « Oublie ça. » Elle s'allongea sur le lit et essaya de lui sourire. « Je préférerais que tu me changes les idées. » Il fit glisser son doigt dans la vallée de ses seins, sur son ventre, autour de son nombril puis entre ses jambes.

« Tes souhaits sont des ordres. » murmura-t-il. Il joua avec ses doigts jusqu'à ce qu'elle jouisse puis la recouvrit de son corps, enroula ses jambes autour de ses hanches et plongea son sexe en elle.

« C'est une distraction suffisante pour toi ? » murmura-t-il, les lèvres contre sa gorge et elle hocha la tête, incapable de parler.

« Mon dieu oui...*oui...* »

SARAH BAILEY DEVINT SARAH QUINN après une cérémonie de quinze minutes à la mairie de Seattle. A sa demande, ils avaient gardé la cérémonie secrète et seuls Saul et Mika, Molly, Mike et Finn étaient présents lorsqu'ils échangèrent leurs consentements. C'était formel, rapide mais une fois la cérémonie terminée, Isaac embrassa sa nouvelle femme merveilleusement tendrement.

Ils organisèrent une petite réception au café - Molly et Nancy étaient allées en ville et avaient acheté tout un tas de petites lanternes blanches pour l'éclairage. Sarah reconnut à peine le café. Quelques amis de l'île se joignirent à eux.

Sarah essaya d'aider Molly et Nancy mais elles l'éloignèrent systématiquement de la cuisine où elles préparaient le repas. Elle finit par abandonner. Maika, sa nouvelle belle-sœur, lui sourit en la voyant s'échapper de la cuisine. Elle lui prit la main.

« Viens t'asseoir près de moi. Nous ne sous sommes jamais parlées, juste que nous deux. Nos maris sont des hommes occupés, alors nous allons avoir un peu de temps. » lui dit-elle en souriant et en hochant la tête en direction de Saul et d'Isaac qui riaient et discutaient ensemble.

Sarah se sentit soudain toute timide. Maika était très grande, très élégante, mais elle avait rapidement découvert son sens de l'humour si particulier et cette chaleur humaine incomparable et Sarah se sentit comme une petite fille en sa présence.

« Isaac m'a dit qu'il vivait un véritable conte de fée, alors égoïstement, je veux t'en remercier. » dit Maika. « Merci de le rendre heureux - je me suis toujours sentie coupable de ce qui s'est passé, mais comme tu le sais toi-même - quand la bonne personne se présente... »

« Je te comprends, crois-moi. Je ne savais pas ce qu'était l'amour avant lui. »

« Mais tu as déjà été mariée, non ? »

Sarah hocha la tête. « Et je ne veux pas donner l'impression d'avoir fait un mauvais mariage - en tout cas pas dès le début - mais mon ex-mari est...un étranger maintenant. »

Maika hocha la tête, et la regarda avec sympathie. « Isaac nous a raconté toute ton histoire. Que crois-tu qu'il se soit passé ? »

Sarah secoua la tête. « Honnêtement, je n'en sais rien. J'étais presque convaincue que c'était Dan, que son ego surdimensionné lui avait fait perdre le contrôle, qu'il en était capable, mais maintenant, je n'en suis plus sûre. »

Elle se passa la main sur le visage, troublée et Maika posa sa main sur son bras. « Désolée, je suis un peu trop curieuse, et ce n'est pas le bon moment pour ça. »

« Non, ça va. Mais changeons de sujet malgré tout. » Sarah lui sourit et nota pour la première fois combien elles se ressemblaient - cheveux noirs, peau mordorée, yeux brun foncés. Les frères Quinn aimaient le même type de femme, pensa-t-elle en souriant.

« Bien, que vas-tu faire maintenant ? Isaac m'a dit que tu quittais ce café. »

Sarah hocha la tête. « Je pense que je vais retourner à l'école. »

« Tu n'es pas allée à la fac ? »

« Si, j'ai mon diplôme. Mais j'aimerais faire quelque chose qui me passionne vraiment. Avant de devenir propriétaire du café, je voulais être architecte. J'ai même réussi à me créer un petit portfolio et j'ai pris des cours du soir, mais finalement, je me suis occupée du café. »

Maika la regarda, à la fois surprise et impressionnée. « Waouh. Et bien, vas-y, fonce, avant que vous ayez des enfants. C'est dur de tout gérer en même temps, tu t'en doutes. »

Sarah déglutit mais ne répondit rien. Elle n'avait pas envie de dire à tous les gens qu'elle connaissait qu'elle ne porterait jamais d'enfants et pour être honnête, elle commençait à en avoir un peu assez. Elle ne cessait d'imaginer un petit garçon avec les boucles d'Isaac, peut-être ses yeux à elle et des taches de rousseur sur les joues. Son cœur se tordit sous la tristesse.

Elle le regarda, il était si beau, si grand et si fort, son visage s'adoucissait tellement quand il riait. Elle pouvait voir qu'il était heureux et satisfait, et elle n'en revenait pas que ce soit elle, l'ancienne Sarah Bailey, qui fasse briller ses yeux de cette façon-là.

De la caravane à l'appartement avec vue, se souvint-elle. La presse avait découvert son histoire mais elle avait été surprise que ça ne l'agace pas plus que ça. Son histoire était déjà connue et ça ne faisait plus aucune différence dans sa vie maintenant. Certains magasines un peu moins bien intentionnés avaient spéculé sur le fait qu'une femme comme elle ait pu mettre la main sur Isaac Quinn mais elle les avait ignorés. Les gens qu'elle aimait connaissaient toute la vérité sur son histoire.

Même Dan était resté à l'écart. Il lui avait envoyé quelques textes, l'avait appelée une ou deux fois, lui avait dit qu'il voulait lui racheter la maison. Elle aurait préféré qu'il quitte l'île mais c'était mieux que rien. Leur entente semblait fragile et quand elle y pensait, elle serait en ville la plupart du temps. Elle doutait de le croiser à nouveau, même si elle restait sur l'île.

Mais le mystère des meurtres, des agressions de Sarah et de Molly, ne la quittaient pas et mettaient tout le monde mal à l'aise. Il était préférable de connaître son ennemi que de vivre caché de lui ou d'elle. Ils étaient naturellement devenus plus vigilants, moins confiants avec les étrangers.

Mais pas aujourd'hui. Aujourd'hui, on parlerait d'amour, de famille et de bonheur. Isaac - son mari se dit-elle en souriant - s'approcha et lui réclama une danse. *Never let me go,* de Florence and the Machine, et pendant qu'ils dansaient, Sarah était plus sûre que jamais qu'elle était exactement à sa place.

Il les regardait par la fenêtre située sur le côté de la cuisine du café et la rage vrillait sa gorge. Mon dieu, elle était radieuse, étincelante, tous les clichés sur la jeune mariée le jour de son mariage lui correspondaient. Sarah, *sa* Sarah, était maintenant Sarah Quinn. Elle ne porterait pas son nouveau nom très longtemps. Il la ferait payer cette trahison.

Plus tard, Isaac retrouva Sarah, sortie quelques instants respirer l'air frais du soir. Il resta derrière un moment et la dévora du regard. Ses cheveux, coiffés en un chignon bas spécialement pour la mariage, commençaient à reprendre leur liberté et de longues mèches lui pendaient dans le dos. Sa robe blanche toute simple qu'elle portait tombait délicatement et soulignait ses courbes. Elle fermait les yeux et levait son visage vers le ciel étoilé. Isaac sourit.

« Bonsoir, Mme Quinn. » dit-il à voix basse, pour ne pas la faire sursauter. Elle ouvrit les yeux et se tourna vers lui, un large sourire éclairant son beau visage. Il s'avança vers elle et la prit dans ses bras. Elle le regarda.

« Nous l'avons fait. »

Il sourit en hochant la tête. « Oui, nous l'avons fait. » Il posa ses lèvres sur les siennes, la sentit répondre et appuyer son corps contre le sien.

« Et maintenant, tu vas me dire où tu m'emmènes en lune de miel ? »

Ca avait été sa demande lors de l'organisation du mariage. Elle ne posait pas de questions, il organisait la lune de miel - et gardait la destination secrète. Il secoua la tête.

« Tu n'as pas encore deviné ? »

Elle fit mine de réfléchir. « L'étrange île écossaise de Auchtermuchty. »

« Non. Et ce n'est pas une île. »

« Comment le sais-tu ? »

« Je sais des choses. Auchtermuchty est près de Fife sur la terre ferme écossaise. »

Sarah grommela, et murmura entre ses dents quelque chose qui ressemblait à « Merde, espèce de sale Magellan. »

Il rit et l'embrassa.

« Tu es fantastique. » murmura-t-il. Elle rougit.

« Tu parles que je le suis. » Elle plaisantait mais apprécia son compliment. Il rigola.

« D'accord, tu veux savoir où on va ? »

« Mon dieu oui. »

« D'accord, et bien nous allons...heu...oh non... » Il fit mine de tousser et de s'éclaircir la gorge. « Les mots...ne veulent pas...sortir. »

Elle le repoussa d'un air faussement dégoûté. « Oh, ha ha ha. Très drôle. » Elle repoussa ses cheveux en arrière et s'éloigna de lui. Il vit qu'elle essayait de ne pas rire quand il la suivit dans l'arrière-salle du café.

« Sérieusement. » dit-il en riant. « Est-ce que tu vas arrêter de me suivre ? » Il commença à rire de bon cœur et elle essaya de l'ignorer mais ne peut résister à sa bonne humeur.

« Allez, Isaac... s'il-te-plait. » Elle fit mine de le flatter mais Isaac secoua la tête.

« Non. » Il la repoussa contre le mur et l'emprisonna dans ses bras. Elle lui tira la langue.

« Tu n'es qu'un sale clown, doublé d'un petit comique recouvert de sauce marrante. »

« Et il va te falloir vivre avec, ma chère femme. » Il lui sourit et elle grimaça, incapable de rester sérieuse.

« Ce n'est pas drôle. »

Il la fit taire en plaquant sa bouche sur la sienne, et l'embrassa jusqu'à ce qu'elle se dégage pour reprendre son souffle. « D'accord, j'abandonne. Emmène-moi où tu veux. »

« Je vais t'emmener de suite tout contre ce sur. »

« Isaac Quinn - nous avons une pièce pleine d'invités juste à côté. »

« Rabat-joie. »

« Allez, retournons là-bas avant d'être trop excités et que nous ne puissions plus rien faire. »

Ils retournèrent vers la fête en riant - et ne virent pas Finn Jewell assis seul dans un coin sombre de la pièce, les espionnant, les yeux brillants et sombres.

Molly était évidemment en larmes. Elle passa ses bras autour de Sarah et sanglota. « Je suis si heureuse pour toi, tellement, tellement heureuse. »

Sarah rigola, et serra doucement son amie, sa sœur dans ses bras. « Je t'aime, Molly. Merci d'avoir organisé cette journée parfaite. » Elle leva les yeux vers Isaac qui était en train de prendre son frère dans ses bras et sourit. Une famille. Enfin.

Molly murmura quelque chose dans son épaule et Sarah se recula. « Oui, moi aussi muchimushtrou. »

Molly recula, essuya ses larmes et sourit. Sarah regarda autour d'elle. « Où est ton frère ? »

« Juste ici. » Elle se retourna et vit Finn appuyé contre le mur du Varsity, qui les regardait. Elle avança vers lui.

« Hé... »

« Hé. Je suppose que c'est un au revoir - pour l'instant, en tout cas. » Il lui fit un petit sourire et elle lui prit la main.

« Pas pour longtemps. On se revoit dans deux semaines. Et quand je reviendrai, nous devrons parler de ton emménagement dans ta nouvelle maison. »

Finn désigna Maika du menton. « Elle a dit que tu allais reprendre des études d'architecture. Il est enfin temps. Peut-être que tu pourras concevoir ma nouvelle maison et je la fabriquerai. »

Sarah se pencha vers lui. « Affaire conclue. »

Finn la regarda un long moment puis, il la prit rapidement dans ses bras et la serra fort. « Je veux que tu saches que je serai toujours là pour toi. » murmura-t-il les lèvres contre son oreille. « Je serai toujours...merde... » Sa voix s'étrangla et il la relâcha puis essuya ses larmes. Sarah eut du mal à déglutir, elle dégagea une boucle qui s'était perdue sur sa tempe et le força à la regarder.

« Tu sais, n'est-ce pas ? » Il avait parlé à voix basse et elle hocha la tête.

« Je sais. » Elle se pencha et l'embrassa sur la joue. « Dans une prochaine vie, d'accord ? »

Finn serra les poings mais lui sourit. « Félicitations, ma belle. »

Sarah ne put retenir ses larmes et elles roulèrent en bas de ses joues. « Pourquoi ai-je l'impression que c'est un adieu ? »

Finn secoua la tête. « Ca ne l'est pas. Je te promets que je serai là. Je ne te laisserai plus jamais tomber. Jamais. »

Sarah repensait encore à cette conversation dans la voiture qui l'emmenait vers l'aéroport de SeaTac. Isaac conduisait, il avait refusé que ce moment privé soit perturbé par un chauffeur. Il se pencha et lui prit la main alors que la voiture sortait tranquillement de la ville.

« Ca va, ma petite femme ? » lui demanda-t-il en souriant. Sarah rosit de plaisir.

« Oui, mon homme. Tu sais quoi ? »

« Quoi ? »

« Je n'ai même pas envie de savoir où nous allons. Je veux que ce soit une totale surprise. »

Isaac sourit. « Parfait. »

« Mais ne vais-je pas le savoir en arrivant à l'aéroport ? »

« Non. Nous allons prendre mon jet. »

Sarah leva les sourcils. « Tu as un jet ? *Bien évidemment tu as un jet.* » dit-elle en mimant une attitude bourgeoise. Elle le regarda. « Tu sais, j'ai tendance à oublier que tu es milliardaire. Ce mot ne signifie rien pour moi - je ne peux même pas imaginer autant d'argent. »

Isaac sourit. « Je ne le sors pas très souvent et je n'exhibe pas mon argent comme d'autres mais là, l'occasion est spéciale. Tu te souviens quand je t'ai dit que j'aurais parfois envie de te gâter ? »

Elle hocha la tête. « Oui. Et je dois te dire que j'attends encore - sans compter bien évidemment que tu es nu la plupart du temps. »

Il réfléchit. « Je pense que je suis d'accord avec toi. »

« Est-ce que tu vas piloter cet avion ? » lui demanda-t-elle mi amusée mi sérieuse.

Il rigola. « En quelque sorte… je peux le piloter, il m'appartient, il faut juste que je m'arrange pour que ma cape de super héros ne se coince pas dans les turbines. »

« Petit marrant. » Elle rit à sa propre moquerie. « Je t'aime tellement. »

« Tu es mon monde, ma belle. »

UNE FOIS À L'AÉROPORT, il conduisit directement sur le tarmac puis ils montèrent dans son jet. Les yeux de Sarah s'écarquillèrent sous l'effet de la surprise en découvrant le luxueux avion, les sièges en magnifique cuir, suffisamment larges pour deux, la moquette douce et profonde. Isaac présenta Sarah au pilote et à l'hôtesse et ils se retrouvèrent seuls. Sarah enleva ses chaussures et Isaac sortit une bouteille de champagne. Il lui tendit une flûte une fois installée dans un des sièges, gémissant de plaisir devant tout ce luxe. Il s'assit à côté d'elle en souriant. Ils trinquèrent doucement.

« Tu aimes ça n'est-ce pas ? M'impressionner ? »

Isaac sourit et trinqua à nouveau. « Bien sûr. Il y a quelques avantages à être moi. »

Elle rit, se pencha et défit sa ceinture de sécurité. « Oh, désolée. »

« Tu es déjà saoule ? »

« Je suis légère - j'ai déjà bu trop de champagne à la fête. »

Isaac secoua la tête, amusé. « Tu as mangé quelque chose ? »

Sarah fronça les sourcils et essaya de se souvenir. « Tu sais quoi ? Non, je n'ai rien avalé. Pourquoi, tu avais à un chef multi-étoilé à bord ? »

« Mieux. Tu vas voir. »

Elle vit. Dès qu'ils eurent décollé, Isaac se détacha et se leva pour se rendre dans ce qui ressemblait à un minibar. Quand il l'ouvrit cependant, elle vit de la vapeur en sortir et Isaac en sortit deux boîtes qui lui semblèrent très familières. Elle rit quand il les apporta, ouvertes, en lui présentant le contenu d'un air théâtral. Elle lui sourit les yeux brillants.

« Pizza ! Tu es un génie. »

« Je connais ma femme. » dit-il d'un air content. « Autre chose... il y a une chambre à l'arrière. »

Sarah s'exclama. « Avec une télé ? »

« J'espérais un autre type de distraction mais si tu préfères... » Isaac s'amusa de son excitation. Elle se leva et s'approcha de lui, passa ses lèvres sur les siennes et le regarda à travers des battements de cils.

« Pizza, télé, un lit dans un avion... oh, quelle belle soirée. Emmène-moi dans ton lit. »

Isaac prit les boîtes à pizza. « Prends ça. »

« Quoi ? » Sarah éclata de rire quand il la souleva dans ses bras et la porta au lit.

MOLLY PAYA LA BABY-SITTER, la remercia et lui dit au revoir pendant que Mike garait la voiture. Molly regarda les enfants. Totalement épuisés.

Molly bailla et partit dans sa chambre, se déshabilla, passa un short et un t-shirt et se mit au lit. Elle était fatiguée mais aujourd'hui, elle avait l'impression que toutes les horreurs de ces derniers mois avaient été effacées. Sarah était heureuse, en sécurité. Marié, se dit Molly avec un sourire. Maintenant, si seulement elle pouvait trouver le moyen de rendre son frère heureux. Elle avait vu le déchirement dans les yeux de Finn aujourd'hui alors que la femme qu'il aimait épousait un autre homme. Le fait que Finn aimait et admirait Isaac était encore pire. Est-ce que ce serait mieux s'ils se détestaient, comme il détestait Dan Bailey ?

Dan Bailey. Hallucinant, se dit-elle, on ne se rend pas immédiatement compte de la toxicité de certains couples, de l'erreur de leur union. Depuis que Sarah l'avait revu, personne n'avait plus entendu parler de lui, même Caroline faisait profil bas, ce qui était une bonne chose.

A vingt-deux heures trente, elle entendit un crissement de pneus dehors et regarda dans Main Street par la fenêtre de sa chambre. Elle vit Dan Bailey se garer devant le Varsity. Pendant un instant, le cœur de Molly battit la chamade et elle se demanda si Caroline était avec lui. Mais Dan était seul. Elle le vit passer par une fenêtre et entrer dans le café noyé dans l'obscurité. Son comportement était dérangeant; il se leva, droit comme un I en tournant le dos à Molly. Molly descendit au rez-de-chaussée et ouvrit doucement la porte de sa maison puis sortit pour l'observer. Dan ne la vit pas. Molly sortit dans la rue en restant dans l'ombre des réverbères, à l'abri, là où elle pourrait observer Dan sans qu'il la voie. Elle vit tout d'un coup Nancy passer le coin avec son chien; elle aussi venait de s'arrêter et regardait Dan, le visage recouvert d'un masque de surprise. Molly reporta son attention sur le visage de l'ex-mari de Sarah.

Et son sang se glaça. Dan hurlait, la bouche grande ouverte, le visage enragé. Il hurlait sans faire de bruit, hurlait en silence dans le café vide.

Isaac sourit à sa femme quand ils approchèrent de l'aéroport de Seattle. Sa tête était posée sur sa poitrine, ses yeux fermés, sa respiration calme et égale pendant son sommeil. Ces deux semaines avaient été paradisiaques. Il l'avait emmenée à Paris pendant une semaine puis dans le sud de la France pour le reste de leur lune de miel. Il savait qu'elle ne se contenterait pas de rester bronzer sur une plage - à la place, ils avaient visité des lieux touristiques, des musées, des galeries d'art, des monuments. A St-Tropez, la météo - chaud et étouffant

- les avait contraints à passer la plupart du temps dans leur hôtel climatisé à faire l'amour et des plans sur leur avenir.

Les événements des derniers mois semblaient être à des millions d'années - tous deux se sentaient intouchables maintenant.

Isaac caressa ses cheveux soyeux et repoussa l'idée que peut-être, peut-être ils avaient été trop complaisants. Le spectre de leurs ex le hantait toujours. *Mais que voulaient-ils à la fin ?*

Heureusement, le mariage avait répondu à ce non-sens. Si Clare voulait de l'argent, elle l'aurait, il lui donnerait tout l'argent qu'elle voulait- il s'en fichait, il ne voulait que Sarah.

Dan Bailey était cependant plus compliqué à gérer. Il ne pouvait le blâmer de vouloir récupérer Sarah mais maintenant, en tout cas, il devait comprendre qu'il était hors de question que cela se produise. *Tu l'as perdue quand tu l'as quittée,* pensa Isaac et il fit un petit sourire. *Trop tard, mon pote, tu as perdu.*

Son téléphone portable bipa. Un texto de Molly. *Tout est prêt pour demain - elle ne se doute vraiment de rien ?*

Isaac sourit. La fête surprise que lui et Molly avaient organisée pour leur retour sur l'île; ils y avaient pensé lors du mariage. Molly voulait remercier Sarah de lui avoir donné le café.

Non. Merci d'avoir tout organisé, je suis impatient de tous vous revoir.

Sarah s'étira et ouvrit les yeux. Elle s'assit, s'étira encore et regarda par la fenêtre. Ils volaient dans la belle lumière matinale de Seattle, l'avion se dirigeait vers l'état de Washington et le soleil faisait étinceler les eaux du Pacifique, puis la ville leur apparut. Sarah sourit à Isaac et l'embrassa.

« Tu as dormi ? »

« Un peu. Je me rattraperai à la maison, je ne dors jamais bien dans les avions. »

Elle se frotta le visage. « Nous sommes à la maison. C'est le début de notre nouvelle vie ensemble. »

Isaac hocha la tête. « En effet. Je suis impatient. »

. . .

Molly retourna la pancarte et déverrouilla la porte du café. Il faisait déjà chaud dehors, même si tôt le matin, et elle décida d'ouvrir les immenses fenêtres du bâtiment pour laisser l'air circuler. Elle ne vit pas Dan la suivre et elle sursauta violemment quand elle se retourna et le vit juste derrière elle. Il lui sourit.

« Désolé, je n'ai pas voulu te faire peur. Salut Molly, ça fait un moment. »

Elle posa une main sur sa poitrine pour essayer de calmer le battement effréné de son cœur. « C'est un euphémisme. Comment vas-tu Daniel ? »

Sa voix était dure et Dan lui sourit l'air innocent. « Ca va. Un peu triste - j'ai appris que Sarah s'était remariée. »

Molly sentit monter une pointe d'irritation en elle. *Salope de Caroline.* « Oui, en effet, et pour une fois, elle est vraiment heureuse. Isaac est l'homme qui lui fallait. »

Elle savait parfaitement ce qu'elle sous-entendait mais elle s'en fichait. Maintenant qu'il était si proche, elle fut convaincue que c'était Dan qui l'avait agressée ici même, dans le café. Sa présence, sa stature, son odeur - son corps réagissait instinctivement, s'éloignait de lui. Elle regarda rapidement par la fenêtre pour s'assurer qu'il y avait d'autres gens autour d'elle; des gens qui réagiraient si elle se faisait attaquer. A son grand désarroi elle ne vit personne dans la rue devant le café, personne susceptible de lui venir en aide. Dan lui sourit, appréciant visiblement son inconfort. *Connard.*

« Puis-je avoir un Américano, Molly ? Je me souviens que tu as toujours été une excellente barista. »

Ca devait être un compliment mais le ton morne de Dan le faisait presque passer pour une insulte. Molly était déterminée à ne pas se laisser avoir - ou en tout cas à ne pas le montrer. « Bien sûr. »

Elle alluma la machine et commença à préparer le café, en se concentrant toujours sur l'idée de qui il était.

« Où le milliardaire a-t-il emmené Sarah en lune de miel ? »

« Je ne sais pas, c'était une surprise pour Sarah. » *Et je ne te le dirais pas de toute façon.* Elle lui tendit une tasse de café brûlante. *Bois-la et vas t'en s'il-te-plait.* Elle lui fit un sourire. « Tu savais tout sur notre surprenante Sarah n'est-ce pas ? Dan sourit mais ne releva pas sa pique. « Alors, Dan, tu vas habiter dans la maison de Sarah ? Elle m'a dit que tu voulais lui acheter. Je pensais que tu ne voudrais pas vivre dans un lieu si plein de tristes souvenirs. »

Dan hocha la tête. « Je vais avoir un enfant, ici même, dans l'état de Washington, sur cette île. *Je* ne vais pas fuir mes responsabilités. Peut-être devrais-tu te demander si Isaac Quinn ferait de même. »

Elle éclata d'un rire fort et inattendu. « Tu te moques de moi ? »

Dan fit semblant d'être terriblement offensé mais elle vit clair dans son jeu. *Il adore ça.*

« Molly, franchement. Nous avons toujours été de bons amis. »

« Tu crois ça? »

« Oui, nous l'étions. » Le ton de sa voix devenait plus dur.

Elle ne baissa pas les bras. « Jusqu'au moment où tu as essayé de tuer ma meilleure amie ? »

Son expression était désolée. « J'ai entendu que j'étais présumé suspect dans cette agression. C'est ridicule, Molly. Pourquoi voudrais-je tuer Sarah ? »

Elle fit une moue de dégoût et ses yeux parcoururent le café. Ils étaient seuls. Dan suivit son regard et sourit. Il s'approcha un peu plus d'elle.

« Tout ce que j'ai toujours voulu est protéger Sarah, l'aimer. Etre là pour elle. Et depuis que je suis revenu, tout le monde essaie d'insinuer que mes motifs sont bien moins purs. Sans autre raison que la jalousie. Je suis certain que ton frère est celui qui a distillé ce poison dans les oreilles de Sarah pendant les deux années où je me suis absenté. »

« Absenté ? C'est ce que tu dis, espèce de lâche ? »

Les yeux de Dan devinrent sombres de colère. « Tout comme ton frère, pétri de haine et de jalousie. Tu as toujours voulu que Finn et Sarah soient ensemble, je suis surprise que tu aies adhéré si rapidement à son union avec Quinn. »

Molly fit le tour du comptoir et se planta en face de Dan. « Tu n'es qu'une ordure, une brute et un menteur. Ne remets jamais les pieds ici et n'essaie plus jamais de me rallier à ta cause. Et n'essaie pas non plus de m'intimider parce que tu n'y arriveras jamais, jamais. Je ne suis pas aussi gentille que Sarah. Elle t'a laissé bien trop de chances. Tu n'en auras plus aucune avec moi. Quitte cette île, Dan. Pars loin, très loin et ne reviens jamais. »

Elle se rapprocha encore de lui et Dan la regarda d'un air amusé. Elle lui sourit. « Tu te rends compte, n'est-ce pas, que maintenant qu'elle est mariée à un des hommes les plus riches du pays, Sarah sera la personne la plus protégée dans l'histoire de cette ville ? Tu ne parviendras pas à l'approcher. »

« Molly, pourquoi est-ce que tout le monde pense que je veux tuer Sarah ? »

Molly se figea. « Je n'ai jamais parlé de la tuer. »

Dan sourit. « C'est de ma faute. Je croyais que c'est ce que tu voulais dire. » Il se recula, s'assit et la regarda. « Tu sais, je me suis toujours posé une question. »

« Je ne pense pas que ça m'intéresse. Pars s'il-te-plait. » Molly s'éloigna.

« Tu es amoureuse de Sarah ? C'est ça ? »

Elle se retourna, un sourire incrédule sur le visage. « Mais de quoi parles-tu ? »

Dan arrêta de sourire. « Ton antagonisme constant envers moi, envers Caroline, même avant que je disparaisse. Le fait que, malgré ton indéniable intelligence et ton talent, tu aies choisi de rester serveuse dans un café. Pour quelle autre raison, mis à part le fait que cela te permette de passer toutes tes journées avec une femme belle, sexy et gentille ? Oh oui, tu sais qu'elle est comme ta sœur mais tu prépares la grande étape d'après c'est ça ? »

Molly le regarda d'un air suspicieux. « Tu es vraiment complètement taré, tu sais ça ? »

Elle se retourna à nouveau mais il se rapprocha d'elle. Il approcha sa bouche de son oreille. « Ca ne te rend pas folle quand elle te frôle ? Quand tu sens son parfum, sa peau douce contre la tienne ? Ne rêves-tu pas de l'embrasser, de poser ta bouche sur la sienne ? De t'allonger sur son corps ? Ou... »

Il s'arrêta de parler et la regarda. Elle essaya de le repousser mais il tendit son bras et la piégea contre le mur. « Est-ce la vision de Sarah et Finn ensemble qui te fait flipper ? Tu aimes regarder, Molly ? Tu aimerais les voir baiser ensemble ? Ou est-ce autre chose ? Comme vous trois ensemble par exemple ? Toi, ton frère... »

Elle le gifla en plein visage. « Casse-toi, espèce de connard. »

Il fit un pas dans sa direction, le visage tordu de rage. Effrayée maintenant par la violence dans ses yeux, Molly prit une profonde inspiration pour essayer de ne pas hurler. Puis elle vit Finn, devant la porte d'entrée du commissariat de l'autre côté de la rue, qui les regardait. Elle croisa son regard et tout son corps se détendit. Il était là. Protection. Il fit un petit signe du menton pour lui demander silencieusement - *ça va sœurette ?* Elle hocha la tête imperceptiblement. Dan suivit son regard et recula d'un pas avec un sourire, puis retourna à sa table. Il termina son café en une gorgée. « Je repasserai souvent te voir, Molly. Ce serait sympa de tirer enfin cette affaire au clair. »

Il se retourna, sortit et Molly laissa échapper un profond soupir. Finn fut à la porte du café en un éclair, le visage crispé d'inquiétude. Il fronça les sourcils en regardant sa sœur. « Ca va ? »

« Ca va, mais j'ai eu un mal de chien à me débarrasser de cet abruti. » dit-elle à son frère en souriant. « Mon dieu, il est répugnant. Je ne me souvenais pas qu'il fût *aussi* flippant. » Elle sourit à son frère. « Je suis sûre que toi si, hein ? »

Finn soupira. « C'est pour ça que je garde mes distances avec lui, sauf si tu as besoin de moi; à chaque fois que je vois sa sale tête, j'ai juste envie de la lui exploser. »

« Bon réflexe. Même si je pense que tu lui fais peur. Dan est comme la plupart des brutes - un lâche. Peut-être qu'il n'aime impressionner que les femmes - cet idiot pense toujours que nous sommes le sexe faible. »

Finn sourit à sa sœur. « Il est fou de penser ça. »

Molly eut un instant d'hésitation avant de croiser le regard de son frère et de flancher. « Sarah est en sécurité maintenant, non ? Isaac est capable de la protéger ? »

Finn prit sa sœur dans ses bras. « Je l'espère. »

Mais aucun des deux n'en était certain.

SARAH GROGNA QUAND Isaac la réveilla et il rit en voyant son visage chiffonné quand elle se dirigea vers la salle de bains. Elle avait l'air vraiment adorable quand elle revint, sa brosse à dents coincée dans sa bouche, ses cheveux en désordre et ses courbes divines soulignées par son haut court et son short. Isaac, torse nu, était allongé sur le lit. Elle lui fit un petit signe avec sa brosse à dents.

« Regarde, tu m'as réveillée et tu n'es même pas encore habillé. »dit-elle la bouche plein de mousse de dentifrice. Elle jeta un œil à l'horloge et grimaça. « Nous n'avons pas besoin d'être au café avant midi. »

Isaac sourit l'air triomphant. « Nous avons quelques pratiques sexuelles à mettre en place avant cela. »

Elle roula des yeux mais sourit. « Tu es insatiable. Viens avec moi sous la douche alors. »

Isaac riait encore quand il entra sous la douche avec elle. « J'adore quand tu dis ça. »

« Tais-toi et baise-moi, petit mari. » Il sourit et s'avança sous le jet d'eau chaude et elle sentit son sexe, le prit dans une main, attrapa ses testicules dans l'autre et les caressa doucement. Il glissa sa main entre ses jambes, sentit la douceur de sa peau et glissa ses doigts en elle pour la caresser. Pendant que l'eau ruisselait sur leurs corps, il prit un de ses seins dans sa bouche et le mordilla doucement, le suça jusqu'à ce qu'elle el supplie de s'arrêter. Son sexe, engorgé et lourd, avait besoin d'entrer en elle et il la souleva sans peine pour pouvoir la pénétrer, l'appuya contre le mur frais de la douche et colla ses lèvres aux siennes. Alors qu'ils accéléraient leur va-et-vient, ils glissèrent sur le sol trempés et s'écroulèrent au sol en riant. Toujours en érection, il la reprit dans ses bras et la porta dans la chambre, la jeta sur le lit sans se préoccuper du fait qu'ils étaient en train de tremper les draps. Il écarta ses jambes et la pénétra, l'embrassa en souriant et ne la laissant échapper que quand elle commença à manquer d'air. Il sentit son corps trembler, son dos s'arqua quand elle jouit et son propre orgasme le traversa une seconde après, lorsqu'il envoya de longs jets de sperme en elle.

Ils firent l'amour toute la matinée, prolongeant le bonheur ressenti lors de leur lune de miel. Ils retournaient travailler tous les deux le lendemain - en ce qui concernait Sarah, juste quelques jours le temps que Molly embauche et forme une nouvelle serveuse pour le Varsity.

En route vers l'île, Sarah regarda Isaac d'un air perplexe. « Tu me caches quelque chose, Isaac, je te connais. Qu'est-ce qu'il y a ? »

« Rien du tout. » Il insista mais son large sourire le trahit et elle gigota.

« Mon dieu, tu sais vraiment mal mentir. »

Isaac la regarda. « Tu ne te doutais pas de l'endroit où nous allions en lune de miel, si ? »

Sarah marmonna, reconnaissant qu'elle exagérait. « Paris a été un rêve. Je pourrais très bien y vivre, traîner dans les café jusqu'à tard le soir, me promener le long de la Seine le dimanche matin. »

« Rien ne nous empêche d'aller vivre là-bas, même si ce n'est que quelques mois. Je peux travailler de la maison. »

Sarah sourit. « Même si cela ressemble au paradis, tu te lasserais de moi. »

« Ca n'arrivera jamais. »

Isaac sortit la voiture de la passerelle du ferry et se dirigea vers Main Street. Sarah trouva étrange de revenir sur cette île - elle se rendit compte qu'avec son mariage, elle avait dit adieu à cet endroit de plusieurs façons.

Elle fronça en voyant le Varsity dans l'obscurité. « C'est bizarre. C'est fermé ? »

Isaac regarda par la vitre de la voiture. « Non, je vois des gens bouger à l'intérieur. »

Sarah sourit. « Tu as des yeux qui te permettent de traverser les murs ? » Mais elle sortit de la voiture. Isaac lui prit la main et ils entrèrent ensemble au Varsity.

« Surprise ! » La cacophonie des cris fit reculer Sarah contre le torse d'Isaac et elle posa sa main sur sa poitrine.

« Bordel ! » s'exclama-t-elle en éclatant de rire au milieu de la foule. « Mais qu'est-ce qui se passe ? » Elle rit en reconnaissant des amis de l'île, sa famille.

Molly s'avança pour la prendre dans ses bras. « C'est une fête surprise pour te remercier. Pour le Varsity. »

Sarah fut énormément touchée. « Vous n'auriez pas dû. » Mais Molly et Isaac échangèrent un regard - ils savaient qu'elle était ravie. Sarah regarda autour d'elle.

« Où est Finn ? »

Molly sembla un peu gênée. « Il travaille ma belle. Il t'embrasse. »

Sarah sourit, son cœur accéléra un peu à cause de l'absence de son ami mais elle commença à rapidement discuter avec tout le monde, à la recherche des derniers ragots et nouvelles et Isaac la regarda, un sourire aux lèvres. *Mon dieu, quelle chance tu as, Quinn.*

Molly lui donna une tape amicale sur l'épaule et il se retourna vers elle tout sourire. « Lune de miel agréable ? »

Isaac rigola. « La meilleure possible. Comment ça s'est passé ici ? »

Le sourire de Molly s'effaça et elle l'attira à l'écart den la foule. « Dan rôde toujours par là... mais ne t'inquiète pas, il se s'est rien passé, c'est juste...il m'a fait un peu peur. Il me fait juste penser à quelqu'un qui n'aurait pas fini ce qu'il est venu faire, qui ne veut pas laisser partir le passé... Sarah. »

Elle lui raconta la scène étrange qui s'était déroulée le soir du mariage; Dan qui hurlait en silence dans le café vide.

Isaac fronça les sourcils. « C'est n'importe quoi. »

« N'est-ce pas ? Une partie de moi est ravi que Sarah aille vivre en ville avec toi et toute la sécurité qui t'entoure. Même si elle va me manquer, je suis heureuse qu'elle parte loin de lui. »

Isaac la regarda sans rien dire. « Tu crois que ça vaudrait le coup de le payer ? Pour qu'il parte ? Ca pourrait marcher. »

« Je ne pense pas que l'argent le fera abandonner. »

Isaac regarda Sarah. Elle avait l'air si heureuse, bien plus que ces derniers mois. Isaac se retourna vers Molly. « Je vais le faire suivre.

S'il s'approche d'elle un peu trop près, je m'en occuperai moi-même. »

Molly lui sourit d'un air malheureux. « S'il-te-plait, je ne veux plus de violence mais protège-la. » dit-elle à voix basse. « Quel qu'en soit le prix. »

CAROLINE JEWELL ARRIVA au moment où la fête battait son plein. Sarah roula des yeux mais dit à Molly de ne pas s'en occuper, elle le ferait elle-même. « Honnêtement, je me fiches complètement d'elle. Comme on fait son lit on se couche. »

Un quart d'heure plus tard, Caroline s'avança vers Sarah. Elle dévisagea Sarah des pieds à la tête d'un air dédaigneux.

« J'essaie mais je ne comprends pas ce que les gens te trouvent. Ton milliardaire, Dan, Finn - tu as un vagin magnétique ou quoi ? Tu fais l'amour dans soixante-dix positions différentes ? »

Sarah vit soudain Isaac apparaître derrière Caroline, un sourire mauvais sur son visage. Elle lui sourit puis regarda à nouveau Caroline.

« Quatre-vingt positions et oui, j'ai en effet un vagin magnétique. »

Isaac sourit derrière Caroline. Elle étrécit ses yeux en regardant Sarah, essayant visiblement de savoir pourquoi elle ne lui arrivait pas à la cheville.

« Tu te ramollis, Bailey ? »

Sarah soupira. « Je n'ai pas envie de me battre avec qui que ce soit Caroline. Ni avec toi, ni avec qui que ce soit. Tu as bu le calice jusqu'à la lie, Caroline. Finn ne t'aime pas, il me l'a dit il y a bien longtemps déjà. Mais tu ne l'aimais pas non plus, je me trompe ? Vous vous êtes mutuellement rendus malheureux ; et ce n'est pas mon problème. Appelons juste ça une séparation. »

Caroline sourit, et passa une main sur son ventre qui commençait à grossir. « Et bien, au moins, je vais avoir de quoi m'occuper. » Elle croisa le regard de Sarah. « Dommage pour toi cela étant. Tu ne pourras jamais lui donner un fils et un héritier n'est-ce pas ? Et ça, ça va avoir un impact sur vos arrangements prénuptiaux. »

« Mais de quoi parles-tu ? » Sarah avait pâli et Isaac s'avança vers les deux femmes.

« Il est temps de partir Caroline. »

Caroline lui sourit la tête haute. « Et toi ? Je suis certaine que tu veux des enfants, monsieur le milliardaire. »

Le visage d'Isaac se durcit. « Ca ne te concerne en rien mais je n'y ait encore jamais réfléchi. »

« Vraiment ? »

Isaac attrapa le bras de Caroline et le tira jusqu'à la porte. Caroline planta ses talons au sol. « Dis-leur Isaac. » Isaac l'ignora et Caroline haussa la voix pour couvrir le bruit de la fête. « Dis-lui ! Parle de ton fils à ta femme stérile ! »

Ses cris firent immédiatement cesser le brouhaha de la fête. Isaac regarda Caroline l'air horrifié. « Mais de quoi parles-tu enfin ? » lui demanda-t-il à voix basse. Caroline regarda directement Sarah, qui était comme pétrifiée sur place.

« Ton fils Isaac. Celui que tu as abandonné quand tu as rencontré Sarah. »

Sarah émit un son qui sortait directement de son cœur brisé.

Isaac ferma les yeux. La pièce était devenue parfaitement silencieuse puis Sarah ouvrit la bouche pour parler, la voix brisée. « Isaac ? »

Avant qu'il n'ait pu lui répondre, Caroline frappa des mains en riant. « Vous savez ce que j'ai toujours aimé ? Les réunions de famille. »

Isaac fit un pas dans sa direction mais Caroline fonça vers la porte et l'ouvrit en toute hâte. « Tu peux entrer maintenant. »

Le cœur de Sarah faillit s'arrêter, sa respiration devint courte et saccadée, elle hoqueta sous le choc. Une femme blonde entra dans le café, elle tenait dans ses bras un bébé, de moins d'un an. Il avait de grosses boucles brunes et des yeux verts étranges. On reconnaissait au premier coup d'œil qui était son père.

Sarah finit par lever les yeux vers son mari, essaya de lui poser les questions qui tourbillonnaient dans sa tête mais aucun mot ne sortit.

Il lui avait dit que ça faisait des années... et pas une fois il n'avait parlé de son enfant. Son *enfant.*

Isaac se préoccupa à peine de la femme blonde et se retourna vers Sarah, les yeux remplis de désespoir. « Sarah... » Il s'approcha d'elle mais elle leva les mains dans sa direction.

Quand elle put enfin parler, elle poussa un grognement de douleur, de trahison, de colère. « Espèce de *connard.* Ne m'approche pas. »

Elle trébucha en arrière et se faufila parmi les invités, tous immobiles dans un silence gêné. Sarah se jeta dans l'arrière salle et verrouilla la porte derrière elle. Tant de sentiments l'envahirent qu'elle ne sut dans quel sens les affronter. Au lieu de cela, elle se concentra sur l'un d'entre eux qui lui brisait le cœur.

Isaac était un menteur.

Dans le café, Molly se décida à passer à l'action. Elle poussa Isaac vers la femme blonde et vers son fils. « Vas-y. Occupe-toi de ça, je vais aller voir Sarah. *Allez.* »

Comme étourdi, le visage tordu de douleur, Isaac obéit et emmena son ex-femme dehors. Molly hésita un instant avant de se tourner vers Caroline.

« Espèce de salope, tu n'es vraiment qu'un ramassis d'ordures. » dit-elle, sans se soucier de ce que les invités penseraient. « Tu en es incapable, hein, tu ne peux pas la laisser être heureuse. Mais qu'est-ce qui cloche chez toi ? »

Caroline sourit et Molly avança vers elle. Mike fila s'interposer et encercla sa femme dans ses bras. Il s'adressa à Caroline : « Toi, dégage d'ici et n'y remets jamais les pieds. »

Caroline parcourut sa salle des yeux, son sourire s'éteint quand elle vit les visages de tous les amis de Sarah la regarder avec haine. Elle leva le menton.

« Cette pute a eu ce qu'elle méritait - du moins pour le moment. »

Dès que Caroline eut quitté le café, Molly se rua vers la cuisine. « Sarah ? Ma douce ? »

Aucune réponse. Elle retourna vers Mike. « Appelle Finn. Je vais passer par derrière. » lui demanda-t-elle.

Les invités commençaient à discuter de l'incident, ne sachant pas comment terminer la fête. Molly se faufila entre eux et sortit dans la rue. Elle ne vit aucune trace d'Isaac et de la femme blonde. Molly fit le tour du Varsity, arriva vers la porte de derrière et s'arrêta. Elle était ouverte. Elle sut à l'instant même ce qu'elle découvrirait en entrant dans l'arrière cuisine.

Sarah n'y serait pas.

SARAH COURAIT SOUS LA PLUIE, sanglotant, aveuglée par la douleur. Elle continua à marcher, sans se préoccuper du fait qu'elle était trempée jusqu'aux os, ni se soucier de là où elle allait. Elle sentait sa raison sa tranquillité d'esprit, sa stabilité l'abandonner. L'obscurité l'envahit. *Si je continue à marcher, je vais finir par disparaître et je ne ressentirai plus de douleur.*

Au bout de quelques minutes, elle entendit une voiture s'approcher derrière elle. *Pourvu que ça ne soit pas Isaac,* implora-t-elle. Elle se retourna face à la voiture qui se garait derrière elle et le conducteur ouvrit sa vitre.

« Tu es trempée. » Dan sortit de la voiture et enleva sa veste. Il la mit autour de ses épaules et elle se laissa emmener vers le siège du passager. Il ne dit rien de plus et la conduisit vers sa maison - leur ancienne maison. Il lui passa un bras autour des épaules et ouvrit la porte. La maison vide résonnait.

Dan attrapa une couverture sur un fauteuil et l'enveloppa dedans. « Monte à l'étage et retire ces vêtements. Il y a un peignoir dans la salle de bains. Nous allons faire sécher tes vêtements. Je vais te préparer un chocolat chaud puis nous allons nous asseoir et discuter - comme avant, tu te souviens ? »

Elle obéit telle un automate, presque catatonique sous l'effet de la douleur et du choc. Elle se rendit à peine compte que c'était *Dan* qui s'occupait d'elle, *Dan* qui était gentil. Elle monta à l'étage, se déshabilla et garda ses sous-vêtements puis passa le peignoir. Il sentait le savon au pin.

Dan la retrouva au pied des escaliers. Elle essaya de se concentrer sur son visage, d'effacer de son esprit celui d'Isaac - mon dieu, juste l'évocation de son nom était douloureuse. Dan souriait, il la regardait gentiment et tenait une tasse de chocolat chaud à la main.

Elle le laissa l'accompagner au coin du canapé et but le chocolat. La douce chaleur se répandit dans son estomac vide. Dan s'assit à l'opposé du canapé, pour ne pas l'étouffer ni la toucher. Elle se demanda pourquoi il ne lui demandait pas ce qu'il s'était passé puis elle se souvint. Caroline avait dû l'appeler pour s'en vanter.

« Savais-tu qu'elle allait faire ça ? »

Dan secoua la tête. « Elle m'a appelé après. Quand je t'ai vue sur la route, j'ai su que je devais t'aider. Tu avais l'air tellement perdue. »

Sarah le regarda et avala sa boisson. Comme c'était étrange de se retrouver à nouveau ici avec Dan. C'était comme si ces dernières années avaient disparu. Il ne restait que son alliance en platine à son annulaire pour lui montrer le contraire.

Elle était *mariée*. Pour Isaac, l'homme qu'elle aimait, l'homme qui lui avait menti à propos d'une chose si cruciale, quelque chose de si extraordinairement important, elle ne pourrait pas lui pardonner ce mensonge.

« Je ne sais pas quoi faire. »

Dan leva les sourcils. « A propos de quoi ? »

Elle poussa un petit rire. « A propos de tout. Tout ce dont j'étais si sûre avant ce matin. Que ce soit fini. J'étais si sûre... » Son visage se crispa et elle se retourna. Il regarda ses épaules trembler un moment puis il se leva, s'assit à ses côtés et la prit dans ses bras.

« Chut. Ca va aller, ma belle. » Il resserra son étreinte. Elle sanglota en silence dans son épaule puis une profonde inspiration.

« Je suis désolée, Dan. Je ne veux pas t'embêter avec tout ça. Ce n'est pas à toi d'écouter tous mes problèmes. »

Il lui sourit. « Nous serons toujours une famille Sarah, donc oui, ça me concerne. C'est le moins que je puisse faire étant donné ce que je t'ai fait. » Il lui caressa les cheveux, les éloigna de son visage, essuya les larmes de ses joues avec ses larges pouces. Il la regarda et lui sourit. Sarah resta contre lui un moment. Dan pencha la tête et pendant une seconde, elle crut qu'il allait l'embrasser. La panique l'envahit. *S'il-te-plait non, je ne veux pas ça.* Elle poussa un soupir de soulagement quand Dan posa simplement ses lèvres sur son front.

« Ca va mieux maintenant ? » Il parlait d'une voix douce.

« Oui. Merci. »

Elle s'écarta et prit un mouchoir. Dan s'écarta également et retourna s'asseoir dans sa chaise.

« Dis-moi de quoi tu as besoin Sarah. Tout ce que tu veux. Je suis là maintenant. Laisse-moi m'occuper de toi. »

Une vague d'épuisement l'envahit. Elle leva les yeux vers la fenêtre. La soirée débutait à peine mais le ciel était sombre et chargé de gros nuages de pluie. Sa tête tournait et elle ferma les yeux.

« Ca va ? »

Fatiguée. Si fatiguée. « Je crois que je vais... » Sa voix se cassa. Elle sentit qu'il la couvrait d'une couverture, et lui posa la tête sur un oreiller. Elle crut entendre dehors le bruit d'une voiture qui remontait l'allée en graviers qui menait à sa maison. Elle perçut la voix de Dan dans ses oreilles.

« Dors, ma belle. Tu as passé une horrible journée. Repose-toi, ma belle, repose-toi. »

Sa voix semblait être à des millions de kilomètres... Sarah lâcha enfin et s'enfonça dans les ténèbres.

ISAAC APPROCHA sa voiture presque jusqu'à sa maison puis éteint les phares. Il resta assis à l'intérieur un moment, et réfléchit. *C'est tellement idiot.* Il prit sa tête dans ses mains mais un instant après, il sortit de la voiture et parcourut à pied les cinq cents mètres qui le séparaient de l'ancienne maison de Sarah. Quand un des habitués du café lui avait dit qu'il avait vu Dan la prendre en voiture et la conduire ici, son cœur avait failli s'arrêter net. Les lumières devant la maison étaient éteints mais il voyait une lueur à l'arrière. Les muscles de la mâchoire d'Isaac se tendirent. Il fit doucement le tour de la maison mais s'arrêta net en voyant de la lumière dans le salon. Dan y était, Sarah aussi. Il ne pouvait pas voir son visage mais en examinant la réaction de Dan, il comprit qu'elle était en train de lui parler. *De toi, espèce d'abruti,* se dit-il. Isaac déglutit de rage et il ne put retenir ses larmes. Mon dieu...il donnerait n'importe quoi pour revenir en arrière, pour parler à Sarah de son fils, dès le départ. Quand Clare lui avait dit qu'elle était enceinte, il avait été clair avec elle. Il paierait généreusement pour l'éducation de l'enfant, il leur donnerait une compensation financière substantielle, à elle et à l'enfant - mais il ne voulait pas faire partie de sa vie, ni de celle de cet enfant. Quand il avait vu le bébé - Billy - aujourd'hui, une seule pensée lui était venue à l'esprit : *ça devrait être l'enfant de Sarah - celui que je devrais avoir avec elle.* Il ne pourrait jamais oublier le visage de Sarah quand elle s'était rendu compte de la vérité. Elle avait eu le cœur brisé, elle avait perdu toute confiance. Il la regarda par la fenêtre, elle lui tournait le dos, ses cheveux noirs descendaient jusqu'à ses hanches, le mouvement de ses épaules lui indiquait qu'elle était en train de pleurer. *Je suis désolé, tellement désolé...*

Puis il eut l'impression que Dan le regardait droit dans les yeux. Le ventre d'Isaac se serra en voyant l'ex-mari de Sarah sourire, se pencher et caresser tendrement la joue de Sarah, presque de manière possessive. Isaac voulut en avoir le cœur net mais au moment où son cœur explosa, il le vit allonger Sarah et s'allonger sur elle, recouvrir son corps avec le sien. Isaac s'éloigna de la scène mais un peu trop tard, il vit malgré tout les mains de Dan passer dans ses cheveux et sa bouche se poser sur sa peau. Isaac trébucha en arrière, retourna vers sa voiture et rentra en ville le cœur brisé. Il se gara devant le Varsity et laissa la douleur le submerger. Il sanglota dans ses mains sans se préoccuper du fait qu'on pouvait le voir.

DAN AURAIT PU ÉCLATER de rire. Le milliardaire idiot avait passé son temps derrière la fenêtre à les regarder puis la drogue avait fait effet et Sarah s'était évanouie dans ses bras. La tête qu'il avait dû faire ! Il avait joué le jeu, l'avait embrassée, pour cacher le fait qu'elle était inconsciente. Il avait vu l'angoisse sur le visage d'Isaac. Dan sourit. Il écouta le bruit de la voiture d'Isaac démarrer puis s'éloigner. Sarah était allongée dans ses bras. Il la souleva un peu, l'embrassa doucement et la monta dans sa chambre à coucher.

Pendant un instant, il s'assit à côté d'elle et la regarda avant de retourner au salon. Il prit la tasse de chocolat vide et l'emmena dans la cuisine. Il la lava soigneusement pour s'assurer que toute trace de drogue avait disparu. Kétamine. Il se sourit à lui-même. Tout s'était parfaitement déroulé. C'était un plan bien réglé au final mais il savait que si chacun s'en tenait à sa tâche, ils réussiraient. Ils avaient réussi. Il prit son téléphone et envoya un texto à Caroline. *Bien joué. Je m'en souviendrai.*

Une seconde s'écoula. *Et maintenant ?*

Tellement impatiente, mais Dan sourit. *Maintenant je vais exaucer ton plus grand souhait.*

Il était impatient de voir la suite.

CAROLINE LAISSA RETOMBER le rideau devant la fenêtre. Elle avait entendu les pneus de la voiture crisser devant le Varsity. Elle vit Isaac Quinn sangloter et sourit. *Apprécie ton malheur, salaud.* Elle se caressa le ventre. Ce bébé ne faisait pas partie de son plan mais maintenant qu'il était en route...Caroline Jewell n'avait pas l'habitude de ce genre de sentiment envers autrui. Son bébé. Le bébé de Dan. Et cerise sur le gâteau, le regard de cette pétasse quand elle lui avait annoncé que son mari bien-aimé avait un enfant, et cela devant le café bondé. Le regard de Quinn à ce moment-là. Elle avait presque pu entendre son cœur se fendre. Caroline se rendit dans la cuisine et prit le bol de pop-corn dans le four à micro-ondes. Elle en mit toute une poignée dans sa bouche, enroula sa langue autour des cristaux de sel, et sentit la nausée de la grossesse monter En revenant vers le salon, elle repoussa à nouveau le rideau, s'assit sur le rebord de la fenêtre et regarda Isaac Quinn pleurer son amour perdu.

. . .

Le bruit incessant de son téléphone qui bipait finit par sortir Sarah de son sommeil profond. Les yeux clos, elle se retourna dans son lit pour essayer de le trouver et referma sa main autour de son sac. Elle ouvrit les yeux et regarda le plafond familier. Pendant une seconde, elle fut décontenancée puis elle se souvint et la douleur revint.

Elle alluma son téléphone pour penser à autre chose. Grosse erreur. Chaque texto était soit d'Isaac lui demandant de la rappeler, soit de Molly, inquiète, lui demandant si elle allait bien. Elle passa ses jambes de l'autre côté du lit, et passa le peignoir par-dessus ses sous-vêtements.

Sarah descendit dans la cuisine. Ses yeux devinrent méfiants quand elle vit Dan assis à la table, occupé à lire le journal. Il leva les yeux et lui sourit.

« Hé, qui voilà ? » Il se leva et l'embrassa sur la joue. « Comment te sens-tu ? »

Elle lui fit un petit sourire. « Mieux. Dan, je ne comprends pas... quelle heure est-il ? » Elle regarda par la fenêtre et vit qu'il faisait sombre.

Il rit et regarda sa montre. « Il est presque vingt-et-une heure. Mercredi. »

Elle se laissa tomber sur une chaise, estomaquée. *« Mercredi ? »*

Il sourit et se leva pour lui verser un peu de café. « Tu étais épuisée et je pense que tu as attrapé un virus. Tu as vomi plusieurs fois. Tu n'as pas voulu que j'appelle de médecin alors je suis resté ici pour m'occuper de toi. »

Elle avala une gorgée de café. « Merci, c'est très gentil. Je n'ai aucun souvenir de tout ça. »

Elle ne vit pas Dan sourire et quand elle releva la tête, son expression était plutôt soucieuse.

Elle essaya de lui sourire. « Dan, ça ne va pas...Je ne devrais pas être ici. De tous les endroits possible, c'est le *dernier* où je devrais être. Je dois parler à Isaac. Je dois régler ça d'une façon ou d'une autre. »

Dan hocha la tête. « Comme tu veux. Elle le regarda, essayant de voir s'il était sérieux ou pas. Il lui sourit. « Puis-je te demander une faveur ? »

« Bien sûr. »

Il prit une profonde inspiration. « Repose-toi d'abord, reprend des forces. Passe deux jours de plus avec moi. Nous pourrons discuter un peu. Terminer proprement notre relation comme nous aurions dû le faire quand je suis parti il y a deux ans. J'en ai besoin, Sarah. Puis tu repartiras et tu pourras régler tout ce que tu veux. »

Sarah était perplexe. *Ce Dan...* elle ne l'avait jamais vu comme ça. Ses brusques changements de personnalité auraient dû l'inquiéter, elle le savait, mais à ce moment précis, elle préférait cette version conciliante et amicale. Ce serait une bataille de moins à affronter.

« D'accord. » dit-elle doucement. « Ca me va. Mais je dois malgré tout téléphoner à Isaac. Et à Molly. Elle doit être en train de devenir folle. Mon dieu...mes vêtements. »

Dan sourit. « Il y a des boîtes avec tes affaires, tu les as probablement oubliées dans ta hâte de t'enfuir loin de moi - enfin - de la maison. Elles sont dans la chambre d'amis. »

Elle se leva. « Je pense que je vais aller prendre une douche. » Elle hésita avant de quitter la cuisine. « Merci Dan. J'insiste, merci d'être... un ami. »

Il leva sa tasse de café et lui sourit.

A l'étage, elle trouva ses vêtements dans la chambre d'amis - et vit que le lit était défait. Dan avait donc dormi ici. Sarah poussa un profond soupir de soulagement. *Merci mon dieu.* Elle avait été tellement inconsciente qu'elle ne savait même pas comment elle était allée se coucher - et s'il avait dormi à côté d'elle. Elle fut heureuse qu'il n'ait pas franchi cette ligne.

Elle se doucha, passa un t-shirt trop grand pour elle et lava ses sous-vêtements dans le lavabo.

Elle retourna dans son ancienne chambre, ferma la porte et prit son téléphone.

Molly répondit à la première sonnerie. « Ca va ? »

Le simple fait d'entendre sa voix donna à Sarah envie de pleurer. « Ca va... J'ai juste été malade. J'avais besoin d'air. »

Molly poussa un profond soupir. « Isaac est resté ici avec nous. C'est une loque, Sarah. »

Ses larmes lui échappèrent. « Molly...Je... » Elle se mit à sangloter.

« Oh ma chérie. » Molly sembla irritée. Sarah prit une profonde inspiration.

« Est-ce que moi aussi j'accorde trop d'importance à tout ça ? »

« Le fait que ton mari ait choisi de ne pas te parler de l'enfant qu'il a eu avec son ex-femme ? Un enfant qui porte toujours des couches ? » Sa voix devint dure, même si elle parlait à voix basse. « Non, Sarah, tu as parfaitement le droit d'être en colère. Après tout ce que tu as traversé dans ta vie, tu pensais qu'Isaac était le roc solide dont tu avais besoin. »

« Mais... » termina Sarah à sa place.

« Mais oui, vous devez vous parler. Ne me comprends pas mal, je veux que vous régliez vos problèmes et j'ai du mal à comprendre Isaac mais je l'aime beaucoup - parce que je sais qu'il t'aime énormément. Ca ne vous aidera pas de contourner le problème. Et Sarah, à quoi penses-tu en restant chez Dan ? Que vont penser tes amis ? Mon dieu... ». Molly retint ses mots.

Sarah attendit un moment avant de parler doucement. « Molly... Dan a été...gentil. Vraiment gentil. »

Molly poussa un petit rire. « Tu es sûre que nous parlons du même Dan Bailey ? »

Sarah se sentit obligée de réagir. « Je sais. Il est à nouveau comme lorsque nous nous sommes rencontrés. »

Molly soupira. « Ce Dan-là n'a pas duré longtemps, tu as déjà oublié ? Fais juste attention. Ecoute, je pense que je devrais passer te voir et nous parlerons de comment nous pouvons vous réunir avec Isaac dans la même pièce. Tu as besoin de passer un peu de temps seul. » Elle baissa à nouveau la voix. « Il y a un milliardaire sur mon canapé. Mike dit que ça ressemble au départ d'une très mauvaise série télé. »

Sarah rit. « Je t'adore. Oui, passe demain dans la matinée. Je suis impatiente de te voir. »

« Est-ce que tu veux que j'en parle à Isaac ? »

Le simple fait d'entendre son nom lui donna envie de pleurer.

« Dis-lui...que nous parlerons bientôt. Je ne peux rien te dire de plus. »

« Ce sera tout pour ce soir ma douce. Il sera heureux d'entendre de tes nouvelles. »

Sarah garda les yeux fermés. « Je l'aime Molly, j'ignore juste si je pourrai lui pardonner. »

Elle se mit au lit quelques minutes plus tard et entendit Dan monter les escaliers. Elle l'entendit s'arrêter un instant devant sa porte, vit l'ombre de ses pieds dans le rai de lumière sous la porte. Une seconde plus tard la lumière s'éteint et elle entendit la porte de la chambre de Dan se refermer. Elle laissa sortir le soupir qu'elle avait retenu, et se rendit compte qu'elle avait été tendue toute la soirée, que tout son corps était douloureux. Elle regarda le plafond et tenta de faire le vide dans son esprit. Elle se souvint des mots de Molly. *Tu as besoin de passer un peu de temps seul.* Elle réalisa le sentiment de soulagement que ces mots lui avaient apportés. Elle aimait Isaac et quels que soient leurs problèmes, ils s'en sortiraient. Demain, c'était décidé, elle commencerait à changer de vie, elle se recentrerait sur qui elle voulait vraiment être et non pas sur celle que tout le monde pensait qu'elle était. De quoi avait-elle peur de devenir, qu'est-ce qui la *terrifiait* ? Une femme qui fuyait tous ses problèmes. Une femme comme sa mère. Elle repoussa cette pensée et se laissa bercer par le son de la pluie avant de s'endormir.

« Ce connard ne me laissera pas la voir. » Molly lui avait dit qu'elle partait voir Sarah dans sa maison. Elle était partie dès que Mike était parti travaillé et était revenue immédiatement, très en colère.

« Quoi ? » Isaac, vidé, épuisé, n'avait pas fait attention à ce qu'elle venait de lui dire. Il n'avait pas dormi du tout. Molly l'avait vu sangloter dans sa voiture devant le Varsity et elle était venue vers lui pour l'emmener chez elle. Elle ne trouvait aucun mot pour le réconforter. Il s'était excusé encore et encore, il lui avait tout raconté, s'en était voulu d'avoir agi ainsi.

Il avait dormi sur son canapé ces dernières nuits, il ne voulait pas rentrer chez lui en ville - pas sans Sarah. Il continuait à voir Dan Bailey la toucher et il n'avait qu'une envie, retourné là-bas lui casser la gueule. Quand il arriva dans la cuisine le premier matin, Mike et Molly lui dirent bonjour, et expliquèrent aux enfants rapidement et sans trop de détails ce qu'Isaac faisait là, parce qu'ils le regardaient comme un extra-terrestre. Il savait qu'il avait l'air d'un fou, il se sentait comme une loque. Mike avait emmené les enfants avec lui en partant au travail et Molly s'était proposé d'aller voir Sarah pour discuter.

Isaac se leva et repoussa sa chaise. « Je viens avec toi. »

Molly l'empêcha de passer. « Non. Ce serait une erreur. Sarah n'est pas prête à te voir. »

Isaac tendit ses mains vers elle. « Alors dis-moi quoi faire ! Je suis complètement perdu. La seule chose que je veux en ce moment, c'est la voir, m'excuser et la ramener. Reprendre le cours de nos vies. Saul me demande de revenir travailler. »

« Alors retourne travailler. Occupe-toi de cette partie de ta vie normalement. Arrête de broyer du noir. Tu es Isaac Quinn, pour l'amour du ciel. Montre à Sarah que tu es capable de ne pas laisser votre monde s'écrouler. Elle se décidera plus vite à revenir dans une vie qui n'est pas en train de s'effondrer. »

Isaac lui fit un sourire chaleureux. « Molly, j'aurais aimé que tu sois ma sœur. »

Elle roula des yeux en rougissant. « Par pitié non, je n'ai pas besoin d'un autre frère. »

« Mais où est Finn ? Je ne l'ai pas revu depuis notre mar... » Il s'interrompit net. Molly lui frotta le bras.

« Finn est en train de se retrouver. Tu devrais faire pareil. Vas-y, pars. Tout va finir par s'arranger. »

« Tu crois ? »

« Je le sais. »

Sarah appela Isaac trois jours plus tard. Ils parlèrent tous deux très rapidement, effrayés de ce qu'ils allaient vraiment ressentir. Ils décidèrent de se voir le lendemain, en ville, dans ce bar qu'ils adoraient.

Quand elle le vit, si beau dans son costume sombre, son ventre se crispa. Il avait l'air fatigué, épuisé même et elle voulut se jeter dans ses bras. Son sourire lorsqu'il la vit, même s'il était méfiant, fut pour elle le plus beau de tous.

« Salut. » dit-elle quand il se leva pour l'accueillir. Sans un mot, il la prit dans ses bras et la serra contre lui. Mon dieu, c'était si bon d'être dans ses bras mais Sarah se dégagea elle-même de cette étreinte. Elle lui sourit pour adoucir sa réaction. « Asseyons, Isaac. Nous devons parler. »

Elle pleura presque quand elle vit ses yeux s'allumer au moment où elle prononçait son nom. Ca lui faisait du bien de l'entendre. C'était *son* Isaac, son partenaire, son amour. Il était à des millénaires de l'homme d'affaires milliardaire que les journaux connaissaient.

« Tu m'as manqué, et je sais que je ne devrais pas dire ça étant donné que c'est moi qui me suis enfuie. » commença-t-elle. « Je suis désolée, je ne t'ai pas laissé l'occasion de t'expliquer à propos...de l'enfant. »

Isaac lui prit la main. « Tu n'as pas à t'excuser de quoi que ce soit. Tout est de *ma* faute. Oui, Billy, cet enfant, est de moi. Clare ne m'a dit qu'elle était enceinte qu'après sa naissance. J'ai passé un test de paternité pour confirmer que j'étais le père. Je lui ai dit que je les soutiendrais financièrement elle et l'enfant mais que je ne souhaitais pas faire partie de sa vie. Ca semble sans cœur mais...je venais juste de te rencontrer. Si un jour j'ai des enfants, je veux les avoir avec toi. J'ai été égoïste et stupide. Sarah, avant que tu n'entres dans ma vie et que tu me montres ce qui est vraiment important, je vivais la vie d'un milliardaire. Tous les problèmes pouvaient être résolus avec de l'argent. Clare en a fait partie. »

Sarah prit une profonde inspiration. « J'imagine qu'il y a encore des tas de choses que nous ignorons l'un sur l'autre. »

Isaac sourit faiblement. « Ce n'est pas tout à fait exact. Tu as toujours été très ouverte avec moi - également à propos de ton douloureux et terrible passé. Tu méritais mieux. »

Elle hocha la tête. « Tu as merdé. »

« Oui, et j'en suis désolé. »

« Moi aussi. »

Il y eut un long silence. Isaac regarda ses mains. « Sarah...est-ce que toi et Dan... ? »

« Mon dieu non. » dit-elle d'un coup d'un ton horrifié. « Absolument pas. Isaac, je te le jure. Il ne s'est rien passé entre Dan et moi. »

Elle vit ses épaules se détendre et il lui fit un petit sourire, même si son visage restait soucieux.

« Sarah, je dois te demander...pourquoi diable as-tu passé ces derniers jours avec lui ? Après tout ce qui s'est passé ? »

Sarah frissonna. « J'ai eu besoin de m'éloigner. Il a été gentil. » Puis ça la frappa, le ridicule de son séjour chez son ex-mari - le même ex-mari qui il y a quelques semaines avait essayé de lui faire du mal, d'après elle. Elle se mit à sourire.

« Qu'est-ce que je suis en train de *faire* ? » Elle secoua la tête. « Mon dieu, quel cirque. »

Il rigola. « Ecoute, j'ai été un idiot la plupart du temps. Il est temps de grandir. »

« Pareil pour moi. Bordel... » Elle fit une petite moue qui le fit rire.

Il passa sa main sur sa joue et ferma les yeux. « Sarah, pendant la prochaine minute, je vais te dire ce que je ressens, sans retenue, parce que ça me tue. J'ai besoin de te le dire. Et peu importe les conséquences. »

Il ouvrit les yeux et rencontra les siens. Elle hocha la tête, tremblante. « D'accord. »

Isaac soupira. « Je t'aime. Je t'aime tellement. Je suis tellement désolé pour tout ce que j'ai fait, tout ce qui s'est passé parce que dans un monde juste, nous devrions être ensemble et Sarah, je te jure que je ne te laisserai plus jamais partir. Jamais. Je passerai chaque jour à essayer de te rendre heureuse. Donc... » Il s'arrêta. « Je ne sais pas comment je peux te dire autrement tout ce que tu représentes pour moi. Je pourrais te répéter que je t'aime un million de fois mais ça ne serait pas suffisant. »

Elle sentit des larmes dans ses yeux et prit le visage d'Isaac dans ses mains. « Tu es la raison qui fait battre mon cœur, la raison qui me fait respirer chaque jour. Tu l'as été dès le jour où je t'ai vue au Varsity. » Elle rit mais son regard resta sérieux. « Peu importe ce qui s'est passé entre nous avant cet instant, ici et maintenant, je veux que tu saches que je t'aime. Je t'ai toujours aimée, même quand j'ai été si déboussolé. »

Ils se mirent à rire tous les deux. « Je suis sérieux...ces derniers mois ont été, comment dire, horribles, à en être malade. Mais quand je pense à ce que nous avons tous deux perdu... je ne te perdrai pas, et sûrement pas pour des erreurs passées. Mais s'il-te-plait...ne me mens plus jamais à propos de quoi que ce soit, même si tu penses que ça va me blesser, me faire peur ou me mettre en colère. S'il-te-plait. Promets-le-moi et je suis à toi. »

« Je te le promets, Sarah, je te le promets... »

Il l'embrassa et déversa la totalité de son désir dans ce baiser. Elle se rapprocha encore de lui, voulant sombrer avec lui, ne jamais le laisser partir. Ils se séparèrent à bout de souffle. Ils se regardèrent pendant un long moment.

« Reviens à la maison. » dit Isaac doucement. « S'il-te-plait. Essayons de réparer tout ça. »

Elle secoua la tête. « Pas encore. Encore quelques jours. Je ne veux pas partir sans avoir remercié Dan pour sa gentillesse et tu dois voir ton enfant. »

« Je... »

Elle hocha la tête. « Tu le dois. Va le voir, décide si tu le veux dans ta vie ou non. Si oui, je te soutiendrai à 100 %. Ce n'est pas de ta faute. Fais-le pour moi, s'il-te-plait. Je sais ce que signifie être rejeté par un de ses parents. Et j'ai besoin de clarifier certaines choses avec Dan. Je sais que nous vivons ici maintenant mais je préfère l'avoir avec moi que contre moi, et je dois retourner sur l'île pour voir Molly. »

Elle posa une main sur sa poitrine.

« Je reviendrai vite vers toi Isaac, je te le promets. Mais s'il-te-plait, pendant les prochains jours, laisse-moi régler ce qui doit l'être et arrondir les angles. Va voir ton fils. Je te détesterai si tu ne le fais pas. Puis reviens me chercher, je t'attendrai. »

. . .

« J'ai un cadeau pour toi. » lui dit Dan un peu plus tard, avant qu'elle-même ne puisse dire quoi que ce soit. Il avait été hyperactif depuis qu'elle était revenue dans sa maison et elle s'était maintenant assise à contrecœur dans la cuisine, en attendant qu'il lui donne son cadeau. Il passa la main dans sa veste et en sortit une petite boîte en velours noir. Il la posa sur la table. « C'est ma...et bien, c'est la seule chose que je possède qui signifie quelque chose pour moi. Ouvre-la. »

Sarah s'assit à table mais ne toucha pas la boîte. Dan rit, mais elle vit une frustration évidente sur son visage et il reprit la boîte. Il l'ouvrit et la lui tendit. A l'intérieur, un pendentif, une larme en rubis de la taille d'une pièce de dix cents pendait au bout d'une délicate chaîne en or. Sarah la trouva magnifique malgré elle.

« C'est très beau Dan. » Elle l'examina de plus près. « C'est ancien ? »

Il hocha la tête. « Il appartenait à ma mère. C'est la seule chose qui me reste d'elle. »

« C'est adorable. »

Dan sourit et trinqua dans sa flûte de champagne. « Il est pour toi. »

« Absolument pas. » Elle était horrifiée mais Dan se pencha sur la table.

« Je ne te l'offre pas pour marquer mon affection, pour ne pas utiliser d'autre mot. C'est pour que tu te souviennes de moi - de ma véritable mère. Et personne ne le mérite plus que toi. Je veux dire, je ne peux pas le porter, n'est-ce pas ? »

Sarah prit une profonde inspiration. « Dan, j'apprécie ton geste, vraiment, mais je ne peux pas accepter. »

Les yeux de Dan s'étrécirent mais il hocha la tête. « Comme tu veux. » Son ton était moqueur mais Sarah fut malgré tout soulagée. Dan fit un signe de tête en direction de son champagne. « Finis ton verre et je te laisserai tranquille. »

. . .

Isaac attendit Clare, lui ouvrit la porte et lui emboîta le pas. Elle avait été très surprise qu'il rappelle et demande à voir le bébé. Il se trouvait maintenant devant la porte de sa chambre d'hôtel.

Elle ouvrit la porte en tenant le bébé dans ses bras et pour la première fois, Isaac regarda son fils. Le bébé leva les yeux vers lui et lui tendit une petite main potelée. Isaac le laissa attraper son pouce avec ses minuscules petits doigts. Clare sourit. « Salut petit Billy. C'est ton papa. » lui dit-elle doucement. « Dis-lui bonjour. »

Le visage de l'enfant s'éclaira soudain et il sourit à Isaac, qui sentit son âme se fendre devant le sourire innocent du bébé.

C'était son fils. Son garçon. Et Isaac finit par lui sourire.

Ca se passait encore. Un brouillard envahissait son esprit, une grande fatigue la submergeait. Mais cette fois, Sarah fit le rapport, elle trouva la cause, la raison de sa semi-conscience. Ca faisait trop de coïncidences. *Mais pourquoi n'y ai-je pas pensé avant ?* Elle regarda la bouteille, fronça les sourcils, puis regarda l'homme de l'autre côté de la table. Elle vit ses yeux, puis elle vit la colère s'emparer de lui. Elle essaya de se redresser, de garder le contrôle, mais elle sentait sa tête tourner et perdre conscience. Dan s'assit en silence, la regarda, termina sa boisson et serra les dents. Sarah déglutit, s'éclaircit la gorge pour essayer de repousser la peur.

« Dan, est-ce que... »

« Je sais que tu es allée le voir. Aujourd'hui. Je t'ai vue. Je l'ai vu. Il te touchait. »

Sarah sentit que son visage la brûlait. Elle se leva, chancela, se rattrapa au comptoir de la cuisine. Elle sentit les mains de Dan sur sa taille, qui la guidait jusqu'à la chaise. Il posa ses mains sur les accoudoirs et se pencha pour approcher son visage tout près du sien.

« Je ne comprends pas Sarah. Je ne comprends pas ton obsession pour cet homme. Il t'a blessée tant de fois et pourtant, tu retournes le voir à chaque fois. » Il regarda le collier posé sur la table. « Je me demande si Isaac t'offrait un tel cadeau, est-ce que tu le refuserais ? Je ne pense pas. » Sa voix était douce, tendre, mais la poitrine de Sarah suffoquait de terreur. Il lui caressa le visage et la nuque. Il baissa lentement les mains, ses pouces caressèrent les seins de Sarah à travers sa robe.

Elle essaya de se lever, d'échapper à la cage de ses bras mais il posa ses mains sur son ventre et l'obligea à se rasseoir. Elle n'entendit plus que son sang affluer dans ses temps et sa respiration saccadée dans ses poumons. Dan sourit, posa ses lèvres contre les siennes, une fois, deux fois. « Ne lutte pas, petite fille. S'il-te-plait. Ne me force pas... » dit-il en se penchant et en lui caressant le visage « Tu es si belle. »

Elle ne voulait pas demander, elle ne voulait pas voir les conséquences si ses craintes se matérialisaient. C'était trop effrayant, la seule pensée la terrifiait. Elle lui posa cependant une question.

« Dan...as-tu mis quelque chose dans mon verre ? »

Dan ne répondit pas et se contenta de sourire. « Tu es fatiguée. Laisse-moi t'emmener au lit. » Il mit Sarah sur ses pieds et la fit traverser le hall d'entrée. Arrivé au pied des escaliers, il l'orienta pour qu'ils voient leur reflet dans l'immense miroir ancien qu'elle avait laissé là quand elle avait quitté la maison. Il se tenait derrière elle et la força à regarder leur image. Il approcha ses lèvres de son oreille.

« Regarde comme nous sommes beaux. » Un murmure. Il passa ses bras autour d'elle, et avec ses mains, lui caressa le ventre et les seins. Sarah n'arrivait plus à se concentrer, elle avait perdu toute force et elle se reposa entièrement contre lui, molle, luttant pour ne pas s'évanouir. Les mains de Dan caressèrent son cou un bref instant et quand il s'en éloigna, le pendentif de sa mère brillait sur sa gorge.

« Tu vois ? La couleur du sang. Il a été fait pour toi ma chérie. » Sa voix n'était qu'un murmure mais ses yeux brillaient de vie et de désir. Leurs yeux se rencontrèrent dans le miroir et son expression la terrifia. Il fit glisser sa robe de ses épaules et la laissa tomber au sol. Sarah sentit la fraîcheur du soir sur sa peau, les doigts de Dan sur son cœur, son ventre, dans sa culotte, entre ses jambes. Il enfouit son visage dans ses cheveux et gémit.

« S'il-te-plait...non... » Sarah sentit une larme couler le long de sa joue et juste avant de s'évanouir, sa voix qui lui dit :

« Je dois t'avoir, Sarah, tu comprends ? Tu dois être à moi. »

SARAH ÉTAIT ASSISE *dans une piscine teintée de rouge à cause du sang. Sa voix, qui n'était qu'un grondement déchirant et essoufflé porté par le vent de l'océan, qui roulait ses vagues d'eau folle, bouillante et écumante sur les rochers.*

Elle sursauta à un contact, regarda autour d'elle perdue et inquiète, et sa voix se mêla à ses larmes et à son sang. Isaac était debout derrière elle. Il souriait mais ses yeux étaient creux et elle pouvait y voir autant de désir que de haine. « Personne ne peut te sauver, Sarah. » Il pencha la tête sur le côté et leva les yeux vers le ciel et les reposa sur elle.

« Tu m'entends Sarah ? »

Le vent. Mais ce n'était pas le vent, c'était une voix, la voix d'une femme qui montait et descendait comme le bruit des vagues, discordant et terrifiant.

I got the joy, joy, joy, joy down in my heart...

« Non...non... » Sarah hurla dans tout ce bruit et essaya de comprendre. Isaac riait et regardait derrière elle, Sarah se retourna pour voir sa mère, nue, du sang s'écoulant de sa gorge tranchée et salissant son corps. Elle avançait vers elle en souriant. Sarah était incapable de respirer. Elle sentit un mouvement dans ses mains et baissa les yeux. Isaac lui souriait mais ce n'était pas le sourire qu'elle connaissait, celui qu'elle aimait. C'était un rictus tordu et crispé.

« Tu vas mourir petite fille. » Sa voix ressemblait au chuchotement d'un vieillard.

Elle essaya de bouger mais se rendit compte qu'elle était pétrifiée. Sa mère et Isaac l'attiraient à eux maintenant, mais leur contact était comme une brûlure. Il la poussa plus bas, plus bas. Elle essaya de crier et vit sa mère lui sourire. Sarah la vit sortir un couteau, prendre un des bras de Sarah dans sa main glacée et planter la lame du couteau dans son poignet. De la douleur. Isaac posa sa main sur son visage pour la forcer à garder les yeux ouverts afin qu'elle puisse voir sa mère tracer de larges entailles dans les poignets de sa fille. Sarah la suppliait maintenant. Sa mère continuait à chanter et poursuivait son travail puis elle tendit le couteau à Isaac avec un sourire. Il le prit, sa main serra le manche et son visage autrefois magnifique était devenu un masque de folie, de moqueries et de méchanceté. Sarah le regarda, essaya de retrouver l'homme qu'elle aimait mais ne vit dans ses yeux que le reflet de la mort.

« S'il-te-plait, le bébé. » murmura-t-elle. Elle posa une main ensanglantée sur son ventre. « C'est tout ce qu'il me reste. S'il-te-plait. »

Isaac regarda sa mère. Il n'y eut aucun bruit pendant une fraction de seconde, à part le battement du cœur du bébé, puis, lorsque sa mère recommença à chanter, Isaac planta le couteau dans son ventre, encore, encore et encore.

Sarah se réveilla haletante et appela à l'aide. Elle tomba de son lit, rampa vers la salle de bains en se tenant la tête entre les mains dans l'espoir que tout s'arrête.

La chanson. L'horrible chanson. La voix de sa mère.

S'il-vous-plait, s'il-vous-plait, s'il-vous-plait...

Son ventre se serra et elle s'évanouit à nouveau d'agonie, haletante. La chanson n'était plus dans son rêve.

Elle était dans sa maison.

Durant toute la durée de la chanson *s'ilvousplaits'ilvousplaits'ilvousplaitstopstopstopstopigotthejoyjoyjoyjoyjoy*....Sarah ne cessa de hurler, un cri viscéral, à vif, à bout de souffle. Dan arriva en une seconde et la prit dans ses bras.

« Hé hé hé hé... ça va aller, je suis là, petite fille, je suis là... »

La chanson se fit plus forte et Sarah ne comprit pas pourquoi Dan ne criait pas pour qu'elle l'entende. Elle regarda sa bouche bouger mais n'entendit aucun son en sortir, seul la voix de sa mère en train de chanter parvenait à ses oreilles. Elle ne comprenait pas.

« Tu l'entends ? « Tu l'entends ? » Sa voix n'était qu'un cri désespéré et paniqué. Dan fronça les sourcils et secoua la tête.

« Quoi ? » Elle vit sa bouche bouger. « J'entends quoi ? »

Puis tout s'arrêta d'un seul coup. Elle n'entendit plus que la respiration de Dan, ses propres halètements paniqués et la pluie qui ne cessait de tomber dehors. Il desserra un peu ses bras autour d'elle.

« Je peux entendre quoi, petite fille ? Quoi ? » Confusion. Elle était en train de *perdre* l'esprit. Elle commença à pleurer, de gros sanglots déchirants de douleur et de désespoir. Il la berça gentiment. Elle pleura, cherchant la protection des bras de Dan qui posa ses lèvres contre sa tempe.

Ses larmes finirent par arrêter de couler. « Je suis désolée... » murmura-t-elle. Il essuya toute l'humidité de ses joues. Elle le regarda et vit quelque chose dans ses yeux qu'elle ne put identifier. Il soutint son regard et baissa la tête pour pouvoir poser sa bouche sur la sienne. Elle ferma les yeux quand le baiser se fit plus profond. Elle sentit qu'il la soulevait dans ses bras et la portait dans la chambre.

Elle se sentait complètement dépassée. Pendant un bref instant, c'était Isaac qui la touchait, les mêmes yeux verts, le même sourire désarmant. Ses longs doigts retirèrent doucement ses sous-vêtements et elle soupira en sentant sa bouche contre sa gorge. Elle passa sa main dans se cheveux. Mais ce n'était pas les bons. Ils étaient courts et rêches. Elle ouvrit les yeux et une vague de terreur la submergea. L'homme au-dessus d'elle souriait. Dan.

Elle se mit à paniquer. « Non. Non. Stop Dan, stop. »

Elle essaya de le repousser mais il la cloua au lit en lui relevant les mains au-dessus de la tête.

« Je sais que tu as envie de moi, petite fille. »

Il écrasa ses lèvres contre les siennes et elle essaya de bouger la tête pour lui échapper.

«Ca va aller, Sarah, ça va aller. Je suis là, je t'aime. C'est comme ça que ça doit se passer. »

Arrête ça.

Mais elle n'y parvint pas. Elle se laissa déshabiller lentement, les yeux fermés, elle sentit son contact, la douce extrémité de ses doigts qui glissaient doucement le long de la peau de sa gorge. Elle sentit son poids quand il s'allongea au-dessus d'elle. Il approcha sa bouche de son oreille.

« Tu es si belle... » Il embrassa sa peau douce, juste sous son oreille, et ses mains commencèrent à caresser ses seins. Il l'embrassa à nouveau et sa langue chercha la sienne.

« Ouvre les yeux. » murmura-t-il et elle obéit, elle sentit toute l'intensité et le désir féroce dans son regard. Elle laissa ses mains se poser sur son dos et sentit les muscles solides derrière ses bras. Il sourit.

« Je t'aime, petite fille. Tu le sais n'est-ce pas ? »

Elle ne lui répondit pas, à peine consciente de ce qui se passait. Il lui écarta les jambes et la pénétra ; elle haleta sous la violence et la soudaineté de ce mouvement. Il posa ses bras de chaque côté d'elle et son visage se concentra, tout en restant à une certaine distance. Il plongeait en elle en faisant des va-et-vient contrôlés et brutaux, en grognant doucement au fur et à mesure qu'il approchait de l'orgasme. Son visage était rayonnant de joie, jubilatoire. Triomphant.

Et cela la frappa, ce qu'elle était en train de faire, ce qu'elle était en train de permettre, ce dont elle était complice.

Arrête ça. S'il-te-plait.

Mais elle était incapable de parler, de lui dire de s'arrêter. Lorsqu'il jouit, gémissant et criant son nom encore et encore, elle essaya de sourire, cacha son visage dans sa poitrine pour pouvoir lui dissimuler ses larmes. Elle attendit qu'il se retire et se rende dans la salle de bains pour laisser libre cours à ses pleurs et enfouir sa tête dans l'oreiller pour pleurer en silence. Quand elle entendit le bruit de la chasse d'eau et la lumière de la salle de bains s'éteindre, elle se retourna rapidement sur le côté et fit semblant d'être endormie. Elle le sentit entrer dans le lit et appuyer son corps chaud et humide contre le sien. Il glissa un bras autour d'elle et caressa son ventre avec son pouce. Elle essaya de garder sa respiration égale.

« Je t'aime Sarah, merci pour ce soir. » murmura-t-il en riant doucement. Elle continua à faire semblant de dormir et elle entendit bientôt la respiration de Dan devenir plus régulière. Une fois certaine qu'il était endormi, elle glissa délicatement hors de ses bras, passa un t-shirt, un pull et descendit doucement les escaliers. Elle attrapa son téléphone dans son sac et s'enferma dans le garde-manger. Elle se tapit dans un petit coin et appuya la touche d'appel rapide.

« Allo ? » La voix de Molly était endormie et un peu agacée. Sarah ouvrit la bouche pour parler mais les larmes montèrent encore et elle ne put que sangloter au téléphone.

« Sarah ? » La voix de Molly était plus douce et plus inquiète maintenant ? « Ca va ma belle ? »

Sarah se reprit. Le garde-manger avait une petite fenêtre, en hauteur, et elle put voir à l'extérieur la lueur de la lune montante, déformée par la pluie sur la vitre.

« Non. » réussit-elle à dire faiblement. « Non, ça ne va pas. J'ai fait une bêtise Molly. J'ai fait une terrible erreur et je ne sais pas quoi faire. Mon dieu Molly, je ne sais pas quoi dire à Isaac... comment lui dire cela... »

Ses propres mots la frappèrent et elle recommença à pleurer tandis qu'à l'autre bout de la ligne Molly l'appelait par son prénom.

QUATRIÈME PARTIE: MAINTENANT, POUR TOUJOURS

Q*u'ai-je fait ?*

ELLE N'ARRIVAIT PAS à le regarder, ne pouvait empêcher son ventre de gargouiller. Sarah prit le verre de jus d'orange que Dan lui tendait, avec une assiette d'œufs brouillés à laquelle elle n'avait pas touché.

« Tu n'as pas faim ma chérie ? »

Elle secoua la tête, n'étant pas sûre de pouvoir parler. Si elle ouvrait la bouche, elle avait peur d'hurler. Elle avait trompé Isaac. Elle avait couché avec Dan. L'homme qui l'avait abandonnée, celui qui l'avait peut-être attaquée, attaqué Molly, tué George. Qui était toujours *susceptible* de la tuer.

Depuis qu'elle avait appelé Molly paniquée, elle était restée assise dehors sur le porche, essayant de comprendre ce qui s'était passé. Elle avait entendu cette terrible chanson, elle s'était répandue dans toute la maison, elle avait cru devenir folle, tellement folle que quand Dan lui avait fait l'amour, elle avait été totalement prise par surprise. Elle repoussa les images de cette scène de sexe, elles lui donnaient envie de vomir.

« Sarah ? »

Elle leva les yeux vers Dan. Il souriait mais elle vit autre chose dans ses yeux. Le triomphe.

« Tu as fait de moi une homme très heureux la nuit dernière. Extrêmement heureux. » Sa voix était comme une caresse, ses yeux très doux. Sarah se détourna de leur intensité. Il lui prit la main.

« Sarah, tu n'as aucune idée de la façon dont je me sens à propos de toi. Depuis la première fois où je t'ai vue, je t'ai tellement désirée que ça me rendait malade. Si malade que je ne savais jamais vraiment ce que je serais capable de faire. Ce que je suis capable de faire. »

Il disait tout cela avec un très large sourire mais ses maux déclenchèrent une peur incontrôlée en elle. Les mêmes mots qu'à l'hôpital quand il était venu la voir. *Tu es à moi, Sarah, à moi pour toujours...Je ne laisserai personne d'autre t'avoir, mon amour...jamais...*

Il leva sa main vers sa bouche et posa ses lèvres contre la peau de son poignet. Elle rougit, essaya d'écarter sa main mais il la tenait fermement.

« Je sais que tu vas avoir des réserves et je ne peux pas t'en vouloir mais tu dois aussi faire l'effort de comprendre. « Sarah, je suis amoureux de toi. Non-. » Il l'empêcha de parler. « Ne me réponds pas. Penses-y. Je veux prendre soin de toi Sarah, je veux nous construire un avenir ensemble. Je sais que nous ne pouvons pas avoir d'enfants ensemble mais - »

« Comment le sais-tu ? » Elle l'interrompit d'un coup. Ce fait bien particulier l'avait turlupiné depuis que Caroline avait annoncé sa stérilité à la totalité du Varsity. « Est-ce que Caroline te l'a dit ? Mais comment le sait-elle, *elle* ? »

Dan la regarda d'un air surpris. « Non, ma chérie, tu ne te souviens pas ? Avant que je...parte, nous étions en train d'essayer. »

Sarah secoua la tête et retira vivement sa main de la sienne. « Non Dan. Je ne l'ai découvert *qu'après* que tu m'aies quittée. »

Dan flancha une seconde. « S'il-te-plait Sarah, ne me rappelle pas à quel point je suis idiot. Je suis certain que tu le savais avant même que nous nous marrions. Et est-ce si important ? »

Oui, ça l'est. C'est ma vie privée. Sarah détourna les yeux. « Dan... je suis mariée à Isaac. Je suis amoureuse d'Isaac. »

Dan rit, un rire sans joie. « Et bien, tu l'as certainement oublié quand tu as crié mon nom la nuit dernière. »

Etait-il devenu fou ? Chaque seconde de la nuit dernière était parfaitement claire dans son esprit. *A aucun moment je n'ai crié ton nom, sauf pour te demander d'arrêter, plusieurs fois. Mais tu n'as pas arrêté, n'est-ce pas ?*

« Dan...j'étais épuisée la nuit dernière, je n'ai pas réfléchi. Je t'ai demandé de t'arrêter. Plusieurs fois. »

Il la regarda d'un air agacé. « Sarah, de quoi es-tu en train de m'accuser ? »

Elle déglutit, sentant la colère l'envahir. « Je suis juste en train de te demander si tu m'as entendue. »

Il haussa les épaules. « Je t'ai déjà répondu Sarah. On peut manger maintenant ? »

La nourriture était délicieuse mais elle sentait sa gorge se serrer à chaque bouchée qu'elle avalait. Elle sentait son regard sur elle. Elle posa sa fourchette et s'essuya la bouche.

« Dan, la nuit dernière a été une erreur. Je ne veux pas te contrarier mais c'est le cas. »

Il ignora son regard. « Tu es juste un peu perdue Sarah. Ca va te passer. Termine ton assiette. »

Elle secoua la tête de découragement. « Est-ce que tu vas au moins m'écouter ? »

Dan abattit son poing sur la table, se leva et envoya valser les assiettes, elles s'écrasèrent contre le bar et les restes de nourriture éclaboussèrent le sol. Sous le choc, Sarah sursauta et sentit son cœur accélérer. Le visage de Dan était tout rouge, ses yeux semblaient lui sortir des orbites et il serrait les poings.

« Pourquoi est-ce que tu me contredis toujours ? » Il fit un pas dans sa direction, la força à reculer jusqu'à ce qu'elle soit bloquée contre le réfrigérateur et qu'elle sente la poignée lui rentrer dans le dos. Elle était incapable de reprendre son souffle face au masque de colère du visage de Dan. Il prit une poignée de ses cheveux dans son poing, l'enroula et tira dessus. Elle gémit sous l'intensité de la douleur.

« Tu ne te rends pas compte de tout ce que j'ai fait pour toi ? Tu n'es même pas capable de l'apprécier ? » Sa bouche était juste à côté de son oreille maintenant. « Tu *m'appartiens* bordel, espèce de salope ingrate. »

Sarah était pétrifiée. Puis sa colère s'évanouit aussi vite qu'elle était montée. Il relâcha ses cheveux, cligna des yeux et son visage exprima un véritable état de choc.

« Oh mon dieu...Sarah, je suis désolé, tellement désolé... » Il se rapprocha d'elle mais elle resta aussi tendue lorsqu'il essaya de la bercer. « Je ne pense rien de ce que j'ai dit. Pardonne-moi s'il-te-plait... Je suis juste très inquiet pour toi, j'essaie juste d'arranger les choses. »

Sa désolation semblait si authentique que Sarah fut incapable de bouger. Il l'embrassa pour essayer de la détendre mais elle ne se décontracta pas.

« Sarah, s'il-te-plait...allons nous coucher, laisse-moi te montrer à quel point je tiens à toi... » Sa voix était tendre, séductrice. Il glissa tout doucement ses mains le long de sa taille et l'embrassa sur le cou. Elle sentit son érection contre elle. Une vague de nausée la submergea.

« Non. Non Dan, stop. » Elle le repoussa en posant ses mains à plat contre son torse. Il recula et elle sentit une pointe de culpabilité en voyant la peine dans ses yeux.

« Je suis désolée... mais je ne peux pas. Pas avec toi, je suis désolée. » Elle se retourna et prit une profonde inspiration.

Il parla au bout de quelques instants. « C'est toujours à cause d'Isaac Quinn ? L'homme qui t'a trahie ? Parce qu'il me semble que je l'ai avantageusement remplacé la nuit dernière, ou as-tu déjà oublié que nous avons fait l'amour ? Ou ne suis-je qu'un parmi tant d'autres ? »

Elle le regarda les yeux plein de fureur. « Alors maintenant je suis une pute ? »

« Je n'ai jamais dit ça. »

Elle écarta les mains. « Et bien, va droit au but. Tout le monde pense que je suis une pute, comme ma chère mère. »

« Je ne pense pas que tu sois une pute. Mais je pense que tu l'as été. »

Ses mots, dits d'une voix tellement gentilles, la glacèrent. *« Je l'ai été ? »*

Il hocha la tête. «Je sais que tu étais épuisée la nuit dernière. Est-ce que j'étais le corps réconfortant le plus à portée de main ? »

Elle soupira, fatiguée. « Dan...je suis désolée mais j'aime Isaac. S'il me veut encore après cela, je serai alors certaine d'une chose. Il n'y a aucun avenir pour toi et moi, Dan. »

Il la regarda un long moment puis s'éloigna. Elle entendit la porte claquer et secouer toute la maison. Elle laissa échapper un profond soupir, qu'elle retenait depuis un moment. La maison était à nouveau silencieuse. Sarah nettoya la cuisine à pas lents tout en repensant aux paroles de Dan pendant qu'elle passait la serpillière.

Tu l'as été. Tu l'as été.

Vraiment ? Elle secoua la tête, essayant de se souvenir de la nuit précédente, mais elle était tellement épuisée, tellement hystérique. Etait-elle à l'origine de tout cela ? Avait-elle été si désespérée par sa sécurité qu'elle s'était tournée vers lui pour se réconforter...non. Elle endosserait sa responsabilité mais Dan lui avait clairement forcé la main.

Mais tu savais que ça se produirait... La pensée de son sexe en elle emplit son esprit et elle en fut malade, lâcha sa serpillière et se rua dans la salle de bains à l'étage où elle vomit encore et encore jusqu'à ce qu'elle ne puisse plus. Elle parvint au bout d'un moment à se remettre sur ses pieds et elle se rinça la bouche et regarda son propre reflet dans le miroir.

« Qui es-tu ? » murmura-t-elle à son reflet, mais il ne lui répondit pas.

. . .

Isaac lança un défi à la presse qui campait devant son bureau depuis une semaine. Cette mauvaise presse faisait son beurre des nouvelles des derniers jours - parfaitement mis au courant par Caroline Jewell - à savoir que Sarah et lui étaient séparés. Il lisait des gros titres comme *"L'amoureuse secrète de Quinn le quitte après deux semaines de mariage"* ou *"La belle et le traître : Comment Isaac Quinn a perdu l'amour de sa vie"*. Le dernier titre l'avait plus blessé que les autres. Une fois rentré chez lui, en voyant les vêtements de Sarah toujours pendus dans l'armoire, il respira sa bouteille de parfum posée sur la table de nuit, regarda ses livres mélangés aux siens sur les étagères et son absence résonna encore plus fort dans l'appartement. Il savait que Molly avait raison en lui disant de s'assurer des fondations solides de leur mariage, vérifié qu'elles étaient suffisamment stables pour que Sarah puisse revenir mais en réalité, il n'était absolument pas certain qu'elle *revienne*. Si elle le faisait, comment pourrait-elle lui faire à nouveau confiance ?

Sa secrétaire Maggie monta avec lui dans l'ascenseur, les yeux écarquillés. « Ca va patron ? Mon dieu, ce sont de véritables vautours. » Elle voulut le rassurer quand ils se dirigèrent vers son bureau. « Vous avez l'air d'aller mieux cependant. Vous avez pu voir Sarah ? »

Isaac lui sourit. « Nous avons discuté. Nous essayons de clarifier les choses, elle a besoin d'être seule quelques jours. »

Maggie lui tapota l'épaule. « C'est une bonne nouvelle. »

Une fois à son bureau, Isaac appela Sarah à l'instant même où il s'assit. Il se dit qu'elle ne lui avait jamais demandé de ne pas l'appeler. Cela étant, l'appel fut directement renvoyé vers la boîte vocale. Il laissa un message. « Je prends juste des nouvelles bébé. Appelle-moi quand tu veux...je t'aime. »

Il vérifia ses mails sans grand intérêt puis Saul entra dans son bureau et ferma la porte derrière lui. Il s'assit en face de son petit frère et le regarda.

« Alors...le fils prodigue... tout ça... » Sa voix était dure et Isaac hocha la tête.

« Ouais. » Il ne savait pas vraiment quoi répondre, Saul en avait visiblement assez, à juste titre.

« Et maintenant ? » Saul rétrécit ses yeux. « Un autre divorce ? Tu as réussi à t'imposer dans la vie de cette fille et maintenant ?

« Mais de quoi parles-tu enfin ? » Isaac commençait à être agacé. « Oui, j'aurais dû lui parler de l'enfant mais entre nous... »

« Tu as pensé que les menaces et les attaques venaient de l'entourage de Sarah mais t'es-tu déjà imaginé qu'elles te visaient *toi* ? »

Isaac semblait perdu. « Saul... Caroline Jewell a arrangé cette rencontre avec Clare. Elle et Sarah se détestent depuis qu'elles ont enfants. Caroline, qui couche maintenant avec Dan Bailey, le faisait il y a déjà des mois. »

Saul hocha la tête. « Certes mais comment cela se fait que ces deux faits soient reliés ? »

Isaac secoua la tête, confus. « Je ne te suis pas. »

Saul soupira de frustration. « Isaac - je te parle de Clare. Ecoute, je n'ai pas envie de te dire tout cela mais elle a été vue l'année dernière assister à des événements où tu étais, avec ou sans Sarah. La première fois qu'elle t'a vu avec Sarah était au Friedling Benefit au Seattle Center il y a quelques mois. Sarah avait été agressée trois jours avant. N'a-t-elle pas dit que son agresseur te forcerait à regarder quand il la tuerait ? »

« Exactement, *il*. C'était un homme. »

La mâchoire de Saul se crispa. « Qui aurait facilement pu être embauché par Clare. »

Isaac regarda son frère pendant un long moment. « Est-ce que tu as une autre raison de soupçonner Clare ? »

Saul haussa les épaules. « Tu as toujours été trop aveugle pour voir qui elle est vraiment. Elle pensait qu'en tombant enceinte elle pourrait t'emprisonner dans votre mariage mais tu ne t'es pas laissé avoir. Peut-être qu'elle pense pouvoir faire peur à Sarah. »

Isaac enroula ses épaules et se leva. « Saul, je pense que tu te trompes. Qu'en est-il alors de l'agression de Molly ? Du meurtre de George ? »

Son frère soupira. « Ecoute, ce que je te dis, c'est que tu es tellement concentré sur son ex-mari que je pense que tu négliges une autre piste de recherches. Isaac ? »

« Quoi ? »

« Clare a déjà menacé Maika. »

« Mais qu'est-ce que tu racontes ? » Isaac en fut estomaqué. « Quand ? »

« Environ deux mois après le début de ta relation avec elle. Je pense que tu avais parlé à Clare de ton histoire avec Maika ? »

Isaac rit, incapable de se contrôler. « J'ai pensé que c'était préférable. Pour une raison que j'ignore, je n'aime pas grader des secrets. »

Saul hocha la tête. « Et bien, ça s'est passé quand toi et Clare êtes venus dîner. Maika m'a raconté ce qu'elle lui avait dit, mot pour mot, lorsqu'elles étaient seules. »

« Que lui a-t-elle dit ? »

« Je cite : Je veux que nous soyons proches, Maika, comme des sœurs, donc je ne te le dirai qu'une seule fois. Ne t'approche plus jamais de mon homme. Je ne serai pas réglo. »

« Mon dieu. » Isaac prit sa tête dans ses mains. « Mais pourquoi ne m'en as-tu pas parlé ? »

Saul sourit. « Parce que Maika m'a demandé de ne pas le faire. Elle était inquiète et ne voulait pas que tu imagines qu'elle était un obstacle dans ta vie amoureuse. Au fait, elle a dit que si tu n'étais pas capable de ramener Sarah, tu n'es qu'un idiot et elle viendrait te botter le cul. »

Isaac rigola en soupirant et haussa les épaules. « Elle a parfaitement raison, j'ai été un idiot. Ecoute, merci Saul, vraiment. Je ne pensais pas que Clare était si instable, je vais...je ne sais pas, lui parler je pense. »

« Ca serait peut-être plus utile d'en parler à ton copain policier. En tout cas, heureux que tu ailles mieux mon pote. L'année qui vient va être chargée et j'ai besoin que tu sois bien présent. »

Isaac hocha la tête puis son frère quitta son bureau. Il était resté coincé dans l'idée que Dan Bailey était un psychopathe, à tel point qu'il n'avait même pas vu la menace qui se profilait sur sa propre existence. Il résista au besoin impérieux d'appeler à nouveau Sarah -

même si le besoin d'entendre sa voix était en train de le tuer. Au lieu de cela, il appela le chef de la sécurité de QuinnCorp et lui demanda de monter dans son bureau.

S'il n'y avait qu'une seule chose à faire, c'était de dépêcher tout un groupe de détectives afin de trouver une bonne fois pour toutes qui menaçait la vie de la femme qu'il aimait.

ELLE TRAVERSA LENTEMENT le parc jusqu'à la plage, et s'assit sur l'un des gros morceaux de bois flotté. L'eau, inhabituellement calme, ressemblait à un miroir émeraude. Un grand labrador pataugeait joyeusement dedans en poursuivant une balle et Sarah sourit tristement, Wilson lui manquait, la façon dont il avait l'habitude de coller son museau dans le creux de sa main quand il voulait jouer avec une balle de tennis ou chahuter.

Elle s'approcha du sable en se penchant sur le tronc et en repliant ses jambes sous son menton pour pouvoir poser sa joue sur ses genoux. Elle se sentait creuse, vidée. Comment avait-elle pu en arriver là ? Il y a une semaine, elle était heureuse, mariée à l'homme qu'elle aimait, prête à affronter n'importe quel problème, n'importe quelle menace. Comment avait-elle pu être aussi stupide ?

« Hé, salut ma puce. »

Elle leva les yeux et vit Finn lui sourire. Il s'assit dans le sable à côté d'elle et lui mit un petit coup d'épaule.

« Merci d'être là, Finn. Je dois parler à quelqu'un et tu es le seul qui m'est venu à l'esprit. Je dois te dire quelque chose, quelque chose que j'ai faite et j'ai besoin d'en parler avec toi. »

Finn se pencha contre elle et posa son menton sur son bras. « Tu es ma meilleure amie, Sarah. Tu peux tout me raconter. »

Sarah le regarda, soudain moins sûre d'elle. « Je peux ? Ou ai-je toujours fait comme ça ? »

Il la regarda d'un air confus. « Hein ? »

A sa grande horreur, les larmes montèrent et elle commença à sangloter, de gros sanglots arrivant directement de son cœur brisé. Finn la prit dans ses bras et la berça sans rien dire.

Une fois les larmes un peu calmées, elle lui dit en quelques mots ce qui venait de se passer. Finn l'écouta lui parler de ses craintes, de son désespoir.

Quand elle eut enfin terminé, Finn prit une minute avant de répondre. « Ma belle, le problème est que tu ne t'es jamais autorisée à agir en être humain, quelqu'un de faillible. Tu penses que si tu es bonne et parfaite sept jours sur sept et vingt-quatre heures sur vingt-quatre les gens vont t'aimer. Mais voilà le secret. Les gens t'aiment de toute façon. Tu peux *merder* autant que tu veux. Oui, coucher avec monsieur l'hypnotiseur a été une erreur, mais par rapport aux erreurs que moi j'ai faites, qu'Isaac a faites...ça va, Sarah. » lui dit-il avec un sourire. « Ca me saoule que Dan ait réussi mais... »

« Non, ne fais pas ça. Je suis une adulte, je dois prendre mes responsabilités. C'est juste, Finn...comment puis-je le dire à Isaac ? »

Finn prit une profonde inspiration. « Dis-lui juste la vérité. Ca s'est passé. Ce sera à lui de gérer. » Il regarda l'océan. « Peut-être que je ne suis pas la bonne personne pour te conseiller sur ce point. »

« Finn, j'aimerais pouvoir te rendre heureux, j'aimerais pouvoir te donner ce dont tu as envie. Mais j'aime Isaac et je ne veux pas te perdre. Je suis vraiment désolée. »

« Tu n'as pas à t'excuser, en aucun cas. » lui répondit-il. « J'aurais juste dû me rendre compte de mes sentiments plus tôt. Isaac est un chic type, c'est celui qu'il te faut. Je dois avancer, je vais avancer et moi non plus je ne veux pas te perdre. Tu fais partie de ma famille. »

Sarah se pencha et l'embrassa sur la joue. « Je t'aime, tu le sais. »

Finn sourit et elle fut heureuse de voir que ce sourire arrivait jusqu'à ses yeux. Elle n'y vit qu'une infime trace de douleur. « Je t'aime aussi, tout court. Maintenant... tu es d'accord pour que je te raccompagne en ville ? »

ISAAC ÉTAIT DISTRAIT quand il ouvrit la porte de son appartement ce soir-là. Il posa son sac dans le hall d'entrée, jeta un œil au courrier posé au sol et le tria en se dirigeant vers le salon. Il ne la vit pas avant qu'elle parle.

« Isaac. »

Sarah était debout au milieu de la pièce, ses mains nerveusement entortillées autour de son t-shirt, ses cheveux noirs dégoulinant le long de ses épaules et ses yeux noirs pleins de larmes. Isaac lâcha tout et s'avança vers elle, la prit dans ses bras et l'embrassa, déversant tout son amour dans cette étreinte, il sentit ses lèvres douces lui répondre puis ses mains se posèrent sur sa poitrine pour l'éloigner.

« Non, Isaac, non... s'il-te-plait, je ne peux pas... » Elle retint un sanglot et son cœur se déchira, la peur et l'inquiétude envahirent le corps d'Isaac. Il essaya de la toucher mais elle recula.

« Quoi ? Que se passe-t-il mon amour ? Quoi que ce soit, tu peux m'en parler. »

Sarah commença à sangloter et Isaac sentit son cœur s'envoler vers elle pour soulager son désespoir. « Isaac, je suis désolée, tellement désolée... »

Elle le quittait. *Mon dieu, non.* Soudain, ce grand homme sentit ses jambes se liquéfier. « Non...non s'il-te-plait, Sarah, ne me quitte pas, je t'aime trop. »

Elle secoua la tête et essaya de sécher ses larmes. « Non, ce n'est pas ça, je ne veux pas te quitter, jamais plus, mais ce que j'ai fait... pourras-tu me le pardonner ? »

Alors il sut. Il la regarda et son expression se ferma. « Tu dois me le dire. Dis-le Sarah ou je n'y croirai pas. Dis-le. » Sa voix était dure comme de la glace.

Elle poussa un profond soupir et quand elle leva les yeux vers lui, il vit le plus profond désespoir dans les siens, leur chaude couleur, habituellement si vivante et heureuse, ne reflétait que de la douleur.

« J'ai couché avec Dan. La nuit dernière. » Sa voix était éteinte, morte. « C'était une erreur, j'étais en pleine crise de panique mais c'est arrivé. »

Isaac sentit son cœur se briser puis la rage, la colère et la haine affluèrent dans ses veines. Isaac se retourna et frappa dans le mur. Très fort. Sarah sursauta et poussa un petit cri. Elle entendit ses os craquer et sa peau se déchirer. Isaac gémit et secoua la tête. La porte s'ouvrit d'un seul coup et un des gardes du corps d'Isaac entra.

« Monsieur ? »

« Ca va. Allez-y. »

« Monsieur, je... »

« Sortez ! » Le rugissement d'Isaac fit trembler les vitres et le garde du corps partit en trombe, non sans avoir jeté un coup d'œil à Sarah, pétrifiée. Isaac ferma les yeux et respira fort. La pensée de ce *connard* de Dan Bailey posant ses mains sur elle...il ne pouvait pas, il ne *voulait* pas croire que Sarah avait volontairement couché avec lui.

« Pourquoi ? »

« Isaac ? »

« Pourquoi étais-tu épuisée ? »

Sarah hésita puis lui raconta toute l'histoire. Isaac l'écouta sans la regarder. Une fois qu'elle eut terminé, il y eut un autre long silence.

« Donc tu lui as demandé de s'arrêter ? »

« Oui. »

« C'est donc un viol. » Il la regarda enfin mais elle secoua la tête.

« Non. J'aurais pu essayer de me débattre davantage, mais j'étais tellement déconnectée et j'étais effrayée. Ca s'est terminé si rapidement mais...j'en ai encore la nausée, Isaac. Jamais je ne te tromperais - même si ça semble ridicule de le dire maintenant. »

« Et tu es certaine d'avoir entendu cette chanson ? Ta mère chantée ? »

« Sur le moment oui mais évidemment...je pense que je me suis trompée. »

Isaac resta silencieux puis, les yeux fermés, il lui dit d'une voix basse et cassée : « Je veux te pardonner, je le veux, parce que j'ai aussi fait des erreurs mais je continue à voir ses mains sur toi, je l'imagine en toi... mon dieu... »

Sarah essuya les larmes qui roulaient sur ses joues. « Je pense que je devrais y aller. »

Isaac hocha doucement la tête. « Je pense que tu devrais. »

Ce n'est qu'une fois la porte silencieusement refermée par Sarah qu'Isaac Quinn s'autorisa à craquer.

. . .

SARAH RÉUSSIT à rentrer chez elle avant de s'écrouler. Elle lâcha son sac et s'allongea au sol, juste devant la porte d'entrée. Elle poussa de profonds soupirs pour essayer d'alléger le poids qui lui écrasait la poitrine. Mais elle n'y parvint pas.

Tout était fini. Isaac ne la regarderait plus jamais pareil, ils ne pourraient plus jamais retrouver l'entente qu'ils avaient.

« Sarah ? »

Dan, qui venait visiblement d'entrer par la porte de derrière, se tenait dans l'encadrement de la porte de la cuisine. Elle le regarda haineusement et se releva. Elle le poussa pour pouvoir entrer dans la cuisine.

« Je viens juste chercher mes affaires Dan. Je dois partir, tu peux comprendre ça, non ? »

Dan resta silencieux et elle se retourna pour lui faire face. Son sourire idiot et entendu lui fit peur et la colère se mélangea à la crainte.

« Tu es retournée le voir. »

Sarah étrécit ses yeux. « Tu me suis ? »

« Oui. »

Cette réponse implacablement positive lui coupa le souffle. « Qu'est-ce que c'est que ce bordel ? »

Dan s'avança vers elle. « J'ai besoin de savoir où se trouve ma femme, non ? »

La peur monta d'un cran en elle. « Dan, je suis la femme d'Isaac maintenant, plus la tienne. Tu as compris ça ou tu es complètement idiot ? »

« Mais il ne veut plus te voir maintenant Sarah. Pas après que tu aies accepté de coucher avec moi la nuit dernière. »

Sarah serra les poings. « C'était une erreur - combien de fois devais-je te le répéter ? »

« Ne sois pas bête Sarah, il n'y a plus d'Isaac. Nous sommes mariés, nous sommes heureux - si ce n'est pas le cas, à quoi bon continuer à vivre ? »

Oh mon dieu. Sa façade avait totalement disparu et maintenant, en le regardant, elle ne voyait que la folie, la folie meurtrière et terrifiante.

« Tu es cinglé. » murmura-t-elle.

Il lui sourit gentiment. « Retire tes vêtements. »

« Dan, arrête. »

« Retire...-les. » Il appuya son corps contre le sien. « Ou vais-je être obligé de le faire ? Allez Sarah. Arrêtons de jouer. » Il glissa une main entre ses jambes et elle le repoussa.

« Ne me touche pas. » Mon dieu, elle n'avait pas besoin de ça.

Dan lui sourit mais son expression était tout sauf amicale. Il la coinça contre le bar.

« Ne fais pas l'enfant, Sarah. Je sais que tu en as autant envie que moi. »

Elle ferma les yeux pour essayer de bloquer ses sentiments. *Dépasse cela. Qu'est-ce que ça peut bien faire maintenant ?* Isaac était parti. Elle le sentit retirer ses sous-vêtements et elle ne l'en empêcha pas. Elle ouvrit les yeux en serrant les dents et lui sourit.

« Tu as raison. Bien sûr, tu as raison. »

Elle l'embrassa en essayant de ne pas vomir en même temps. Il la souleva sur le bar et la caressa sur tout le corps. Les mains de Sarah tremblaient, elle chercha sa fermeture éclair - mais il l'arrêta. Ses yeux étaient vivants sous l'effet de la victoire, son sourire large et triomphant.

« Non. Je ne veux pas coucher avec toi par pitié, Sarah. »

Il recula d'un pas, ramassa ses sous-vêtements au sol et les lui jeta. L'humiliation l'envahit quand elle réalisa ce qu'il était en train de faire. Elle glissa du bar, roula sa culotte en boule et la glissa dans sa poche. Elle sentit son visage la brûler et elle l'entendit rire doucement. *Connard.*

Elle s'éloigna de quelques pas et se posta entre lui et la porte. Elle sortit une petite boîte de bijoutier de son sac, la posa sur la table et la fit glisser vers lui. Le matin même elle avait senti en prenant sa douche le petit pendentif en rubis autour de son cou et elle avait dû résister à l'envie impérieuse de l'arracher et de le jeter.

« Je ne veux pas de ça. » Elle recula. Dan se tenait devant elle, il la regardait, il la sondait en souriant et un flash d'inquiétude la traversa. « Dan, tu devrais partir. Je ne peux pas... »

Il fut derrière elle en une seconde, sa main agrippa son bras et quand il la regarda, elle vit que son regard était fixe, et ses pupilles deux petits points. En colère. Elle n'aimait pas du tout la tournure que prenaient les événements.

« Mmmm...Tu sais quoi Sarah ? » dit-il en posant ses lèvres sur sa gorge. Sa bouche était contre son oreille et il chuchotait. « Je pourrais te briser petite fille. »

Sarah tâtonna à l'aveugle derrière elle, et sentit le bois dur du bloc à couteaux. Ses doigts sentirent l'acier froid d'un couteau de chef et elle le sortit de son logement, prête à l'utiliser. Dan poussa un long rire et elle sentit sa main s'approcher de la sienne et lui prendre son arme. La peur paralysa Sarah. Dan posa le couteau hors de sa portée.

« Sarah, enfin. Si nous devons nous battre, cette lame est-elle plus susceptible d'entrer en moi...ou en toi ? » Sa voix était tendre et douce. Il se pencha et passa un doigt sur son ventre. Il appuya fortement son index contre son nombril et les muscles du ventre de Sarah se contractèrent. Elle haleta, incapable de freiner la peur qui l'envahissait. Il sourit doucement et pencha la tête sur le côté.

« Tu veux qu'on voie ça Sarah ? Tu veux qu'on voie qui gagnerait ? » Il se pencha et prit à nouveau le couteau. La gorge de Sarah se serra, elle commença à avoir du mal à respirer. Dan s'avança et murmura à son oreille. « Et voici le début de l'horreur. »

Tout d'un coup, elle n'eut plus peur de rien et elle devint furieuse. Incandescente. Excédée au plus haut point.

« Vas-y, tue-moi. » lui souffla-t-elle au visage. « Je préférerais que ce couteau pénètre en moi encore et encore plutôt que tu me touches à nouveau. Tu es répugnant Dan. Tu me dégoûtes. »

Les yeux de Dan s'enflammèrent et soudain, elle sentit la lame froide conte la peau de son ventre. Elle ne recula pas. « Vas-y, espèce de lâche, finis-en. » Elle s'appuya contre la lame, sentit le bout pointu pénétrer sa peau et une petite coulée de sang s'écoula sur son ventre. Elle était étonnée à quel point l'idée de mourir l'effrayait peu. Elle regarda droit dans les yeux l'homme qu'elle avait autrefois aimé et elle ne vit rien d'autre qu'une envie de sang. Le temps se figea pendant une seconde puis Dan rit et éloigna le couteau.

« Désespérant de mettre ces crimes sur mon compte, tu ne trouves pas ? Je dois insister. » et il appuya son corps contre le sien. « La seule pensée de faire pénétrer cette lame en toi est en effet tentante, mais ce n'est pas encore le bon moment. »

Sarah repoussa Dan qui se mit à rire. « Ca suffit Dan. Je veux partir, quitter cette maison, cette île. Je ne veux plus te voir ni te parler. »

« Je ne pense pas que tu sois en mesure d'aller où que ce soit Sarah. En tout cas pas sans moi. Honnêtement, tu ne penses quand même pas que j'allais te laisser partir, si ? » *Pas vivante.* Ces mots sous-entendus restèrent suspendus en l'air.

Une colère, blanche et froide, une rage incontrôlée surpassèrent alors toutes les autres peurs qu'elle avait ressenties. Elle lui fit un sourire jaune, regarda l'intérieur de la maison qu'elle avait partagée avec cet homme. Ca avait été leur maison. Elle y avait été volontairement - et heureusement - mariée. C'était une autre époque. Elle se pencha et ouvrit la porte. « Au revoir Dan. »

« Sarah, attend. »

Elle se retourna pour lui faire face en serrant les dents puis poussa un gémissement. Dan était au-dessus d'elle et l'empêchait totalement de bouger. Elle gémit de terreur quand il colla son corps au sien en enfouit sa tête dans ses cheveux. Ses dents mordirent profondément le lobe de son oreille quand il lui murmura :

« Tu n'as aucune idée de ce dont je suis capable, petite fille. Mais je te promets ceci, tu vas bientôt le découvrir. »

Puis il disparut en une fraction de secondes. Elle bougea, à moitié sonnée, se jeta contre la porte et la verrouilla derrière elle. Elle fonça dans la maison, vérifia que toutes les fenêtres et les portes étaient verrouillées et elle se demanda depuis combien de temps elle ne s'était pas sentie en sécurité. Trop longtemps.

Ce n'est que quand elle fut certaine que la maison était sûre qu'elle se rendit compte du choc, de la peur et de l'immense et indicible soulagement qu'elle éprouvait à être libérée de lui.

Au moins maintenant, elle était certaine d'une chose. Dan voulait la tuer. Il l'avait dit clairement - mais pas d'une façon qu'elle pouvait facilement prouver. *Merde.*

Sarah s'allongea sur le sol de la cuisine, désireuse de sentir la fraîcheur du carrelage contre sa peau, afin de calmer son esprit. Ses plans, sa vie, son mariage étaient en train de s'écrouler et maintenant, elle le savait, il était temps de les réparer.

Elle repoussa la pensée d'Isaac loin dans son esprit et parcourut méthodiquement la maison pour y effacer toute trace de son passage. Elle voulait se débarrasser de cette maison pour de bon. Elle savait qu'elle pourrait rester chez Molly jusqu'à décider d'autre chose à faire. Peut-être quitterait-elle l'état pendant quelque temps, allé à Portland ou à San Francisco.

Elle n'avait pas laissé grand-chose - elle récupéra quelques photos d'elle dans le salon puis elle le vit, posé dans un coin sombre de la pièce. Son album-photo du lycée - datant de la première année où elle avait commencé ses études en architecture.

Le lycée. Ses plans pour un nouveau départ lui semblaient si lointains maintenant. Elle attrapa l'album photo et l'ouvrit, puis sourit en voyant les photos et les commentaires. Peut-être que quand tout cela serait terminé, elle retournerait là-bas, poursuivre ses études au lycée. Elle referma l'album puis s'arrêta net. Elle avança vers le coin et vit un tube en carton. Elle déchira le papier et le déplia sur le haut du piano. C'était un plan de la maison. Elle l'examina et se souvint pourquoi elle adorait tant l'architecture, les bâtiments, chaque détail de chaque pièce et recoin et...

Quand cette pensée la frappa, elle réalisa d'un seul coup. Son corps commença à trembler et elle se rua dans la cuisine, alluma les lampes du sous-sol et ouvrit la porte du placard. Elle hésita une seconde puis attrapa une lampe torche et descendit les escaliers. Le sous-sol en lui-même était très bien éclairé et une légère odeur d'humidité y régnait. Elle y descendait rarement mais cet espace demeurait rangé. Mais elle s'avança vers le mur du fond et s'approcha d'un placard.

La porte du vide sanitaire était entrouverte. Elle l'ouvrit et dirigea le faisceau de la lampe dans le local, tout en écoutant attentivement. Rien. Elle se concentra davantage. La maison avait des vides sanitaires sut tous les murs d'enceinte de la maison. Elle et Dan avaient voulu les faire combler pour isoler davantage la maison mais ils ne l'avaient jamais fait.

Et maintenant, elle dirigeait le faisceau de la lampe dans cet espace vide. C'était assez large pour elle, et même assez large pour un homme aussi carré que Dan. Elle tremblait toujours et le faisceau de la lampe dansait le long des murs. Elle avança petit à petit dans le passage. C'est dans l'espace derrière le salon qu'elle le vit.

Un sac de couchage. Des journaux. Une bouteille de whisky vide. Elle laissa échapper un court soupir et sentit son cœur tambouriner dans sa poitrine. Dan n'avait jamais disparu. Sa paranoïa et son contrôle avait été pires que tout ce qu'elle avait jusqu'alors imaginé. Pire que ce qu'elle ne pourrait jamais comprendre.

Il avait vécu à l'intérieur des murs de la maison.

ISAAC SE FRAYA un chemin dans la foule de journalistes hors de l'appartement et poussa un grognement de mécontentement en réussissant enfin à sortir du groupe. Il marcha, sans trop savoir où il allait, il voulait juste marcher sous la pluie qui glissait dans les rues presque désertes de Seattle.

Merde. Il ne pouvait pas laisser Sarah partir comme ça. La laisser passer la porte et ne pas revenir. C'était juste... l'idée de savoir qu'elle avait baisé avec Dan Bailey, qu'elle s'était allongée à côté de lui, même dans ses circonstances. Elle avait peur de Dan, il le savait, il aurait été facile de s'en occuper, tout particulièrement si elle était épuisée, ou comme il le pensait, si elle avait été droguée.

Isaac s'arrêta, réalisé qu'il était parvenu jusqu'au front de mer. Il ralentit le pas le long des quais et s'assit sur un des bancs. Le crépuscule était tombé sur la ville et les restaurants le long du front de mer se remplissaient. Il voyait les lumières de l'île au-delà de l'océan. Etait-elle retournée là-bas ? Il aurait pu appeler Molly mais Si Sarah n'était pas sur l'île, elle s'inquiéterait.

Mon dieu, tu es un milliardaire, un homme d'affaires avisé et tu ne peux même pas résoudre cette situation. C'est facile. Pardonne-lui. Va chercher ton amie. Isaac se leva et avança sur le trottoir pour héler un taxi. *Sors-toi de cette situation. Arrête tes bêtises.*

Ramène-la et ne la laisse jamais repartir.

LA NAUSÉE la rattrapa et Sarah déglutit, en essayant de s'empêcher de vomir. Peur. Colère. Horreur. Cette violation de sa vie privée, de sa vie.

« Fils de pute. » Elle chuchotait. Elle tomba à genoux et attrapa ses papiers. Des dates différentes, durant ces deux dernières années. « Mon dieu. *Mon dieu.* »

Elle s'agenouilla dans le vide sanitaire et se pencha doucement d'avant en arrière, essayant de rassembler toutes les torches et lampes tempêtes qui pouvaient éclairer les passages. Elle se déplaça dans cet espace en plaçant les lampes là où elle el pouvait. Puis elle remonta dans la maison et éteignit tous les plafonniers et lampes de chevet qu'elle avait auparavant allumés et elle recula contre le mur. La nuit était tombée maintenant et tout était plongé dans l'obscurité.

A l'exception des faibles faisceaux de lumière qui passaient par les petits trous que Dan avait percés dans le mur. Ils étaient faits d'une telle façon que seul un observateur averti pouvait les voir.

Sarah, submergée par la colère et la peur qu'elle ressente, se déplaça de pièce en pièce, enragée à l'idée que sa vie privée ait autant été violée, et du scenario que Dan avait élaboré dans son esprit. Elle passa la plupart de son temps dans la cuisine et le salon. Elle se douchait dans la salle de bains, c'est là qu'elle était la plus vulnérable. La chambre où elle et Isaac avaient fait l'amour tant de fois. Elle retourna dans la salle de bains et cette fois-ci, ne put s'empêcher de vomir. Elle ralluma la lumière dans la maison, prit son téléphone portable et repartit prendre des photos du vide sanitaire, les meilleures et les plus nettes possibles avant de rassembler tout ce qu'elle y avait trouvé dans la cuisine. Elle trouva un lecteur mp3 sous le sac de couchage et fronça les sourcils en le voyant. Elle examina les murs et vit des câbles qui menaient derrière le mur de sa chambre. Elle alluma le lecteur mp3 et sourit, quasiment sûre de ce qu'elle entendrait.

I got the joy joy joy joy down in my heart...

« Espèce de sale petite merde ! » Elle hurlait maintenant, laissant exploser sa fureur. Elle commença à frapper tout ce qui se trouvait à sa portée, aveuglée par la rage.

Dan avait délibérément essayé de lui faire croire qu'elle était en train de devenir folle. Sarah secoua la tête et reprit son souffle. Elle se demanda jusqu'où il était allé. Elle connaissait bien évidemment la réponse. Elle prit une grosse bouffée d'air et emporta le reste du matériel de Dan dans la cuisine. Elle sortait son téléphone de sa poche au moment même où il sonnait. Finn.

Elle lui raconta tout ce qu'elle avait trouvé et l'entendit pousser un sifflement de mécontentement.

« Ma chérie, nous sommes en route. Reste dans la maison. »

ISAAC SORTIT sa voiture du ferry et se dirigea vers la ville. En passant devant le Varsity, il fit la voiture de police de Finn garée dehors et à l'intérieur du café, il vit Sarah parler à Molly et à Finn. *Mon dieu, regarde-la.* Son ventre se serra quand il vit que Molly avait vu sa voiture et la montrait à Sarah. Elle se retourna et leurs yeux se rencontrèrent. Tel un robot, Isaac sortit de la voiture, avança vers le café et poussa la porte. Sarah s'avança également et il vit qu'elle tremblait. Elle ne bougea plus quand il avança vers le trio. Il hocha la tête en direction d'une Molly souriante et d'un Finn qui lui rendit son hochement de tête.

Puis il regarda Sarah. Ses cheveux noirs étaient emmêlés, en désordre autour de son visage et tombaient en boucles sur sa poitrine. Ses grands yeux noirs étaient inondés de larmes et son visage rosit. Il se pencha et posa sa paume contre sa joue et elle s'appuya contre lui.

« Toi et moi pour toujours. » dit-il et la prit dans ses bras quand elle commença à sangloter.

. . .

Elle raconta tout ce qu'elle avait dit à Molly et Finn à un Isaac qui y croyait à peine puis tous s'assirent en silence. Finn soupira et passa ses mains dans ses cheveux, visiblement frustré.

« Pour l'amour de Dieu. J'aimerais tellement arrêter ce fils de pute et le jeter en prison. »

Sarah prit une profonde inspiration. « Tu ne peux pas Finn. Tu ne peux rien prouver, il est tellement prudent. Il fait toujours attention à ne pas s'exposer. A moins que... »

Isaac, le bras autour de la taille de Sarah, semblait aussi troublé que Molly et Finn. « A moins que quoi mon cœur ? »

« A moins qu'on ne le provoque. »

« Non ! Nous ne t'utiliserons pas comme appât. En aucun cas Sarah, ça n'arrivera pas. »

Plusieurs clients avaient levé les yeux vers Isaac au moment où il avait abattu son poing sur la table. Sarah se leva. Isaac regarda autour de lui avec un sourire. Il continua à parler à voix basse, pour sa seule tablée. « Penses-tu honnêtement que moi, Finn ou Molly te laisserions faire ça ? Non. »

« D'accord. » Le visage de Finn ressemblait à de la pierre. « Mon dieu, Sarah... » Il posa sa tête dans ses mains. Sarah se pencha pour lui attraper la main.

« D'accord, d'accord, désolée, désolée. »

Finn attrapa sa main pendant une seconde puis la lâcha. « Mauvaise idée. La pire que je n'ai jamais entendue. »

« Je le sais. » '

Isaac rit doucement et tous le regardèrent d'un air soulagé. Il sourit puis leva la main. « Désolé, c'est juste... Saul a essayé de me vendre la théorie comme quoi Clare serait d'une façon ou d'une autre impliquée dans tout cela. J'imagine que les dernières nouvelles enterrent à jamais cette théorie. »

Sarah posa sa tête sur son épaule. « J'imagine que oui. »

Molly restait silencieuse et les regardait, ses yeux étaient fatigués et mornes. Sarah la regarda. « Ca va, Molly ? »

Molly essaya de sourire. « Je serai juste ravie quand tout ce bordel sera terminé. »

DANS LA CHAMBRE DU MOTEL, Caroline était allongée nue sur le lit de Dan, occupée à fumer et à se reposer de sa séance de sexe. Dan était sous la douche. Elle s'assit et vérifia qu'il était toujours dans la salle de bain puis elle se dirigea vers son placard. Elle ouvrit la porte et parcourut rapidement ses affaires. Elle trouva son pistolet, son porte-feuille - et ses yeux s'agrandirent quand elle y vit toute une liasse de billets - et un billet d'avion. *Un* billet d'avion. Un seul.

« Tu as trouvé ce que tu cherchais ? »

Elle le regarda les yeux plein de colère. « Tu vas quelque part ? » Elle agita le billet d'avion sous son nez. Il sourit.

« Non Caroline, je pense qu'une fois que j'aurai tué Sarah, je resterai ici et je passerai mon temps à pêcher. Ou peut-être jouer au golf. » Il lui prit le billet des mains et le rangea dans la poche de sa chemise. Elle le regarda d'un air surpris.

« Et moi ? Et nous ? »

« Nous ? » dit-il d'un air blasé.

« Nous. Je t'aime. »

Il la regarda d'un air incrédule. « Caroline, je doute que tu aies jamais aimé qui que ce soit à part toi. »

« Connard. » Elle commença à le frapper. Il rigola et s'écarta doucement d'elle. Elle se mit à pleurer. « Et pour notre enfant ? »

Il haussa les épaules. « Je ne sais même pas si c'est le mien. »

Elle changea de tactique. Elle posa une main sur sa poitrine. « Dan... c'est le cas. Je t'aime. Et je pensais, tout particulièrement après tout ce que j'ai fait pour toi, que j'avais gagné ta confiance. Ton amour. »

Dan resta silencieux et l'étudia pendant un long moment. Elle commença à se sentir mal à l'aise quand il lui sourit et tout son visage s'adoucit. « Tu as raison. Bien sûr, pardonne-moi ma chérie, je n'avais pas réfléchi. »

Il l'attira sur le lit, l'allongea et l'embrassa.

« Ecoute, tu m'as dit une fois que tu ferais n'importe quoi pour moi, aide-moi à tuer Sarah pour m'avoir trahi. » lui dit-il. « Tu sais ce que ça veut dire ? »

Caroline lui sourit. « Oui. Alors qu'est-ce que tu attends ? Elimine cette pute et nous pourrons nous enfuir d'ici, attendre que notre enfant naisse loin de cet endroit maudit. »

Dan sourit. « Patience. Je serai bientôt de retour. »

MOLLY ÉTAIT RENTRÉ chez elle au moment où Sarah avait fermé le Varsity. Isaac et Finn étaient restés discuter ensemble. Sarah les rejoignit et Isaac lui prit la main.

« Rentre à la maison. » lui dit-il simplement et elle hocha la tête. Finn lui sourit.

« Je te verrai plus tard ma puce. Isaac. » Il serra la main d'Isaac et ils se séparèrent. Isaac passa ses bras autour d'elle.

« Mon cœur, allons à la maison et ne pensons qu'à nous pendant les heures qui viennent. » « Toi et moi. »

« D'accord. »

LE PORTIER leur sourit quand il les vit entrer dans son appartement. Durant le trajet en ascenseur, ils ne parlèrent pas, ils se pelotonnèrent juste l'un contre l'autre. Une fois à l'intérieur, ils se dirigèrent dans la chambre et se déshabillèrent lentement. Sarah était au départ un peu hésitant, ne sachant pas comment Isaac allait réagir, étant donné que moins de vingt-quatre heures avant elle avait couché avec Dan.

Mon dieu. Rien que cette pensée la rendait malade. Isaac leva son visage vers le sien et chercha son regard, ses yeux verts étaient doux.

« Je sais à quoi tu penses… ne t'en fais pas. Toi et moi, c'est tout ce qui compte maintenant, peu importe ce qui s'est passé avant. Je t'aime. »

Il posa ses lèvres sur les siennes et l'embrassa doucement et, sentant ses craintes s'éloigner, le baiser devint plus appuyé et ses doigts s'emmêlèrent dans les siens et les serra doucement. De délicieuses sensations parcoururent sa peau quand Isaac passa ses lèvres contre sa gorge, puis descendit, prit un téton dans sa bouche et commença à le sucer. Il la souleva et elle enroula ses jambes autour de lui quand il l'emporta jusqu'au lit et l'y coucha. Sarah se perdit dans la sensation du poids du corps d'Isaac sur le sien, sentit une pulsation frénétique entre ses jambes et son sexe s'humidifia instantanément. Elle prit son sexe dans sa bouche, le suça, le mordit jusqu'à ce qu'elle sente le goût du sperme sur sa crête, ses veines se gorgèrent de sang, il devint lourd et engorgé. Il s'écarta un peu et se déplaça pour qu'elle puisse l'embrasser sur la bouche. Elle gémit quand il glissa deux doigts en elle, puis trois, son pouce caressait son clitoris en rythme, il devenait presque trop sensible maintenant, ses jambes se mirent à trembler autour de ses hanches, et le bout de son sexe toucha l'entrée de son vagin.

Il la pénétra incroyablement lentement, il lui sourit en la voyant gigoter d'excitation, le suppliant de la pénétrer, violemment, mais il attendit, il continua à la pénétrer lentement, centimètre par centimètre jusqu'à ce qu'il arrive tout au fond d'elle, et que son sexe commence à se dilater sous l'épaisse masse de sa queue.

Sarah attrapa sa lèvre inférieure entre ses dents et la mordilla alors qu'il collait sa bouche à la sienne. Elle ne pouvait pas le quitter des yeux, ne pas voir leur amour, leur protection. Elle sentit ses hanches se liquéfier en atteignant l'orgasme et elle cria le nom d'Isaac encore et encore, au moment même où son corps à lui se tendait de jouissance, il gémit et la serra si fort qu'elle sentit son propre cœur battre contre sa poitrine à lui.

Elle était chez elle.

Les jambes de Molly lui faisaient mal alors qu'elle courait dans la forêt, ses bronches chauffaient sous l'effort, ses joues étaient rouges et humides de sueur. Metallica résonnait dans son lecteur mp3 et comme le sentier commençait à descendre, Molly accéléra un peu.

Les endorphines faisaient leur effet et elle sourit en poussant son corps au-delà de ses limites.

Dan s'avança dans l'ombre d'un grand pin juste devant elle. Elle s'arrêta d'un coup, respira fort, ses cheveux se collèrent à la sueur de son visage. Dan la regarda, parcourut son corps ferme et ses jambes fines et musclées. Il lui sourit. Molly croisa ses bras sur sa poitrine, n'appréciant pas d'être scrutée ainsi.

« Que veux-tu? »

Le sourire de Dan disparut. « Où est-elle, Molly ? »

Molly sentit son cœur battre de façon désagréable entre ses côtes mais elle garda une expression dure. « En quoi ça te concerne ? »

Dan poussa un petit rire comme un enfant gêné pris sur le vif. « Molly. Je t'ai posé une question. Sarah n'est pas revenue à la maison. Je veux simplement la voir, est-ce trop demander ? »

Molly roula des yeux. « Ecoute bien ça, Bailey. Elle est mariée à Isaac maintenant et elle l'aime. »

Elle essaya de le dépasser mais il l'en empêcha avec son bras. Molly s'arrêta et elle se tourna vers lui, le visage reflétant toute sa colère.

« Bailey, qu'est-ce que tu crois être en train de faire bordel ? Tu penses que tu es en train de me faire peur ? » Sa voix aigue résonna dans la forêt vide. Mais elle se brisa à la fin et l'abandonna. Elle se pencha et se retourna mais il posa sa main sur son épaule et la força à reculer. Elle se retourna à nouveau et le frappa aussi fort qu'elle put mais il se contenta de rire. Il la repoussa contre le tronc et colla son corps contre le sien. Elle se débattit mais ses mains étaient emprisonnées et coincées dans ses bras. Il la regarda fixement.

« Où est Sarah ? » Il colla son visage au sien et ses lèvres contre son oreille. « Où est-elle, Molly ? »

« Dégage, espèce de taré. Je sais ce que tu es Bailey. » La fureur la rendait imprudente et elle quand elle vit la lueur au fond de ses yeux, elle se rendit compte de sa propre stupidité. Il lui fit un sourire terrifiant.

« Tu sais "ce que je suis" ? Qu'est-ce que ça veut dire Molly ? »

Dan appuya davantage son corps contre le sien jusqu'à ce que ce soit douloureux, sa respiration resta coincée dans ses bronches et ses côtés s'écrasaient sous le poids du corps de Dan. Molly haleta pour reprendre son souffle, en essayant de ne pas laisser la terreur l'envahir. Elle sentit son odeur, de l'eau de Cologne mélangée à de la sueur, son haleine avait des relents de café et de cigarette.

« Je t'ai posé une question. » Sa voix était dure et implacable. « Où est-elle ? »

La pression commençait à devenir insupportable. Molly avait du mal à respirer mais ce n'était pas ce qui la terrifiait le plus.

« Laisse-la tranquille. » Elle haleta, sans y croire vraiment, et Dan augmenta encore sa pression.

Et d'un seul coup, il la laissa partir. Elle se pencha en avant en essayant de faire rentrer de l'oxygène dans ses poumons. Dan la regarda un sourire aux lèvres.

« Je trouverai Sarah que tu le veuilles ou non. Peu importe si aucun de vous ne le souhaite. » Il approcha sa tête de l'oreille de Molly et lui murmura, d'une voix basse et sensuelle : « Elle *m'appartient*, Molly. Tu t'en souviens ? Dis-le à Quinn. Et si tu sais "ce que je suis" pourquoi essaies-tu de m'en empêcher ? Pourquoi ? Réfléchis-y. » Et il éclata d'un gros rire avant de partir. Molly n'hésita pas, elle courut à travers la forêt jusque chez elle. Elle claqua la porte de sa maison une fois entrée, la verrouilla à double tour et se lova sur le canapé, toute tremblante et se maudissant de son propre courage insensé. Elle n'aurait jamais dû le provoquer. Le regard dans ses yeux lui fit mal au ventre. *Obsession.* Même la façon dont il prononçait le nom de Sarah...cela l'effrayait et pire, une impression d'inéluctabilité envahit Molly quand elle y repensa.

Une image apparut dans son esprit avant qu'elle ne puisse l'en empêcher et elle donna à Molly envie de hurler, de crier toute l'étendue de sa terreur. Isaac, sanglotant, lové autour du corps de la femme qu'il aimait, Sarah, qui avait les yeux grand ouverts mais incapables maintenant de voir. Elle était dans le creux de ses bras, son sang avait coulé sur elle et Isaac et Dan Bailey, démoniaque, se tenait debout devant eux en riant.

. . .

Quand elle vit Finn revenir au commissariat, Molly l'appela et il arriva en courant à la maison pour la prendre dans ses bras. Finn, abasourdi, enlaça sa sœur en sanglots et la porta au chaud au commissariat.

« Que se passe-t-il sœurette ? »

Molly fut incapable de parler pendant quelques minutes et il la laissa pleurer, peu habitué à voir Molly, habituellement si enjouée, totalement vulnérable. Ca l'effraya un peu. Elle finit par se calmer suffisamment pour articuler : « Il m'a agressé...Dan... »

Le visage de Finn se crispa, il prit une couverture en enveloppa sa sœur dedans. « D'accord, respire. Raconte-moi... que s'est-il passé ? » Il attrapa la cafetière et lui versa une tasse de café.

Molly prit quelques profondes inspirations et lui raconta tout, y compris ce qui s'était passé dans les bois durant l'après-midi. Finn écouta en hochant la tête, les mains de sa sœur dans les siennes. Elle essuya ses larmes.

« Finn, il est obsédé. Je veux dire vraiment, possédé. »

Finn mâchonna en réfléchissant. « Où est Sarah en ce moment ? »

Molly avait l'air épuisée. « Elle est en ville avec Isaac. Elle m'a appelée ce matin et je lui ai dit qu'elle pouvait rester là-bas, passer la journée avec Isaac. Elle a eut l'air heureuse. »

« Bien. » Le téléphone de Finn sonna et il regarda l'écran. « C'est elle. Salut ! Ca va ? » répondit-il en décrochant.

Il écouta un long moment, le visage fermé et la mâchoire crispée. « Ouais, c'est une bonne idée mais...attends, non Sarah, je pense que... »

Il fronça les sourcils, passa ses mains sur ses yeux et Molly sentit la peur remonter en elle. Elle attendit que son frère lui explique. « D'accord, espérons que tu pourras le persuader de nous dire tout ce qu'il sait. Isaac est avec toi ? Parfait. » Il regarda Molly et mima avec sa bouche : "Dois-je lui en parler ? "

Molly secoua énergiquement la tête et Finn fit un signe d'assentiment. « Ok... ouais, rappelle-moi plus tard ma belle. »

Il raccrocha. « Merde. »

« Quoi ? »

Finn soupira et Molly vit toute l'inquiétude sur son visage. « Je pense que Sarah est en train de travailler pour nous. « Elle s'est souvenue du nom de l'avocat et elle veut aller le voir pour qu'il lui raconte l'histoire de Dan. »

« C'est plutôt bien, non ? »

Finn soupira. « Je ne sais pas, je ne veux pas donner à Dan une seule raison supplémentaire de s'énerver. »

« Un coup de fil ne fera de mal à personne. »

Finn regarda sa sœur d'un air las. « Tout dépend de ce qu'elle va trouver. »

SARAH TERMINA son appel avec Finn et appela directement le cabinet Corcoran. Ses doigts tapotèrent nerveusement sur la table pendant qu'elle attendait. Depuis qu'elle s'était levée et qu'elle s'était souvenue de cet avocat, elle pensait à le contacter, trouver un moyen qu'elle pourrait utiliser pour se débarrasser de Dan.

Elle avait parlé de l'avocat à Isaac quand ils avaient pris leur douche ensemble et il l'avait encouragée.

« Appelle-le. » lui avait-il dit pendant qu'il s'habillait, puis il l'avait regardée. « Mais ne joue pas au héros - si tu découvres quoi que ce soit, ne va pas défier Dan toi-même. Il est dangereux, Sarah. »

Elle avait essayé de sourire. « Tu n'as pas besoin de me le rappeler, mon cœur. »

Il l'avait embrassée et était parti travailler. « Appelle si tu as besoin de quoi que ce soit. Jay et Flynn seront derrière cette porte - personne n'entrera ici sans leur autorisation. »

Au moins, si je dois rester enfermée pour ma propre protection, à attendre que l'appel aboutisse, elle aurait au moins de quoi s'occuper.

« Corcoran and Associates, que puis-je faire pour vous ? » La femme au bout du fil avait un accent du sud et une voix sympathique.

« Puis-je parler à M. Corcoran s'il-vous-plait ? »

« M. Corcoran est actuellement en vacances mais je peux lui laisser un message et lui demander de vous rappeler. Puis-je connaître votre identité. »

Sarah hésita un instant. « Je m'appelle Sarah Bailey Quinn - le nom de naissance de mn ex-mari est Petersen et... »

La femme l'interrompit. « Oh, Mme Quinn, oui, M. Corcoran m'a parlé de vous. »

Sarah fut surprise. « Pardon ? »

« M. Corcoran m'a dit que, si vous ou M. Bailey essayiez de le contacter, il voulait en être immédiatement informé. Il est actuellement en vacances avec ses petits enfants à Hawaï mais je vais l'appeler et lui dire de vous rappeler dès que possible. »

Sarah resta sans voix.

« Mme Quinn ? »

« Oui, désolée, je suis là, c'est juste...il sait qui je suis ? »

« Bien sûr. »

Une pause.

« Et bien, dans ce cas... oui, s'il-vous-plait, merci de lui demander de me rappeler. Je vous laisse mon numéro. »

Elle le lui donna, et la femme le répéta pour confirmer. Sarah, toujours sous le choc, la remercia.

« Merci beaucoup madame. Passez une bonne journée. »

« Merci, vous aussi. »

Sarah raccrocha. William Corcoran savait qui elle était ? Elle s'attendait à ce qu'il connaisse Dan, évidemment, donc ça n'était pas une grosse surprise mais... la secrétaire lui avait donné l'impression que Corcoran attendait son appel. Qu'est-ce que cela signifiait ?

Elle ne voulait pas admettre que cela signifiait qu'il savait que quelque chose clochait avec Dan, et qu'il savait qu'elle la contacterait. Est-ce que Dan avait dit à l'avocat qu'il était marié ? Elle appela Finn pour se changer les idées et lui raconta ce qu'elle venait d'apprendre. Finn l'écouta puis soupira.

« J'ai envie de dire que ça ne présage rien de bon. »

« Je le sais. Mon dieu, Finn, quel cirque. »

« Tu as raison. Hé... tout va bien là-bas ? Vous vous en sortez tous les deux ? »

Sarah trouvait cela bizarre de discuter d'Isaac avec Finn. « Oui, vraiment. »

« Parfait. »

Elle hésita puis lui demanda d'une voix douce. « Vraiment ? »

Finn poussa un petit grognement. « Ma puce, tant que tu es heureuse, tout va bien pour moi. »

Sa gentillesse, la force de leur amitié lui donna envie de pleurer. « Tu es le meilleur. Je t'aime. »

« Je t'aime aussi ma belle et regarde, s'ils améliorent le clonage dans un futur proche, j'espère que tu me donneras un peu de ton ADN. »

Sarah éclata de rire et eut l'impression de s'alléger un peu. « Je te le promets. »

LE JOUR SUIVANT, Jay et Flynn, les deux imposants gardes du corps d'Isaac emmenèrent Sarah sur l'île. Ils étaient sympathiques mais très professionnels et elle prit place dans un véhicule qu'elle ne peut décrire autrement que comme une forteresse roulante.

« Je parie que ce sont des vitres par balle. »gémit-elle en regardant Isaac qui lui souriait. Il l'avait accompagnée jusqu'au parking du garage au sous-sol du bâtiment, afin de s'assurer qu'elle était bel et bien en sécurité dans la voiture avant de partir travailler.

« Arrête de râler, femme, c'est ton tank. C'est le prix à payer pour que j'accepte que tu ailles travailler. »

Elle sourit. « Oh, tu *acceptes* que j'aille travailler ? »

Isaac l'embrassa et lui tint la main pendant qu'elle s'asseyait sur la banquette arrière. « Tu es une vraie plaie. File travaillé. » Mais il souriait.

Molly s'avança vers son amie quand elle entra dans le café une heure plus tard. « Tu marches bizarrement. Vraiment. Je parierais que ces jambes ont été exploitées au-delà de leur limite, non ? »

Sarah éclata de rire. « Tu m'étonnes qu'elles l'ont été. » Molly rit, prit son amie dans ses bras et la regarda.

« Vraiment ? Tout va bien ? »

Sarah hocha la tête et Molly la serra plus fort. « Je suis heureuse pour toi. Vraiment. »

« Merci ma belle. Pour tout. Je ne sais pas comment j'aurais pu m'en sortir ces derniers mois sans toi. »

Molly sourit puis la repoussa. « Heu, je suppose que vous êtes tous les deux désespérément amoureux l'un de l'autre à nouveau, qu'il y a plein de petits mots tendres et de sourires entendus entre vous. »

« Ouais. »

Molly roula des yeux mais Sarah vit qu'elle en était ravie. « Où es ton frère vagabond ? »

Molly roula des yeux. « Dieu seul le sait. Il m'avait dit qu'il passerait tôt ce matin mais je suppose que son travail l'a appelé ailleurs. »

« Vers un autre crime ? » Sarah lui sourit et Molly rigola. Elle jeta un œil par la fenêtre en direction de l'immense voiture noire garée devant le trottoir. « Tu penses que je devrais leur apporter un café ? »

Sarah sourit. « Je vais le faire. »

Elle apporta deux cafés brûlants dans la voiture. « Je suis désolée de vous voir infliger ce travail les gars, ça va être long de m'attendre ici toute la journée. »

Jay, un Afro-Américain aux étonnants yeux bleus lui sourit. « C'est notre boulot, Mme Quinn. »

Sarah roula des yeux. « Sarah. »

Flynn rigola. « Vous êtes sûre que vous en voulez pas qu'on entre Sarah ? »

Elle secoua la tête. « Je pense que les clients se sentiraient un peu intimidés - et de plus, vous prendriez toute la place à vous deux. »

« Très bien mais si jamais... »

« Je le ferai. »

Molly était au marché, Sarah était seule au café quand elle entendit la porte s'ouvrir. Elle leva les yeux et son ventre se crispa.

« Salut Sarah. »

Le visage de Dan était amical, il semblait détendu. Elle se rapprocha du comptoir et s'assura que son sac était à portée de main, avec le pistolet facilement accessible. Elle jeta un œil au tank, et vit

Jay descendre sa vitre. Elle secoua doucement la tête dans sa direction. Pas besoin d'envenimer la situation pour l'instant.

« Dan. »

« Comment vas-tu ? Tu as l'air en meilleure forme que la dernière fois où je t'ai vue. »

« Tu veux parler de la fois où tu m'as menacée ? Oui Dan, ça va beaucoup mieux. »

Il rigola. « Oh allez, ça fait un peu trop dramatique tu ne penses pas ? Menacée ! Je vois que tu as bien récupéré, ou en tout cas que ton mari t'y a aidée. » Il fit un signe sarcastique à Jay, qui le regarda en restant de marbre. Sarah aurait probablement rit si elle ne s'était pas sentie aussi nauséeuse. Il lui sourit mais ses yeux étaient vides. « Puis-je avoir un café, s'il-te-plait Sarah ? J'ai oublié le goût si particulier que tu leur donnes. »

Sarah détestait se sentir trembler comme ça quand elle versa le café dans la tasse. Il posa sa main sur la sienne pour la calmer mais elle la retira aussitôt. Il rigola.

« Honnêtement Sarah, que penses-tu que je vais te faire ? » il avala son café.

Du coin de l'œil, elle vit Jay et Flynn sortir de la voiture. Ils n'entrèrent pas mais s'appuyèrent contre la voiture, face au café, afin de mieux voir chaque mouvement de Dan. Tous deux portaient leurs gilets par balle et leur pistolet étaient facilement accessibles dans leur holster. Ca la détendit un peu et lui redonna un peu de courage. Dan lui sourit.

« Quel effet ça fait d'avoir ces deux gros molosses à tes ordres ? »

Son téléphone sonna et elle décrocha, soulagée de ne pas avoir à répondre.

« Allo ? »

Elle savait qui c'était avant même qu'il ne parle.

« Mme Quinn ? »

Corcoran.

Poussée d'adrénaline. Elle devint toute rouge et s'éloigna de Dan. Elle était certaine qu'il avait vu sa réaction frustrée et elle lutta pour que sa voix paraisse aussi normale que possible. Elle sentait son regard perçant sur sa nuque.

« Oh, bonjour ! Comment allez-vous ? » Comment vont Joe et les enfants ? »

Corcoran comprit immédiatement.

« Raymond - pardon, je veux dire *Daniel* - est avec vous ? »

« Oui oui, les enfants sont souvent très présents. » Elle s'en voulut, on aurait dit une conversation de série télé.

« Mme Quinn, répondez-moi juste par oui ou par non, d'accord ? Etes-vous en danger en ce moment ? »

La question frappa Sarah par sa brutalité et elle hésita. « Non. » Sa voix se cassa. « Non, je vais bien. »

La fêlure dans sa voix attira l'attention de Dan et elle lui fit signe qu'elle partait vers la cuisine pour continuer son appel. Elle ne voulait pas que Dan comprenne qu'elle parlait à cet avocat, elle ne voulait pas le mettre en danger. Même de l'autre côté de la cloison, elle sentait la présence de Dan, une sensation uniquement dictée par sa peur. Elle se rendit compte que Corcoran lui parlait.

« Bien, Mme Quinn, nous ne pouvons pas parler librement maintenant. Peut-être pouvez-vous me rappeler à ce numéro un peu plus tard, à moins que ça ne soit urgent. »

« Bien sûr. Honnêtement, il n'y a pas d'urgence. » Sarah choisissait soigneusement ses mots au cas où Dan les entendrait.

Corcoran hésita. « Vous en êtes sûre ? Mme Quinn, je ne veux pas vous inquiéter mais puis-je vous demander une faveur ? »

Sarah se figea en voyant Dan entrer dans la cuisine, se tourner et lui sourire. Il montra les toilettes et s'y rendit. Elle entendit le loquet se fermer.

« Je suis désolée, oui bien sûr, ce que vous voulez. »

Il y eut une pause.

« Essayez d'être vigilante. Puis-je vous parler franchement ? » lui dit-il en soupirant.

« Bien sûr. »

« Faites attention à Daniel, Mme Quinn, il est dérangé. Il est dangereux. Essayez de ne pas le contrarier. Je vais attendre votre appel mais s'il-vous-plait, sachez que je viendrai vous voir à Seattle dans l'instant si vous me le demandez. Vous devez en savoir plus sur Daniel, Mme Quinn, vous devez connaître toute son histoire. »

Ses mots eurent l'impact de la glace sur tout son corps. Des souvenirs de violence occasionnée dans l'univers de Dan. Elle frissonna.

« Je comprends. » Elle lui dit au revoir et Sarah essaya de reprendre un visage normal avant que Dan ne sorte des toilettes. Elle retourna dans le café et vit que Jay et Flynn y étaient entrés et avaient l'air tendus. Elle leur fit un regard reconnaissant. Dan arriva quelques secondes après elle, sourit aux gardes du corps et leva un sourcil dans sa direction. Son sourire était terrifiant. *Il sait.* Sarah était incapable de respirer, elle s'avança vers le comptoir et posa sa main sur son pistolet. Dan s'assit en face d'elle, lui sourit et termina son café.

« Hé... » Jay vint à côté d'elle, les yeux rivés sur Dan. « Tout va bien ? »

Sarah hocha la tête et lui fit un grand sourire. Dan sourit.

« Bien sûr. Je viens juste voir ma femme. Même si elle pense que nous ne sommes plus mariés. » Il se retourna et regarda Sarah avec des yeux froids. « Elle a sûrement une bonne raison de pointer ce pistolet sur moi depuis le dessous du comptoir mais j'ignore totalement laquelle elle est. »

Sarah se tourna et reposa le pistolet dans son sac. Jay la regarda et lui sourit pour la rassurer.

« Et bien maintenant, je suis certain que Sarah n'a plus à s'inquiéter de rien, n'est-ce pas ? »

« Bien évidemment. »

« Peut-être qu'il serait préférable que vous partiez, M Bailey, puisque vous la mettez si mal à l'aise. »

Dan le regarda d'un air satisfait.

« Quelle merveilleuse idée. » Molly apparut derrière Flynn, un sac de provisions à la main. Elle regarda Jay en passant devant lui, posa le sac sur le bar et se dirigea aux côtés de Sarah. Elle prit la main de son amie et la sentit trembler. « En fait, je pense que tu devrais quitter l'île, et oublier ce café. »

Dan eut l'air amusé. « Vraiment ? »

« Ouais. »

« Donc, en plus de préparer d'excellents petits muffins, tu es aussi agent de voyage ? Et bien, qui s'en doutait ? Puis-je avoir un autre café, Sarah ? » Il lui tendit sa tasse vide. Molly la prit.

« Non, tu ne peux pas. Pars, s'il-te-plait. »

Dan sourit. Flynn s'éclaircit la gorge.

« Vous l'avez entendue, Bailey. »

Dan se leva. Molly soupira. « Et considère cela comme une interdiction à vie de revenir ici. »

Dan rigola. « Ta vie ou la mienne ? »

« Connard. »

Dan soupira mais continua de sourire. Il regarda Sarah. « Fais attention avec ce pistolet Sarah. Je n'ai pas envie que tu aies un accident stupide. » Il la dévisagea des pieds à la tête. Sarah se crispa.

« Casse-toi de là. » dit Molly en s'avançant devant Sarah.

Flynn et Jay firent un pas en avant mais Dan leva les mains. « Je m'en vais. C'est dingue ce qui se passe quand un homme n'a même plus le droit de s'inquiéter de la sécurité de sa femme. »

Il avança vers la porte. Sarah put à nouveau respirer et Molly la prit dans ses bras. Elle regarda Jay et Flynn avec chaleur.

« Merci les gars. Ca aurait pu devenir bien plus moche ici sans vous. »

Jay secoua la tête. « Il est...mon dieu, je ne sais même pas ce qu'il est. »

Sarah se sentit malade. Il n'avait suffi que de quelques minutes pour qu'elle se sente vulnérable et en danger. Inutile. Même avec deux énormes gardes du corps. Elle se frotta le visage pour essayer d'évacuer son désespoir. Son cœur tambourinait dans sa poitrine, son ventre lui faisait mal. Un sentiment d'impuissance l'envahit. *Il allait la tuer et personne ne pourrait l'en empêcher.* Elle se sentait si faible. Sarah s'éloigna de ses amis sentit les larmes monter à nouveau. *Merde.*

Molly passa un bras autour de sa taille, la regarda et sut quelles pensées passaient dans sa tête.

« Tu t'en es bien sortie Sarah. A ta place, je lui aurais probablement explosé la tête au moment même où il aurait mis un pied ici. »

Jay roula des yeux et sourit. « Parce que c'est comme ça qu'il faut agir. Pas parce que je t'en veux. » Il ajouta cela rapidement et vit l'expression de Molly. Elle sembla fondre sur place.

« Vous méritez un câlin. » Elle prit le garde du corps rougissant dans ses bras. Sarah sourit mais elle aperçut Dan qui les observait de l'autre côté de la rue. Il lui sourit quand leurs yeux se croisèrent. Elle avança vers la fenêtre et tira les rideaux. Elle se tourna vers Molly et les deux hommes qui la regardaient.

« Je ne veux pas que vous parliez de ça à Finn. » Sa voix était faible et ils la regardèrent d'un air surpris.

« Mais pourquoi cela ? » Molly écarquilla les yeux d'étonnement. Sarah secoua la tête.

« Parce que. Je ne veux faire aucune erreur qui donnerait une opportunité à Dan de réagir. Il n'a aucun pouvoir si nous ne faisons rien. Mais Finn est, enfin, vous savez comment il est. Il tire d'abord, il pose les questions après, patati patata... Les gars ? On peut en parler à Isaac mais je préférerais qu'on attende un peu d'accord ? »

Ni Jay ni Flynn n'eurent l'air d'approuver mais elle savait qu'ils travaillaient pour elle et qu'ils respecteraient sa décision. Elle était moins sûre pour Molly.

Molly secoua la tête, presque sur la défensive. « Je n'aime pas ça. »

Sarah essaya de sourire. « Molly, nous avons deux énormes baraques avec nous. Ca va aller. »

Molly n'avait pas l'air convaincue. « Je ne sais pas. »

Sarah soupira et s'assit. « Ca va être difficile mais nous devons nous serrer les coudes et lui laisser du mou. » Elle se frotta les yeux l'air soucieux. « J'y tiens. Pas de faux pas. »

« Je comprends. » Jay hocha la tête, ignorant la petite tape que Molly lui envoyait dans les côtes. « Et je suis d'accord. Faisons profil bas. » Sarah se leva et s'avança vers le comptoir.

« Je vous remercie. » Elle soupira et roula des épaules. Jay serra la main de Molly et reprit la direction de sa voiture. Il s'arrêta quand il entendit Sarah lui parler.

« Jay ? Le mot que vous cherchiez est monstre. » Son visage était pâle, comme hanté mais sa voix était dure quand Jay la regarda. « Daniel Bailey est un monstre. »

Sarah était allongée à côté d'Isaac. Il était revenu à la maison au moment où elle revenait du café et il l'avait accueillie avec une telle joie qu'elle avait été contente de dire aux gardes du corps de ne pas parler à Isaac de la visite de Dan dans l'immédiat. Elle lui raconta l'appel de Corcoran, malgré tout. Elle avait rappelé l'avocat dès qu'elle en avait eu l'occasion et il avait dit qu'il passerait la voir à Seattle dans deux jours. Elle lui avait donné rendez-vous dans un restaurant et ils s'étaient accordés pour s'y retrouver. Elle ne voulait pas le voir sur l'île, où Dan risquait de le voir aussi. Elle avait bien précisé à Finn, Molly et Isaac que la dernière chose qu'elle souhaitait était que Dan se fâche et les mette en danger, eux ou Corcoran. Si Dan se trouvait acculé, ce serait mortel et elle voulait avoir plus de temps pour avoir toutes les cartes en main afin de pouvoir se débarrasser de lui une bonne fois pour toutes. Et surtout, elle voulait que les gens qu'elle aimait restent en sécurité.

Elle repensa au moment où Finn lui avait parlé des autres femmes, celles qui avaient été assassinées. Celles qui lui ressemblaient. Elle lui avait demandé de tout lui raconter, chaque détail. Finn avait refusé mais elle avait insisté. Elle avait besoin de savoir ce que Dan avait en tête pour elle, elle en avait besoin pour contrôler sa peur. Ils n'avaient toujours absolument rien qui reliait Dan à ces meurtres mais elle savait, *elle savait* qu'il avait déjà tué. George. Ces filles à travers le pays. Cette pauvre fille à Seattle. Finn lui avait montré l'article du *Times*. Sarah n'arrivait plus à effacer le visage de cette femme morte de son esprit. Elle avait eut mal pour elle, pour sa famille.

Je ne le laisserai plus blesser qui que ce soit.

Sarah le vit dès qu'elle entra dans le restaurant. Il était assis, le dos bien droit, avec un air de vieux gentleman, une oasis de calme dans le bruit, le ronronnement de ce restaurant de Seattle en ce jour d'automne. Des enfants excités et des touristes curieux. Elle vit un verre rempli d'un épais cocktail posé devant lui, il y avait à peine touché. Il lisait le menu, un peu distrait et mal à l'aise. Elle s'approcha de lui.

« M Corcoran ? » Il leva les yeux et cligna deux fois.

« Mme Quinn ? » Il se leva, lui serra la main, recula sa chaise et attendit qu'elle s'assoie.

« Merci. » lui répondit-elle en souriant. Il la regarda d'un air troublé lorsqu'elle s'assit. Au bout d'un moment, Sarah rougit, gênée d'être scrutée ainsi.

« Je suis désolé, Mme Quinn, c'est juste...vous me rappelez quelqu'un. » Il secoua la tête. « Désolé, je suis ravi de vous rencontrer. » Il lui tendit le menu. « Puis-je vous offrir un verre ? »

« Juste un jus d'orange, merci. »

Il fit un signe à la serveuse et commanda poliment sa boisson. Il y eut une pause gênée.

« Mme Quinn, je suis désolé de vous avoir autant effrayée au téléphone, je ne voulais pas... »

« M Corcoran, ne vous excusez pas. Si vous avez des informations sur Daniel Bailey - ou Ray Petersen - je veux les connaître. Bonnes ou mauvaises. Bonnes ou mauvaises, M. Corcoran. » Elle le regarda calmement et il hocha la tête. Il s'éclaircit la gorge.

« Mme... »

« Sarah. »

« Sarah Appelez-moi William. Sarah, je peux vous donner certaines informations *concrètes* sur Raymond, mais à part ça, j'ai bien peur de ne pouvoir vous donner que le fruit de mes réflexions et mes pensées, uniquement fondées sur mon instinct. »

Sarah bougea sur son siège et il s'arrêta en voyant la serveuse arriver avec sa boisson.

« Etes-vous prêt à commander ? » Ils choisirent rapidement le même plat et la serveuse partit.

Sarah se pencha vers le vieil avocat.

« Allez-y, je vous en prie. Comment êtes-vous devenu son avocat ? »

« Sa mère, Amelia, était la fille d'un homme riche, un homme fortuné qui avait de grandes espérances. Elle a épousé Yann lorsqu'elle venait d'avoir dix-neuf ans et Raymond, son fils, était tout pour elle. Ce que je veux dire, c'est que tout tournait autour de ce petit garçon. Il était adoré de toute sa famille mais Amélia et lui étaient attachés l'un à l'autre d'une extraordinaire façon.

Raymond avait souvent des accès de rage, tout particulièrement lorsque sa mère accordait de l'attention à quelqu'un d'autre que lui. Il hurlait, la mordait parfois jusqu'à ce qu'elle revienne vers lui. Au départ, Amélia ne se rendit pas compte que son comportement était exagéré.

Mais bientôt son père en eut assez d'être ignoré et il commença à punir son fils, sans aucune violence, juste en le privant de voir autant sa mère. Ils commencèrent à trouver des animaux morts sur leur propriété. Personne n'eut de soupçon au départ - Raymond n'avait alors que cinq ans - personne ne s'imaginait qu'il pouvait les avoir tués. Jusqu'à ce qu'il rapporte à la maison un chat qu'il venait de tuer. Il le déposa dans le petit salon. Amélia en fut bien sûr malade et elle punit son fils mais Raymond n'y attacha pas d'importance, il avait récupéré l'attention de sa mère.

Il commença à allumer de petits incendies dans la propriété, rien n'était jamais abîmé mais ils devenaient de plus en plus nombreux et parfois, les voisins se plaignaient et Raymond était puni. Il mouillait délibérément son lit en réaction aux punitions - généralement le sien mais parfois aussi celui des membres de sa famille ou du personnel. De leurs invités pour la nuit. Il semblait se ravir de leur gêne. »

William soupira, envahi par ses souvenirs. « Amélia était terriblement désemparée. Elle avait adoré son fils mais maintenant, il se comportait d'une telle façon que cela la perturbait énormément. Amelia commença à admettre que son fils était... »

« Un monstre. » chuchota Sarah. William hocha tristement la tête.

« Elle en fut anéantie. »

« Vous l'aimiez. » Sarah regarda le visage du vieil homme et y vit une vive douleur.

« De tout mon cœur... Yann était un homme froid, terriblement froid. Elle se sentait seul et j'étais faible. »

Sarah se pencha par-dessus la table et lui prit la main. « Je comprends William, croyez-moi. » Elle poussa un petit rire et secoua la tête. « Vous n'imaginez même pas à quel point je vous comprends. »

William lui serra chaleureusement la main.

« C'était une femme extraordinairement brillante et gentille. Très belle. Je suis désolé de vous le dire Sarah mais vous me faites penser à elle, vous avez l'air de partager un certain nombre de ses qualités. »

Elle rougit et William lui sourit gentiment.

« Dan... » Puis elle se corrigea pour ne pas troubler le vieil homme. « Raymond m'a dit qu'on avait abusé de lui durant son enfance et que c'est pour ça qu'il s'était enfui. »

William soupira. « C'est faux. Yann n'était certes pas un père affectueux et il pouvait même avoir une discipline assez dure mais non, personne n'a jamais abusé de Raymond. Vers l'âge de six ans, il a changé pendant un moment, il s'est mieux comporté.

Une nouvelle famille est venue vivre dans la propriété jouxtant la sienne, des immigrants chinois. Une jeune famille, avec une petite fille, elle devait avoir quatre ou cinq ans à l'époque. Ils n'étaient pas aussi riches que les Petersen mais Amélia et la maman de la petite, Suyin, se rendaient souvent visite et Suyin venait avec sa petite fille pour qu'elle puisse jouer avec Raymond. Les deux enfants s'amusaient sur les pelouses de la propriété, ils construisaient des repaires dans le hangar à bateaux. Le comportement de Raymond s'améliorait et Amélia était visiblement soulagée. »

William toussa en silence et quand il porta son café à sa bouche, ses mains tremblaient. Sarah sentit un sentiment d'inconfort l'envahirent. William reposa doucement sa tasse.

« Un jour qu'ils étaient en train de jouer dans le hangar, Raymond revint à la maison seul. Il était couvert de sang. »

« Oh mon dieu. » Sarah porta ses mains à sa bouche et l'horreur envahit ses veines et les glaça. William hocha la tête.

« Yann sortit en courant de son bureau quand il entendit Amelia crier. Il raconta plus tard que Raymond se contenta d'entrer, de rester debout devant elles en souriant, ses petites mains toutes dégoulinantes de sang. Il avait tué Hotaru, la petite fille, avec un couteau qu'il avait volé dans la cuisine. Quand ils la trouvèrent, elle avait les entrailles sorties. »

Sarah sentit la bile monter dans sa gorge, elle secoua la tête de droite à gauche, refusant, n'ayant pas *besoin* d'entendre le reste. *George. Les autres femmes.*

« Bien évidemment, cela changea tout. L'autre famille fut dédommagée, une fortune, et Raymond fut envoyé en pension. Amélia refusa de le revoir et elle se suicida peu de temps après. Le père de Raymond lui rendait parfois visite mais ça ne dura pas longtemps. Et quand Raymond quitta la pension, ils perdirent contact. Il lui donna une grosse somme d'argent qu'il fit verser sur son compte le jour de son dix-huitième anniversaire mais il ne le revit pas et ne lui reparla jamais. Yann est décédé il y a deux ans. »

« Où était Raymond ? » La voix de Sarah était enrouée dans sa gorge. William haussa les épaules.

« Nul ne le sait. Ce n'est qu'après l'annonce de la mort de Yann qu'il prit contact avec moi au bureau. Personne ne savait ce qu'il avait fait ni où il était. »

Sarah se souvint de ce que Finn lui avait dit. *L'homme invisible.* William Corcoran la regarda avec sympathie.

Il s'éclaircit la gorge. « Sarah, ai-je bien fait de vous raconter tout ça ? »

Elle hocha vivement la tête. « Oui William, oui. Je préfère être au courant. » Puis tout son courage disparut et ses épaules s'affaissèrent.

« Vous pensez qu'il a tué des gens depuis ? »

« Je ne peux pas commencer à... » Il soupira. « Il n'y a aucune preuve. »

« Mais vous le pensez ? »

« Oui. Sarah, Raymond Petersen est un pervers narcissique, une brute, un sadique. Il adore faire mal, mentalement et physiquement. J'imagine que ses victimes sont...légion. »

Le visage de Sarah changea de couleur. William la regarda et son inquiétude se refléta sur son propre visage. Elle murmura quelque chose et il fronça les sourcils.

« Je suis désolée, ma belle, je n'ai pas compris. »

Elle le regarda. « Il a dit qu'il allait me tuer. »

William pâlit. « Mon dieu... »

« Ca va aider, William. Ca aide de le dire à voix haute, croyez-moi. Sinon, ce serait trop facile de prétendre que tout ceci n'est pas en train de se produire, que ce n'est qu'un cauchemar insensé. » Elle soupira.

Corcoran termina sa boisson et il demanda à la serveuse de lui en apporter un autre. Il se pencha par-dessus la table, le visage grave.

« Sarah, racontez-moi tout. »

« Je l'ai rencontré à l'université. Il était charmant, sympathique, adorable. Je n'ai rien vu en lui qui supposait la personne qu'il allait devenir. Ce n'est qu'après notre mariage et notre installation sur l'île qu'il a changé. Mes amis - ma famille, en fait - ont toujours eu des réserves à son égard mais je n'ai pas voulu les écouter. J'ai eu une enfance compliquée et il m'a dit qu'il allait prendre soin de moi. Je trouve ça stupide maintenant. Il est devenu possessif, violent verbalement. Puis il a disparu et - j'ai fini par l'admettre - ça a été plus un soulagement qu'une déception. » Elle secoua la tête. « J'ai du mal à croire que je suis en train de dire ça. J'en avais bien évidemment assez, ça a été un choc mais au bout d'un moment, j'étais juste en colère. J'ai divorcé durant son absence. Et puis l'année dernière, j'ai rencontré Isaac et j'ai enfin découvert ce que signifiait l'amour. J'étais heureuse et mon père de substitution a été assassiné - de la même façon que cette petite fille et tout s'est écroulé. Cela m'a durement touchée, j'ai reçu des menaces, ma meilleure amie Molly a été agressée. Puis Dan est revenu et ma vie est devenue un véritable cauchemar. »

Elle sentait les regards curieux des autres clients sur elle. William semblait horrifié. Au bout d'un moment, elle essuya les larmes sur son visage.

« Je suis désolée William. »

« Vous n'avez pas besoin de vous excuser ma petite. C'est moi qui suis désolé. J'aurais dû aller voir la police et leur parler de mes soupçons. »

« Mais vous n'aviez aucune preuve donc... » dit-elle avec une expression de dégoût et William se pencha par-dessus la table. « Comment faire pour le stopper quand... » La voix de Sarah monta dans les aigus et elle ne put terminer sa pensée. William lui prit la main.

« Vous vous êtes remariée ? Avec un homme bien ? »

« Oui. » répondit-elle sans aucune hésitation. « C'est un homme fier, il m'aime et tout cela le tue. »

« Je vois. »

Ils restèrent silencieux un instant.

« Sarah, Raymond est un homme très dangereux et s'il vous a déjà agressée... excusez-moi mais quand je vous vois...vous lui ressemblez tellement. A la petite Hotaru. Pour la tranquillité d'esprit d'un vieil homme, faites attention à vous. Ne restez pas seule avec lui, ne vous mettez dans aucune situation où il pourrait vous faire du mal. »

« Je vous promets de ne prendre aucun risque qui ne soit pas nécessaire, William. Et je vous remercie. » Elle lui sourit et il lui rendit son sourire avec une légère hésitation. Il se pencha et sortit un dossier de sa mallette.

« J'ai quelque chose pour vous. » Il glissa le dossier vers elle. Curieuse, elle l'ouvrit et cessa de respirer.

« J'ai pris cette photo quelques jours avant le départ de Raymond en pension. »

Sarah regarda la photographie. Amélia avait des cheveux longs, noirs et brillants qui lui cascadaient jusqu'aux épaules, elle portait le pendentif en rubis que Dan lui avait montré et elle regardait son fils d'un air horrifié. Elle commença à pleurer en voyant le désespoir immense et déchirant sur le visage de cette femme qui découvrait que son fils était une abomination.

Isaac se leva et serra la main du nouveau client de QuinnCorp, le raccompagna puis appela son frère dans son bureau. « Hé. »

Saul sourit. « Comment ça s'est passé ? »

« C'est dans la poche. Ecoute, je vais m'absenter le reste de la journée. Tu pars bientôt ? »

Saul desserra sa cravate. « Oui, je crois. La maman de Maika garde les enfants ce week-end. »

Isaac sourit. « Mon dieu. »

Saul gémit. « Ouais, nous sommes mariés depuis un moment, Isaac, et notre vie sexuelle se résume à regarder des conneries à la télé dans notre lit avant de nous écrouler dans un sommeil comateux. Voilà ce qui vous attend Sarah et toi dans quelques années. »

Isaac s'assit dans la chaise en face de son frère. « Pour tout te dire, je pense que Sarah serait d'accord pour ça dès aujourd'hui. »

Saul rigola. « Je sais pourquoi j'aime cette fille. Comment va-t-elle ? »

« Mieux. Elle doit rencontrer cet avocat de la Nouvelle Orléans aujourd'hui. Peut-être qu'il nous trouvera des pistes que nous pourrons utiliser. »

« Tu ne voulais pas l'accompagner ? »

Isaac sourit faiblement. « Elle me l'a interdit. »

« D'accord. »

« Et j'en suis heureux. Quoi qu'il en soit, j'y vais. Passe un bon week-end. »

« Espérons. »

Sarah sortit du restaurant en trébuchant et eut l'impression que le monde n'était plus le même. Elle se souvint s'être sentie comme ça un jour où elle, Molly et Finn était allés voir un film violent où il n'y avait que des adolescents - un film avec un serial killer pour héros - et ils avaient quitté le cinéma en regardant tout le monde d'un air suspect et s'étaient dépêchés de rentrer à la maison en faisant les fous et en gigotant.

Mais maintenant, ce n'était pas un film. Une fois dehors, elle frissonna de tout son être malgré des températures plutôt clémentes. Elle marcha lentement le long du front de mer, elle voulait crier, pleurer, n'importe quoi. *Tout mais pas ça*, pensa-t-elle. *Cette torpeur.*

Elle laissa Flynn et Jay la suivre à une petite distance et la raccompagner jusqu'à la voiture. Une fois assises à l'arrière, elle croisa les bras pour essayer de ramener un peu de chaleur dans son corps. Ses pensées s'entrechoquaient dans son cerveau, plus rien n'était cohérent, mais toutes étaient aussi terrifiantes qu'un coup de poignard.

Elle ne se rendit même pas compte qu'elle pleurait avant que Jay lui demande si tout allait bien.

MOLLY QUITTA le Varsity à sept heures et le laissa aux mains de Nancy, puis se dirigea vers le commissariat. Steve, l'adjoint qui l'avait sauvée lors de son agression, lui sourit. « Salut, comment ça va ? »

Elle lui fit un petit sourire. « Tu as vu Finn ? »

Steve la regarda l'air perplexe. « Il est censé travailler aujourd'hui ? »

Elle sentit un poids peser sur sa poitrine. « Je ne sais pas. Je ne l'ai pas vu depuis hier. »

Il la regarda d'un air confus. « Attends. »

Elle regarda Steve d'un air effrayé lorsqu'il tapa sur les touches du téléphone du bureau.

Molly sortit aussi son téléphone portable et essaya d'appeler Finn. Son répondeur s'enclencha immédiatement.

« Finn...s'il-te-plait... » La voix de Molly se brisa. « Rappelle-moi dès que tu auras ce message. Où es-tu frérot ? Nous sommes inquiets. »

Elle raccrocha puis elle regarda Steve. « Je vais aller voir dans son appartement. »

Steve, le téléphone collé à l'oreille, hocha la tête. « J'appelle pour avoir de l'aide. Nous allons le trouver Molly, ne t'inquiète pas. »

WILLIAM CORCORAN MARCHAIT LENTEMENT, le front plissé. Il avait eu envie de marcher jusqu'au Space Needle, prendre l'ascenseur en verre pour voir la ville de haut la nuit. Son hôtel n'était qu'à quelques blocs de l'attraction la plus populaire de Seattle et son passé de photographe lui intimait de ne pas laisser passer la chance de capturer la beauté de cette ville dans ces conditions. Il acheta un ticket et monta jusqu'à la plateforme d'observation, n'écoutant qu'à moitié les explications du guide sur le 62 World Fair.

La vue ne le déçut pas. La mer, Puget Sound, Elliott Bay, Lake Washington, scintillant sous les lumières de la ville, et le centre ville se détachant tel les tourelles d'un château. Les montagnes, Queen Anne et le Capitole ; à cette distance il pouvait voir l'avion décoller de l'aéroport de Sea-Tac et juste à gauche, le mont Rainier couvert de neige, immergeant tel un mirage du coucher de soleil violet.

Corcoran soupira. C'était si beau. Il pensa à Sarah - son cœur se brisa en se souvenant de la peur et de la tristesse dans ses yeux. Il aimait cette jeune femme, sa grâce et sa féminité et il ne sentit que du remords et de la tristesse devant l'horreur qu'était devenue sa vie. L'horreur que lui, William Corcoran, avait apporté dans sa vie. Il s'en voulait - pourquoi, *pourquoi* n'avait-il informé personne de la nature de Dan quand il l'avait vu revenir il y a deux ans ? Et maintenant, cette adorable jeune femme...Corcoran sentit dans chaque parcelle de son corps que Sarah Quinn était en très grand danger. Est-ce que ça l'aiderait maintenant qu'elle connaissait le passé de Dan ? Il n'avait pas de réponse à cette question.

Il poussa un soupir frustré et regarda une vieille femme à côté de lui. Elle sursauta et cela le fit revenir dans le présent.

Le soir était frais, un petit vent commençait à se lever sur la plateforme et il se joignit à la queue des personnes qui redescendaient. Dans la boutique de cadeaux, il s'offrit une petite réplique en étain du monument et en attendant sa monnaie, il demanda à la caissière comment aller en direction du front de mer. Elle lui indiqua le chemin.

« Vous pouvez y aller en marchant, c'est sûr, mais je vous conseille de prendre un taxi. Ces collines vous tueront. »

. . .

Isaac ouvrit la porte le visage tendu et inquiet. Jay l'avait appelé depuis la voiture pour l'avertir que Sarah était, d'après lui, au bout du rouleau. Maintenant qu'il voyait son visage, il comprenait que quoi que lui ai dit Corcoran, les nouvelles étaient mauvaises.

Sarah le regarda enfin et il ferma la porte et la prit dans ses bras. Ils restèrent ainsi sans rien dire pendant un long moment. Elle ne pleura pas, elle ne trembla pas. Elle restait juste immobile et droite dans ses bras.

Il la regarda enfin. « Ca va aussi mal que ça ? »

Sarah le regarda les yeux plein d'horreur et de défaite. Elle ouvrit la bouche pour parler mais elle ne put que hocher la tête. Son corps s'affaissa puis ses jambes se dérobèrent sous elle et elle tomba au sol. Sarah essayait de faire entrer de l'air dans ses poumons pendant qu'Isaac, choqué, lui parlait encore et encore à voix basse.

« N'abandonne pas, s'il-te-plait, n'abandonne pas... »

Molly retourna au Varsity et raconta à Nancy ce qui venait de se passer. Puis elle monta à l'étage, dans l'appartement au-dessus du Varsity. La porte de l'appartement de Finn était fermée mais pas verrouillée et Molly entra et appela son frère. Aucune réponse. Rien n'avait été dérangé, c'était même très propre - elle se sourit à elle-même. Tellement différente de son maniaque de frère. Elle vérifia la chambre, la salle de bains, rien. Elle poussa un soupir de frustration et revint dans le hall. L'appartement en face de Finn était vide depuis des années - Sarah l'avait vendu il y a quelques années mais personne n'y avait jamais vécu et Molly voulut y jeter un rapide coup d'œil.

Mais elle s'arrêta net. Une ombre passa dans la bande de lumière sous la porte. Le nouveau propriétaire ? Sarah n'avait vu personne emménager. Elle avança un peu plus près de la porte et y colla son oreille. Elle entendit un léger bruit de voix à l'intérieur, un homme qui parlait, ou alors la radio. Elle se mâchonna la lèvre, réfléchit un instant puis frappa. Le murmura s'arrêta. Elle retint sa respiration. Elle frappa encore.

« Bonjour ? »

Rien ne se passa. Elle attendit mais n'entendit plus aucun bruit. Elle tomba à genoux légèrement embarrassée et essaya de regarder sous la porte. Elle ne vit rien. Personne. Elle poussa la porte...qui s'ouvrit.

WILLIAM SE RETROUVA dans le parking d'un hôtel le long des quais. Il regarda le plan que la réceptionniste de l'hôtel lui avait donné et vit qu'il était tout au bout, à l'opposé des endroits fréquentés la nuit. Un restaurant de fruits de mer était proche mais il hésita et décida de chercher un autre endroit pour manger. Il se promena un peu le long de l'eau et regarda de l'autre côté de la baie. Même de nuit les ferries continuaient à traverser et il se demanda s'il n'allait pas en prendre un. Ca lui semblait un moyen calme de terminer sa soirée.

Il entendit les pas derrière lui une fraction de seconde trop tard. Une grande main lui attrapa la nuque et il sentit le souffle chaud de son agresseur sur son visage.

« Bonjour William. »

Dan. Corcoran se débattit en vain pour échapper à la poigne de cet homme plus fort que lui. D'un mouvement contre lequel il était impossible de lutter, Dan frappa Corcoran au visage et l'envoya dans un coin du mur de l'hôtel. Une explosion fulgurante de douleur envahit le corps du vieil homme et Dan frappa à nouveau le visage de l'avocat et posa sa bouche juste contre son oreille.

« On raconte des vieilles histoires d'enfance ? » Crac. Il sentit du sang couler dans ses yeux.

« Tu devrais te sentir heureux, William. » Crac. La douleur devint intolérable.

« Ce sera rapide en ce qui te concerne. » Crac. Les synapses de son cerveau commencèrent à exploser- il revit Amélia, elle lui souriait, elle lui tendit la main.

Le vieil avocat mourant sentit Dan s'approcher encore, il l'entendit à travers l'odeur métallique de son propre sang.

« Mais quand je la tuerai *elle*... » Crac. A la limite de l'évanouissement, à la limite de la vie. William Corcoran rassembla toutes les forces qui lui restaient et prononça ses derniers mots dans un gargouillis.

« Laisse-la tranquille. » Une plainte inutile. Dan rigola.

« Quand je la tuerai, quand j'assassinerai ma belle ex-femme... » sa voix devint un murmure sensuel, « Je le ferai très très lentement. »

Crac.

Peau, os, muscle, rien ne fut plus relié à la réalité et dans un dernier sentiment de douleur fulgurante, il fendit le crâne de William Corcoran.

La fenêtre de l'appartement était grande ouverte, les rideaux de coton volaient vers l'extérieur. Mais Molly ne regardait pas la fenêtre. Son attention était focalisée sur le sol de l'appartement. Des feuilles de plastique, dans un coin, étaient collées à un coffre en bois au centre de la pièce. Elle vit du sang dessus. Il y avait encore plus de sang, entre les lattes du plancher. La pièce sentait le sang et la mort. Molly haleta, son corps entier se figea.

Lentement, précautionneusement, elle posa les mains sur le coffre et l'ouvrit. « Oh mon dieu, non, non, non, non... » Elle tomba à genoux.

Le ventre de Finn avait été presque entièrement découpé et son visage était figé dans un éternel cri d'agonie. Sa peau, ses dents, ses vêtements étaient tachés et ses cheveux collés par le sang séché.

Molly se coucha sur le ventre de son frère en hurlant. *S'il-vous-plait, aidez-moi, aidez-moi....*

Elle tomba presque en redescendant les escaliers, délirante, totalement incohérente en rentrant dans sa maison et elle entra à la cuisine où son mari et ses enfants étaient en train de prendre leur repas. Elle balbutiait de douleur et de folie et Mike s'avança vers elle alors que les enfants commençaient à crier...

Saul arriva un peu après trois heures, Maika le suivait l'air affolé. Isaac les prit tous deux dans ses bras.

« Où est-elle ? » demanda doucement Maika. Isaac hocha la tête en direction de la chambre et Maika lui serra le bras puis se rendit dans la chambre dont les rideaux avaient été tirés.

Saul assit Isaac dans un fauteuil et lui versa un whisky. « Que s'est-il passé ? »

Isaac arrivait à peine à la formuler à voix haute. Finn Jewell était mort. Assassiné. Quand Mike avait appelé Sarah une heure plus tôt, elle avait lâché le téléphone et s'était enroulée sur elle-même à même le sol. Isaac avait bondi à ses côtés mais elle n'avait pas voulu le regarder, était restée insensible à son contact. Il avait attrapé le téléphone et Mike lui avait annoncé la mort de Finn et avait ajouté que Molly était à l'hôpital. C'est elle qui avait trouvé le corps de son frère adoré.

« On arrive. » avait immédiatement répondu Isaac mais Mike avait refusé son aide.

« Garde Sarah loin de l'île. Molly a été emmenée à Seattle. Je ne veux plus qu'aucune des personnes que j'aime ne mette un pied ici. » Mike avait l'air en colère, enragé même. « Si les flics ne trouvent pas Dan Bailey avant moi, c'est moi qui tuerai ce sale fils de pute. »

Finn était mort. Isaac n'arrivait pas à intégrer cette information. Même s'il savait que ce petit policier blond était amoureux de Sarah, il l'aimait, le respectait et savait à quel point il comptait pour Sarah. Et Molly... mon dieu. Une rage folle l'envahit et il attrapa son téléphone et appela son chef de la sécurité.

« Embauchez tous les détectives que vous trouverez. Et trouvez ce connard. » Il aboyait ses instructions au fur et à mesure qu'elles arrivaient dans son esprit mais le message était on ne peut plus clair. Trouver Dan Bailey et lui coller une balle dans la tête.

Saul regarda son petit frère et sentit monter de la crainte en lui. Une fois qu'il eut raccroché, Saul se leva et posa une main sur l'épaule d'Isaac. « Calme-toi. »

Isaac se dégagea. « Ne me demande pas de me calmer ! Il est en train de tuer les gens que j'aime...il veut tuer la femme que j'aime. Il veut l'éventrer comme il a éventré George Madrigal, Finn Jewell, et toutes ces femmes. » Il s'arrêta, resta un moment sans rien dire, regarda la porte de la chambre qui était fermée et se demanda si

Sarah pouvait l'entendre. « Je ne peux pas la perdre. » murmura-t-il la voix cassée. « S'il la tue...mon dieu... » La douleur le plia en deux.

Saul ne sut quoi répondre, ne sut pas comment le réconforter. Il voulait lui dire que tout irait bien mais il n'avait pas envie de lui mentir.

Maika sortit de la chambre de Sarah et Isaac se leva. Maika essaya de sourire.

« Elle dort. »

Isaac hocha la tête. « Ecoute, merci d'être passés, je ne savais pas comment...quoi faire... »

« Bien sûr. Je pense que tu devrais essayer d'aller dormir. Nous allons rester dans la chambre d'amis. »

SARAH REGARDA le ciel sombre par la fenêtre. Finn. *Parti.* La douleur était violente et lui donna envie de hurler, hurler encore et ne jamais s'arrêter. Maika avait été adorable mais Sarah voulait par-dessus tout être seule. Elle avait fait semblant de dormir et une fois Maika partie, elle avait attendu que la porte se referme avant d'ouvrir les yeux.

Elle entendit Isaac entrer et le lit bouger quand il vint se coucher près d'elle. Il enroula son corps autour du sien et l'enveloppa dans ses bras puissants. Elle s'abandonna dans la chaleur de son corps et se retourna pour le regarder.

« Ca va ? » Elle le sentit inquiet et il se rendit compte à quel point cette question était redondante. Elle posa doucement ses lèvres contre les siennes, légèrement au départ puis elle entra sa langue dans sa bouche. Il répondit à son baiser puis quand les mains de Sarah se glissèrent sous son t-shirt, il recula, confus, incertain de lui. « Sarah ? »

« S'il-te-plait, j'ai besoin de sentir autre chose que ça, que ce *gouffre.* » murmura-t-elle. « J'ai besoin d'amour Isaac, j'ai besoin de toi... »

Il la prit dans ses bras avec un gémissement, retira son t-shirt et ses sous-vêtements et elle sentit son sexe se tendre. Elle ne voulait pas de préliminaires et elle le guida simplement en elle et le caressa énergiquement. Isaac attrapa ses hanches, regarda sa magnifique femme brisée qui se déplaçait à son rythme. Aucun d'eux n'éprouva de plaisir, c'était purement fonctionnel, physique et pour la première fois, aucun des deux ne jouit. Sarah colla son sexe contre le sien, elle voulait vraiment atteindre l'orgasme, elle voulait cet abandon mais quand il devint évident qu'elle n'y arriverait pas, elle abandonna enfin et commença à pleurer, des gros sanglots de douleur et de désespoir.

Isaac la prit dans ses bras, il attendit qu'elle se calme, il la rassura mais il avait du mal à parler, il ne trouvait pas les bons mots.

Plus tard, toujours protégée par les bras d'Isaac, elle entendit son téléphone vibrer sur la table de nuit. Elle vérifia le numéro et son cœur faillit lâcher. Un texto d'un expéditeur inconnu. Dix mots.

Tu sais comment tout cela va finir. Les enfants de Molly seront les prochains.

Dehors, il commençait à neiger.

« Je veux aller voir Molly. » dit-elle en s'éveillant, triste et hagarde, tous deux semblaient épuisés. Maika s'activait au milieu d'eux et prépara un petit-déjeuner qu'ils touchèrent à peine.

Isaac, les yeux lourds et fatigués, hocha la tête. « D'accord. Je vais demander à Jay et Flynn de nous y conduire. »

Sarah soupira, le visage agacé et vaincu. « Avons-nous vraiment besoin d'eux pour aller à l'hôpital ? Je ne pense pas que Molly ait envie de voir à quel point nous sommes protégés alors que son frère vient de se faire assassiner. » Ses mots étaient plus durs que ce qu'elle souhaitait et elle posa sa main sur la sienne en essayant de sourire.

Isaac ne sourit pas en retour. « Ils attendront dans la voiture mais tu ne vas nulle part sans eux. »

Sarah retira sa main et essaya d'avaler un peu de nourriture. « D'accord. »

Maika et Saul se regardèrent. L'atmosphère était tendue sous le poids de la tristesse qui les accablait. Sarah vit son regard et se tourna vers Maika. « Je suis désolée de tout ça, vous avez été merveilleux, merci. »

Maika lui frotta le bras. « C'est le moins que nous puissions faire mais je pense que vous aurez besoin d'un peu de temps seul pour gérer tout ça. » dit-elle en jetant un œil à son mari en quête d'approbation. « Je pense que c'est une bonne idée d'aller voir Molly pour commencer le processus de deuil. Si vous avez besoin de Saul ou de moi, nous serons à votre disposition. »

Les yeux de Sarah s'emplirent de larmes et elle leur sourit. « J'ai touché le jackpot familial quand j'ai épousé Isaac. Merci. »

Ils partirent peu de temps après et Isaac et Sarah partirent sous la douche. La tension entre eux se dissipa un peu et ensuite, Isaac la prit dans ses bras et l'enveloppa dans une serviette. Isaac enfouit son visage dans ses cheveux et les respira. « J'aimerais tant que tout soit terminé. » Il la sentit hocher la tête puis elle se recula et le regarda.

« Moi aussi bébé. » Elle le regarda intensément mais il vit un désespoir sans fin au fond de ses yeux. Il écarta ses cheveux de son visage et se concentra sur la douceur de ses joues et sa bouche rose. Elle attrapa son menton et le força à la regarder dans les yeux.

« Je t'aime Isaac Quinn. Tu m'as donné tout ce que je ne pensais jamais avoir - un amour véritable, plein, illimité. Tu m'as rendue vivante à nouveau. Peu importe ce qui va arriver maintenant, je veux que tu le saches. »

Isaac la regarda fixement. « Sarah Quinn, tu es toute ma vie. Je quitterais tout pour toi. Tout. Je t'aime tant, tant. »

Elle pressa son corps contre le sien. « Montre-le-moi. »

Il déroula la serviette de toilette et se mit à genoux, enfouit son visage dans son ventre, embrassa sa peau douce et descendit pour séparer ses jambes avec sa main. Sarah poussa un soupir aigu au moment où sa langue trouva son clitoris, le lécha et son sexe devint humide et vivant à nouveau sous son contact. Il la porta jusqu'au lit et la lécha encore, passa et repassa sur ses lèvres douces pour les écarter davantage. Sarah attrapa le rebord du lit, son corps fut secoué de spasmes de plaisir pur. Elle jouit encore et encore alors qu'il continuait à la lécher, ses doigts explorant chaque morceau de sa peau. Elle sentit son sexe dur et rigide passer contre elle puis entrer profondément dans sa chatte et elle gémit en le sentant en lui, ses yeux roulèrent en arrière puis se fermèrent, concentrés sur chaque sensation envahissant son corps.

« Regarde-moi. » dit Isaac et elle ouvrit les yeux et vit cet homme incroyable, l'homme qu'elle aimait tellement et elle sut que quoi qu'il arrive, elle aurait toujours ce moment en tête, cette pure connexion avec lui.

Elle se délecta de la sensation de son sperme se déversant en elle, le pria de ne jamais s'arrêter, de la remplir de sa semence encore et quand il jouit, elle referma ses jambes pour le garder en lui aussi longtemps que possible.

« Ne me laisse jamais partir...promets-moi de ne jamais abandonner. » lui dit-il alors. « Promets-le Sarah, s'il-te-plait. »

Sarah hocha la tête. « Je te le promets, Isaac, je te le promets. »

Mais ils savaient tous deux qu'elle mentait.

MOLLY LEVA les yeux vers Sarah et éclata en sanglots. Sarah alla vers elle et la prit dans ses bras, Molly tremblait et pleurait en même temps. Des larmes coulèrent en silence le long des joues de Sarah et elle ferma les yeux.

Isaac s'avança vers Mike. « Salut mon pote. »

Mike essaya de sourire. « Merci d'être venus. »

« Comment va-t-elle ? »

Mike secoua juste la tête et Isaac comprit qu'il était en train d'essayer de ne pas s'écrouler. Il posa une main sur son épaule. « Où sont les enfants ? »

« Chez ma mère. » répondit Mike en se frottant les yeux. « Ils ne comprennent pas ce qui se passe, ils ont peur, je ne savais pas quoi faire. »

Isaac fit signe à Mike de le suivre dans le couloir. Les infirmiers et les assistants passaient sans cesse devant eux. Le bruit de l'hôpital - les machines qui bipaient, les annonces dans les haut-parleurs, les aller et venues, les gens qui discutaient - faisait un ronronnement sans fin derrière eux.

« Combien de temps Molly va-t-elle rester ici ? »

« Ils ont dit qu'elle pouvait sortir aujourd'hui mais - »

« Ecoute, si tu as besoin de quoi que ce soit, demande-moi. Je peux te trouver une location dans l'heure - où tu veux - et quelqu'un peut passer chercher vos affaires chez vous. Des gens de confiance qui respecteront votre intimité. J'insiste - demande-moi ce que tu veux. »

Mike lui sourit, l'air légèrement soulagé. « Merci, ça pourrait être bien. J'imagine que Molly voudrait aller...je ne sais pas. La maison, le Varsity, l'île. Tout est teinté de sang maintenant. »

Isaac hocha la tête. « Fais comme si c'était fait. Ecoute, pourquoi ne vas-tu pas chercher les enfants pendant que nous restons quelques heures avec Molly ? »

Mike hocha la tête et tous deux retournèrent dans la chambre. Sarah était assise dans une chaise en face du lit de Molly. Molly lui parlait d'une voix morne. Elles levèrent les yeux en voyant entré les deux hommes qui lui expliquèrent ce qu'ils avaient décidé. Molly hocha la tête et sourit à Isaac. « Merci. »

« Pas de problème. Je veux juste que vous soyez en sécurité. »

Mike embrassa Molly, remercia Isaac, serra Sarah dans ses bras et partit. Isaac s'assit tout au bout du lit de Molly. « Comment te sens-tu ? »

Molly soupira. « Vide. »

Sarah lui frotta le bras. « Je vais aller voir si je peux nous trouver quelque chose à boire. Mon chéri, tu veux un café ? » demanda-t-elle à Isaac en souriant.

Il hocha la tête et elle l'embrassa avant de sortir. « Je reviens. »

Une fois Sarah partie, Molly sembla se détendre. « Elle pense que tout est de sa faute. » Isaac hocha la tête en souriant.

« Je le sais. Elle n'a aucun moyen de se débarrasser de cette culpabilité. »

« Je pense qu'aucun de nous ne le pourra. » lui répondit Molly. « Je suis vraiment contente que tu l'aimes, que tu la protèges. »

« Je suis aussi ici pour te protéger Molly. Je suis vraiment navré de ce qui s'est passé. Finn était un homme bon, un gars vraiment bien. Je me demande même s'il n'aurait pas mieux agi avec Sarah que moi. »

Molly lui fit un petit sourire. « Tu sais ce qui est bizarre ? Je voulais qu'ils soient ensemble depuis des années, ils semblaient tellement faits l'un pour l'autre. Puis Sarah t'a rencontré et tout a eu du sens d'un coup. Sarah et Finn étaient une famille, sans aucun sentiment romantique comme je me l'imaginais depuis des années. La famille gagne toujours. Tu es sa famille maintenant. »

Isaac lui prit la main. « Et tu fais partie de la mienne. Je ferai tout ce qui est en mon pouvoir pour que tu restes en sécurité. »

Il regarda en direction de la porte. « Elle en met du temps avec son café. Je peux aller voir si elle a besoin d'aide ? Je peux te laisser seule un instant ? »

Molly le rassura en lui disant que ça allait aller, puis Isaac ferma la porte de sa chambre et chercha Sarah dans les couloirs de l'hôpital. Son téléphone bipa. Jay

« Bonjour patron, je me disais que vous deviez savoir une chose... cet avocat que Sarah a rencontré... Son corps vient tout juste d'être repêché dans Elliott Bay. »

Isaac s'arrêta, sous le choc et ferma les yeux. Encore un. Il attendrait pour parler à Sarah de William Corcoran - elle était assez désespérée et terrifiée comme ça. Il prit une profonde inspiration et partit à sa recherche.

Sarah n'était nulle part. Il regarda dans la petite cafétéria à leur étage mais elle était vide, à l'exception d'un vieux couple et de la caissière. Il se dirigea vers le bureau des infirmières.

« Bonjour, avez-vous ma femme Sarah ? Cheveux noirs, taille moyenne, très belle ? Nous étions en train de rendre visite à Molly en chambre sept. »

L'infirmière eut l'air surpris. « Je l'ai vue il y a dix minutes. Elle ne vous a pas dit qu'elle partait ? »

Isaac fronça les sourcils et essaya d'ignorer la vague de panique qu'il sentait monter en lui. « Pardon ? »

L'infirmière fit le tour du bureau et lui tendit une enveloppe.

« Mme Quinn m'a dit de vous donner cela et de vous dire qu'elle était désolée. »

Le cœur d'Isaac commença à accélérer de façon déplaisante et il prit l'enveloppe et la lut, puis chaque nerf de son corps sembla se paralyser.

« Oh mon dieu… » murmura-t-il. « Non, non… »

Il retourna dans la chambre de Molly tel un automate et la regarda les yeux remplis d'horreur. « Elle est partie. Elle est allée le voir. »

« Oh non…Isaac… » Molly n'arrivait pas à y croire. « A-t-elle dit… ? »

Il lui passa la lettre.

Il n'y a qu'un seul moyen d'arrêter tout ça.

Il a dit qu'il tuerait ensuite les enfants de Molly et je refuse que cela arrive, je ne veux pas que qui que ce soit meure à cause de moi.

Je suis désolée, mon cœur t'appartient Isaac, je t'aime.

Adieu mon amour. Sarah.

« Elle est allée dans l'île. Elle va essayer de trouver Bailey. » La voix d'Isaac était morte alors qu'il essayait de comprendre.

« Est-ce qu'elle essaie de le trouver pour qu'il la tue ? »

« Ca…ou alors c'est elle qui essaiera de le tuer. Termine ça avant que qui que ce soit ne soit blessé. Mon dieu… » Et Isaac s'effondra d'un seul coup.

Où veux-tu que nous nous rencontrions ?

Va au terminal du ferry, achète un ticket et va dans les toilettes des dames. Ne sois pas en retard Sarah.

· · ·

SARAH SUIVIT à la lettre les instructions de Dan. Une fois dans le ferry, elle se dirigea lentement vers les toilettes des dames, comme si elle était en transe. Elle ouvrit chaque box - vides. Alors qu'elle ouvrait la dernière porte, elle l'entendit derrière lui. Elle s'arrêta et ferma les yeux. Est-ce qu'il allait la tuer ici ?

Non. Dan était un metteur en scène, il avait préparé tout cela, il voudrait la faire souffrir, savourer chaque instant.

Elle sentit son souffle chaud sur son cou. « Salut ma belle. »

Elle se figea quand il la força à se retourner. Il avait un pistolet à la main, avec un long silencieux au bout du canon. Il l'appuya contre son ventre. « Ca va être facile, ma chérie. Nous allons dans l'île, là où s'est déroulée notre dernière petite entrevue, où se déroulera le dénouement. Nous discuterons un peu avant de nous dire au revoir et enfin Sarah, je te tuerai. »

Il la força à s'asseoir à côté de lui au bar et posa ses lèvres contre sa joue, contre sa bouche. Tout en déambulant dans le bar bondé, il lui murmura à l'oreille : « Juste un mot de toi et je tuerai tout le monde dans ce bar. »

Et elle n'eut aucun doute là-dessus.

Durant le voyage, elle fut comme paralysée, déjà morte, tout au moins à l'intérieur. Elle gardait à l'esprit le visage d'Isaac, les angles fins des os de ses joues, le vert foncé de ses yeux, sa bouche pleine quand il la posait sur la sienne. Elle se souvint de son corps en détail, ses larges épaules et son torse musclé, ses abdominaux, ses hanches, ses longues jambes, son sexe large et magnifique. Tout.

Quand le ferry accosta, Dan la força à sortir en appuyant le pistolet contre ses côtes, à l'abri du regard des autres. Ils marchèrent jusqu'à une voiture -qui n'était pas la sienne - qu'il avait probablement volée. Il la poussa sur la banquette arrière. Il se pencha, le poussa et s'arrêta en souriant. « On y est Sarah, excitée ? »

Elle sourit, un rictus sarcastique, moqueur, faux. Il la tuerait de toute façon, alors quelle importance ? Dan étrécit ses yeux et approcha sa bouche de la sienne. Elle serra fort ses dents contre la lèvre inférieure de Dan. Dan hurla quand elle le lâcha et s'essuya la bouche. Sarah sourit, satisfaite de voir le sang de Dan couler. Son visage se convulsa de rage.

« Espèce de garce ! » Et il frappa le canon du pistolet contre sa tempe, elle s'évanouit sur le coup.

Isaac se répéta encore et encore ce que Jay et Flynn lui avaient dit plusieurs fois, tout en accélérant en direction du terminal des ferries. Non, ils n'avaient pas vu Sarah quitter l'hôpital, non, ils n'avaient pas quitté l'entrée des yeux. *Merde, j'aurais dû être plus vigilant,* se maudit-il. *Mettre plus de gardes du corps à l'entrée. J'aurais dû voir ça venir.*

Molly avait prit place derrière lui dans la voiture, elle avait insisté pour l'accompagner. Elle regardait par la fenêtre la ville qui se couvrait de neige, les trottoirs et les rues commençaient à briller sous la pluie qui tombait maintenant. Elle sentit Isaac lui prendre la main. Elle le regarda et vit un abîme de douleur dans ses yeux.

« Tu crois qu'elle est déjà morte ? »

Isaac la regarda, retira sa main du volant pour prendre la sienne.

« Non. Absolument pas. Dan a tout prévu méticuleusement. Il voudra apprécier cet instant. »

Molly déglutit. « Elle n'est donc pas morte, elle aimerait juste l'être. »

Isaac pria pour que ce soit vrai.

La chanson la réveilla. Angélique. Plaintive. Sarah sortit de son inconscience. Elle était allongée, immobile, alors que ses yeux cherchaient à se concentrer sur la pièce. Une pièce, plus une voiture. Elle plissa les yeux, de la poussière, de l'eau, quelque chose floutait sa vision. La pièce était hexagonale, sale, visiblement à l'abandon. Le haut du phare. La lueur de la lune éclairait la lanterne sombre. Elle entendit le bruit insistant de la pluie contre les vitres. La chanson. C'était le vent dans les câbles. Hurlant. Seul.

Seul.

Un toussotement, un gémissement. Elle sursauta, tourna la tête en direction du bruit et en eut le souffle coupé. Caroline Jewell était attachée sur une chaise à l'autre bout de la pièce, elle saignait du nez et le sang coulait sur son menton. Sarah essaya de l'appeler mais sa gorge était trop sèche, trop irritée. Elle roula sur le ventre et tomba à genoux. Son corps était douloureux, ses vêtements déchirés et tachés de sang mais en bougeant, elle vit que rien n'était cassé. Elle rampa jusqu'à Caroline et détacha les cordes qui bloquaient ses poignets, se demandant pourquoi elle-même n'était pas attachée. Elle libéra Caroline et l'aida à se lever. Elle toussa et jeta des regards inquiets dans la pièce. Il y avait deux entrées dans la salle, une par en dessous - et Sarah se rendit soudain compte que Caroline n'arriverait jamais à descendre les échelles verticales qui menaient à terre - et la coursive du phare. Sarah savait que l'escalier extérieur était branlant et en mauvais état et elle pria pour qu'il supporte leur poids à toutes les deux. Elle s'avança vers lui mais Caroline la retint, la regarda d'un air affolé, les yeux rouges et larmoyants.

« Pourquoi es-tu aussi gentille avec moi ? » Sa voix n'était qu'un murmure. Sarah se sentit rougir, surprise par la question.

« Ce n'est pas le moment Caroline... »

« Non. Je n'irai nulle part avant que tu me répondes. Tu pourrais aussi bien me laisser mourir. Pourquoi ne le fais-tu pas ? »

Sarah soupira, nerveuse, frustrée. Elle essaya de prendre le bras de Caroline et de l'emmener vers la porte mais Caroline recula d'un air borné. Sarah secoua la tête.

« Sérieusement ? Parce que je veux croire que tu n'es pas si mauvaise que ça. Je ne vais pas dire que je te comprends Caroline, ni que je comprends pourquoi tu me détestes autant. Mais je ne le laisserai pas ruiner la vie de quelqu'un d'autre. Caroline, regarde-moi. Nous devons partir *maintenant.* »

Elle se tourna vers la porte mais s'arrêta quand elle l'entendit. Caroline sourit. Pas d'un sourire hystérique, terrorisé, choqué. Non, un sourire différent. Victorieux. Sarah se retourna vers Caroline qui se mit à rire. La rouquine exultait. Elle se pencha en avant, un mauvais sourire éclairant son visage.

« I got the joy, joy, joy, joy » - commença-t-elle à chanter tout en

lisant de l'incrédulité sur le visage de Sarah. Sarah s'avança vers elle.

« Arrête de débloquer Caroline, nous - »

Une autre voix commença à chanter, une voix d'homme, haut perchée, moqueuse, folle. Sarah arrêta de respirer.

Caroline tourna la tête vers le coin le plus sombre de la pièce.

« Tu peux sortir maintenant. »

Le ventre de Sarah devint creux et un Dan souriant s'avança hors de l'ombre.

« Ré-salut, petite fille. » Le sourire de Dan était amical mais ses yeux la transpercèrent, mornes et vides. Caroline était nerveuse en lui retirant sa veste. Il la regarda d'un air irrité mais il l'embrassa, reconnaissant.

« Dan, Dan, Dan, j'ai tout bien fait hein ? »

Dan se tourna vers Sarah, qui regardait Caroline avec un mélange d'horreur et de dégoût. Elle secoua la tête vers son ennemie de longue date et lui sourit méchamment. Sarah étrécit ses yeux.

« J'aurais dû m'en douter… tu n'es vraiment qu'une traînée. »

Caroline était ravie. « Une traînée qui va partir pour pouvoir voir le matin, pétasse. »

« Ferme-la Caroline. »

Elle regarda Dan d'un air surpris. « Qu'est-ce que ça peut faire de toutes façons ? Elle sera bientôt morte. »

Dan ne répondit pas mais son expression la fit taire. Elle recula et il déplaça sa lanterne dans l'obscurité. Sarah l'entendit pousser un petit gémissement, comme un sanglot. Dan sourit à Sarah.

« Elle a raison sur ce point. Sais-tu pendant combien de temps j'ai attendu ce jour ? »

« Tu as tué Finn. » Elle lui cracha cette phrase au visage et il sourit en hochant la tête.

Elle laissa échapper un sanglot et Dan éclata de rire. Elle se ressaisit et croisa son regard.

« Pourquoi ? »

Dan rit et s'assit sur la chaise que Caroline avait quittée. Sarah se demanda vaguement ce que faisait Caroline mais elle resta concentrée sur Dan.

« Ces derniers instants, quand il réalisa ce qui était en train de se passer, quand je lui dis exactement ce que j'allais faire avec toi, *te* faire...étaient parfaits. Sa terreur n'était pas pour lui, même au moment de mourir. »

Sarah se mit à trembler en essayant de ne pas vomir. « Pourquoi ne pas simplement me tuer *moi* ? » Sa voix tremblait mais elle leva le menton et le regarda droit dans les yeux. « Pourquoi avoir tué George ? Finn ? Pourquoi tout ça ? Pourquoi ne pas me tuer juste moi ? »

Il sourit et elle serra les poings pour empêcher ses larmes de couler.

« Réponds-moi. » dit-elle. « Pourquoi ? Pourquoi tuer Finn ? George ? Et même Buddy ? » Sa voix se brisa et elle sentit son masque glisser. Elle entendit Caroline rire doucement et Dan sourit. Il se leva et s'avança vers elle. Il prit son visage dans ses mains et serra fort pour l'empêcher de se dégager. Il posa ses lèvres contre les siennes, contre la peau douce de sa joue, jusqu'à approcher de son oreille. Sa voix était tendre et douce.

« Parce que c'était drôle. »

Sa fureur explosa et elle se jeta sur lui, hurlant de rage, hurlant son désespoir, tout ce qu'elle ressentait, le frappant de ses poings avec toute la force qu'elle avait en elle. Dan l'attrapa et la jeta contre le mur. Le mur, fait de bois et de métal, trembla et la vitre éclata sous le poids de sa tête qui s'écrasa contre. Elle se remit sur pieds, prête à repartir à la charge mais Caroline fit un pas avec la lanterne, leva calmement le pistolet et tira sur elle.

ILS LAISSÈRENT la voiture à Seattle et Isaac paya la première personne qu'il vit avec un speed boat pour qu'elle les conduise sur l'île. Ils virent au-dessus d'eux les hélicoptères de la police foncer vers l'île, tous à la recherche de Sarah. Steve, le nouveau chef de la police, les retrouva sur le petit port de l'île et leur dit que toute l'île avait été passée au peigne fin.

« S'il la retient ici, nous la trouverons. » leur promit Steve mais

Isaac et Molly échangèrent un regard.

« Nous avons besoin d'une voiture. »

Steve n'était pas vraiment d'accord pour les laisser chercher mais il regarda le visage d'Isaac et comprit qu'il était incapable d'arrêter cet homme désespéré à la recherche de sa femme. Il regarda rapidement le visage de Molly et donna à Isaac les clés de la voiture de police de Finn.

La balle la frappa à l'épaule, la fit chanceler et Sarah s'écroula sur le sol en métal froid. L'onde de choc du pistolet dans cet espace confiné amplifia chaque son, et elle entendit son propre grognement résonner dans ses oreilles. Elle posa la main sur sa blessure pour empêcher le sang de s'échapper de la plaie ouverte. Elle sentit l'os de sa clavicule, cassé en deux par la balle. La douleur était insupportable. Elle garda les yeux vrillés sur Dan cependant, malgré son agonie, elle le regarda dans un silence ahurissant. Il cria sa désapprobation et arracha le pistolet des mains de Caroline et la gifla fort. Le rire de Caroline s'arrêta d'un coup et elle gémit sous la douleur.

« Qu'est-ce que tu crois être en train de faire bordel ? La voix de Dan était dure comme de la glace. Caroline reprit son souffle et essaya de sourire.

« Je suis désolée, bébé, j'ai juste pensé...elle cherchait à gagner du temps, j'ai cru qu'elle allait te blesser. » Elle posa une main sur sa poitrine. « Plus vite elle sera morte, plus vite nous pourrons quitter cet endroit et recommencer notre vie ailleurs. Tous les trois. » Elle posa sa main sur son ventre et lui sourit, le regarda d'un air admiratif et surtout, très sûre d'elle.

Dan lui sourit d'un air méprisant. « Oh oui, Caroline, bien sûr. Bien sûr, ce qui va se passer maintenant. »

Caroline fronça les sourcils en entendant le ton de sa voix et siffla de frustration. « Mais contente-toi de la tuer alors. Débarrasse-nous de ça. »

Sarah se hissa pour réussir à s'asseoir. Les yeux de Dan croisèrent les siens et elle vit, horrifiée, la profondeur démoniaque de ce qu'il s'apprêtait à faire. Elle secoua désespérément la tête en le regardant. La main de Dan bougea et elle secoua la tête, paralysée de peur.

« Dan, non...non... ne fais pas ça. » Sa voix n'était qu'un murmure.

Dan sourit, triomphant et appuya sur la gâchette.

Caroline haleta, s'écarta de lui et baissa les yeux vers son ventre dégoulinant de sang. Son sang sortait par le petit trou que la balle avait fait en plein milieu de son ventre. Elle essaya d'appeler Dan, de la confusion et de la trahison plein les yeux. Sarah était incapable de bouger, de parler, l'horreur était si réelle et pourtant si incroyable. Ses oreilles bourdonnaient à cause du bruit du coup de feu et elle sentit son corps se liquéfier en voyant Dan lever à nouveau le pistolet. Caroline leva les mains devant elle, suppliante.

« S'il-te-plait...bébé...non... »

Dan lui tira en plein dans la tête et Caroline s'écroula. Sarah hurla de terreur. Dan regarda le corps de Caroline sans une once de compassion. Sarah murmurait sans pouvoir s'en empêcher. Dan tourna la tête et elle vit que toute humanité l'avait quitté, si tant est qu'il en a eu un jour. Il rechargea calmement le pistolet.

Sarah réussit à se lever et s'appuya contre le mur. Elle ne pouvait détacher son regard du corps de cette femme qui avait été son ennemie depuis l'enfance. *Le bébé. Le bébé. Finn. George.* Du sang, tellement de sang.

Dan fit quelques pas lents pour lui faire face. Il lui souriait mais son sourire était tendre cette fois, presque respectueux.

« Juste toi et moi maintenant, petite fille. »

Puis il fonça sur elle.

ISAAC SE RUA vers l'ancienne maison de Sarah, cria son nom, s'enfonça même dans les couloirs depuis lesquels Dan l'avait observée ces derniers mois. Rien.

Il remonta dans le hall. Steve et Molly l'y retrouvèrent, le policier était en train de téléphoner. « Ils ne sont ni au Varisty, ni chez Caroline. Caroline a aussi disparu - j'imagine qu'elle est en train de l'aider. »

« Espèce de garce. » grogna Molly puis quand elle vit la désolation dans les yeux d'Isaac, son désespoir, elle lui prit la main. « Allez. Ils ne gagneront pas cette manche. »

Elle l'emmena dehors dans la nuit.

DAN PASSA sa main contre sa gorge, il la caressa mais Sarah, furieuse tout autant que terrifiée, lui planta ses doigts dans les yeux et Dan recula hurlant de douleur. Sarah roula sur le côté et se remit sur pied.

Elle se dirigea vers le compteur électrique et alluma tous les fusibles qu'elle trouva. La grande lanterne se mit à briller. A la lueur de son faisceau elle vit Dan se remettre lentement debout, le visage déformé par la rage. Elle essaya d'atteindre la porte mais il l'attrapa par le poignet et la tira en arrière. Elle tomba lourdement au sol, le derrière de sa tête frappa le seau à bois et le métal rouillé lui entailla le crâne. Elle ne le regarda pas et des larmes roulèrent en silence en bas de ses joues. Dan reprit son souffle et lui sourit.

« L'heure est venue de mourir Sarah. Tout est fini. »

Il se pencha pour l'embrasser - et elle lui jeta dans les yeux le sable qu'elle trouva au fond du seau à bois. Il n'y avait pas grand-chose, moins d'une poignée mais cela fonctionna. Il grogna, aveuglé et elle le frappa de toute sa force en plein dans le nez. Il se plia en deux et elle se leva les jambes tremblantes mais la volonté de vivre faisait pulser l'adrénaline dans tout son corps. Elle attrapa le seau et lui écrasa sur la tête, puis quand il gémit et se palpa la tête, elle lui envoya deux coups de genoux dans les parties génitales. Dan hurla de douleur et elle ne put s'empêcher de sourire. Elle lui jeta le seau dessus et se rua vers le corps de Caroline, ouvrit la porte et se précipita dehors.

Alors qu'elle dévalait les marches extérieures, elle mit un moment à se rendre compte qu'il faisait froid et que la pluie était en train de détremper ses vêtements. Dan apparut au-dessus d'elle dans l'encadrement de la porte, la lueur de la lanterne découpant son ombre dans la nuit. Elle repoussa toute autre pensée et se concentra sur celle qui lui paraissait la plus importante.

Courir.

« LE PHARE ! » hurla Molly aux deux hommes, tout en montrant la direction de l'est.

Ils tournèrent la tête et virent la vieille lanterne revenir à la vie, éclairant faiblement les ténèbres environnantes. Tous trois se mirent à courir sans aucune hésitation à travers les bois qui les séparaient du phare. Steve aida Molly à grimper la colline pendant qu'Isaac filait devant à la recherche de Sarah. Il atteignit la porte. Verrouillée. Il fit le tour du phare et commença à monter les escaliers. Au pied des escaliers, Molly s'arrêta et regarda Steve d'un air perplexe.

« S'il la trouve et qu'elle est... » Elle ne put terminer sa phrase. Steve la prit dans se bras gentiment.

« Allez. La meilleure chose à faire est d'affronter ensemble ce que nous allons découvrir. »

Ils suivirent Isaac dans l'escalier et le virent atteindre le haut et disparaître à l'intérieur. Steve aidait Molly sur la coursive quand Isaac sortit de la pièce et vomit, le visage recouvert d'un terrible masque de désespoir. Molly se couvrit la bouche avec sa main pour s'empêcher de hurler.

« Oh non, non. pas Sarah. »

Steve se tourna immédiatement vers elle. « Reste là. » Il la força à la regarder. Elle hocha la tête et partit vers Isaac, lui frotta le dos en le voyant trembler et chercher de l'air. Steve revint quelques secondes plus tard, avec le même visage qu'Isaac. Il secoua la tête en regardant Molly.

« Pas Sarah. » Il semblait avoir du mal à déglutir. « Elle est partie. Il y a des traces de lutte, il y a du sang, beaucoup de sang mais on ne sait pas si c'est le sien. » Il prit une profonde inspiration et échangea un regard avec Isaac.

« Rentrons en ville, s'il l'a emmenée quelque part ou si elle est en fuite, ce sera sur notre route. » La voix d'Isaac était plus calme maintenant. Il regarda en bas des marches. Steve fit avancer Molly derrière Isaac. Une fois en bas, Isaac s'effondra et se mit à courir comme un fou en direction des bois. Steve prit la main de Molly et ils coururent à la suite d'Isaac. Molly regarda Steve le visage soucieux.

« Steve ? Que se passe-t-il ? Qu'as-tu vu là-bas ? »

Steve ne répondit pas. Molly lui attrapa le bras et vit toute l'horreur dans ses yeux.

« Steve ? Steve... qui était-ce ? »

Steve déglutit et évita son regard. « Caroline. »

Molly chuchota. « Le bébé ? »

« Oui. »

Molly se retourna et vomit pendant que Steve examinait la forêt obscure et se demanda ce que cette nuit pourrait bien leur apporter de pire.

SARAH COURUT AUTOUR DU PHARE, droit dans les bois devant elle. Du sang coulait de son bras dans la neige, laissant une trace évidente. Elle l'entendait hurler sa rage - « Espèce de salope ! » Elle trébucha sur le chemin de la forêt. Elle aperçut une lueur de l'autre côté de la forêt - elle était faible mais elle lui redonna espoir. Elle était bientôt libre.

ISAAC S'ENFONÇA dans les bois et accéléra, ses yeux parcourant le moindre recoin. Il entendit une voix d'homme en colère, enragé même, crier son nom. Dan. Je vais te trouver fils de pute ! Isaac sentit son cœur s'alléger un tout petit peu. Elle était en train de lui échapper, elle s'enfuyait. Elle n'avait pas abandonné.

« Sarah ! » Isaac hurla son nom, priant pour qu'elle l'entende, qu'elle sache qu'il arrivait vers elle, qu'il venait la sauver. « Sarah, je t'aime, cours ! »

Il fonça dans la direction de la voix de Dan qui hurlait toujours ses terribles menaces pour l'effrayer. Isaac espéra par-dessus tout qu'elle l'entendait, sa propre voix, une voix pleine d'amour qui surpasserait la rage de Dan. *Sarah, je t'aime, je t'aime.*

Puis il l'entendit, sa voix, sa merveilleuse voix. « Isaac ! » Son cœur faillit exploser.

Puis un coup de feu déchira la nuit.

ELLE N'ÉTAIT PAS certaine d'avoir bien entendu, le son lui semblait si lointain. Son nom, son nom comme porté par le vent. « Sarah ! « Sarah, je t'aime, cours ! »

*Isaac...*Isaac venait la sauver. Une douce chaleur envahit son corps, elle se tourna dans la direction de la voix et se mit à courir. Erreur.

Dan lui fonça dessus et ils roulèrent ensemble, Sarah continua à se battre contre lui, frappant, griffant partout où elle le pouvait. Elle lutta, lutta de toutes ses forces mais Dan était trop fort, il attrapa son bras blessé et le tordit jusqu'à ce qu'elle hurle de douleur.

Dan la regarda en souriant.

« Tout es fini maintenant Sarah. »

Il prit son t-shirt entre ses mains et le déchira. Elle sentit le froid glacial de la neige contre sa peau nue. Dan sortit son pistolet de sa ceinture et le pointa vers elle, appuya le bout du canon contre sa gorge et le descendit jusqu'à son ventre.

« Dommage que nous devions nous presser. J'allais utiliser mon couteau mais nous n'allons pas avoir le temps, donc une, deux ou trois balles devraient suffire. » Sa voix était chantonnant et son regard avide de sang. Elle ferma le poing et le frappa aussi fort qu'elle put en plein visage. Il rigola et lui attrapa le bras, se leva et lui écrasa contre son genou. Elle entendit ses os craquer. La douleur fut fulgurante et elle hurla, incapable de la garder pour elle. La nausée l'envahit, et de petits points noirs apparurent aux coins de ses yeux.

Il approcha son visage tout près du sien. « Ca fait mal ? Si tu penses être cassée maintenant Sarah, tu n'as aucune idée de ce qui va suivre. Tu me supplieras de te tuer avant la fin. »

Sarah se rendit compte qu'elle était furieuse, principalement furieuse.

« Mais comment oses-tu ? » Elle chuchotait. « Comment oses-tu jouer comme ça avec la vie des autres ? Décider qui doit vivre et qui doit mourir ? Détruire la vie des autres gens en fonction de ce que ressent ton ego ? Tu es pathétique. »

Ses mots le choquèrent et se visage, plus hideux que jamais, se tordit de rage.

« Ne me teste pas, petite fille. »

« Sinon quoi ? Tu vas me tuer ? Tu vas me tuer de toute façon. C'est le mieux que tu puisses faire, non, espèce de sale lâche ? Parce que c'est ce que tu es Dan, un lâche pathétique. Tu penses que juste parce que tu veux quelque chose, tu as le droit de l'avoir. Je ne t'appartiens pas. Tu me répugnes. Même si tu n'étais pas devenu ce détestable psychopathe que tu es aujourd'hui, je n'aurais jamais pu t'aimer. Je ne t'ai jamais aimé… »

Elle entendit Isaac avancer dans les bois en criant son nom. *Continue à parler, encore quelques minutes.*

Dan la frappa fort au visage. Elle sentit le goût de son sang dans sa bouche. Dan lui attrapa le visage et le pinça fort entre ses doigts.

« Espèce de sale petite pute. » Sa voix était calme et sans aucune compassion. « Tu penses qu'il va ta sauver ? Vraiment ? »

« Sarah ! » La voix d'Isaac était désespérée, paniquée.

Dan sourit. « Plus rien ne pourra te sauver, petite fille. C'est ce que je fais le mieux Sarah. »

Elle sentit le canon froid contre son ventre. Dan sourit. Elle rassembla tout son souffle et hurla.

« Isaac ! »

Son cri s'éteint quand Dan appuya sur la gâchette.

Isaac arriva dans la clairière juste au moment où Dan tirait sur Sarah, son corps sursauta sous l'impact et du sang gicla d'une horrible blessure sur son ventre.

« Non ! » Isaac se jeta sur Dan et l'assomma pendant que Sarah gémissait, agonisante. *Reste en vie, continue à respirer bébé.* Dan et Isaac roulèrent ensemble au sol. Dan réussit à garder son pistolet en mains et il le dirigea vers Isaac puis appuya sur la gâchette. Isaac le frappa juste au moment où la balle s'enfonçait profondément dans son biceps. Isaac sentit à peine la douleur. Sa rage, son amour pour sa femme en train de mourir dans la neige lui redonna les forces nécessaires et il réussit à envoyer son poing dans le menton de Dan. Du sang coula de la bouche de Dan qui venait de mordre sa langue et il hurla, crachant le sang de sa bouche. Isaac sourit. Du coin de l'œil, il vit Molly près de Sarah, elle sanglotait, suppliait son amie de rester en vie. Elle entendit Sarah murmurer, tousser. Encore plus de sang. Il tourna la tête et la regarda. Mon dieu, elle était en morceaux, la vue de son sang sur la neige emplissait son cerveau. *Sarah...Sarah...respire, je t'en prie.*

Puis Dan Bailey le frappa avec le canon de son pistolet.

SARAH OUVRIT les yeux et vit son beau visage rempli d'horreur pendant qu'il prenait son corps tout abîmé dans ses bras. *Isaac.* Elle le voyait l'homme qu'elle aimait, il se battait pour elle et elle sourit. Puis elle sentit des mains contre elle, essayant d'empêcher son sang de couler. On la roula sur le côté pour éviter qu'elle n'avale son propre sang. Elle toussa, cracha et avala une longue goulée d'air. Du sang sur la neige. Elle avait tellement mal. Puis une voix douce, familière - Molly ?

« Ma belle, on est là, tiens le coup, je t'en prie. » La voix de Molly se brisa et Sarah voulut la réconforter mais elle était incapable de parler, elle ne savait pas *comment* faire. Puis elle se retrouva dans les ténèbres. Elle essaya de respirer et d'essayer de comprendre ce qui se passait. Elle entendait des mots fragmentés, à la limite de sa conscience.

Respire...

Des cris, des bruits de lutte, de coups, des hommes grognant et gémissant. Elle vit Isaac le visage en sang, en train de se battre avec Dan.

Respire...

« Sarah, tiens le coup, tu ne dois pas mourir... »

Respire...

« Steve ! A l'aide ! Sarah ! » La voix d'Isaac était de plus en plus distante maintenant. Elle entendit la voix de Steve. « Isaac, prends mon arme ! » La voix de Steve et d'autres mains sur elle. Elle n'avait jamais remarqué avant à quel point il était gentil et elle avait envie de le lui dire...

Respire...

Des coups de feu. Quelque part dans la confusion de son esprit, elle se souvint qu'Isaac avait le pistolet de Steve - mais Dan avait-il eu le temps de recharger ? Mon dieu, Isaac...

Il se bat pour moi.

« C'est ça, c'est bien, allez ma belle, respire... »

Je suis vivante. Je suis vivante. Je...

Tout son ventre fut en feu d'un coup, elle se rendit compte qu'on lui avait tiré deux balles dans la peau. *Mon dieu, ça y est, je meurs.*

Sa respiration était de plus en plus saccadée, son corps luttait contre son désir de vivre. Elle avala une autre gorgée de sang et regarda la cime des arbres au-dessus d'elle, la pluie devenait de la neige, elle lui couvrait le visage, elle était froide. Elle vit la pâle lueur de l'aube apparaître et le ciel devint violet. Sarah ferma les yeux.

Isaac. Isaac. Je suis désolée. Je t'aime.

ISAAC RÉAPPARUT entre les arbres et se rua derrière Dan qui escaladait la colline. Il entendit Molly hurler. « Steve ! Elle ne respire plus ! » Son cœur se brisa mais il repoussa cette pensée et courut vers le phare ...où Dan l'attendait. Isaac leva son pistolet et Dan rigola de façon extravagante.

« Tu penses vraiment que j'en ai quelque chose à foutre maintenant Quinn ? Vivre ou mourir ? Vraiment ? J'ai fait ce que je voulais faire. Je lui ai tirée une balle, je l'ai tuée. Elle est morte Quinn. Sarah est morte. » Il leva ses mains tachées de sang. « Elle a saigné pour moi. Elle a saigné pour *moi*. Et mon dieu, c'était si *beau*... »

Isaac tira une balle entre les deux yeux de Daniel Bailey. Dan s'effondra immédiatement ......nvkdfhldfshls Isaac tira quelques autres coups dans la tête de cet homme déjà mort, sans pouvoir se contrôler.

Juste pour être sûr. Quelque chose était également mort en lui, et il était devenu un assassin.

Et Sarah était mourante...

Isaac sentit son monde vaciller et il sentit d'un seul coup toute la douleur qu'il retenait jusqu'à maintenant. Il entendit Molly hurler.

Sarah

Il descendit entre les arbres, courant de toutes ses forces vers elle, vers son amour.

Pourvu qu'il ne soit pas trop tard, je vous en prie...

Il trébucha dans la clairière. Quand il vit le corps de Sarah, il s'écroula.

« Oh mon dieu. »

Molly leva les yeux et lui tomba dans les bras. Il la serra fort, ne pouvant détacher son regard de Steve qui essayait désespérément de sauver la femme qu'il aimait. Molly sanglota.

« Elle est partie Isaac. Sarah est morte. »

Isaac rugit. « Elle n'est *pas* morte. » Il poussa Steve et prit sa place pour continuer les compressions et permettre à Sarah de respirer à nouveau. Il sentit son propre sang dans sa bouche. Sarah ne répondit pas malgré le bouche à bouche, le sang coulait toujours de ses blessures sur la neige mouillée. Ses yeux étaient fermés, ses lèvres pâles.

« S'il-te-plait mon cœur, respire. » Isaac continua le bouche à bouche. Molly regarda Steve puis se leva, des larmes inondant son visage. Steve recula d'un pas et posa sa main sur l'épaule d'Isaac.

« Isaac...c'est fini. Nous avons fait tout ce que nous avons pu. Elle n'a pas pu tenir. Je suis désolé. »

Isaac repoussa sa main et continua ses efforts. Molly passa ses bras autour de lui, il se débattit mais elle résista.

« Isaac. » chuchota-t-elle d'une voix cassée. « Elle est partie. Sarah est partie. Je suis tellement désolée, tu dois arrêter. Elle est morte Isaac. »

Isaac cessa de se débattre, le visage défait. Il regarda la meilleure amie de sa femme, sa sœur. « Non. Ce n'est pas comme ça que ça doit se finir. Je refuse d'y croire. Ma chérie... » Sa voix se brisa et il regarda l'amour de sa vie. Tellement de sang. Il prit le corps brisé de Sarah dans ses bras et chercha son pouls près de sa gorge. Il approcha sa bouche de son oreille et chuchota, plus par désespoir que par espoir. « Je t'en prie Sarah, je t'en prie. Vis. Pour moi, s'il-te-plait, *s'il-te-plait...* »

A LA FRONTIÈRE entre la vie et la mort, elle était certaine d'avoir entendu sa voix, elle sentait ses mains sur son visage. Il la suppliait de vivre, il pleurait.

Sarah sentit son baiser et soupira. *Oh mon amour* pensa-t-elle et elle sombra dans la nuit.

L'HÉLICOPTÈRE se posa sur le terrain de foot et les médecins s'occupèrent de Sarah, et poussèrent Isaac et Molly dedans. Steve les rejoindrait plus tard, leur dit-il. Molly lui attrapa le bras juste avant qu'ils ne décollent.

« Merci. » chuchota-t-elle, le regardant droit dans les yeux. Steve hocha la tête, toujours un peu choqué.

« Dis à Sarah de continuer à se battre. Dis-le à Isaac. »

Elle hocha la tête et ils décollèrent.

UNE FOIS DANS L'AMBULANCE, Isaac et Molly se blottirent l'un contre l'autre pendant que les médecins luttaient pour garder Sarah en vie. Elle était toujours immobile, si pâle. Le médecin qui se trouvait au niveau de sa tête pencha soudain la tête et écouta.

« Aucun souffle. Sarah ? Sarah ? Vous m'entendez ? »

Il pressa ses doigts contre sa gorge et secoua la tête. Isaac gémit.

« Contact. » L'autre médecin frotta les patins l'un contre l'autre pendant qu'ils chargeaient. « Stop. »

Il posa les patins sur la poitrine de Sarah et appuya sur le bouton. Une fois. Rien. Une autre. Rien. Les médecins se regardèrent. Le premier médecin regarda Isaac et secoua la tête.

« S'il-vous-plait. » chuchota Isaac. Le médecin hocha la tête.

« Essaie encore. » Ils la choquèrent à nouveau et Sarah prit une énorme inspiration d'hyperventilation en reprenant conscience d'un seul coup. Elle retomba lourdement sur le brancard. Isaac se pencha et l'embrassa.

« Salut ma belle. Tiens le coup, je t'en prie, on y est presque. Ils vont te remettre sur pieds... » Sa voix se brisa. « Mon dieu Sarah, je t'aime, ne me quitte pas. »

Sarah ouvrit les yeux pour le regarder puis les referma aussitôt. Le médecin vérifia son pouls et sourit.

« Choquez-la encore. Elle n'a plus de pouls. » Ils la choquèrent encore et encore. Puis il se pencha sur elle et écouta. Isaac et Molly étaient comme pétrifiés.

Le médecin les regarda et leur sourit. « Elle est revenue. C'est une battante. Une vraie guerrière. »

Isaac hocha la tête et des larmes roulèrent sur ses joues. « Oui, c'en est une. »

ELLE COMPRENAIT MAINTENANT que la douleur n'était pas un symptôme mais un moyen de vivre. Chaque nerf de son corps était douloureux et Sarah Quinn pria pour que quelqu'un, qui que ce soit, la soulage. Ce n'est que la pensée d'Isaac qui lui interdisait de ne pas tout abandonner. Les balles en elle, l'avidité dans les yeux de Dan quand il lui avait tiré dessus, tout cela n'était rien par rapport à la douleur inimaginable qu'elle avait lu sur le visage d'Isaac juste avant de s'évanouir. Elle nageait entre conscience et inconscience, et de petits flashs lui parvenaient parfois. Des mains poussant son corps, essayant d'arrêter le flux de sang. Les sanglots de Molly. Puis sa voix, cassée mais désespérément belle, répétant son nom encore et encore. Isaac, je t'aime, je t'aime. Elle avait laissé les ténèbres l'emporter.

ISAAC S'ASSIT sur son lit, enlaça ses doigts dans les siens tout en la regardant respirer, grâce au tube d'oxygène dans sa gorge qui pour l'instant la maintenait en vie.

« Ne pars pas. Je sais que c'est extraordinairement égoïste de ma part et que je suis loin d'imaginer tout ce que tu endures en ce moment. Mais Sarah, je t'en prie... Tu es mon amour. Pour toujours. A jamais. Tu fais partie de chaque battement de mon cœur, chaque moment passé avec toi me fait comprendre ce que je fais sur Terre. Ne pars pas. Reste avec moi et je te promets que je ne laisserai plus jamais quiconque te blesser. Ne me quitte pas. » Sa voix, si calme et si sûre, se brisa sur la fin et il laissa éclater son émotion, laissa les larmes rouler sur son visage pâle. Dans les siennes, les mains de Sarah semblaient si petites, si tranquilles, trop tranquilles. Il serra doucement ses doigts, attendit qu'elle lui réponde, tous ses sens en alerte, il attendit, attendit. Rien.

Isaac laissa échapper un profond soupir tremblant et posa sa tête sur le lit. Seul le bruit des machines brisait le silence. A un moment, ce rythme régulier envahit son esprit épuisé et il s'endormit et rêva que Dan tirait sur Sarah encore et encore, vicieux, sans merci et Sarah s'écroulait, en sang et le corps brisé et s'éloignait de lui. Il tendait le bras vers elle mais elle partait de plus en plus loin...

Il sentit une étrange sensation sur la tête, comme une pression. Des doigts qui lui caressaient gentiment les cheveux. Il connaissait cette sensation, il la reconnaîtrait n'importe où. Il ouvrit les yeux et leva la tête.

Sarah lui souriait, le visage pâle, de grosses cernes foncées sous les yeux mais...vivante et heureuse et si belle, *tellement* belle...

« Oh mon dieu merci, merci... » murmura-t-il en prenant son visage dans ses mains et en l'embrassant.

Un an plus tard...

Sarah Quinn attacha ses cheveux en une queue de cheval lâche et elle sortit par la porte de derrière à la recherche de son mari. Elle le trouva dans le grand jardin de leur nouvelle maison, en train de jouer comme un gamin avec Scooter et Biggs - leurs deux énormes chiens complètement fous. Sarah les rejoignit pour jouer avec eux, envoyant la balle de tennis pleine de bave à l'un et à l'autre, puis à Isaac pendant que les chiens aboyaient et essayaient de l'attraper. Elle se mit à rire en voyant les chiens sauter sur Isaac et le faire tomber, rendus à moitié fous par la balle et léchant le visage de leur nouveau maître.

« Ouais, on dirait... Le milliardaire le plus sexy d'Amérique à l'instant même. » dit-elle.

Isaac lui sourit et elle l'aida à se relever. Il la serra dans ses bras et l'embrassa, chuchota près de son oreille pour la chatouiller. « Tu triches. » protesta-t-elle en gigotant. « Je suis venue te chercher au fait. Molly et les enfants vont bientôt arriver. »

Molly, qui avait toujours été une fille de Seattle, avait poliment refusé l'offre d'Isaac de leur acheter à elle et à Mike une nouvelle maison à Portland. Maintenant qu'Isaac et Sarah vivaient tout le temps ici, ils se voyaient moins et Sarah lui manquait.

« Tu as déjà été tellement généreux. » lui avait dit Molly la nuit où Isaac avait fait cette proposition à Mike et à elle. Sarah était toujours à l'hôpital mais en bonne voix de guérison et elle et Isaac avaient rapidement décidé de quitter la ville et même l'état.

« J'adore cette ville mais il s'est passé trop de choses ici. » lui avait dit Sarah. « J'ai besoin d'avancer. »

En une semaine, QuinnCorp avait ouvert un nouveau bureau à Portland et Sarah cherchait une nouvelle maison. Isaac lui avait dit de choisir la maison qui lui plaisait et maintenant, ils vivaient dans cette superbe maison de style européen, toute en briques, avec de grandes cheminées. Si différente de leur ancienne maison. Ca avait été son unique condition. Elle voulait tout redémarrer - à zéro. Elle laissa même Isaac décider du montant qu'il voulait mettre dans cette maison. Tout était différent. Nouveau.

Sarah s'était inscrite à l'université de l'Oregon afin de terminer ses études d'architecture, pour le plus grand plaisir d'Isaac. « Quand tu seras diplômée, j'aurai un projet parfait pour toi. »

Elle l'avait regardé avec curiosité mais il n'avait pas voulu lui dire de quoi il s'agissait.

Maintenant, elle le força à rentrer à la maison. « Allez, va prendre une douche. Tu as une mauvaise influence sur ces enfants. »

Molly arriva et ils se prirent tous dans les bras et embrassèrent les enfants avant d'apprécier une boisson fraîche après leur long voyage. Mike les rejoignit, ayant pu se libérer à la dernière minute.

Une fois installés dans le jardin, Isaac alluma le barbecue et commença à cuisiner pendant que Sarah s'excusait un instant.

Molly regarda Mike et les enfants jouer avec les chiens puis elle alla voir Isaac pour voir s'il avait besoin d'aide.

« Comment s'en sors-t-elle ? » Elle lui posa la question au bout de quelques instants. Isaac lui fit un large sourire.

« Parfaitement bien. Elle s'en sort vraiment bien Molly, tu devrais la voir. »

Molly sourit et le prit dans ses bras. « J'en suis vraiment ravie. »

Isaac leva les yeux et vit Sarah sortir de la maison, un grand sourire éclairant son visage - et un petit enfant dans les bras. Elle avait la peau foncée de sa mère - même si elle n'avait pas une goutte d'ADN en commun. Sarah apporta la petite fille qu'elle et Isaac venaient d'adopter vers son oncle et sa tante, Molly la prit dans ses bras et cajola immédiatement cette petite fille qu'ils avaient appelée Sophie.

Isaac prit sa femme dans ses bras et ils regardèrent leur petite fille puis il lui embrassa la tempe. « Mme Quinn, je crois que nous y sommes enfin arrivés. » lui murmura-t-il.

Sarah se tourna vers lui et l'embrassa. « Sans aucun doute. Nous sommes sortis de l'enfer. Profitons maintenant du paradis. »

Isaac sourit à sa magnifique femme, qui avait survécu à ce qu'un être humain pouvait subir de pire, et dont le cœur était toujours si plein d'amour qu'il savait, sans l'ombre d'un doute, qu'ils ne verraient plus maintenant que le soleil briller tous les jours.

FIN.

Réalisé avec Vellum